FRANK GOLDAMMER

Revierkampf

AFFENTÄTER Menschenaffen gelten als die gefährlichsten Zootiere, denn sie haben unheimlich viel Kraft. Zudem sind sie intelligenter als mancher menschliche Zeitgenosse, so denkt zumindest Hauptkommissar Tauner. Zufällig ist er vor Ort, als eine Tierpflegerin im Dresdner Zoo ihrer Unachtsamkeit und dem stahlharten Griff eines Orang-Utans zum Opfer fällt. Doch was zunächst offensichtlich scheint, wird plötzlich kompliziert, denn die Kollegin der Toten glaubt nicht an einen Übergriff des Tieres. Der Orang-Utan namens Theo befreit sich aus dem Käfig und verschwindet spurlos, kurz darauf gibt es eine weitere Leiche. Tauner fürchtet, dass er seinen Instinkten nicht mehr trauen kann: Was hat er gesehen, wie schlau ist Theo wirklich und ist er tatsächlich ein Mörder? Bei seiner Recherche erkennt Tauner, wie zerrüttet die Familie der toten Tiefpflegerin war. Er muss den Spuren in ihrer Vergangenheit nachgehen, um herauszufinden, welches dunkle Geheimnis sie mit ins Grab genommen hat.

Der Bestsellerautor Frank Goldammer wurde 1975 in Dresden geboren und ist gelernter Maler- und Lackierermeister. Mit Anfang 20 begann er zu schreiben. Der alleinerziehende Vater lebt mit seiner Familie in seiner Heimatstadt.

FRANK GOLDAMMER

Revierkampf

Kriminalroman

GMEINER

Immer informiert

NEWSLETTER

Spannung pur – mit unserem Newsletter informieren wir Sie
regelmäßig über Wissenswertes aus unserer Bücherwelt.

Gefällt mir!

Facebook: @Gmeiner.Verlag
Instagram: @gmeinerverlag
Twitter: @GmeinerVerlag

MIX
Papier aus verantwortungsvollen Quellen
FSC www.fsc.org FSC® C083411

Besuchen Sie uns im Internet:
www.gmeiner-verlag.de

Im Ehnried 5, 88605 Meßkirch
Telefon 07575/2095-0
info@gmeiner-verlag.de

2. Neuauflage 2020

Lektorat: René Stein, Sven Lang
Herstellung: Julia Franze
Umschlaggestaltung: U.O.R.G. Lutz Eberle, Stuttgart
unter Verwendung eines Fotos von: © Carmen Steiner – Fotolia.com
Druck: CPI books GmbH, Leck
Printed in Germany
ISBN 978-3-8392-2750-3

Personen und Handlung sind frei erfunden.
Ähnlichkeiten mit lebenden oder toten Personen sowie Tieren sind rein zufällig und nicht beabsichtigt.

1

Tauner schnappte wild nach Luft und verlangsamte seine Schritte. Ein kleines Stück weiter und er wäre womöglich ins Straucheln gekommen und gestürzt. Die Welt drehte sich vor seinen Augen. Auch wenn sie nur aus harmlosen Häuserwänden, einem Gehweg, einer nächtlichen Straße und der einen oder anderen Laterne bestand, war es ein sehr beunruhigender Augenblick für ihn. Tauner blieb stehen, lehnte sich keuchend gegen die Hauswand, fasste sich ans Herz, das wie wild klopfte, hüpfte und rumpelte. Schweiß triefte ihm von der Stirn, lief ihm unter dem Jackett den Rücken hinab.

Erst nach ein paar Minuten hatte Tauner sich wieder berappelt. Er zog sein Sakko aus. Vorsichtig, als ob seine Beine ihn hinterlistig überrumpeln könnten, tat er ein paar Schritte. Mürrisch schüttelte er den Kopf, als könnte jemand etwas für seinen Zustand, und warf sich das Jackett über die rechte Schulter.

Er war nicht zu alt für so etwas, dachte er wütend, der Junge hatte ihn zu zeitig entdeckt, außerdem hatte er gerade gegessen und getrunken, darüber hinaus war es heiß und obendrein konnte der noch keine 18 gewesen sein. Der Kerl war gerannt wie eine Gazelle. Vielleicht, so dachte Tauner weiter, sollte er sich lieber darüber ärgern, dass er überhaupt versucht hatte, den Jungen zu erwischen.

Ein Auto rauschte vorbei und ehe Tauner das leuchtende Taxischild realisiert hatte, war es in der Ferne verschwunden. Er sah auf die Uhr und überlegte, wo genau er war. Die Verfolgung hatte einige Minuten gedauert, weg von Dresdens Zentrum, wo der Sprayer seine Duftmarke hinterlassen hatte, hinein in die Friedrichstadt mit ihren abbruchreifen Häusern, Plattenbauten und dem Krankenhaus. Mit der Straßenbahn hätte er wieder ins Stadtzentrum fahren können. Zwei oder drei Haltestellen nur. Aber so spät in der Nacht fuhren die Bahnen bestenfalls alle halbe Stunde und die letzte hatte ihn vor einigen Minuten erst passiert. Tauner strich sich durch die kurzen Haare, dachte an seinen langen Heimweg und wie ihm schwarz vor Augen geworden war. Warum hatte er den Kerl nicht einfach seinen Kram machen lassen? Was machte schon ein Graffito mehr an einer Wand, die sowieso schon verschmiert war.

Weil es ums Prinzip ging. Ihm ging es immer ums Prinzip. Er war nun einmal ein Polizist. Und Polizisten achteten auf Recht und Ordnung und irgendjemandem gehörte die Wand, und dieser musste sich nun bemühen, das Graffito wieder zu entfernen, also entstand ihm Schaden, genauso, als wäre er bestohlen worden. Also hatte er den jungen Kerl nicht einfach in Ruhe machen lassen dürfen. Aus Prinzip war er ihm nachgelaufen.

Tauner wandte sich wieder dem Stadtzentrum zu, überquerte die Straße und erstarrte. Bei seinem Blick nach rechts hatte er eine Bewegung bemerkt. Im Schatten eines Hauseingangs, etwa 50 Meter entfernt, stand jemand. Nun trat diese Person ins trübe Licht der Straßenlaterne, in dem Hunderte mondsüchtige Nachtfalter kreisten. Es war der junge Sprayer. Er regte sich nicht, stand nur da, sein Gesicht war nicht zu erkennen, der Schirm seines Basecaps warf einen Schatten darüber.

»Machst du dich über mich lustig?«, sagte Tauner halb laut.

»Warum laufen Sie mir nach?«, fragte der Junge.

»Warum?«, gab Tauner verblüfft zurück.

»Was habe ich Ihnen getan?«, fragte der Junge, und Tauner glaubte, die Stimme schon einmal gehört zu haben.

»Ich bin ein Polizist!«

»*Sie* sind Polizist?«, fragte der Junge und die Betonung auf dem ersten Wort beleidigte Tauner ungemein.

Langsam näherte er sich dem Jungen. Dieser bemerkte seine Bewegung und zog sich zurück, bis er aus dem Licht der Laterne verschwunden war.

»Ich bin Polizist und ich hab dich im Auge!«, rief Tauner.

Der Junge sagte nichts mehr, war lautlos in die Sommernacht verschwunden.

»Das ist kein Graffito!«, sagte Uhlmann, der zweite Hauptkommissar der Dresdner Mordabteilung. »Das sind nur Tags!«

»Was du nicht sagst«, murrte Tauner und beobachtete an den Dienstwagen gelehnt seinen großen mächtigen Kollegen, der die vollgesprühte Wand fachmännisch betrachtete.

»Welche von denen hat er denn gesprüht?«, fragte der große Dicke.

Tauner hob müde die Schultern und bereute, überhaupt etwas erzählt zu haben. »Das da, glaub ich.« Er deutete auf ein grünes Buchstabengebilde, kaum größer als eine Damenhandtasche.

»Das nennt sich Tag. Der hat nur sein Signum gesetzt.« Uhlmann tat ernst, doch Tauner roch den Spott unter den

Achseln seines Kollegen. Jetzt am Tag schien das Gekritzel kaum der Rede wert. »Das da drüben, das Große, ist ein Bombing. Die malen schnell die Umrisse und füllen die Innenfläche auf, manche nehmen dazu gar keine Sprayflaschen mehr, sondern Farbwalzen«, erklärte Uhlmann in einem Anfall von Beredsamkeit. »Was rennst du dem deswegen hinterher? Dafür gibt's Leute bei uns. Nennt sich Abteilung Graffiti. Die kennen ihre Pappenheimer.«

»Lass mich doch in Ruhe.«

»Mach dir nichts daraus, die Kids kriegst du nicht. Rennen wie junge Hunde.«

Tauner stieß sich vom Auto ab. »Der fragte mich sogar, warum ich ihm nachlaufe!«

»Er hat mit dir geredet?«

»Hat gewartet, keine 50 Meter weiter.« Kaum war es draußen, ärgerte Tauner sich darüber.

Den bärtigen Mund seines Kollegen umwogte ein feines Lächeln. Doch er sagte nichts, hob sich den Spott für später auf und machte ein paar Fotos von der Wand. »Problematisch wird es für die Jungs nur, wenn sie in flagranti erwischt werden, dann weiß man nämlich, welches Zeichen sie verwenden, und kann ihnen all die Tags aufs Auge drücken, die man in der Stadt gefunden hat. Da kommt ein hübsches Sümmchen zusammen zum Schluss.«

»Und weil die Hornochsen sowieso kein Geld haben, können sie die Strafe nicht bezahlen, bekommen Sozialstunden aufgebrummt und irgendein Sozialarbeiter gibt ihnen Tipps, wo es noch Wände zu beschmieren gibt.«

Uhlmann lachte grunzend. »Das ist der Falk, wie ich ihn mag.«

»Mach dich nur lustig. Findest du das in Ordnung? Alles vollzuschmieren?«

Uhlmann winkte ab. »Kannst doch nichts dagegen tun. Das gehört zu unserer Kultur.«

»Wenn dir das Haus gehört, siehst du das anders.«

»Stimmt, aber mir gehört kein Haus. Kannst du das entziffern?« Uhlmann deutete auf das Gekritzel.

Tauner hielt den Kopf schief und versuchte aus den Schlaufen und Zacken irgendetwas herauszulesen. »Grftl?«

»Nofate!«, meinte Uhlmann.

Tauner blies die Backen auf und ließ Luft entweichen. »Wo willst du denn hier ein N erkennen?«

»Glaub's mir! Hier, sieh!« Uhlmann fuhr mit seinem dicken Zeigefinger die Buchstaben entlang. »Enn … ooo … efff … aaa … tee … eee … Ausrufezeichen … Schnörkel.«

Tauner schüttelte den Kopf und öffnete die Wagentür. »Gehen wir frühstücken, Ausrufezeichen, ohne Schnörkel.«

»Hast du nicht die Kinder dieses Wochenende?«, fragte Uhlmann mit vollem Mund, vor ihm stapelten sich schon drei leere Pappschachteln.

Tauner nickte und piekte skeptisch sein Rührei an. Da es nicht gackerte oder davonlief, begann er es zu essen. Eine Angestellte kam, nahm die Nummer vom Tisch und stellte Uhlmann drei weitere Schachteln vor die Nase. »Guten Appetit!«, meinte sie und konnte sich ein Lächeln nicht verkneifen.

Uhlmann störte das nicht, er schob Tauner eine Schachtel zu. »Hier, geb ich aus!«

»Was ist denn das?«

»Ein Pancake!«

»Bist wohl schon satt?«, fragte Tauner ein wenig gehässig.

Uhlmann schniefte mit vollen Backen, langte nach vorn und zog die Schachtel zu sich. »Und was hast du vor mit deinen Kindern?«

Tauner trauerte dem Pancake ein wenig nach, konnte es jedoch nicht zeigen, hob deshalb die Schultern. »Keine Ahnung, in den Zoo vielleicht.«

»Ha!« Uhlmann lachte ein halbes Lachen und stopfte sich wieder etwas in den Mund. »Wie alt sind die?«, presste er durch die geschlossenen Zähne.

»Tom ist 16.«

»Deine Mädels sind doch schon 20, oder?«

»21 und 19. Hast du einen besseren Vorschlag?«

»Geh doch baden mit ihnen, fahr zum Senftenberger See.«

»Hans, ich bin froh, dass sie noch mit mir reden, ich glaube nicht, dass sie beim Baden mit ihrem alten Herrn gesehen werden möchten. Außerdem kommen die erst am Nachmittag, weil die Damen nämlich ausschlafen wollen. Die gehen heute Abend weg und kommen nicht vor 6 Uhr morgens wieder. Und wie ich Tom kenne, zockt der bis zum Morgengrauen.«

Uhlmann sah erstaunt von seinem Essen auf. »Der zockt? Um Geld?«

»Nein, mein lieber Kollege, er spielt Computer. Ich dachte, du als Experte für jugendliche Subkulturen wüsstest das.«

»Na ja, der Zoo ist gar nicht schlecht.«

»Sag ich doch«, knurrte Tauner. Er hatte Angst vor dem morgigen Tag, musste er sich eingestehen. Bestimmt lachten ihn die Kinder aus und sicher maulte Tom den ganzen Tag herum. Und gewiss würden Nicole und Sandy sowieso nur über Dinge plappern, die er nicht verstand, und garantiert würde eines der Kinder irgendwann so etwas sagen wie: ›Bei Mama dürften wir das‹, oder: ›Mama hätte nichts dagegen‹, oder: ›Mama würde schimpfen‹.

»Wollen wir uns zufällig treffen im Zoo?«, fragte Uhlmann, der trotz seiner geistigen Grobmotorik manchmal auch sehr feinfühlig sein konnte.

Tauner wägte diesen Vorschlag in Gedanken ab und schüttelte den Kopf. »Das würden die merken und außerdem …« Da musste er allein durch, dachte Tauner zu Ende.

2

Er wusste schon, dass es ein Fehler gewesen war, da waren sie nicht mal beim Zoo angekommen. Der Parkplatz war überfüllt und vor dem Eingang war eine hundert Meter lange Schlange. Kinder kreisten in spätsommerlicher Hitze als kreischende Satelliten um ihre Eltern oder verharrten in Agonie und wurden von ihren Eltern nach vorn geschubst, wenn die Wartenden sich rührten.

»Oh Mann!«, stöhnte Tom auf dem Beifahrersitz. Er war schlaksig und dürr wie fast alle Jungs in seinem Alter.

»Tommy, hab dich nicht so!«, zwitscherte Sandy. Tauner hätte sie beinahe nicht wiedererkannt, sie hatte ihren ›Look‹ geändert, aus langen blonden Haaren waren halblange rote Haare geworden und Tauner war sich nicht ganz im Klaren, ob ihm das gefiel. »Wird bestimmt schön!«

Das sagte sie nur wegen ihm, dachte sich Tauner im Stillen und fragte sich, wo er das Auto abstellen konnte. Sie hätten mit der Straßenbahn fahren sollen.

»Wir hätten mit der Bahn fahren sollen, Papi«, meinte Nicole.

»Sag doch nicht Papi«, murrte Falk. Jetzt war er schon fast am Ende des Großen Gartens angelangt und hatte noch immer keine Parklücke gefunden.

»Was soll ich sonst sagen? Vater? Vati? Oder Herr Hauptkommissar?«

Falk blickte in den Rückspiegel, um zu sehen, ob seine Älteste einen Scherz gemacht hatte. Nicole war sehr nach ihrer Mutter geraten, nicht nur dem Äußeren nach. Sie war das einzige seiner Kinder, welches die Scheidung der Eltern nicht nur aus einem praktischen Aspekt betrachtete, sondern um die verlorene gemeinsame Zeit trauerte. Was er sah, machte ihn ein wenig traurig. »Was weiß ich, sag eben Papi«, sagte er leise und zwinkerte Nicole im Spiegel zu. Im nächsten Moment wünschte er, er hätte es nicht getan.

»Da drüben parkt einer aus!«, meinte Tom.

Falk bremste, sah kurz in den Spiegel und wendete eng und schnell, dass die Reifen quietschten.

»Das war aber nicht nötig«, meinte Nicole leise.

Tom drehte sich zu ihr um. »Ich fand es geil!«

Falk schloss einen Moment die Augen. Sie waren keine halbe Stunde zusammen und er war schon in zwei Fettnäpfchen getreten. Wütend über sich selbst parkte er ein.

Als er aussteigen wollte, hielt Tom ihn am Handgelenk fest. »Ich sag's dir gleich, das wird heut teuer für dich. Ich will Eis und Pommes und Cola und was weiß ich noch!«

Tauner grinste seinen Rotzlümmel von Sohn an. »Damit habe ich schon gerechnet.«

»Und!« Tom hob die Hand. »Nach dem Abendbrot will ich nach Hause. Ich hab heut eine Session.«

»Und wir haben heute Abend auch etwas vor!«, meldete sich Sandy. »Wir wollen ins Kraftwerk!«

Tauner hob die Hände. »Ich zwinge euch ja nicht, bei mir zu bleiben. Ich wollte nur ein paar Stunden mit euch zusammen sein.«

»Oh Gott«, flüsterte Tom und stieg aus.

Sandy folgte ihm, nur Nicole zögerte einen Moment. Falk sah sie fragend an.

»Wolltest du Zeit mit uns verbringen oder hat Mama dich dazu genötigt?«, fragte seine Große schließlich.

Falk ersparte sich eine Antwort. Falls eines seiner Kinder von dem Anruf seiner Exfrau wusste, dann Nicole.

»Was hast du denn für eine Session?«, fragte er Tom, der hinter den beiden jungen Frauen lief. »World of Warcraft?«

»Pfft!« Tom sah ihn an, als hätte er sich einen Damenhut aufgesetzt. »Counter Strike!«

»Ist das nicht dieses Ballerspiel?«

»Ja, Papa, und morgen dreh ich durch und werde zum Amokläufer.«

»Hör mal, damit macht man keine Faxen!«, mahnte Falk seinen Sohn und sah sich sogar um, ob nicht zufällig jemand mitgehört hatte.

Tom stöhnte genervt. »Ja, ich weiß. Hast du was gegen das Spiel?«

Falk hob die Schultern. Es war ein Ego-Shooter, bei dem derjenige siegte, der die meisten Gegner tötete. In Tauners Augen war es brutal, jedoch war es ein Spiel und er glaubte nicht, dass die Jungs allein deshalb durchdrehten und zu Amokläufern mutierten.

Tom ging es zu lang, bis er eine Antwort erhielt. »Oh, sag es ruhig, jeder ist dagegen!«

»Ach, spiel nur. Bestimmt bin ich nur zu alt dafür. Sag mal«, er beugte sich ein wenig zu seinem Sohn, »haben deine Schwestern Freunde?«

»Frag sie doch selbst!«, sagte Tom laut.

Nicole und Sandy drehten sich um. »Haben wir nicht!«, sagte Sandy.

Na prima, dachte Tauner, nur immer her mit den Fettnäpfchen.

Sie warteten länger als eine halbe Stunde, um in den Zoo zu gelangen. Falk hatte seine Hände in den Hosentaschen und kam sich vor wie das fünfte Rad am Wagen, obwohl sie nur zu viert waren. Die beiden Schwestern redeten, als hätten sie sich seit Wochen nicht gesehen. Falk vermutete, dass Absicht dahintersteckte, jeder von ihnen hatte sich vorgenommen, den Nachmittag irgendwie hinter sich zu bringen. Tom hatte sein Handy hervorgeholt und spielte irgendein Spiel, dessen piepsiges Gedudel Tauner so an den Nerven zehrte, dass er seinem Sohn das Gerät am liebsten aus der Hand geschlagen hätte. Das war er nun geworden, hatte Falk gedacht, irgend so ein Typ, mit dem seine Kinder den Nachmittag verbringen mussten, anstatt mit allen anderen ins Schwimmbad zu gehen.

Er war heilfroh, endlich im Zoo zu sein und nicht mehr schweigend herumzustehen. »Wo gehen wir lang?«, fragte er und wollte mit forschem Ton ein wenig Schwung in die Angelegenheit bringen. Er ertappte sich dabei, wie er sich suchend nach seinem Kollegen und dessen Frau umsah.

»Mir egal!«, murmelte Tom, ohne seine Augen von seinem Piepgerät zu nehmen.

»Okay, deine Schwestern haben sich schon entschieden«, meinte Falk und folgte seinen Töchtern, die zum Elefantengehege liefen, welches sich gleich links neben dem Eingang befand.

Tom sah auf, hob die Augenbrauen, wie einer, der schon alles auf dieser Welt gesehen hat, und steckte sein Handy weg, ohne dass Falk etwas sagen musste.

»Wie läuft's denn so in der Schule?«, fragte Falk. Die Hoffnung, heute ein Gespräch mit seinen Töchtern zu führen, verlor sich mit jedem ihrer ausgreifenden Schritte.

Tom stöhnte genervt. »Das ist jetzt nicht dein Ernst, oder? Erstens sind Ferien und zweitens hast du doch mein Zeugnis gesehen.«

»So war das doch nicht gemeint«, brummte Falk und versuchte sich zu erinnern, wie Toms Zeugnis ausgesehen hatte, gar nicht so schlecht vermutlich, sonst hätte seine Mutter sich beschwert. »Ich meinte deine sozialen Kontakte?«

»Soziale Kontakte?« Tom sprach es aus wie eine hässliche Krankheit, die man niemandem wünschte. »Meinst du mein Umfeld, oder was? Ob ich Freunde habe?«

»Ja, oder eine Freundin!«

»Stell dir vor, ich habe beides!« Tom schüttelte den Kopf, als hätte er es heute mit einem besonders dummen Exemplar eines Erwachsenen zu tun.

Falk lief eine Weile schweigend neben ihm her, kurz darauf erreichten sie die beiden jungen Frauen, die es geschafft hatten, zwischen den Besuchermassen eine Lücke zu finden, von der aus man die Elefanten beobachten konnte. Kaum hatte er selbst einen Blick auf die Tiere geworfen, hatten die Damen genug und drehten munter schwatzend ab.

»Hör mal«, sagte Falk zu seinem Sohn, »ich kann mir vorstellen, dass dich unsere Scheidung belastet, letztendlich ist …« Er kam nicht weiter.

Tom warf ihm einen genervten Blick zu. »Hör mal, ich wollte einfach nur einen chilligen Nachmittag haben, okay, was du und Mama machen, ist mir egal, ihr würdet ja sowieso nicht auf mich hören, wenn ich was sage, außerdem hat sich ja kaum was geändert. Du warst früher auch so gut wie nie zu Hause!« Toms Telefon piepte wie gerufen, so war er beschäftigt und konnte seinen Vater ignorieren.

Falk versuchte, auf seinen Sohn nicht wütend zu sein, doch das misslang ihm gründlich. Tom hatte recht, er war früher oft nicht zu Hause gewesen, doch das brachte der Beruf mit sich. Außerdem hatte sein Sohn nicht so mit ihm zu reden. Jemand hakte sich bei ihm ein. Falk warf einen traurigen Blick auf seine Älteste.

»Er pubertiert, du kannst nichts richtig machen. Selbst wenn du noch zu Hause wärst, würde er dich hassen!«, sagte Nicole.

Falk wusste, wie sie es meinte, dennoch trafen ihn die Worte. Er war auch pubertär gewesen früher, aber seinen Vater hatte er nicht gehasst. »Und du? Und Sandy, hasst ihr mich auch?« Falk lauschte seiner Stimme und fand, dass er sich genauso beleidigt anhörte, wie er es war.

»Ach was, Papa, so war das nicht gemeint. Tom denkt eben gerade, er wäre der Größte, das denken alle Jungs in dem Alter. Zu Hause spielt er sich auch auf.«

»Und kriegt er alles hin? Oder hat er Probleme?«

»Du denkst wohl schon wieder wie ein Polizist.«

»Nein, überhaupt nicht, ich will nur wissen, ob er … also …« Falk verstummte und Nicole lachte.

»Also doch der Polizist. Er gerät nicht auf die schiefe Bahn. Er sitzt nur viel zu lang und viel zu oft am Computer. Außerdem er geht skaten.«

»Und er hat eine Freundin?«

»Ja, irgend so ein kleines Mädchen aus der Achten.«

»Und hat er … mit ihr …« Falk schloss seinen Mund

erneut, ein weiteres Mal zu spät. Nicole lachte auf und fremde Leute drehten sich zu ihnen um.

»Mann, Papa, gehst du bei deinen Verhören auch so vor? Dann solltest du den Beruf wechseln. Du glaubst doch nicht, dass wir uns gegenseitig verpfeifen?«

Tauner schwieg und versuchte sich an die Zeit zu erinnern, als Nicole gerade geboren war, er ein angehender Kriminalbeamter, mit einer Frau, die ihn liebte und die er liebte. Es war ihm kaum möglich, zu viele Belanglosigkeiten schoben sich dazwischen, und Nicole selbst war zu sehr wie seine Exfrau geworden, nahezu ein jüngeres Ebenbild.

Nicole war erwachsen genug, um nicht weiterzusprechen, sie blieb bei ihm untergehakt und so folgten sie Tom und Sandy am Raubtiergehege vorbei, hin zum Giraffenhaus, wo schreiende Kinder sich um alles Mögliche kümmerten, nur nicht um die Tiere. Eine Viertelstunde später erreichten sie ein von Menschen überfülltes Areal. Tauner machte große Augen, als er die Schlangen vor den Imbissbuden sah. Doch seine Kinder waren gnädig zu ihm, passierten das Gelände, ohne Ansprüche auf Verpflegung zu erheben. Tauner wurde dabei ein wenig wehmütig, denn vor nicht allzu langer Zeit wäre er hier nicht ohne Gebrüll oder Gezänk durchgekommen. Waren sie wirklich alle schon so groß, dachte er, war er schon so alt? Oder waren sie instruiert, nicht all zu sehr an seinen Nerven zu zehren? Tauner mochte beide Gedanken nicht.

Vorbei an den Geiern, die bewegungslos im Schatten hockten und die Besucher beäugten, geriet das Orang-Utan-Haus in Tauners Blickfeld. Das hob seine Stimmung ein wenig. Er mochte diese friedlichen Tiere und erinnerte sich daran, dass er und seine Kinder früher lange

Zeit vor den Gehegen verbracht hatten. Denn auch wenn seine Kinder an allen anderen Tieren kaum Interesse zeigten, waren diese Menschenaffen etwas ganz Besonderes. Vielleicht war es die körperliche Ähnlichkeit, besonders der kleineren Tiere, mit dem Menschen, die das Interesse der Kinder geweckt hatte. Stundenlang hätten sie den Nachwuchs betrachten können, der sich putzig und völlig schamfrei tummelte und Spaß daran fand, im hohen Bogen durch den Käfig zu pinkeln. Das waren die Momente, für den sie in den Zoo gegangen waren, in denen sich alle einmal einig gewesen waren. Hier war es immer warm und amüsant und niemand dachte an Eis, Cola, Pommes oder die Toilette.

»Oh Mann!«, entfuhr es Falk, als er die Menschenmenge vor dem Freigehege der Orang-Utans erblickte. Die Leute johlten. »Komm lass uns gehen!«, sagte Tauner laut. Er wollte sich das nicht antun.

»Da geht was vor!«, sagte Tom halb laut und erst jetzt registrierte Tauner den Tonfall der Menge. Er streifte sich den Arm seiner Tochter ab und lief los.

Zuerst war das Gedränge vor dem Freiluftgehege viel zu groß, als dass Tauner hätte etwas sehen können. Er hörte eine Frau kreischen und ein paar Männer schlugen mit den Händen gegen die Scheiben.

»Polizei!«, rief Tauner und riss einen Mann an der Schulter herum.

»Der bringt die um!«, keuchte der Mann.

Tauner griff nach dem Nächsten. »Machen Sie Platz!« Er zerrte einen Rentner beiseite, der seine Enkelin auf dem Arm trug. Das kleine Mädchen schien unbeteiligt, begann jedoch zu weinen, als sie Tauner sah.

»Was ist denn los?«, fuhr der Mann Tauner an.

»Ich bin Polizist!« Er konnte noch immer nichts erkennen und die Menge verursachte einen Lärm, die ihn kaum ein Wort von dem verstehen ließ, was der Mann sagte.

Endlich ging der Rentner beiseite. Nun erst konnte Tauner erkennen, dass ein Orang-Utan durch die Gitterstäbe hindurch eine Pflegerin gepackt hatte, sie schüttelte und schlug. Die Frau hing leblos in seinen Händen, ob sie tot oder nur bewusstlos war, konnte Tauner nicht erkennen. Der Körper des Affen verdeckte seine Sicht. Tauner griff nach seiner Pistole, doch die lag gut verschlossen in seiner Wohnung. Jemand schrie hysterisch, einige Frauen und Kinder weinten und weitere Leute strömten zum Gehege. Tauner fluchte lautlos, ließ vom Gitter ab und schob sich aus dem Gedränge. Er rannte los, lief um das Gebäude herum bis zu einer braun lackierten Blechtür, durch die die Tierpfleger Zutritt zum Bereich hinter den Gehegen hindurchmussten. Die Tür war verschlossen, hatte keine Klinke. Tauner hämmerte dagegen. Zuerst tat sich nichts. Er hämmerte erneut. »Aufmachen, Polizei!«, rief er und versuchte den Lärm der Besucher zu übertönen. Mittlerweile strömten Leute aus allen Richtungen zum Menschenaffenhaus. »Aufmachen!«, rief Tauner erneut und trat wütend gegen die Tür.

»Ich kann Sie nicht hier einlassen!«, antwortete plötzlich eine Männerstimme.

»Was soll das heißen?«

»Gehen Sie, wir kommen allein klar!«

»Ich bin Hauptkommissar Tauner von der Kriminalpolizei, lassen Sie mich sofort rein!«

»Woher soll ich wissen …«

»Jetzt machen Sie schon endlich auf, ich habe einen Ausweis!« Endlich öffnete sich die Tür. Tauner schob sogleich seinen Fuß in den Spalt. Seinen Ausweis hatte er schon hervorgeholt. Er zeigte ihn dem rotgesichtigen großen Mann. Der tat einen Schritt zurück und Tauner trat endgültig ein. »Los kommen Sie!«, fuhr er den Pfleger an und wollte in den Bereich hinter den Käfigen.

Der Pfleger hielt ihn fest. »Es ist schon zu spät!«, sagte er.

Tauner schürzte die Lippen und überlegte einen Moment, wie er reagieren sollte. Der Mann sah aus, als wüsste er, wovon er sprach. »Ich muss es trotzdem sehen und wir müssen einen Arzt holen.«

»Der Arzt kommt gleich. Glauben Sie mir, es ist zu spät. Ich habe versucht einzugreifen, aber es war einfach schon zu spät.« Der Mann hob die Hände ein wenig und ließ sie kraftlos fallen. Er war etwa 50 Jahre alt, fast einen Kopf größer als Tauner und hatte eine Halbglatze. Die restlichen Haare hatte er lang wachsen lassen und zu einem grauen Zopf gebunden. Die Hemdsärmel seiner Arbeitskleidung waren abgetrennt, die Arme muskulös und voller Narben.

Tauner nickte und wollte sich an dem Mann vorbeischieben. Der hielt ihn fest. »Sie können da nicht rein!«

»Wollen wir wetten?«, fragte Tauner drohend.

»Nein, Sie verstehen das nicht, die Tiere sind sensibel, da kann nicht jeder rein, die … drehen durch. Man muss es sehr sachte angehen.«

Tauner hob die Hand. »Ich will mich ja nicht in Ihre Arbeit einmischen, doch da hinten liegt eine schwer verletzte Frau. Irgendjemand muss sowieso nach hinten und die Affen sind mir in diesem Falle völlig egal. Gehen Sie beiseite!« Tauner drückte den Pfleger mit der flachen Hand weg und betrat den lang gestreckten Gang hinter den Käfigen, die jetzt alle leer waren.

Als er die Tür zum Außengehege erreichte, holte ihn der Pfleger ein. »Kommen Sie dem Gitter nicht zu nah. Wenn er Sie einmal gepackt hat, lässt er Sie nicht mehr los.«

»Warum sollte er nach mir greifen?«

»Weil er sein Revier verteidigen will, zeigen, wer der Boss ist.« Der Pfleger drückte die Tür auf.

Zuerst sah alles harmloser aus, als Tauner nach dem Anblick von außen vermutet hätte. Die Frau, die auch etwa 50 Jahre alt sein mochte, lag in dem kurzen Gang hinter den Freiluftgehegen, auf dem Rücken. Ihre Augen waren offen, die Zunge war ihr aus dem Mund gequollen. Sie hatte eine Wunde am Hinterkopf, aus der ein wenig Blut gelaufen war. Tauner bückte sich zu ihr herunter und tastete nach ihren Puls. Weil er keinen finden konnte, versuchte er mit dem Ohr auf ihrer Brust nach dem Herz zu lauschen, doch er hörte nichts. »Wann ist das passiert?«, fragte er den Pfleger.

Der hob die Schultern. »Ich war gerade draußen, als ich wieder kam, da hatte er sie sich schon gegriffen und sie war bereits leblos. Ich hab gleich Erste Hilfe probiert, es hat keinen Zweck.«

Tauner zog seine leichte Jacke aus und bog den Kopf der Frau nach hinten. »Wie haben Sie Erste Hilfe geleistet?«, fragte er und schob mit dem Zeigefinger die Zunge der Frau beiseite.

»Herzdruckmassage und Beatmung!«

Wann wollte er das gemacht haben?, dachte Tauner. »Kommen Sie her. Machen Sie das so!« Er führte dem

Mann eine Herzdruckmassage vor. Der Pfleger kniete sich neben ihn und tat wie geheißen, Tauner begann mit der Beatmung.

Es war sinnlos, wusste er schon nach wenigen Sekunden, warum tat er das also? Vielleicht wegen der Besucher, die ihn sehen konnten. In der Ferne hörte Falk die Sirenen des Rettungsdienstes. »Gibt's keine ausgebildeten Ersthelfer hier?«, fragte Tauner und wischte sich den Schweiß aus dem Gesicht.

»Ich bin einer«, sagte der Pfleger und sah aus, als wollte er aufgeben. »Das hat doch keinen Sinn mehr!«

»Hat es, heutzutage … gehen Sie die Tür aufmachen!« Tauner hatte es an der Tür klopfen gehört. Der Tierpfleger erhob sich und lief los. Tauner lehnte sich zurück. Die Frau war tot, daran konnte niemand mehr etwas ändern. Dann hörte er hinter sich ein leises Geräusch. Ein Schauer fuhr ihm über den Rücken und hastiger, als er es vorgehabt hatte, drehte er sich zur Seite und krabbelte wie ein Krebs weg vom Gitter. Das Orang-Utan-Männchen saß am Gitter, hatte die Hände lässig auf einer Querstrebe abgelegt und betrachtete ihn mit gesenktem Kopf. Harmlos sah er aus, wie ein Sack voller Brote, die riesigen Backenwülste ließen ihn gemütlich aussehen, erinnerten ihn ein wenig an seinen dicken Kollegen.

Tauner, der außer Reichweite war, erwiderte den Blick des Männchens. Dann sah er das Blut am Gitter. Ein paar Haare der Frau klebten daran. Er erhob sich und rutschte auf Knien zum Kopf der toten Pflegerin. Vorsichtig drehte er ihn, bis er die Wunde am Hinterkopf sehen konnte. Wahrscheinlich hatte der Affe ihren Schädel gegen die Gitterstäbe geschlagen. Womöglich war sie da schon tot gewesen. Im nächsten Moment kam der Notarzt mit dem

Pfleger und zwei Rettungsassistenten. Er stellte seinen Koffer ab und bückte sich hinunter zur Toten, wobei er einen respektvollen Abstand zum Gitter hielt. Im Augenwinkel sah er, wie der Affe seine Unterlippe vorschob und von dem Blut kostete.

»Sie sind der Polizist?«, fragte der Arzt, er war ein schlanker Mann von etwa 30 Jahren.

Tauner nickte, dann meldete sich der Pfleger. »Sie können nicht hier bleiben. Es ist zu eng, Theo könnte nach Ihnen greifen!«

Der Arzt warf einen Blick auf den Affen. »Bringen wir sie nach drinnen! Haben Sie eine Decke?«, fragte er den Tierpfleger. Sie trugen die Frau hinein und der Arzt untersuchte sie. Er prüfte die Atmung, besah sich kurz die Pupillen. »Intubation vorbereiten!« Ein Rettungsassistent reichte ihm den Tubus.

Tauner erhob sich. »Wer heißen Sie?«, fragte er den Pfleger. »Haben Sie hier etwas zu sagen?«

»Mein Name ist Bormann, ich bin hier der Revierleiter!«

»Und wo waren Sie, als der Unfall geschah?«

»Ich war bei den Flamingos, hab sie gefüttert.«

»Und kamen Sie wieder, weil Sie mit der Fütterung fertig waren oder weil Sie etwas gehört haben?«

»Ich war auf dem Rückweg.«

»Und Sie haben was gesehen?« Tauner warf einen Blick auf den Notarzt. Einer der Rettungsassistenten beatmete die Frau mit dem Beatmungsbeutel. Der Arzt stach derweil einen Zugang in die Vene und spritze ihr ein Medikament, welches, soweit Tauner wusste, die Herztätigkeit anregen sollte.

Tauner wandte sich wieder dem Pfleger zu. Der

schluckte und dachte nach. »Ich hörte die Leute rufen und ahnte, was geschehen war.«

»Sie ahnten das?« Tauner warf einen prüfenden Blick auf den Mann.

Der Pfleger fuhr sich seitlich durchs Haar und straffte seinen Zopf. »Ich ahnte, was geschehen sein könnte.«

Tauner schüttelte verständnislos den Kopf. »Passiert denn so etwas öfters?«

Jetzt atmete Bormann durch und zeigte, wie sehr ihm Tauners Fragerei auf die Nerven ging. »Orang-Utans … Alle Menschenaffen sind sehr gefährlich. Wenn man nicht aufpasst, kann so was passieren.« Er deutete vage auf seine Kollegin. »Da die Besucher so schrien, ahnte ich eben, was geschehen war.«

Bormann sah sich um, als suchte er etwas. Tauner reagierte schnell. Er hielt den Mann fest, bevor dieser umkippen konnte und half ihm, sich auf den Boden zu setzen. Tauner hockte sich daneben. Im nächsten Moment hörte er einen Schlüssel im Schloss und mehrere Leute kamen herein. Tauner erhob sich und trat zwei Männern in den Weg. Einer war in Zivil, der andere hatte Arbeitskleidung an. »Moment, wer sind Sie?«

»Wer sind Sie denn?«, fragte der in Zivil zurück. Er war etwa in Tauners Alter, hatte gepflegtes dunkles Haar und sah aus wie einer, der Sport trieb und sich gesund ernährte.

»Kriminalpolizei Dresden, Hauptkommissar Tauner.« Falk holte seinen Ausweis hervor.

Der Mann runzelte die Stirn und sah dann fragend zu Bormann, der den Kopf hängen ließ und zu Boden starrte. »Ich bin der Zooinspektor. Wittstock ist mein Name! Wie kommt es, dass die Polizei schon da ist? Wir haben sie gar nicht gerufen.«

»Ich war zufällig hier.«

»Wie geht es Martina?« Wittstock betrachtete die Bemühungen des Notarztes.

»Sie ist tot!« Tauner gab den Weg frei, doch Wittstock machte keine Anstalten, näher zu treten. Stattdessen drängte sich sein Begleiter nach vorn und kniete sich schluchzend neben den Arzt. Tauner wünschte sich, es wären nicht so viele Leute hier.

»Sind Sie ein Angehöriger?«, fragte der Notarzt den aufgelösten Tierpfleger, was wohl bedeuten sollte, er solle sich fern halten.

Der Pfleger konnte nur den Kopf schütteln, bevor er hochschnellte und Bormann anfuhr. »Das hast du doch mit Absicht gemacht, du Sau!«, zischte er den Revierleiter an und sah aus, als würde er gleich tätlich werden.

»Ruhig, Mann«, mahnte Tauner und drängte sich zwischen die Männer. »Er war ja gar nicht hier, als es passierte.«

»Reißen Sie sich zusammen, Herr Flieger!«, sagte auch der Zooinspektor und Tauner ahnte, dass ihm wohl daran lag, dem Polizisten keinen allzu großen Einblick in die innerbetrieblichen Dissonanzen zu ermöglichen. Der wütende Tierpfleger ließ von seinem Kollegen ab und Tauner nahm sich fest vor, ihn nach seiner Motivation zu diesem Ausbruch zu fragen.

»Gehen Sie in Ihren Bereich zurück, ich komme dann zu Ihnen!«, wies Wittstock den Mann an.

Der Pfleger sah aus, als wollte er sich erneut aufbäumen, doch Wittstocks eisiger Blick wusste es zu verhindern. Wütend stapfte er aus dem Gebäude und warf die Tür hinter sich zu.

Eine unangenehme Stille entstand. Tauner legte den Kopf schief und lauschte.

»Und was ist jetzt das?«, fragte er leise. Irgendwo im Gebäude weinte jemand.

»Das ist die Neue«, stöhnte Bormann, als wäre ihm jetzt erst eingefallen, dass noch jemand da war.

»Irgendwelche Vorschläge?«, fragte der Notarzt und sah die Rettungsassistenten an.

»Sie haben alles mit angesehen?«, fragte Tauner. Der Raum war nicht sehr groß. Eine Anrichte aus Edelstahl befand sich darin, ein großer Kühlschrank, eine Spüle und ein alter Schrank, der als Spind diente. Außerdem ein kleiner Tisch mit drei Stühlen. Auf einem von ihnen saß die Neue, Tauner setzte sich daneben.

Die Frau hatte die Hände vor das Gesicht gepresst und schluchzte herzergreifend, man sah nur ihr zerzaustes blondes Haar. Tauner berührte sie sachte am Arm. »Beruhigen Sie sich, brauchen Sie etwas, Wasser vielleicht?« Tauner erhob sich, sah sich suchend um und nahm schließlich eine Edelstahltasse.

»Die sind für die Affen«, brachte die Frau hervor. Tauner drehte sich um und war erstaunt. Er hatte ein junges Mädchen erwartet, die Frau jedoch war mindestens 30.

Das konnte er gut als Aufhänger für ein Gespräch verwenden. Sein Gegenüber schien ihm zu fragil, als dass er sie sogleich mit Fragen bombardieren konnte. »Ich habe gedacht, Sie wären ein Lehrling. Bormann, sagte ›die Neue‹, das habe ich wohl falsch interpretiert.«

»Gewissermaßen bin ich Lehrling. Ich bin sozusagen ein Quereinsteiger.« Die Frau versuchte ein Lächeln. Tauner sah weg, als er erkannte, wie es entglitt. Und wieder schluchzte die Frau auf. »Die sehen so friedlich aus, und dann …« Sie schien wütend, wischte sich die Tränen aus dem Gesicht. Ihr Haar klebte an der Stirn, ihre Augen gerötet.

»Das hat der wohl nicht mit Absicht gemacht«, sagte Tauner.

»Sagen Sie das nicht!«, erwiderte sie.

Tauner beschloss, nicht darauf einzugehen. Er selbst war geschockt, er selbst hatte geglaubt, ein Orang-Utan wäre etwas wie ein großes muffiges Plüschtier, dem man ab und zu eine Banane gab. »Ihren Namen und Ihr Alter brauche ich, für das Protokoll!«

»Nora Stern. 27.«

Tauner notierte sich den Namen in sein Notizbuch. »Ich bin übrigens Falk Tauner, Hauptkommissar von der Kripo Dresden.«

Stern schien verblüfft. »Von der Kripo? Warum sind Sie denn hier?«

»Rein zufällig. Können Sie mir jetzt sagen, wie das passiert ist?«

Die Stern sah einen Moment lang aus, als würde sie erneut die Fassung verlieren, dann aber atmete sie durch. »Also gut. Bormann war weggegangen und ich war hier in der Futterküche. Im Sommer geben wir den Tieren zwischendurch immer mal Obst. Da glaubte ich, etwas zu hören, doch draußen war zu viel los …«

»Was haben Sie zu hören geglaubt?«

»Einen Schrei. Es hätte auch ein Kind gewesen sein können. Ich hab mir also nichts weiter gedacht, bis jemand gegen die Durchgangstür zum Außengehege schlug. Da bin ich losgerannt. Ich weiß, dass die Affen sehr gefährlich sein können, die haben unheimlich viel Kraft. Die können einem ruck, zuck den Arm brechen. Ich hab also die Tür aufgerissen, da sah ich, dass Theo Frau Weigelt am Hals gepackt hielt und ans Gitter presste. Sie hat sich gewehrt und ich hab versucht, Theos Finger von ihrem Hals zu lösen, doch die waren wie ... wie Stahl. Er sah so ungerührt aus ... es machte ihm nichts aus, wissen Sie?« Stern sah ihn mit entsetzten Augen an.

Tauner wollte im Reflex mit den Schultern zucken, vermied es gerade noch. »Es ist ein Tier. Ein Löwe tötet Sie auch nicht aus Mordlust. Das ist der Unterschied zum Menschen. Ein Tier handelt nur aus dem Instinkt heraus. Was geschah weiter?«

»Also Frau Weigelt verdrehte die Augen und die Zunge kam aus dem Mund, und dann zuckten ihre Füße und sie hörte auf sich zu wehren. Und da ließ er sie los. Wissen Sie ...« Jetzt verlor Nora Stern die Kontrolle über ihre Gefühle. »Der hat sie einfach so fallen gelassen ... einfach wie Müll ... oder ...« Tauner erhob sich und versuchte ein wenig linkisch die Frau zu trösten, indem er ihre Schulter tätschelte.

Bormann betrat das Zimmer und sah aus, als hätte er nicht damit gerechnet, hier jemanden vorzufinden. Tauner gab ihm ein Zeichen hereinzukommen. Der Pfleger warf einen prüfenden Blick auf die weinende Frau.

»Als Sie ankamen, war da Frau Stern bei der verunglückten Kollegin?«

Bormann schüttelte den Kopf.

»Und als Sie kamen, lag da Frau Weigelt schon am Boden?«

»Glauben Sie mir etwa nicht?«, fuhr Nora Stern plötzlich auf.

Tauner schenkte ihr einen traurigen Blick. Er glaubte niemandem etwas. Manchmal glaubte er sich selbst nicht. Und immer wieder stellte er im Nachhinein fest, wie sehr er bestimmte Menschen damit verletzte. »Ich versuche nur, die Fakten zu sortieren, wenn ich es nicht mache, tut es ein Kollege. Hätten Sie die Polizei auf dem normalen Wege gerufen, täten die nichts anderes.«

Stern sah ihn mit bebenden Lippen an. »Haben Sie mir denn etwas vorzuwerfen?«, flüsterte sie.

Bestenfalls unterlassene Hilfeleistung, dachte Tauner sich. Doch er wollte keinen Missmut hineinbringen. Er selbst war noch viel zu aufgeregt. Denn im Gegensatz zu den Toten, die er sonst zu Gesicht bekam, war diese Frau mehr oder weniger vor seinen Augen gestorben. Schließlich schüttelte er den Kopf.

Bormann war in der Zwischenzeit zur Anrichte gegangen und lehnte sich dagegen. Er starrte den gefliesten Boden an.

»Warum hat Ihr Kollege das gesagt?«, fragte Tauner.

Bormanns Augen hoben sich müde und sahen Tauner fragend an.

»Dieser Flieger, warum hat der das gesagt, das hätten Sie mit Absicht gemacht?«

Bormann verzog das Gesicht, als hätte er Zahnschmerzen. »Ich …«

»Das ist eine interne Sache, Herr Hauptkommissar!«, mischte sich Zooinspektor Wittstock ein. Er hatte offenbar die ganze Zeit hinter der Tür gestanden. »Das geht Sie nichts an und es hat, wie Sie selbst sagten, mit der Sache nichts zu tun. Menschenaffen gelten als die gefährlichsten Zootiere überhaupt und was wir hier haben, ist ein tragischer Unfall. Wie es zu dem Unfall kam, müssen wir klären. Wahrscheinlich läuft es auf Fahrlässigkeit hinaus. Sie selbst haben es gesehen, sagen Sie.«

Tauner wollte auffahren, denn er entschied, was er

hören wollte und was ihn anging, doch dies war erstens wirklich ein Unfall gewesen und zweitens fiel ihm in diesem Moment etwas sehr Wichtiges ein. »Oh Mann«, stöhnte er und erhob sich, um an Wittstock vorbei nach draußen zu gehen. Doch der Notarzt stellte sich ihm in den Weg.

Er hielt ein Papier in der Hand. Tauner erkannte ein Protokoll. Er nahm Tauner am Ärmel und zog ihn sanft von der Tür zur Futterküche weg. »Ich hab die Todeszeit eingetragen, Todesursache unklar.«

Tauner nickte.

»Die haben unheimliche Kraft, was?« Der Notarzt deutete nach hinten. »Der hätte ihr den Kopf abdrehen können. Ich habe mal einen Fernsehbericht gesehen. Die haben Kraft wie drei Männer.«

»Ja, furchtbar!«, sagte Tauner, ließ den Mann stehen und eilte nach draußen. Er lief um das Haus, wo sich eine erstaunliche Menschenmenge angesammelt hatte, und sah sich um. Dann nahm er sein Handy hervor und wählte eine Nummer. »Nicole? Wo seid ihr denn?«

3

»Ja, was hättest du denn tun sollen?«, fragte Uhlmann. »Konntest ja nicht einfach abhauen.«

Tauner wunderte sich über den unerwarteten Zuspruch. Der Montag war jung und roch nach Kaffee im Büro. Den Sonntag hatte er damit verbracht, seinen Kindern nachzutelefonieren, die allesamt beleidigt waren.

Pia war nicht ganz einverstanden. »Du hättest wenigstens mal kurz nach draußen gehen können, um ihnen zu sagen, dass es länger dauern wird. Oder anrufen.«

Uhlmann wedelte den Einwurf fort. »Wenn er doch zu tun hatte, du weißt selbst, wie schnell die Zeit vergeht, wenn man Stress hat. Die sollen sich nicht so haben, immerhin ist da gerade eine Frau gestorben. Eigentlich sollten sie stolz auf ihren Vater sein, weil er versucht hat, sie zu retten.«

Tauner konnte seinen erstaunten Blick nicht von seinem Kollegen losreißen. Diese Gemengelage gab es nicht oft, dass beide Kommissare mit einer Stimme gegen Pia sprachen. Es war ihm suspekt. Uhlmann war sonst prinzipiell gegen Tauner. »In dem Moment«, murmelte er, »habe ich sie total vergessen.«

Pia seufzte hörbar. Wenn man sie ließe, würde sie mit einer riesigen Tube Leim die Familie Tauner zusammenkleben. Bei Falk hinterließ Pias Verhalten immer das fade Gefühl, als hielte sie ihn für nicht reif genug, um für sich selbst entscheiden zu können. Er kostete von seinem Kaffee, der bitter schmeckte. Genauso bitter wie der Gedanke, dass Pia vollkommen recht hatte. Doch was hätte er diesmal anders machen können? Nichts!

Pia hatte sogleich den toten Punkt erkannt, an dem dieses Gespräch angelangt war, und wechselte das Thema. »In der Zeitung haben sie geschrieben, die Orang-Utans würden falsch gehalten und dass am Sonntag 30 Prozent mehr Besucher in den Zoo kamen. Ob sie den Affen jetzt einschläfern?«

Tauner schüttelte den Kopf. »So etwas machen die heutzutage nicht mehr. Das war ein Unfall und die Pflegerin war selbst dran schuld. Der Fall ist bei Staatsanwältin Diekmann-Wachte angekommen und die hat ihn gleich geschlossen. Die Doktor Rensing hat im Prinzip alles bestätigt.«

»Im Prinzip?«, fragte Uhlmann.

Tauner nickte in sich rein. »Sie hat alles bestätigt. Die Frau ist von dem Affen regelrecht erwürgt worden. Er hat ihr nicht nur die Luft, sondern auch die Blutzufuhr zum Gehirn abgeschnitten. Wie lang das Ganze ging, versuchen unsere Leute herauszufinden. Einige Besucher sagen, es hat schon zehn Minuten gedauert, ehe ich eingeschritten bin. Die hätte wahrscheinlich keiner mehr retten können. Letztlich ist das jetzt Sache der Berufsgenossenschaft, alles aufzuklären. Die Rensing lässt im Labor die Blutproben auswerten, ich denke, das wird es dann auch gewesen sein. Wieso denn eigentlich zwei Kinder?« Der letzte Gedanke war Tauner gerade eben erst gekommen.

Dementsprechend machte Pia eine erstaunte Miene.

»Die Weigelt, die Tote, die war doch schon 50 oder so.«

Pia schlug die Zeitung auf und überflog die Zeilen. »Zwei Kinder, steht hier. Vielleicht sind die schon erwachsen. Vielleicht hat sie auch erst spät angefangen.«

»Vielleicht hat die Zeitung keine Ahnung«, mischte sich Uhlmann ein. Dann kam auch ihm ein Gedanke. »Ich hab übrigens heut Morgen einen neuen ›Tag‹ entdeckt, direkt vor unserer Haustür.«

Tauner starrte seinen Kollegen eine Weile an und hoffte, der Aha-Effekt setze bei ihm ein, doch Uhlmann wurde die Zeit zu lang. »Dein Sprayer! Der hat wieder zugeschlagen. Direkt hier unten am Stromkasten. Wenn du aus dem Fenster siehst, rechts. Die aus der Abteilung Graffiti sagen, der Typ wäre einer der ganz Fleißigen. Lässt fast jeden Tag einen stehen. Vorausgesetzt, es ist immer derselbe.«

Tauner zuckte unwillkürlich mit den Achseln. »Was hat er denn davon? Wie ein Köter, der alle Ecken anpinkelt.«

Uhlmann zwinkerte bestätigend. »Ganz genau das ist es auch. Er hat auch schon zwei große Graffiti abgesetzt, beide an S-Bahn Waggons, das bringt in den einschlägigen Kreisen den meisten Ruhm. Auf einem Abstellgleis beim Hauptbahnhof, dort, wo Polizei und Wachschutz patrouilliert.«

»Und glaubst du, er hat das mit Absicht gemacht. Also wegen mir?«

»Na klar. Du kannst mich mal, soll das heißen.« Uhlmann lachte und machte sich über ein Brötchen her.

4

Der nächste Morgen brachte keinerlei neue Erkenntnisse. Tauners Kinder waren weiterhin beleidigt und die Laboranalyse vom Blut der Toten bestätigte die Unfalltheorie. Die Pflegerin musste in einem unbedachten Moment dem Käfig zu nahe gekommen sein, Theo, der älteste männliche Orang-Utan, hatte sie ergriffen, sie zu sich herangezogen und sie gewürgt. Frau Stern hatte versucht, die Hände des Affen vom Hals der Frau zu lösen, war an der puren Kraft des Tieres gescheitert und entsetzt davongelaufen, was ihr keiner übel nahm. Der Zoo selbst sprach von einem tragischen Unfall. Die Sicherheitsvorkehrungen würden noch einmal überprüft, doch es war niemandem eine bestimmte Schuld zu- oder nachzuweisen.

Pia haute Tauner eine Tasse Kaffee auf den Tisch, wie sie es fast immer tat, um zu zeigen, dass er sich ihn selber holen konnte. Tauner ignorierte das wie immer. »Die kriegen jetzt echt Probleme!«, meinte Pia und legte Tauner eine Ausgabe von Deutschlands größtem Boulevardblatt auf den Tisch.

›PETA beklagt falsche Tierhaltung‹, las er. Nichts Neues, dachte er sich dabei. »War doch klar, die machen immer gleich Betrieb, wenn sich ihnen eine Gelegenheit bietet.«

Pia wollte sich ihre Schwarzmalerei nicht gleich vermiesen lassen. »Die rufen zur Demonstration auf! Die wollen sich morgen da treffen und so etwas wie eine Mahnwache halten. Ich hab das im Internet gelesen.«

»Soll ich etwa was dagegen tun?«, fragte Tauner seine Schreibkraft.

Pia ging nicht darauf ein. »Warum glaubst du, hat er sie umgebracht?«

Tauner hob die Schultern, darüber hatte er schon zwei Nächte lang nachgedacht und war zu keinem Schluss gekommen. »Wahrscheinlich aus demselben Grund, aus dem es gefährlich ist, in den Löwenkäfig zu klettern. Weil er konnte. Weil er sie erwischt hat.«

»Das ist nicht ganz logisch. Affen fressen kein Fleisch, zumindest keine Orang-Utans.« Pia wollte sicher rüberkommen, schaffte es jedoch nicht ganz. »Soviel ich weiß«, fügte sie hinzu.

»Wie gesagt, der Inspektor meinte auch, Menschenaffen gelten als die gefährlichsten Zootiere. Das Orang-Utan-Männchen hat sie erwischt, weil sie unvorsichtig war, und hat sie umgebracht.«

»Das sind doch keine Mörder, dahinter steckt doch keine Tücke.«

»Was quatschst du mich denn voll damit?«, knurrte Tauner. »Ich hab es doch gesehen! Außerdem hat keiner von ›Mord‹ geredet. Er hat es eben getan, einfach so.«

Jetzt war Pia beleidigt. »Was sollen die denn auch sonst tun, wenn sie den ganzen Tag eingesperrt sind!«

Tauner schob seinen Kaffee weg. »Du tust ja gerade, als sei ich daran schuld.«

»Hättest du eigentlich geschossen, wenn du deine Waffe mitgehabt hättest?«, fragte Uhlmann.

Tauner schrieb sich in Gedanken eine Notiz, niemals mit seinem Kollegen einen Porzellanladen aufzusuchen.

»Ich weiß es ehrlich gesagt nicht. Ich hab instinktiv nach der Pistole gegriffen, hätte wahrscheinlich nicht geschossen, da standen über Hundert Menschen. Hätte ich einen Gitterstab getroffen, wäre der Schuss als Querschläger vielleicht in die Menge geknallt. Ich will gar nicht daran denken.«

»Du hättest ihn abgeknallt, stimmt's?« Pia lächelte wütend.

Tauner atmete tief durch. »Pia. Ich selbst habe es nicht geglaubt, aber so wie es aussieht, hat er sich die Frau geschnappt und sie glatt erwürgt. Es tut mir leid, es ist so. Und wenn du jetzt gegen Zootierhaltung bist, geh eben demonstrieren morgen. Ich überlege mir, ob ich Urlaub einreiche. Wenigstens ein paar Tage. Ich muss mich wohl bei meinen Kindern wieder einkratzen. Tom und Sandy haben noch eine Woche Ferien und vielleicht kann Nicole freimachen.«

»Soweit ich weiß, hat Sandy einen Ferienjob.« Pia senkte die Augen und wurde rot.

Tauner verengte die Augen zu Schlitzen. »Habt ihr miteinander gesprochen?«

»Nein«, antwortete Pia zögerlich.

»Du hast nicht mit Nicole gesprochen. Mit wem denn? Mit meiner Ex?«

Uhlmann wendete rückwärts im Porzellangeschäft. »Es ist nicht verboten!«, meinte er dazu. »Nur weil ihr in Scheidung lebt.«

»Ich hab doch gar nichts …« Tauner verstummte, weil das Telefon klingelte, und lenkte seine Wut von Pia auf den Anrufer. »Was denn?«, schnauzte er in den Apparat. »Ein Flieger? Herr Flieger? Ach ja, ich schicke jemanden!« Tauner legte auf und sah Pia an.

Die verschränkte ihre Arme trotzig. Uhlmann hob provokativ die Augenbrauen und rührte sonst keinen Muskel.

»Geh ich eben selbst!«, zischte Tauner.

Hermann Flieger wirkte zerfahren und sah sich im Gebäude um, als erwartete er jeden Moment, angegriffen zu werden. Tauner hatte ihn gebeten zu schweigen, bis sie im Büro waren, nun waren sie angekommen und Flieger schwieg noch immer.

Uhlmann beugte sich vor und lächelte. »Also was nun, Herr Flieger. Hat Sie jetzt der Mut verlassen?«

Tauner hielt sich zurück. Uhlmann hatte auf bestimmte Menschen eine besondere Wirkung. Vor ihm verloren sie die Hemmung, wahrscheinlich weil er irgendwie wie ein großer Bruder schien. Ein ganz großer Bruder und ein dicker dazu. Manchmal schienen die Krümel in seinem Bart das Tüpfelchen auf dem i zu sein. Und da sollte mal jemand sagen, er wäre nicht lernfähig, dachte sich Tauner. Guter Bulle, böser Bulle, dachte er. Früher war er immer der gute gewesen.

Flieger schnaufte. Er war ein hagerer Mann in Tauners Größe, der die 50 offensichtlich überschritten hatte. Während er in Arbeitskleidung ausgesehen hatte wie ein zäher, sehniger Bergsteiger, wirkte er in Zivil einfach nur leicht unterernährt. Er hatte kurzes helles Haar und trug nun eine Brille, die nicht gerade das neueste Modell war, und auch nicht das zweitneueste. »Es ist nicht einfach«, sagte er leise und Tauner wusste, was er damit meinte. Sich etwas vorzunehmen, ist das eine, es durchzuziehen das andere.

Schon verlor er die Geduld und beschloss die Sache ein wenig zu forcieren. »Sie haben am Sonnabend gegenüber Bormann etwas angedeutet, sind Sie deshalb hier?«

Flieger wiegte erst den Kopf, bevor er nickte. »Haben Sie vielleicht etwas zu trinken?«, fragte er fast jämmerlich.

Falk hörte durch die geschlossene Tür, wie nebenan ein Stuhl zurückgeschoben wurde und ein Glas leise klirrte. Er wechselte mit Uhlmann einen belustigten Blick. Dann kam Pia mit einem Glas Wasser.

Flieger trank mit zitternden Händen und stellte das Glas so vorsichtig ab, als könne es bei der Berührung mit dem Tisch explodieren.

Wer gleich in die Luft ging, war Tauner. »Herr Flieger!«, mahnte er und zog sich den Unwillen seines Kollegen zu. Seit man ihm einen Tumor aus dem Kopf hatte schneiden müssen, glaubte er immerzu, die Zeit renne ihm davon.

»Wissen Sie, warum ich hier bin, ist nicht einfach zu erklären. Ich will nicht den Eindruck erwecken, dass ich … also ich will Bormann nicht …« Flieger atmete durch. »Also ich und Martina, wir sind seit einer Weile ein Paar … gewesen.« Flieger schluckte und kämpfte mit sich.

Es fiel ihm wirklich nicht leicht, dachte Tauner und beschloss, dem Mann Zeit zu geben. Auch wenn es aussah, als würden sich seine Urlaubspläne gerade zerschlagen, und auch wenn es aussah, als würde Flieger keinen einzigen Satz abschließen können.

»Vorher war Bormann mit ihr zusammen«, schaffte Flieger zu sagen.

»Das ist interessant, aber was hat das mit dem Unfall zu tun?«, meinte Uhlmann brüderlich.

»Ja, er war noch mit ihr zusammen, da waren sie und ich schon … also das ging fast ein Jahr so. Sie hat es ihm erst vor einer Weile gesagt. Also genau genommen kurz vor Weihnachten. Er war wütend, also richtig wütend, verstehen Sie?«

»Ich verstehe das«, sagte Uhlmann schnell, wahrscheinlich um Tauner zuvorzukommen, aus Angst, er könnte den armen Kerl zu sehr einschüchtern. »Bloß, Bormann war gar nicht anwesend, als der Unfall passierte.«

Flieger holte tief Luft und schüttelte heftig den Kopf. »Nein, das ist auch alles falsch, das wollte ich gar nicht sagen. Ich bin nur so ... ich war so lange allein und dann war ich so glücklich und jetzt ... ich bin nicht wegen Bormann hier!«

»Na, warum dann?«, fuhr Tauner den Mann an, ehe Uhlmann und er sich selbst daran hindern konnten.

Flieger sah ihn leicht befremdet an.

»Bleib mal locker!«, mahnte Uhlmann. »Weshalb sind Sie nun hier, haben Sie einen anderen Verdacht?«

Flieger wandte sich an Uhlmann, kehrte Tauner halb den Rücken zu. »Ich will Bormann nicht verdächtigen. Ich bin hier, weil es einige Dinge gibt, die Sie beachten müssen. Ich habe eine lange Zeit mit den Menschenaffen gearbeitet, ehe ich zu den Kriechtieren versetzt wurde. Es ist eher unwahrscheinlich, dass Theo einen weiblichen Pfleger angreift. Männchen verteidigen ihr Revier immer gegen andere Männchen. Hätte der Affe Bormann angegriffen, hätte ich das verstanden. Außerdem ... ich weiß nicht richtig, wie ich es ausdrücken soll.« Flieger dachte nach. »Wie er sie umgebracht hat, ist untypisch. Er hat sie erwürgt, normalerweise gehen Affen mit ihren Opfern anders um. Meist sieht die Sache sehr schlimm aus, sehr, sehr schlimm, verstehen Sie?«

Uhlmann warf einen Blick zu Tauner, der hob für beide die Schultern, weil Uhlmann das nicht konnte.

Flieger fühlte sich zu Recht nicht verstanden. »Affen sind sehr kräftig. Kämpfe gehen bei ihnen immer furchtbar aus. Sie haben nachher meist schreckliche Wunden. Orang-Utans sind Einzelgänger, sie gehen sich normalerweise aus dem Weg im Dschungel. Kündigen geräuschvoll ihr Kommen an, damit die anderen Bescheid wissen. Aber wenn es zum Kampf kommt, kennen sie kein Erbarmen. Wenn Theo Martina umgebracht hätte, hätte sie viel schlimmer ausgesehen. Große Fleischwunden, sogar herausgerissene Gliedmaßen, alles Mögliche kann da passieren.«

Tauner beugte sich vor und suchte nach passenden Worten. »Ich habe so den Eindruck, als reicht es Ihnen nicht, dass Frau Weigelt erwürgt wurde.«

»Falk, du Idiot!«, sagte Pia.

Doch die falschen Worte, dachte Falk Tauner, doch anders war die Frage nicht zu stellen, denn genau den Eindruck musste man von Flieger haben. »Entschuldigen Sie bitte meine Ausdrucksweise«, bat er so freundlich wie ein Polizist, der nach den Fahrzeugpapieren verlangte. »Sie scheinen nicht zu verstehen, dass ich es gesehen habe. Die Stern hat sogar versucht die Finger des Affen zu lösen. Ich stand erst draußen vor dem Freigehege, dann bin ich hinten rein, Bormann hat mir aufgemacht, doch er selbst hatte die Anlage gerade erst betreten, das haben alle Zeugen bestätigt.«

Flieger ließ den Kopf hängen. »Tut mir leid, vielleicht bin ich auch einfach zu aufgewühlt. Ich weiß gar nicht, was ich tun soll. Ich muss doch wieder auf Arbeit, aber jedes Mal, wenn ich am Gehege vorbeikomme, weiß ich, dass da drinnen Martina gestorben ist. Und jetzt muss ich mich auch um die Beerdigung kümmern, und Martinas Eltern, denen muss ich das irgendwie beibringen. Die konnten mich noch nie leiden, die mochten

Bormann viel mehr!« Flieger schüttelte verzweifelt den Kopf.

»Wissen die Eltern von Frau Weigelt noch nichts davon?«, fragte Pia.

»Ich glaube nicht. Die lesen keine Zeitung und sehen kaum fern.«

»Es war doch vor drei Tagen, irgendjemand hat es ihnen schon gesagt.«

Flieger hob müde die Schultern.

»Und ihre Enkel, die Kinder von Frau Weigelt?«

Tauner wusste nicht, was Pia mit der Fragerei erreichen wollte. Am Ende beschwor sie einen Nervenzusammenbruch herauf und er musste die Eltern der Toten aufsuchen.

Fliegers Blick konnte Blumen welken lassen. »Die Kinder haben mit ihren Großeltern kaum etwas zu tun, die haben bestimmt keinen Kontakt aufgenommen, da gibt es irgendeinen Zwist in der Familie.«

Ja, bei wem nicht, dachte Tauner und ignorierte Pias Blicke. Sollte die starren, wie sie wollte, er fuhr Flieger nicht zu den Eltern der Weigelt.

»Wie alt sind die denn, die Kinder?«, fragte Uhlmann, obwohl er Tauners Meinung nach lieber den Mund hätte halten sollen.

»26 und 29 Jahre.« Herr Flieger sah auf und Uhlmann hoffnungsvoll an.

»Könnte es sein, dass Frau Weigelt den Affen falsch behandelt hat?«, fragte Pia plötzlich halb laut.

Jetzt warf Tauner ihr einen bedeutungsvollen Blick zu. Einer der bedeuten sollte, sie solle den Mund halten und sich nicht in die Polizeiarbeit einmischen. Doch anscheinend war seine Mimik nicht ausgereift, denn

Pia schien es eher als Aufforderung zu sehen, weiter nachzuhaken.

»Ich meine, werden die Tiere vielleicht gequält?«

»Also …« Flieger schien völlig konsterniert. Gerade von Pia hätte er das nicht erwartet.

»Tja, so ist das hier bei uns!«, gab Tauner seinem Gedanken eine Ausdrucksform. »Und, kann es denn sein?«

Jetzt begann der Tierpfleger heftig mit dem Kopf zu schütteln. »Das ist unmöglich. Wirklich. Das geht bei Affen nicht. Mann muss sie sachte behandeln, man muss ihnen zeigen, was sie tun dürfen und was nicht, auf eine sanfte Art. Wenn man sie misshandeln würde, könnte man sie gar nicht halten. Die würden durchdrehen oder die Nahrung verweigern.«

»Oder sie merken sich den Übeltäter und nutzen die Gelegenheit zur Rache, sobald sie sich ergibt«, setzte Pia ihre Ausführung fort.

»Nein doch, glauben Sie mir. Erst recht nicht Martina.«

»Aber Elefanten merken sich so etwas auch und Wale.« Pia hatte sich ein wenig festgebissen an diesem Gedanken. Dass ein Orang-Utan einfach so jemanden tötete, wollte sie nicht akzeptieren.

»Es sind keine Elefanten, sondern Primaten, Orang-Utans, und Theo hatte keinen Grund, Martina umzubringen. Das passiert manchmal, Sie müssen mal Bücher darüber lesen.« Flieger sah sich verzweifelt nach Hilfe um.

Pia schien Gefallen an der Rolle der Polizistin gefunden zu haben. »Aber gerade kamen Sie doch zu uns und meinten, etwas stimme da nicht, und dass ein männlicher Affe keine Frau angreift.«

Flieger hob die Hände und schien den Tränen nahe. »Das ist doch kein geschriebenes Gesetz.«

Tauner erhob sich. »Kommen Sie, ich fahr Sie zu Frau Weigelts Eltern!«

Uhlmann grunzte verblüfft und Pia verschränkte die Arme. Und ob sie die Lippen aus Wut zusammenkniff oder weil sie sich ein Grinsen verkneifen musste, beschäftigte Tauner noch, bis sie das Polizeipräsidium verlassen hatten und im Auto saßen.

Sie fuhren bis fast nach Bautzen. Flieger saß im Fond von Tauners Dienstwagen, Uhlmann rechts von ihm. Flieger wagte es nicht mehr, auch nur einen Ton von sich zu geben. Ab und an warf Tauner einen Blick in den Rückspiegel.

»Passiert das öfters?«, fragte Uhlmann mitten in die halbstündige Stille. »So ein Unfall?«

Flieger zuckte zusammen, als wäre er beinahe eingeschlafen. »Wenn man solche großen Tiere hält, muss man damit rechnen.«

»Das ist keine Antwort«, beschwerte sich Uhlmann.

»Es passiert. Jeden Tag passiert etwas irgendwo. Man hört immer nur von den ganz schlimmen Dingen. Dann kommen immer gleich die Tierschützer.«

Uhlmann grunzte und Tauner wusste, dass sein Kollege eine konkretere Antwort wollte.

Flieger schien das nun selbst zu bemerken. »Ich kann es nicht genau sagen. Einmal pro Jahr in Europa vielleicht …«

»… gibt es einen Toten?« Jetzt war Uhlmann verblüfft.

»Nein, einen Angriff. Normalerweise hätte man intervenieren können. Die Stern hätte Theo mit dem Wasserschlauch anspritzen sollen, das mögen die Affen gar nicht. Aber erstens war ich nicht dabei und zweitens ist sie nicht lange genug da, sie war bestimmt panisch. Vielleicht dachte sie so ähnlich wie Ihre Kollegin. Dass solche sanften Tiere nicht so sein können. Soviel ich gehört habe, hat sie ein Faible für Theo und umgekehrt auch.«

»Wie ist das denn gemeint?«, mischte Tauner sich ein.

Jetzt lebte Flieger ein wenig auf. »Bei Primaten ist das nicht einfach. Die Pfleger und die Affen müssen sich mögen. Da kann man nicht irgendjemanden hineinstecken. Man kann nur testen, ob die Affen gut mit dem neuen Pfleger können, und wenn nicht, hat es keinen Sinn, ihn da erst einzuarbeiten. Nora Stern hat offenbar einen guten Draht zu ihm. Ich schätze, wenn ihre Umschulung zu Ende ist, werden sie sie zu den Orang-Utans stecken.«

»Vorher macht sie eine Art eine Zoorunde? Eine Woche in jedem Revier?«

»Nicht nur eine Woche, aber im Prinzip ist es so. Im Primatenhaus ist sie wohl seit drei Wochen.«

»Kann man sich einfach so bewerben?«, fragte Tauner.

»Ich glaub schon, bin mir nicht sicher, fragen Sie da lieber mal den Wittstock. Der stellt die Leute ein und entscheidet, wer nach der Lehre übernommen wird. Martina hat damals auch …« Flieger verstummte abrupt und Tauner, der sogleich vermutete, ihm würde etwas verschwiegen, erkannte im Spiegel, dass Flieger wohl gerade eben von der Realität eingeholt worden war.

»Warum hat Wittstock so energisch darauf bestanden, dass Sie Ihre Differenzen mit Bormann vor mir zurückhalten?«, fragte er, um Flieger gar nicht erst in zu tiefe Trauer fallen zu lassen.

»Das liegt doch auf der Hand, der Fall ist offensichtlich und Sie mussten doch gleich die falschen Schlüsse ziehen!« Flieger verzog gequält das Gesicht.

Tauner musste erst einmal nachdenken, wie er das verstehen sollte. »Sie haben jetzt etwas gesagt, von dem sie glauben, Wittstock sieht das so? Der Fall ist für Sie nicht wirklich offensichtlich. Sie selbst haben ja gleich vermutet, Bormann hätte seine Hände im Spiel!«

»Ja, das habe ich im ersten Affekt gesagt«, flüsterte Flieger.

Uhlmann war auch noch wach. »Nun sind Sie aber zu uns gekommen! War das der zweite Affekt?«

»Ich hab Ihnen doch gesagt, ich will nicht behaupten, Bormann hätte etwas damit zu tun. Mir kam der ganze Unfall seltsam vor und je länger ich darüber rede, desto dümmer fühle ich mich.«

»Viele Menschen brauchen nach dem Tod von einem geliebten Menschen jemanden, dem sie die Schuld geben können. Offenbar hilft das ein wenig über den ersten Schmerz. Jedoch passieren Dinge manchmal einfach und es gibt nichts zu hinterfragen. Müssen wir da nicht raus?« Uhlmann zeigte auf ein Abfahrtsschild, Tauner bremste ab und wechselte die Spur.

Die Eltern der toten Tierpflegerin wohnten in einem kleinen Häuschen am Waldrand in der Nähe von Neschwitz. Das Grundstück sah gepflegt aus, das Häuschen selbst schien sich unter den Tannen zu ducken. Als Tauner den BMW auf das Grundstück lenkte, kam hinter dem Haus ein älterer weißhaariger Mann gelaufen, an der Hausecke blieb er stehen. Er hielt eine Schaufel wie ein Gewehr quer vor der Brust, als sei er bereit zuzuschlagen, machte jedoch einen eher lächerlichen als einen gefährlichen Eindruck.

»Ihr Vater«, flüsterte Flieger und fühlte sich offensichtlich nicht wohl. Ganz im Gegenteil, auf Tauner machte er den Eindruck, als müsste er sich gleich erbrechen. Deshalb kletterte er schnell aus dem Wagen und öffnete Flieger die Tür.

Als der Vater von Martina Weigelt Flieger erkannte, stellte er die Schaufel auf dem Boden ab. So wie er sie jetzt hielt, konnte man meinen, er brauchte sie als Stütze. »Du kommst zu spät!«, rief er aus und drehte sich um.

Flieger stand hilflos neben dem Auto, Schweiß perlte auf seiner Stirn.

»Wie meint er das?«, fragte Uhlmann, nachdem er sich ächzend aus dem Wagen gestemmt hatte.

»Sie wissen es wahrscheinlich schon«, sagte Flieger leise. »Ich sag es ja, die können mich nicht ausstehen.«

Mussten sie auch nicht mehr, dachte Tauner leicht erzürnt, denn nun waren sie völlig sinnlos eine Stunde lang gefahren. »Herr Weigelt, warten Sie!«, rief er. Er wollte nicht einfach stehen gelassen werden, auch wenn der Alte nicht wissen konnte, dass er Polizist war.

»Die heißen nicht Weigelt, die heißen Ambach, Rudolf und Helene Ambach.«

Besten Dank, dachte Tauner. »Herr Ambach!«, rief er und lief dem Alten nach. Er fand ihn in einem Gärtchen hinter dem Haus. Dort jätete er im Beet Unkraut, die Schaufel stand an die Hauswand gelehnt.

Der Alte richtete sich auf. Aus der Nähe schätzte Tauner ihn auf Mitte 70. »Wer sind Sie denn? Wir brauchen kein Bestattungsunternehmen! Ihr seid ja wie die Scheißfliegen!«

»Mag sein, dass ich Ihnen so vorkomme, aber ich bin Polizist!« Tauner zwang sich ein halbes Lächeln auf, den Rest wollte er sich für Frau Ambach aufheben.

»Und was wollen Sie schon wieder?« Der Alte sah zum Haus.

Tauner folgte seinem Blick, konnte allerdings nichts erkennen, das für ihn von Belang war. »Wieso wieder, waren schon die Kollegen da?«

Der Alte wurde ungehalten. »Ich meinte, was wollen Sie?«

Ja was, dachte Tauner in einem leichten Anflug von Panik. »Wir sind hierher gefahren, um Sie vom Tod Ihrer Tochter zu unterrichten. Anscheinend wissen Sie schon davon.« Zu kümmern schien es sie wenig, dachte Tauner.

»Natürlich!«

»Wer hat es Ihnen erzählt?«

»Es hat sich herumgesprochen. Wenn dieser Scheißkerl es nicht über sich bringt, uns wenigstens anzurufen. Wir haben es beim Bäcker erfahren, vorgestern. Es stand in der Zeitung und viele kommen nicht infrage, wenn bei den Orang-Utans eine 50-jährige Frau ums Leben kommt. Ich hab ihr gesagt, sie soll sich etwas anderes suchen. Diese hinterhältigen Mistviecher, es musste ja so kommen.«

»Es war ein Unfall!«

»Ein Unfall, ist klar!« Der Alte lachte auf und winkte ab. »Der hat sie umbringen wollen. Die sind schlau! Haben Sie die mal beobachtet? Ihnen mal in die Augen gesehen? Die wissen, was Sie denken! Die wissen das besser als Sie selbst! Ich lasse mich nicht von denen täuschen. Der Drecksack sollte eingeschläfert werden!«

»Rudolf«, rief vom Haus eine Frau.

Ambach wandte sich von Tauner ab und setzte seine Gartenarbeit fort. Tauner ging zu Frau Ambach, die aus dem Fenster sah. »Mein herzliches Beileid. Ich bin von der Kriminalpolizei Dresden. Ich soll den Unfall untersuchen.«

»Und was machen Sie dann hier?«, fragte die alte Frau entrüstet. Sie hatte schmutziggraue Haare und ihr Mund schien versteinert.

Das war keine nette Omi, dachte Tauner alarmiert, und investierte ein ganzes Lächeln. »Vielleicht können Sie ein paar Aussagen über die persönlichen Verhältnisse Ihrer Tochter machen.«

Die Ambach beugte sich aus dem Fenster und verengte ihre Augen zu Schlitzen. »Glauben Sie, der Flieger hat sie umgebracht?«, flüsterte sie.

Tauner beugte sich ebenso vertraulich nach vorn. »Er hätte den geringsten Grund dazu, oder? Vielleicht hatte der Herr Bormann seine Hände im Spiel?«

Ambach schüttelte bedächtig und doch bestimmt den Kopf. »Das glaub ich nicht, der hätte eher dem Flieger den Hals umgedreht.«

Tauner speicherte diese Aussage als nutzlos ab, er hatte sich nicht wirklich etwas erhofft. Was auch immer der Flieger zu sagen gehabt hatte, es war eine Art Schockreaktion, da hatte der dicke Uhlmann schon recht. »Ich habe gehört, Ihre Enkel stehen Ihnen nicht sehr nahe? Hatten Sie einen guten Kontakt zu Ihrer Tochter?«

Frau Ambach wich ein paar Zentimeter zurück. »Sie stellen hier recht persönliche Fragen!«

»Ich frage mich nur, ob die Kinder von Frau Weigelt es schon wissen.«

»Bestimmt, der Zoodirektor wird es ihnen schon gesagt

haben.« Frau Ambach sah an Tauner vorbei und Tauner folgte dem Blick mit einer halben Drehung. Wie zufällig war ihm Herr Ambach näher gekommen, hielt seine kleine Unkrautharke in der rechten Hand.

Tauner trat ein wenig zurück, einfach nur, um beide im Blick zu haben. »Es ist kein Geheimnis, Sie können Flieger nicht ausstehen.«

Das war das richtige Thema für Herrn Ambach. »Er ist ein Feigling, ein Schleicher, er kommt sogar mit Polizeischutz zu uns.« Ambach lachte böse. »Der soll sich trauen zur Beerdigung zu kommen.«

Nun hielt es Tauner für angemessen sich einzumischen, schließlich wollte er von Pia nicht genötigt werden, zur Beerdigung zu gehen, um Flieger zu beschützen. »Immerhin hat Ihre Tochter sich den Mann ausgesucht.«

»Meine Tochter hat schon viele seltsame Entscheidungen getroffen«, sagte Frau Ambach leise, dann zog sie sich zurück und schloss das Fenster.

»Da geht's zum Tor!«, sagte Ambach und deutete in entsprechende Richtung.

Frau Diekmann-Wachte seufzte leise und schob ein paar Papiere auf ihrem Schreibtisch zurecht. Tauner wartete geduldig, es war angenehm kühl im staatsanwaltlichen Büro, eine Wohltat nach der staubigen Hitze der Autobahn. Der Tag war schon sehr fortgeschritten, es roch nach Feierabend. Uhlmann sah aus, als wäre er in seinem Stuhl eingeschlafen, doch das täuschte. Es war die Spezialität von Tauners Kollegen, völlig regungslos dazusitzen und durch schmale Augenschlitze alles zu beobachten.

»Was stellen wir jetzt damit an?«, fragte die Staatsanwältin ein wenig ungehalten. Tauner konnte sie sogar verstehen. Für sie, wie für ihn und alle anderen, schien der Fall abgeschlossen, noch ehe er begonnen hatte. Und nun kam plötzlich dieser schmale Mann, der seinen Verlust nicht verarbeiten konnte, und machte eine solche Aussage. Eine solche vage Aussage, mit der niemand etwas anfangen konnte, der nicht täglich mit den Tieren etwas zu tun hatte.

Die Staatsanwältin legte die Unterarme auf den Tisch und sah Tauner fragend an. »Nun?«

Tauner hob die Schultern. Ab und an dürften auch andere etwas entscheiden. Und einfach so dazusitzen und die Diekmann-Wachte zu betrachten, war auch ganz nett. Heute hatte sie sich für den Schneewittchen-Look entschieden. Ihre Haare waren seit einigen Monaten schwarz, wodurch ihr Gesicht fast weiß wirkte. Sie trug einen schwarzen Rock und eine weiße Bluse. Der knallrote Lippenstift hätte wohl an jeder anderen Frau ein wenig aufdringlich oder gar nuttig gewirkt, bei der Staatsanwältin war jedoch die Farbe ein gezielter Akzent mitten ihm schwarz-weißen Ensemble. Tauner fragte sich, in welches Fitnessstudio sie ging und ob die Männer dort ab zu etwas von dem sahen, was die Diekmann-Wachte unter ihrer Kleidung verbarg, in der Sauna vielleicht.

»Wenn Sie fertig sind mit Starren, erzählen Sie mir, welchen Eindruck Sie von den Eltern der Toten haben«, meinte die Staatsanwältin. »Mich macht Ihre Aussage stutzig, die hätte das scheinbar gar nicht richtig interessiert.«

Hätte er nur nichts davon gesagt, dachte Tauner und richtete sich in seinem Stuhl auf. »Der Flieger meinte, es gäbe da wohl einen Disput in der Familie, offenbar zieht der sich durch alle Generationen. Der Tod ihrer Tochter hat sie anscheinend nicht sehr getroffen.«

»Wissen denn die Kinder von Frau Weigelt davon?«

»Woher soll ich das denn wissen?«, fragte Tauner. Und was sollte die Frage, war er jetzt zum Boten für schlechte Neuigkeiten degradiert?

»Sie waren doch bei den Eltern, haben Sie sich nicht mit denen unterhalten?« Diekmann-Wachte blickte ihn ehrlich an. Jeder andere Mensch hätte ihr das abgenommen, Tauner nicht, dazu kannte er die junge Frau zu gut. Der Lippenstift war bezeichnend für sie. Er verhieß das Paradies, entpuppte sich jedoch schnell als das Gegenteil, und zwar als Jüngstes Gericht.

Tauner beschloss, es einmal auf eine andere Weise zu probieren, anstatt direkt auf Konfrontationskurs zu gehen. »Die Ambach nahm an, der Zoodirektor hätte die Kinder der Weigelt informiert. Dem bin ich nicht weiter nachgegangen. Und bestimmt habe ich 20 andere Fragen vergessen. Morgen fahren wir noch einmal dahin!«

Uhlmanns Stuhl drehte sich ihm ein paar Zentimeter zu, so weit, bis der Dicke seinem Kollegen aus dem Augenwinkel einen Blick zuwerfen konnte.

»Ich sage Ihnen, was Sie beide morgen machen! Zuerst gehen Sie in den Zoo und führen ein paar Gespräche. Drohen Sie ruhig mit Vorladungen, falls jemand nicht dazu bereit ist. Versuchen Sie der Aussage auf den Grund zu gehen. Außerdem können Sie ein wenig Recherche betreiben, über Unfälle in Zoos. Sie haben nicht zufällig ein paar Zeugen vom Unfall aufgenommen?« Diese Frage ging an Tauner.

Der schüttelte den Kopf. »Ich bin meinen Kindern nachgelaufen.«

»Sind die nicht schon groß?«, fragte die Staatsanwältin.

»Ja, sind sie, aber deshalb nicht weniger beleidigt, weil meine Arbeit mir wieder einmal wichtiger war.«

»Das war ja nun wirklich akut, da hätten Sie nicht einfach untätig bleiben dürfen!«

Tauner setzte ein Lächeln auf, eines, mit dem er eine seiner harmloseren Sarkasmen ankündigte. »Ich gebe Ihnen die Telefonnummer, dann können Sie es ihnen erklären.«

Der Staatsanwältin schien die Ironie jedoch nicht bemerken. »Na immer her damit!«

»Ach was, das war nur Spaß!« Tauner winkte ab und erhob sich. »Wir sind doch fertig für heute, oder?«

»Nein, ich wollte Sie noch fragen, ob Sie heute Abend mit mir Essen gehen?«

Uhlmann verschluckte sich fast an dem Gehörten und Tauner wusste nicht, wie er die Frau ansehen sollte.

»War nur Spaß!« Diekmann-Wachte schüttelte den Kopf über so viel Naivität. »Wenn Sie mit dem Zoobesuch fertig sind, würde ich Sie bitten, die Kinder der Verstorbenen aufzusuchen. Sollte es keine weiteren Auffälligkeiten geben, werde ich den Fall übermorgen abschließen und den Leichnam freigeben. Schönen Abend noch!«

»Ich finde das nur fair!«, hatte Pia eine halbe Stunde später dazu zu sagen.

»Fair? Wem oder was gegenüber?«, fragte Uhlmann. Was ihm jetzt zum Glück fehlte, war Ruhe und eine Flasche Bier, alles andere hatte sich auf morgen verschoben.

Pia tat, als wäre es offensichtlich und die Frage völlig überflüssig. »Fair dem Affen gegenüber«, sagte sie, während sich Tauner Aktennotizen machte und fest entschlossen war, sich heute auf keinerlei Verbalgeplänkel einzulassen.

»Dem ist das doch egal«, grunzte Uhlmann.

»Er wird in der Presse als Mörder gehandelt. Hier!« Pia hob eine Boulevardzeitung in die Luft und klopfte auf das Titelblatt. ›Mörderaffe‹, stand da geschrieben. Tauner hatte schon schlechtere Schlagzeilen gelesen.

Uhlmann ließ seinem Mund ein unflätiges Geräusch entweichen. »Na, wenn der Affe einer ist.«

»Es ist kein Mord, der Mörderaffe ist immer noch ein Tier. Es war ein Unfall! Die Folge davon, dass er eingesperrt ist und schlecht behandelt wird. Bestimmt war es einfach eine Instinkthandlung und niemand hat das Recht, ihn als Mörder zu bezeichnen. Außerdem kommen jetzt jeden Tag ein paar Tausend Leute in den Zoo und starren ihn an und können es offenbar kaum erwarten, dass er noch jemanden umbringt. So ein Primat ist nicht einfach nur ein Tier, er hat Gefühle, er nimmt die Stimmung wahr und bestimmt schlägt sich diese auf seinen Gemütszustand nieder. Das ist wie beim Menschen. Ein Mensch merkt es doch auch gleich, wenn niemand ihn leiden kann.«

Uhlmann grinste breit. »Du widersprichst dich fast im selben Satz. Wenn er ein so sensibles Wesen ist und Gefühle hat wie ein Mensch, dann hat er vielleicht auch aus Mordlust gehandelt, auch ein sehr menschliches Gefühl.«

Zum Glück hatte er das nicht gesagt, dachte Tauner.

»Du bist genauso blöd wie du dick bist!«, fauchte Pia.

»Ich hab schon sechs Kilo abgenommen!«, freute sich der Beleidigte ungerührt.

Pia nahm ihre Tasche. »Tschüss«, sagte sie knapp und verschwand aus der Tür, die ein wenig lauter zufiel als nötig.

Uhlmann drehte sich zu Tauner. »Ich habe geschwindelt, es sind nur zwei!«

5

»Wer sind denn Sie?«, fragte Tauner am nächsten Morgen verblüfft. Der Zoo hatte noch nicht für das Publikum geöffnet, die Sonne schien schon warm und verhieß einen schönen Tag. Gegen Mittag würde er anders darüber denken, wusste Tauner. Er war mit Uhlmann seinen Ausweis zeigend am Wachdienst vorbeimarschiert und zum Primatenhaus gelaufen. Eine Frau kam aus dem Orang-Utan-Haus, mit einem Eimer in der Hand. Sie schien so alt zu sein wie Nora Stern, vielleicht ein paar Jahre älter, wirkte trainiert und doch sehr fraulich und hatte eine blondierte Kurzhaarfrisur.

»Wer sind denn Sie?«, fragte die Frau zurück und erinnerte ihn mit dieser Gegenfrage an sein erstes Zusammentreffen mit Wittstock. Jetzt lächelte sie ihn auffordernd an. Tauner mochte das, auch den herausfordernden Blick der grauen Augen.

»Ich bin der Herr Hauptkommissar Tauner und der Schattenspender neben mir ist Hauptkommissar Uhlmann!«

»Ich bin Frau Kerstin Müller und ich mag Schatten.« Müller hob die Hand und reichte sie zuerst Uhlmann, der sie nahm, als wäre sie aus Porzellan.

»Sind Sie hier Tierpflegerin?«, fragte Tauner.

»Ja, bei den Orang-Utans, ich hatte in den letzten drei Tagen keinen Dienst.«

»Warum hat mir Wittstock nichts von Ihnen erzählt?«

Müller lächelte ausgesprochen nett und Uhlmann strahlte sie an, wie er sonst nur die Weihnachtsgans anstrahlte. »Vermutlich haben Sie ihn nicht gefragt!«

Tauner konnte dem nur Unmut entgegenbringen. »Darf ich Sie gleich hineinbitten, ich hätte ein paar Fragen an Sie!«

Die Tierpflegerin nickte, doch erhob Einwände. »Ich muss jetzt erst mal eine kleine Revierrunde machen, die Flamingos gehören nämlich auch mit zu meiner Arbeit. Außerdem weiß ich nicht, ob ich Ihnen hier einfach so irgendetwas erzählen darf.«

»Ich bin mir sicher, Sie dürfen das«, sagte Uhlmann und nahm die Frau sanft am Handgelenk, um sie ebenso sanft eine 180-Grad-Drehung vollführen zu lassen.

Müller sah ihn bewundernd an und Tauner konnte nur die Augen verdrehen. Solange ein Mann tanzen konnte, schien einer Frau alles andere egal zu sein, und zu allem Übel konnte Uhlmann tanzen, trotz steifem Genick, Übergewicht und Schuhgröße 48.

Nun fanden sie sich wieder in der Futterküche ein, am für Uhlmann viel zu kleinen Tisch. Es roch nach frischem Obst und im Hintergrund hörte man die leisen Geräusche der Orang-Utans.

»Wissen Sie, wie Herr Bormann, Frau Weigelt und Herr Flieger zueinander standen?«, fragte Uhlmann, denn Tauner hatte ihm das Geschäft überlassen.

»Das wusste jeder.« Kerstin Müller winkte ab, schien ein bisschen beleidigt darüber, nichts Neues erzählen zu können.

»Wussten Sie, dass die Beziehungen sich zeitlich ein wenig überlappten?«

»Ich wusste es schon lang. Frauen unterhalten sich ab und an über so etwas.« Müller zwinkerte Uhlmann zu.

»Hatten Sie ein gutes Verhältnis zu Frau Weigelt?«

»Sie war eine gute Kollegin, immer höflich und freundlich. Unser Verhältnis war nicht immer das beste. Es schwankte manchmal ein wenig. Ich wurde nicht immer schlau aus ihr, vermutlich lag das an ihren Familienverhältnissen.«

»Was wissen Sie über die?«

»Wahrscheinlich nicht viel. Alles ziemlich kaputt, glaube ich. Darüber sprach sie kaum. Und wenn sie mal darüber sprach, hatte man die nächsten Tage das Gefühl, sie bereute schon wieder, sich ein wenig geöffnet zu haben.«

Uhlmann sah zu Tauner. Der tat ihm keinen Gefallen und hob ganz leicht die Schultern. Was sollte man noch fragen?, dachte er bei sich.

»Wie viele Leute arbeiten hier?«, fragte Uhlmann.

»Immer zwei. Sicherheitsvorschrift. Damit nichts passiert. Wenn einen erst mal ein Affe gepackt hat, lässt er nicht mehr los.«

»Nun ist es ja doch passiert.«

Frau Müller seufzte und hob die Schultern. »Man kann nicht immer überall zu zweit sein. Martina ist vielleicht gestolpert und gegen das Gitter gefallen. Außerdem war Nora da, sie hat nur leider falsch reagiert. Sie hätte den Wasserschlauch nehmen sollen.«

»Wurde sie denn nicht geschult?«, fragte Tauner dazwischen, alle schienen gewusst zu haben, was zu tun war, nur die Stern nicht.

»Natürlich wurde sie das, aber wenn man unter Schock steht, handelt man eben manchmal falsch. Das werden Sie wahrscheinlich öfter erleben als ich.«

Tauner nickte. »Kann schon sein. Der Tod Ihrer Kollegin scheint Ihnen auch nicht so viel auszumachen.«

Müller wandte sich an Uhlmann. »Er ist wirklich sehr sensibel, oder?«, fragte sie. Uhlmann schnaubte und die Tierpflegerin widmete sich wieder Tauner. »Haben Sie schon einmal davon gehört, dass manche Menschen ihre wahren Gefühle verbergen, vor allem vor wildfremden Menschen? Natürlich bin ich sehr betroffen, doch ich muss hart sein, denn in einer halben Stunde rücken hier ein paar Hundert, wenn nicht sogar Tausend Menschen an und die Hälfte von denen ist der Meinung, dass wir Tierquäler sind und nichts Besseres verdient hätten. Da darf man nicht in der Ecke sitzen und flennen. Und außerdem haben wir ein sehr profanes Problem. Da wir nämlich jetzt nur noch zu dritt sind mit Frau Stern, müssen wir Überstunden schieben. Unser Urlaub wurde fürs Erste gestrichen.« Ein ›Basta‹ hing unausgesprochen in der Luft.

»Okay«, sagte Tauner, dann mag sie mich eben nicht, sondern den Dicken. Da muss ich mich nicht in Zurückhaltung üben. Er versuchte den leicht belehrenden Ton der Müller zu treffen. »Und wer erfüllt jetzt die Sicherheitsvorschriften? Ich sehe nämlich nur Sie und niemand anderen.« Irgendwie hörte sich Tauners Frage wie das höhnische Bäh-bäbäbä-bäh im Kindergarten an.

Kerstin Müller erhob sich. »Nora sollte da sein, ist jedoch ausgerechnet heute zu spät.«

Tauner erhob sich ebenfalls. Wittstock mochte mittlerweile eingetroffen sein, seine Befragung schien Tauner vielversprechender. Als er die Futterküche verließ, hörte er Müller fragen, ob er immer so grob sei, was Uhlmann umgehend bejahte.

Als er durch die Personaltür nach draußen trat, fuhr ihn beinahe Nora Stern mit dem Fahrrad um. Erschrocken und abgehetzt sprang sie vom Rad. »Oh Mann!«, keuchte sie, nahm den Helm ab und hängte ihn an den Lenker. Haare klebten an ihrer verschwitzten Stirn. »Können Sie mal die Tür ranmachen, sonst komm ich nicht vorbei.« Ihr Rad blieb an der Tür hängen und Nora Stern zerrte unwirsch an ihrem Gefährt.

Tauner wunderte sich und zog die Tür zu sich heran. Stern schob ihr Rad weiter und jetzt erst konnte Tauner den Kinderanhänger am Rad sehen.

»Ich fahr heute zum ersten Mal mit dem Anhänger und hätte ich gewusst, wie blöd das geht, hätte ich es gelassen. Bin drei Mal hängen geblieben und fast gestürzt.« Sie schob das Rad ein Stück bis hinter das Gebäude und lehnte es dort ein wenig lieblos an die Wand. Der Anhänger verhinderte, dass es umfiel. »Ich hole manchmal die Kinder meiner Freundin aus der Kita. Ab morgen fahr ich wieder mit der Bahn. Was machen Sie denn hier?«

Tauner hob die Schultern. »Einfach ein paar Fragen stellen. Gehört zur Polizeiarbeit.«

Die junge Frau nickte und starrte Tauner dabei wütend an. »Die wollen mir das jetzt anhängen, hab ich recht?«

»Was denn?«, fragte Tauner misstrauisch.

»Die suchen jetzt eine Dumme, stimmt's? Bestimmt hat die Müller Ihnen erzählt, ich hätte mich falsch verhalten, stimmt's?« Stern wollte an ihm vorbei ins Haus huschen.

Tauner hielt sie fest. »Nun machen Sie mal halblang. Frau Müller hat nichts dergleichen gesagt.«

»Die Müller denkt, ich kann das alles nicht. Die kann mich nicht leiden, weil ich eine Umschülerin bin, die behauptet, ich nehme den richtigen Lehrlingen die Ausbildungsplätze weg. Aber erstens ist das nicht mein Problem, denn ich habe mich beworben, weil die Arbeitsagentur mir den Tipp gegeben hat, und bin angenommen worden. Und zweitens bin ich doch nicht weniger wert, weil ich eine Umschülerin bin, oder?« Stern sah Tauner fordernd an.

Tauner wusste einen Moment lang nicht, wohin mit seiner Gestik und Mimik. Wer mochte das schon wissen, konnte man aus diesen Bewegungen deuten.

»Na, ich seh schon«, murrte sie unwillig und wollte an Tauner vorbei.

»Warten Sie doch mal, können wir uns nicht in Ruhe unterhalten? Letztens waren Sie so aufgelöst, vielleicht können Sie mir noch etwas erzählen?«

»Soll das jetzt ein Date werden?«, fragte Nora Stern erstaunt und ehe Tauner verneinen konnte, kam Uhlmann heraus.

»Komm mal kurz!«, sagte er zu Tauner.

Falk sah sich zu der Umschülerin um. »Ich komme wieder.«

Uhlmann war ein paar Meter weiter gelaufen. »Also es muss wohl einen heftigen Disput gegeben haben vor dem Unfall«, sagte er, als Tauner bei ihm angekommen war. »Frau Müller weiß nichts Konkretes. Sie selbst war ja nicht da. Ihr wurde gesagt, dass jemand gehört hätte, wie sich zwei Personen angeschrien haben.«

Tauner ließ Luft entweichen wie ein kaputter Schwimmreifen. »Also ich war selbst hier kurz bevor es passiert ist und ich hab nur Leute schreien hören, kleine Kinder, die geschrien haben; andere Kinder, die Kinder angeschrien haben; Erwachsene, die Kinder angeschrien haben. Wer soll denn das gewesen sein, wer hat das gehört?«

»Das weiß die Müller nicht!« Uhlmann wischte sich den Schweiß von der Stirn, sie standen in der prallen Sonne und auch Tauner war zu warm im Jackett.

Am liebsten hätte er sich Eis essend vor irgendein Gehege gesetzt, in dem nur harmlose Tiere zu sehen waren. Kamele vielleicht, von denen hatte er noch nie Schlechtes gehört. »Frau Müller will sich doch nur wichtigmachen. Die weiß nichts!«

»Warum soll sie das?«, fragte Uhlmann und wusste warum. Er hatte nur gefragt, um zu hören, was Tauner jetzt sagte.

»Weil sie auf den dicken Herrn Uhlmann steht! Hans, wenn das die Diekmann-Wachte hört, lässt die uns hier alles noch einmal abgrasen mit Spurensicherung und Pipapo. Die will das Sommerloch füllen und wir sind der Gips!«

»Wenn es wirklich ein lautstarker Streit war, hat vielleicht jemand im Affekt gehandelt und aus dem Unfall wird Totschlag! Vielleicht hat jemand die Weigelt gestoßen und sie ist dem Affen quasi in die Arme gefallen.«

Tauner winkte ab, hatte sich doch schon geschlagen gegeben. »Ja, nur weil du die angenehm gerundete Frau Müller noch ein paar Mal bei der Arbeit sehen möchtest, nicht wahr?«

»Nu klor!«, sagte Uhlmann und tat so, als wäre es nicht so. »Und die …« Er deutete auf Nora Stern, die gerade ein Fahrradschloss durch die Speichen ihres Hinterrades schob. »… ist viel zu jung für dich!«

»Die ist 27. Ob du es glaubst oder nicht! Das wäre nicht zu jung.«

»Ich glaube es, denn ich hab es gelesen. Somit ist sie optisch fast 30 Jahre jünger als du.«

Tauner winkte ab und wollte wieder zur Stern.

»He, warte!«, rief Uhlmann. »Ich hab mich verrechnet. 40 Jahre!«

»Du Rundvieh«, murmelte Tauner.

Müller hatte zu tun, Tauner hörte sie mit den Tieren sprechen. Er betrat die Futterküche und wich leicht peinlich berührt zurück. Nora Stern stand vor dem alten Spind, entledigte sich ihres verschwitzten T-Shirts und schien gerade im Begriff, ihren BH zu öffnen. Sie hätte ihn warnen können, dachte Tauner, während er die gegenüberliegende Wand anstarrte. Schließlich hatte sie ihn gerade hereingelassen.

»Jetzt dürfen Sie gucken!«, sagte die junge Frau, was nur bedeuten konnte, sie hatte seinen kleinen Fauxpas bemerkt, oder sogar …, dachte Tauner und brach den Gedanken sogleich ab, weil er zu dumm war.

Tauner betrat nun die Futterküche. »Wie verhält sich der Affe?«

»Wie soll er sich denn verhalten?« Stern sah Tauner fragend an und er schalt sich einen Idioten, schließlich hatte er es nicht mit einem Menschen als Täter zu tun.

»Ich weiß auch nicht«, murmelte er.

Stern lächelte unsicher, wirkte in diesem Moment wie ein kleines Mädchen. »Es fällt einem schwer, ihm keine Mordlust zu unterstellen. Sie hätten ihn sehen sollen, er war gar nicht wütend. Er war ganz ruhig.«

Tauners Erinnerung war noch frisch. »Ich hab ihn gesehen!«

»Wissen Sie …« Stern sah sich um, ob es weitere Zuhörer gab, und war mit dem Ergebnis zufrieden, sie waren allein. »Manchmal denke ich, die sind viel schlauer als wir. Die halten sich einfach nur zurück. Die Eingeborenen in Borneo sehen das genauso. Orang-Utan heißt ja einfach nur Waldmensch. Die glauben dort, dass Orang-Utan einfach nur arbeitsscheue Menschen sind und sich deshalb zurückgezogen haben!«

»Waren Sie schon mal da?«, fragte Tauner. Nora Stern wirkte keinesfalls wie fast 30, manchmal schien sie noch etwas kindlich zu sein und weckte damit Gefühle in Tauner, die er gar nicht richtig definieren konnte.

Jetzt sah sie ihn mit großen Augen an. »Oh nein, aber ich würde so gern mal dahin fahren.«

»Was glauben Sie, wo ich überall hinfahren will«, brummte Tauner und fragte sich, warum er es nicht einfach tat. Er war frei und ungebunden, hatte genügend Geld und musste nur ein Ziel auswählen. Vielleicht sollte er das einfach tun. Patagonien wäre so ein Ziel. Tauner wusste gar nicht recht, was ihn dort erwarten würde, doch der Name verhieß kalte Winde, die einem üble Gedanken aus dem Kopf bliesen, und Wellen, die an der Steilküste brachen. ›Ich fahre nach Patagonien‹, könnte er per SMS an die Zentrale senden, sollten die selbst sehen, was sie damit anfingen.

»Herr Hauptkommissar?«, fragte Stern schüchtern und Tauner sah erschrocken auf. »Ich müsste jetzt an die Arbeit.«

Tauner hob die Hand, noch immer halb abwesend. Dann fiel ihm etwas ein, das ihn selbst interessierte. »Wie geht man denn jetzt mit dem Tier um? Haben Sie keine Berührungsängste?«

»Natürlich habe ich die, aber man kann es dem Tier doch nicht übel nehmen, oder? Ich mache alles so wie immer und versuche, nicht an Sonnabend zu denken.«

»Flieger meinte, dass es ungewöhnlich wäre, dass männliche Affen weibliche Pflegerinnen angreifen.«

»Flieger?« Nora Stern stutzte, dann erhellte sich ihr Gesicht. »Herr Flieger von den Reptilien? Na ja, ich weiß nicht, ich bin noch nicht so lange hier, um alles zu wissen. Man müsste sich einmal informieren.«

Es schepperte an der Tür und der Zooinspektor kam mit Uhlmann im Schlepptau herein. »Herr Hauptkommissar«, grüßte er völlig emotionsfrei und sah doch angespannt aus.

»Herr Wittstock, ist alles in Ordnung mit Ihnen?« Tauner reichte dem Mann die Hand und Nora Stern verdrückte sich.

»In Ordnung? Haben Sie nach draußen gesehen? Seit wir geöffnet haben vor zehn Minuten, müssen 3.000 Leute hereingekommen sein und alle stehen da draußen! Die tun ja gerade so, als würde Theo gleich wieder jemanden umbringen.«

»Dem Zoo kann's nicht schaden, oder? So viel Besucher hätten Sie sonst nicht.« Eigentlich hatte Tauner den Mann wirklich aufmuntern wollen. Da Uhlmann aber leise grunzte, hatte er wohl wieder einmal die falschen Worte benutzt.

Wittstock schüttelte den Kopf. »Sie wollen doch nicht behaupten, wir würden Kapital aus dieser Situation schlagen?«

»Wollte ich nicht. Sie wussten von der Doppelliaison Frau Weigelts mit Bormann und Flieger?«

Wittstock verzog den Mund. »Frau Weigelt war eine beliebte und angesehene Person. Ihre persönlichen Belange spielen dabei keine Rolle. Wenn Männer und Frauen täglich zusammenarbeiten, kann es vorkommen, dass sich dabei gewisse Sympathien entwickeln. Es ist nicht verboten und bis jetzt hatte es auch keinerlei Einfluss auf unsere tägliche Arbeit. Es sind nämlich alles Erwachsene!«

»Bis jetzt?« Tauner konnte nicht anders, er musste an dieser Stelle einhaken, ob es nun süffisant klang oder nicht, sie war wie geschaffen dafür.

»Herr Tauner, Sie wissen was ich meine. An meiner Aussage hat sich nichts geändert, es war ein tragischer Unfall und damit habe ich schon genug zu tun. Die meisten Zeugen hatten nichts Besseres zu tun, als sofort die einschlägigen Zeitungen und Fernsehsender anzurufen oder unscharfe Videos im Internet zu verbreiten. So viel schlechte Publicity können wir nicht gebrauchen. Die Presse stürzt sich auf jeden Vorfall. So oft wie in den letzten drei Tagen werden unsere Affen sonst in drei Jahren fotografiert. Da sind Sie mit gutem Beispiel vorangegangen, Sie haben wenigstens versucht, etwas zu tun. Die anderen Zeugen haben nur zugesehen. Und jetzt glaubt jeder, seinen Senf dazugeben zu müssen. Die einen meinen, man müsste Theo einschläfern, andere werfen uns eine falsche Behandlung der Tiere vor, der Zoo wäre gar ein Konzentrationslager für Tiere. Es gab sogar schon Leute, die behauptet haben, das alles wäre nur ein Werbegag! Außerdem muss ich jetzt wieder zusehen, wie ich die Personalprobleme kläre. Zu den Primaten kann man nicht einfach jemanden hinstecken. Die Affen suchen sich ihre Pfleger aus, nicht umgekehrt.«

»Das hab ich auch schon gehört!«

»Aha, von wem denn?« Wittstock sah nicht aus, als würde es ihn wirklich interessieren. Er wartete auch gar nicht erst die Antwort ab. »Frau Müller?«, rief er halb laut. »Ich habe hier die neuen Schichtpläne!«

Müller kam nach vorn und warf Uhlmann einen schelmischen Blick zu. Und wäre Uhlmanns Glück so etwas wie Schaum in einer vollen Badewanne, wäre sie jetzt übergelaufen.

Wittstock bemerkte das und verzog das Gesicht zu einer Fratze, die so viel bedeutete wie: auch das noch. »Melden Sie jeden Vorfall sofort, egal ob drinnen oder draußen. Diskutieren Sie nicht mit den Leuten. Wir haben das Sicherheitspersonal aufgestockt, die können in einer Minute bei Ihnen sein. Und Frau Müller, geben Sie auch auf Frau Stern acht.«

Müller nickte und wollte keine Rücksicht auf Wittstocks geschundene Nerven nehmen. »Sie könnten mir den großen Polizisten hierlassen, damit er mich beschützt.«

Der große Polizist war verheiratet, dachte Tauner mürrisch, doch er blieb still, denn wer im Glashaus saß, sollte nicht mit Fettnäpfchen werfen.

»Die gefällt dir, was?«, fragte Tauner. Unter ihnen rauschte die Autobahn. Es galt wieder Kilometer zu schrubben. Die Kinder der Weigelt wohnten gut verteilt im schönen Sachsenlande. Tauner drückte aufs Gas und sah den Geschwindigkeitsanzeiger der 200 den Kopf tätscheln.

»Mir gefiele es, wenn du nicht so schnell wärst, dann bräuchten die Retter nicht so weit laufen, um uns zu suchen, wenn wir bei einem Unfall durch die Gegend fliegen. Ansonsten hast du recht. Und ich weiß ungefähr, was du mir mit deinem Tonfall sagen willst. Und glaubst du, der Flieger könnte seine Pfoten im Spiel haben?« Uhlmann hatte sich nicht einen Millimeter gerührt, nicht einmal die Mundbewegung konnte man im dichten Gesichtsbewuchs erkennen.

Tauner warf seinem Kollegen einen kurzen Blick zu.

Jetzt bewegten sich Uhlmanns Augen hart backbord. »Guck nach vorn und fahr endlich langsamer!«, knurrte er.

Tauner ging vom Gas und ordnete sich rechts ein. Sofort wurden sie von drei vier Boliden überholt, denen es nicht schnell genug gegangen war. »Wie meinst du das denn mit dem Flieger? Der wäre doch schön blöd, zu uns zu kommen, wenn er seine Finger im Spiel hat.«

Uhlmann regte sich. »Ich meine, der ist so eifrig gewesen. Wenn er einen Verdacht hat, kann der ihn auch sagen.«

Tauner warf seinem Kollegen einen kurzen Blick durch die abgewetzte Sonnenbrille zu. »Hat er doch, er hat gesagt, Bormann wäre daran schuld. Dann ist er zurückgerudert, weil Bormann ein Alibi hat. Daraufhin wusste er nicht, wie er sich aus der Sache herauswinden sollte. Ich habe eher das Gefühl, du willst die Geschichte ein wenig ausbauen, um der Müller schöne Augen zu machen. Was wird denn deine Frau dazu sagen?« Jetzt war es ihm herausgerutscht und er ärgerte sich darüber.

»Was soll sie denn sagen, wenn sie nichts weiß? Und vor allem, was soll sie denn wissen? Und vor allem bist du bloß neidisch! Gönn deinem dicken alten Kollegen mal was, wie viel Frauen, glaubst du denn, stehen auf Männer wie mich?«

»Ist ja schon gut! Gehen wir ein Bierchen trinken heute Abend?«

»Können wir machen. Gehen wir in den Großen Garten, dann können wir behaupten, wir kommen direkt von der Arbeit aus dem Zoo. Ich halte den Flieger übrigens für einen Schleicher.«

Leipzig kam in Sicht und das Navigationsgerät meldete die entscheidende Abfahrt an.

»Was soll das denn für einer sein, ein ›Schleicher‹?« Ambach hatte dasselbe Wort benutzt.

»Ich weiß auch nicht. Der ist so weich. Einer, der nie direkt zum Ziel kommt. Hat monatelang eine Affäre mit der Weigelt hinter dem Rücken von Bormann und wagt es dann nicht, ihre Eltern vom Tod der Tochter zu unterrichten. Genau das meinte ich gerade, verstehst du? Der kommt zu uns und sagt irgendwas, aber darum geht es nicht, er will wohl etwas anderes.«

Tauner fuhr von der Autobahn ab. »Und was soll der wollen?«

»Das weiß ich doch nicht!«

Leise knirschend kam der BMW auf staubigem Pflaster zu stehen. Die Sonne stand hoch am Himmel und auf dem heruntergekommenen Bauernhof zeigte sich kein lebendes Wesen. Brütende Hitze ließ die Luft über der Motorhaube flimmern.

»Lebt hier jemand?«, fragte Uhlmann leise und es behagte ihm nicht, dass Tauner den Motor und mit ihm die Klimaanlage abstellte.

»Es ist zumindest die Adresse, die ich ins Navi eingegeben habe«, erwiderte Tauner, legte seine Sonnenbrille ab und stieg aus. Draußen verschlug es ihm fast den Atem. Grillen zirpten träge. Ansonsten war totale Stille. Tauner schützte seine Augen mit der rechten Hand vor dem Sonnenlicht und sah sich um. Er wusste nicht einmal ansatzweise, wohin er sich wenden sollte, denn keines dieser Gebäude sah nach einem Wohngebäude aus. Links von ihm standen mehrere landwirtschaftliche Nutzfahrzeuge, die so sehr verrostet waren, dass sie bei der ersten Bewegung zusammenbrechen mussten. Zwischen den Speichen ihrer Räder und den Zuggestängen wuchs meterhoch Unkraut. Alte Reifen lagen auf einem Stapel, außerdem alte Plastikplanen. Dahinter erhob sich ein hölzernes Gebäude, völlig windschief und schwarz von der Zeit. Sämtliche Türen standen offen und sahen so einladend wie der zahnlose Mund eines Obdachlosen aus. Daneben ein steinernes Gebäude, dessen Putz selbst jetzt im mittäglichen Sonnenschein klamm und moderig aussah. Feuchtigkeitsflecken zogen sich bis ins erste Stockwerk hinauf, die Fenster waren klein und schief. Tauner drehte sich weiter im Kreis, betrachtete das zweistöckige Gebäude aus Blech, das am besten erhalten aussah. Es schien so etwas wie eine Garage zu sein. In allen Ecken wuchs Unkraut und verrotteten undefinierbare Haufen.

»Jana Weigelt?«, rief Tauner. »Wohnt hier Jana Weigelt?« Er lauschte und drehte sich dabei einmal um die eigene Achse. »Hallo?«

»Was ist denn?«, rief eine Männerstimme von irgendwoher. Dann sah er einen Mann in blauer Arbeitsmontur aus dem Blechgebäude kommen. Er war sehr groß und seine Hände wie auch seine Kleidung waren voller schwarzer Flecken.

Tauner holte seinen Ausweis hervor, obwohl er lieber seine Pistole gezogen hätte. »Falk Tauner, Kripo Dresden. Kennen Sie Jana Weigelt?«

»Das ist meine Zukünftige, die ist nicht da!« Der Mann kam näher und wurde immer bedrohlicher. Niemals hätte Tauner das zugegeben, doch jetzt war er heilfroh, als er hörte, wie Uhlmann sich aus dem Wagen schälte.

»Schuster ist mein Name. Wir sind seit sieben Jahren verlobt. Was wollen Sie denn?«

»Das ist mir jetzt sehr unangenehm«, meinte Tauner und musste nicht einmal lügen. »Die Mutter von Jana Weigelt ist letzten Sonnabend ums Leben gekommen.«

Herr Schuster nickte und Schweißperlen malten helle Spuren über sein Gesicht. »Können wir nicht reingehen?«

»Gern!«, meinte Tauner und sie folgten dem Mann in das feuchte Steingebäude.

Es war eine Art Waschküche, die sie betraten. Angenehme Kühle herrschte hier, aber es war das einzige Angenehme. Der Raum stand voller Müll, alte Waschmaschinen stapelten sich an den Wänden, Pappkartons schimmelten in den Ecken. Schuster bemerkte Tauners Blick und hob entschuldigend die Schultern. »Wir haben es eine ganze Zeit lang als Antik- und Trödelhändler versucht. Wir wollten hier so einen wöchentlichen Markt machen, aber es war den Leuten wohl zu weit, immer hier rauszufahren, obwohl es von Leipzig keine halbe Stunde ist.«

Wegen einer versifften alten Waschmaschine würde er nicht einmal eine halbe Sekunde lang fahren, dachte Tauner.

»Und wo ist Ihre Verlobte?«

»Die ist in Leipzig arbeiten.«

Tauner versuchte nicht zu atmen, gerade hatte er sich vorgestellt, wie bei jedem Atemzug Millionen von Schimmelsporen den Weg in seine Lungen fanden. »Weiß sie vom Tod ihrer Mutter?«

»Ja, sie weiß das, wir haben einen Anruf erhalten. Vom Zoo.« Herr Schuster sah Tauner unverwandt an und lehnte sich schließlich an eine der Waschmaschinen.

Falk zögerte und sah Uhlmann hilflos an. Schien es denn niemandem etwas auszumachen, dass die Weigelt tot war?, fragte er sich. »Werden Sie denn zur Beerdigung kommen? Die Staatsanwaltschaft will den Leichnam morgen freigeben. Wer organisiert das eigentlich alles?«

Jana Weigelts Verlobter hob wieder die Schultern. »Es ist nicht so einfach in dieser Familie. Deshalb hat Jana sich hierher zurückgezogen. Der Kontakt zu ihrer Mutter ist schon vor Jahren abgebrochen. Es gab da einen Streit. Das war vor meiner Zeit. Und mit den Ambachs hat sie schon seit ihrer Kindheit nicht mehr zu tun. Ich weiß ehrlich gesagt nicht, ob wir kommen. Jana entscheidet das.«

»Sie hat mit ihren Großeltern nichts mehr zu schaffen? Warum denn das?«, schaltete Uhlmann sich ein.

»Ich kann es Ihnen leider nicht so genau sagen. Aber hat das denn mit ihrem Unfall etwas zu tun?«, fragte Schuster ein wenig provozierend.

Tauner schüttelte den Kopf und fühlte sich ganz schummerig von seinem kurzatmigen Gehechel. »Es hat nichts damit zu tun, es kam uns nur so seltsam vor.«

Herr Schuster stieß sich von der Waschmaschine ab. »Möglicherweise hat Jana das Ganze noch nicht realisiert. Ich hab immer zu ihr gesagt, sie soll sich mit ihrer Mutter versöhnen. Irgendwann ist es zu spät und nun ist es zu spät. Sie tut zwar, als macht es ihr nichts aus, aber Sie wissen ja, was in einem innen drin vorgeht, ist immer etwas anders. Das Unterbewusstsein verarbeitet alles auf seine Weise. So hat jeder sein Kreuz zu tragen. Sie wollen nicht zufällig den Hof kaufen?«

»Hä?«, fragte Tauner verblüfft.

»Ja, wir wollen weg, ist doch zum Kotzen hier, hab

ich von Anfang an gesagt. Aber was tut man nicht für eine Frau.«

»Betreiben Sie Landwirtschaft?«, fragte Uhlmann.

»Ach was, ich bin Automechaniker und Jana arbeitet in einer Steuerkanzlei. Sie hatte sich das hier so romantisch ausgemalt.« Schuster lachte und winkte ab, dann tat er einen Schritt in Richtung Ausgang.

Tauner verstand seine Bewegung und tat ihm den Gefallen, er selbst war froh, wenn er wegkam.

»Was ist denn mit der Schwester Ihrer Verlobten?«, fragte Uhlmann.

Der Mann hielt inne und konnte nicht ganz verbergen, wie sehr ihm die Fragerei auf die Nerven ging. »Haben Sie nicht gesagt, dass es mit dem Unfall gar nichts zu tun hat?«

»Stimmt, ich will nur wissen, ob sie vom Tod ihrer Mutter weiß.«

»Jemand wird es ihr gesagt haben!«

»Also nicht Sie?«

Schuster schüttelte den Kopf. »Nein.«

»Ich nehme an, dass Ihre Verlobte auch keinen Kontakt zu ihrer Schwester hat.«

»Das nehmen Sie richtig an. Darf ich Sie jetzt nach draußen bitten, ich habe heute noch viel zu arbeiten.«

»Und was ist mit dem Vater von Jana und ihrer Schwester, also dem Exmann von Frau Weigelt?«

»Hans, lass es gut sein jetzt!«, mahnte Tauner und öffnete selbst die Tür nach draußen, sofort schwoll ihm heiße Luft entgegen.

»Für Polizisten scheinen Sie recht schlecht informiert zu sein.« Schuster hatte seinen Spaß daran. »Der Mann hat Janas Mutter vor über 20 Jahren verlassen, er behauptete, beide Kinder wären nicht von ihm.«

»Hat er einfach so gesagt?«, fragte Uhlmann.

»Hat er! Ich sage ja, jeder hat sein Kreuz zu tragen!«

»Fahren wir jetzt noch nach Plauen?«, fragte Uhlmann eine Viertelstunde später.

Tauner hatte für einen kleinen Imbiss bei einer Tankstelle gehalten und bestaunte eine halbe Meter lange Bockwurst. Der Tankstellenpächter hatte mit seiner Werbung nicht untertrieben. Uhlmann hatte die halbe Wurst verputzt, da hatte Tauner sich nicht einmal mit seiner bekannt gemacht. »Müssen wir, ja«, erwiderte er und fragte sich, wie er abbeißen sollte, ohne dass es ordinär aussah.

»Ziemlich schräge Familie, die Weigelts, oder? Scheint keinen zu interessieren, dass Martina Weigelt tot ist. Alle sind untereinander zerstritten. Selbst die Geschwister.«

»Na ja«, sagte Tauner und brach die Wurst entzwei.

»Stimmt ja«, sagte Uhlmann leise und beide dachten sich ihren Teil über Tauners Verhältnis zu seinem Bruder, der vor der Wende in den Westen abgehauen und offenbar zum Millionär geworden war. Tauner ließ seine Cola zischen. »Aber dass sogar die Großeltern den Kontakt zu ihren Enkeln abbrechen, ist doch verrückt, oder? Immerhin sind es die Enkel!«

Tauner setzte die Cola ab und schob die Riesenwurst von sich, kaum dass er zwei Bissen gemacht hatte. Uhlmann sah ihn fragend an und Tauner nickte, woraufhin sein Teller auf Uhlmanns Tischhälfte entschwand. »Versuchst du hier künstlich etwas aufzubauschen? Wenn du dich mit der Müller treffen willst, verabrede dich mit ihr. Ich halte dir den Rücken frei!«

Die Bockwurst verharrte wenige Zentimeter vor Uhlmanns Mund. »Das würdest du?«

»Ja, aber weißt du was? Du bist viel zu gut. Du würdest ein schlechtes Gewissen bekommen und die Sache abblasen. Außerdem kenne ich die Frauen, die macht dir schöne Augen und flirtet ein bisschen, man sollte sich nicht zu viel auf so etwas einbilden.«

»Ja und was ist denn dann mit der Kleinen?«

»Was soll mir der sein?«

»Du fährst doch ab auf die!«

»Ach was, die steht unter Schock, wenn du mich fragst.«

»Ich frag dich aber nicht.«

Sonja Weigelt, verheiratete Dombusch, fanden sie in einer Plattenbausiedlung am Rande Plauens. Dombusch war klein und dick und trug ihr Haar modisch bunt, schwarz, rot, blond. Sie wirkte ein wenig übernächtigt. Im Wohnzimmer stand der Zigarettenrauch. Aus dem Nebenzimmer ertönte aggressives Kindergeschrei. Sonja schien das nichts auszumachen, obwohl es sich in Tauners Ohren anhörte, als brächten sich die Kinder gegenseitig um. Er konnte sich nicht entsinnen, seine Kinder jemals so brüllen gehört zu haben. Die Einrichtung war billig und Sonjas Mann nicht zu Hause. Der Name Dombusch kam Tauner irgendwie bekannt vor, er wusste jedoch nicht genau, woher.

Uhlmann war da schon einige Schritte voraus. Unauffällig, wie ein großer Mann nur sein konnte, hatte er sich zur Schrankwand geschoben und betrachtete die Fotos in den kleinen Bilderrahmen. Er gab Tauner ein Zeichen, doch Sonja Dombusch war schneller.

»Was hat er denn nun wieder angestellt?«, fragte sie müde und setzte sich auf die Couch.

Tauner wusste nichts dazu zu sagen. »Ich bin wegen Ihrer Mutter hier«, sagte er und blieb stehen.

»Mama?« Die Dombusch sah Tauner fragend an.

Die wusste von nichts, dachte Falk Tauner und – vielen Dank auch. »Ich muss Ihnen leider mitteilen, dass Ihre Mutter bei einem Unfall im Zoo ums Leben kam. Es ist letzten Sonnabend passiert.«

»Im Zoo?«, fragte Sonja leise, im nächsten Moment presste sie sich die Hände auf das Gesicht und begann zu weinen.

Tauner war ein wenig hin und her gerissen. Einerseits wollte er endlich wissen, was Uhlmann ihm zu zeigen hatte, andererseits brauchte Dombusch eine tröstende Hand. Weil er sich nicht entscheiden konnte, blieb er einfach stehen und suchte nach tröstenden Worten, fand aber keine, weil er kein Tröster war – sondern ein Ermittler.

»Was ist denn passiert?«, schluchzte die Dombusch, die scheinbar keinen Trost gewohnt war und ihn auch nicht vermisste.

Uhlmann, der mehr Geduld hatte als Tauner, riss das Gespräch an sich. »Es war ein Unfall. Eines der Tiere hat sie angegriffen.«

Sonja Dombusch sah ihn kläglich an. »Eine Schlange?«

»Nein, ein Affe, ein Orang-Utan.«

»Seit wann arbeitet sie denn mit Affen?«, fragte Dombusch. Plötzlich platzten ihre Kinder ins Wohnzimmer. Es waren zwei Jungs im Alter von sechs und acht Jahren, schon deren Anblick reizte Tauner zu einer Ohrfeige. Anscheinend realisierten sie weder ihre weinende Mutter noch die beiden fremden Männer. Schreiend rannten sie eine Runde um den Couchtisch.

»Jungs!«, rief die Mutter. »Jungs!«

Die beiden ignorierten es. Kreischend jagten sie aus dem Zimmer und der Größere warf die Tür so hinter sich zu, dass die Gläser in der Vitrine klirrten.

»Ich werd nicht mehr fertig mit denen«, hauchte Sonja und vergaß dabei, was die beiden Polizisten ihr gesagt hatten.

»Soviel ich weiß, arbeitet Ihre Mutter seit mehreren Jahren mit den Affen«, half Uhlmann der Frau auf die Sprünge. Nebenan scherbelte es laut. Dombusch sprang auf und rannte aus dem Wohnzimmer. Zwei Sekunden später keifte sie ihre Kinder an. Tauner nutzte den Moment und eilte zu seinem Kollegen. Der deutete auf ein Foto, welches Sonja Dombuschs Mann zeigte, sofern sie nicht offen mit ihren Affären hausieren ging. »Hab mich schon die ganze Zeit gefragt, woher ich den Namen Dombusch kenne.«

Tauner betrachtete das Foto genauer. »Den haben wir mal hochgenommen. Muss schon Jahre her sein. Was war das denn?«

»Versuchter Totschlag, 98. Eric Dombusch, der war in so einer Bande, die haben in Dresden-Nickern einen überfallen.«

»Jetzt weiß ich es wieder. Da war sogar sein Bruder dabei. Die haben sich alle gegenseitig verpfiffen und sich schließlich darauf geeinigt, dass der Dombusch den entscheidenden Schlag ausgeführt hat.«

Uhlmann zeigte seine Zähne und zog leise Luft ein. »Soweit *ich* mich erinnern kann, haben du und unser alter Kollege Pulster sich darauf geeinigt, dass der Dombusch es war. Der musste zwei Jahre in den Bau.«

»Und? Scheuen wir eine Begegnung mit ihm?« Tauner sah seinen Kollegen fragend an. »Ich kann das hier alles nicht mehr sehen. Und vor allem will ich die Kinder nicht mehr hören, da platzt mir sonst der Kragen.«

Nun zeigte sich, dass Uhlmann auch kein Kind von Traurigkeit war. Er begann richtig zu grinsen. »Hast du Angst vor dem Dombusch?«

Er hatte keine Angst, aber es war ihm unangenehm. Tauner versuchte das Gefühl auszuloten. Nicht nur einmal hatte er nachts wach gelegen und sich gefragt, was so ein wütender Ex-Knasti alles anstellen könnte, wenn er auf Rache aus war. Die meisten mochten geläutert sein, oder einfach nur froh, alles hinter sich zu haben. Aber eine gewisse Quote gab es immer. Der Dombusch hatte Dresden verlassen, um in Plauen von vorn anzufangen. Welches Leben er jetzt führte, ließ sich aus der Wohnsituation nicht abschließend schlussfolgern, erst recht nicht, welche Affinitäten sein Handeln bestimmten. »Bleiben wir eben hier!«, knurrte Tauner.

Uhlmann winkte gutmütig ab. Er hatte seinen Kollegen nur ärgern wollen. »Glaubst du denn, hier kommt irgendetwas heraus?«

»Entschuldigen Sie!«, keuchte Frau Dombusch, stapfte an ihnen vorbei und setzte sich wieder auf die Couch.

»Sie hatten lang keinen Kontakt zu Ihrer Mutter«, nahm Uhlmann den Faden gleich auf.

»Wir haben telefoniert – ab und zu. Gesehen haben wir uns zuletzt bei der Geburt vom Dominik. Jana hat wohl auch schon ewig keinen Kontakt mehr zu ihr.«

»Und Sie und Ihre Schwester?«

Sonja Dombusch senkte den Kopf. »Die ganze Familie ist futsch. Vater wollte schon früh nichts mehr von uns wissen und die Großeltern haben uns immer behandelt wie Fremde. Ich weiß gar nicht, ob ich die alle wiedersehen möchte. Ich bin froh, dass ich Eric habe. Der hat wenigstens seine Eltern und Brüder, die zu ihm halten.«

Und ihn unter anderem verpfiffen haben, dachte Tauner und versuchte, sich nichts anmerken zu lassen. Mit einem Mal hatte ihn ein so furchtbares Mitleid gepackt, dass er hätte heulen können. Selbst die beiden brüllenden Rotzlümmel im Nebenzimmer taten ihm leid. Seine eigene Familie war ein halber Trümmerberg, seinen Bruder mochte er nicht mehr, die Besuche bei seinen Eltern verteilte er strategisch auf ein paar Pflichttermine und seine eigene Ehe lag in Scherben. Aber wenigstens redeten noch alle miteinander und seine Kinder waren groß genug, um ein bisschen Verständnis aufzubringen oder wenigstens zu heucheln. Was in der Familie der Weigelt vorgefallen war, wollte er gar nicht erst wissen. Es reichte ihm schon, wenn ihn manch tote Gesichter von Mordopfern beim Einschlafen aus dem Halbschlaf rissen. Er war nicht grundlos zu dem Stinkstiefel geworden, den zu beklagen alle anderen nicht müde wurden. Es tat ganz gut, sich abzuschirmen und nichts Gutes zu erwarten.

Er gab Uhlmann einen leichten Klaps gegen den Ellbogen. »Lass uns losmachen. Frau Dombusch, wenn Sie Hilfe brauchen, rufen Sie uns an, hier haben Sie meine Karte. Ich kann Sie auch gern anrufen, wenn ich den Termin für die Beerdigung weiß. Die Ambachs organisieren alles … glaube ich zumindest.«

Dombusch machte sich eine Zigarette an und beinahe hätte Tauner sie gefragt, ob er auch eine bekommen konnte. »Ich weiß nicht, ob ich dahin gehen kann«, flüsterte sie, dabei Rauch ausstoßend.

»Niemand zwingt Sie dazu«, sagte Tauner. Er wollte nur weg von hier.

»Falk!«, mahnte Uhlmann eine halbe Stunde später auf der Autobahn.

Tauner sah auf das Tachometer und bremste den Wagen ab. »Ich muss meine Kinder dieses Wochenende noch mal zu mir holen. Unbedingt!«

Uhlmann hatte Verständnis. »Das war deprimierend, hab ich recht?«

Tauner nickte. »Und wie. Welches Leben manche Menschen führen. Genauso gut könnten sie …«

»Na was?«, fragte Uhlmann.

»Nichts. Bleibt's dabei, Bierchen jetzt?« Die Frage blieb unbeantwortet, sein Handy klingelte. Er nestelte es aus seiner Jackentasche und warf einen Blick auf das Display. »Der Meyer! Ob die Dickmann krank ist?«, sagte er zu Uhlmann und nahm das Gespräch an.

»Telefonieren beim Autofahren ist verboten, das gilt auch für dich!«, erwiderte Uhlmann besorgt um seine Sicherheit. Dreimal würde er nicht solch ein Glück haben, hatte er mal zu Tauner und Pia gesagt.

»Warten Sie!«, sagte Tauner ins Telefon, steckte das Gerät in seine Freisprechanlage. »Herr Staatsanwalt? Sie stecken in der Freisprechanlage und der Uhlmann hört zu, falls Sie gerade etwas Beleidigendes über ihn sagen wollten.«

Meyer lachte. »Der Herr Hauptkommissar, wie immer sehr amüsant für jemanden wie mich, der nur selten mit Ihnen zu tun hat. Und Guten Tag an Herrn Hauptkommissar Uhlmann. Ich weiß, Sie sind beide gerade sehr beschäftigt und ich nehme an, Sie sind gerade im Dienst. Ich hätte trotzdem ein Anliegen in eigener Sache. Es ist wahrscheinlich nichts Besonderes.«

»Worum geht's denn?«, fragte Tauner, für Staatsanwalt

Meyer würde er so ziemlich alles machen, außer mit ihm ins Bett gehen, genau das Gegenteil also zur Staatsanwältin Diekmann-Wachte.

»Ich habe einen Selbstmord in Sebnitz. Wahrscheinlich nichts Besonderes, ich würde es nur gutheißen, wenn Sie mal einen Blick darauf werfen könnten.«

»Was können wir denn dort sehen, was ein normaler Amtsarzt nicht sehen kann?«, fragte Tauner.

»Nichts weiter, es handelt sich um eine ältere Frau, die sich erhängt hat. Ihr Mann hat sie gefunden. Er ist auch schon alt und lebte dort mit seiner Frau in einem sehr großen Haus mit großem Grundstück. Die Erbschaftsverhältnisse sind dort nicht eindeutig geklärt. Ich hätte nur gern, dass jemand nachsieht, ob wirklich alles mit rechten Dingen abgelaufen ist.«

Tauner sah Uhlmann an und hob die Schultern. Uhlmann hob den Daumen, was sollte er schon anderes tun als Opportunist.

»Tun Sie mir nur den Gefallen und sagen Frau Dick… Diekmann-Wachte Bescheid, falls die sich über unsere Abwesenheit mokieren sollte.«

»Das mach ich gern, Herr Tauner, denn ich hatte sie schon um diesen Gefallen gebeten. Vielen Dank, Sie haben etwas gut bei mir«, sagte Staatsanwalt Meyer.

»Worauf Sie wetten können«, knurrte Tauner und erinnerte sich daran, dass auch Meyer nicht mit jedem seiner Schritte einverstanden war. Außerdem war er nicht mal halb so hübsch wie die Staatsanwältin.

Meyer lachte. »Ich schicke Ihnen eine SMS mit der Adresse!«, und legte auf.

»Sebnitz, die Kunstblumenstadt«, murrte Uhlmann.

»Seidenblumen heißt es jetzt!«

»Äh was? Wieso?«

Tauner hob die Schultern, hatte davon gehört und es als unwichtig abgetan. »Ich glaube, der neue Chef der Firma fand den Namen Kunstblume zu DDR-mäßig.«

Uhlmann schnaufte abschätzig. »'n Wessi?«

Tauner musste gegen seinen Willen lächeln. »Ich würde drauf wetten!«

Zehn Sekunden später piepte Tauners Handy und Uhlmann gab die Adresse in das Navigationsgerät ein.

»Mann!«, stöhnte Tauner, als er die geschätzte Ankunftszeit sah. Wieder eine Stunde Fahrt, nur um sich eine tote Frau anzusehen, und schließlich eine weitere Stunde zurück bis nach Dresden.

Das Haus, welches sie suchten, war gar keines, denn es war eine Villa aus der Gründerzeit. Der Bauherr hatte sich wohl damals nicht ganz zum Jugendstil hinreißen lassen, wollte jedoch nicht vollkommen ausgegrenzt werden, weshalb das Äußere ein wenig belanglos abgerundet wirkte.

Der Anstrich musste mal erneuert werden, dachte Tauner, und eine Hausnummer wäre nicht schlecht, denn im Wesentlichen hatten sie ihr Ziel nur gefunden, weil zwei Polizeiautos auf dem Grundstück standen. Das Navi hatte sich geweigert, die Hausnummer anzunehmen.

Das Haus befand sich am Rande von Sebnitz, auf einer kleinen Anhöhe, inmitten einer großen ungepflegten Rasenfläche, voller altem Laub der groß und breit gewachsenen Buchen, die den gesamten Rasen überdachten und mit Leuchtreklamefarben auf den sich langsam nähernden Herbst aufmerksam machten. Eine niedrige Steinmauer aus Feldsteinen umfasste das Grundstück, ein kleines Nebengelass duckte sich hinter einem Berg Brennholz, weiter hinten eine für die DDR typische Garage aus fertigen Betonplatten. Altes Laub raschelte unter ihren Füßen, als die beiden Kriminalisten aus dem BMW stiegen. Tauner streckte seinen Rücken durch und Uhlmann tat es ihm gleich. Bei beiden knackte es leise.

Ein junger uniformierter Polizist, der sich ihnen genähert hatte, konnte sich ein Grinsen nicht verkneifen. »Polizeimeister Hegel«, stellte er sich vor. »Sie sind die beiden Hauptkommissare von der Mordkommission?« Dabei wandte er sich an Uhlmann.

»Wir sind zurzeit bei der Affenkommission«, kam Uhlmann jeglicher Spöttelei zuvor, stieß damit allerdings nur auf Unverständnis.

Tauner machte es kurz und knapp. Er hielt dem Polizeimeister seinen Ausweis vor die Nase. »Wo ist die Tote?«

»Auf dem Dachboden.«

»Hängt sie noch?«, fragte Tauner mit leichtem Grausen.

»Nein, die haben sie runtergeholt. Ihr Mann selbst hat versucht, sie zu retten, der war mal Arzt. Doch es war zu spät, sie muss über eine Stunde gehangen haben.«

»Und jetzt liegt sie da?«

»Wir haben auf Sie gewartet. Ich bringe Sie hin.« Der Polizeimeister ging vor, Tauner und Uhlmann folgten ihm, beide die Hände in den Hosentaschen. »Wir gehen gleich hier hinten durch, vorne rum wäre zu umständlich«, erklärte der Polizist, ohne sich umzusehen.

»Was auch immer«, murmelte Tauner.

»Und warum auch immer«, fügte Uhlmann hinzu und beide fühlten sie sich wie harte Hunde.

»Es gibt ein englisches Wort für uns«, meinte Tauner, als er die Terrasse über eine sandsteinerne Treppe betrat.

Die Stufen waren teilweise grün vom Moos, an manchen Stellen bröselte der Stein. Der junge Hegel lief ein paar Meter vor ihnen und sollte sie nicht hören.

»Hm?«, fragte Uhlmann.

»Abgefuckt«, erklärte Tauner und Uhlmann pfiff, jedoch nur, weil sie durch eine große zweiflüglige Terrassentür eine Art Saal betreten hatten. Unter ihrem Gewicht knarrte das alte Parkett, welches zwar gepflegt schien, trotzdem in den Fugen gerissen war. Ein alter Kronleuchter hing schwer von der Decke, feine Spinnweben zwischen den Lüstern. Die Möbel waren zwar alt, wirkten jedoch aufgrund ihrer Schlichtheit ein wenig unpassend.

»Feinster DDR-Chic«, spöttelte Uhlmann und wackelte mit Kennerblick an einer Vitrine, die leise klirrte. »Hat glaub ich 90 Mark gekostet. Die Couch hatte ich auch mal!« Er deutete auf ein Sofa, dem man sein Alter ansah, ohne dass es durchgewetzt war.

»Hier scheint die Zeit stehen geblieben zu sein«, murmelte Tauner und betrachtete das braungrüne Muster der Tapeten. Der Stuck an der Decke war hellbraun abgesetzt und wahrscheinlich so oft übermalt worden, dass kaum Konturen zu erkennen waren. Irgendwie fehlte nur noch das Bild von Erich Honecker, dachte Tauner.

»Wir müssen hier hoch!«, erinnerte der junge Uniformierte die beiden an ihre Arbeit.

Tauner folgte dem Polizisten durch das Treppenhaus. Wieder entfuhr Uhlmann ein Pfiff angesichts der schieren Größe der geschwungenen Treppe und den verblassten Ölgemälden an der Wand. Auch hier hing ein Kronleuchter. Dieser war groß genug, um bei einem Absturz eine halbe Hochzeitsgesellschaft auszulöschen. Nur der Teppich auf den Stufen wirkte unpassend. Grau und durchgetreten erinnerte er Tauner daran, wie lang es schon die DDR nicht mehr gab und jeder Aspekt von ihr schon fast in Vergessenheit geraten war.

Oben angekommen erreichten sie einen Flur, der nicht mehr ganz solche pompösen Ausmaße besaß, jedoch jede geräumige Wohnung in den Schatten stellte. Tauner zählte acht abgehende Zimmertüren. Sie bogen rechts ab und erreichten eine hölzerne Treppe, die recht steil war und ganz offensichtlich zum Dachboden führte. Tauner hielt den Polizisten am Ärmel fest und ging vor. Den Geräuschen zufolge, die vom gequälten Holz kamen, folgte Uhlmann ihm auf dem Fuße.

Der Dachboden war geräumig, war jedoch von Gerümpel aller Art vollkommen zugestellt und deshalb sehr unübersichtlich. Eine dicke Staubschicht hatte sich auf den Möbeln abgesetzt, die achtlos übereinander lagen. Gestapelte Pappkartons bogen sich unter ihrer eigenen Last. Unzählige Bilder standen, wo immer Platz war, blind vom Staub, Geschirr häufte sich in den düsteren Ecken, ebenso wie alte Gerätschaften, Wäschekörbe, formlose Bündel, die Gardinen gewesen sein mochten. Licht kam nur durch die wenigen Dachluken. Staub wirbelte durch die Luft. Es roch muffig und warm. Ein Trödelhändler hätte hier wahrscheinlich seine helle Freude, Tauner indes war angewidert von dieser Sammlung alter Gegenstände, die früher einmal jemandem etwas bedeutet haben mochten, mittlerweile aber völlig nutzlos waren.

»Sie müssen nach rechts!«, sagte der Polizist, der Uhlmann mit einem kleinen Sicherheitsabstand gefolgt war.

Tauner wandte sich der Anweisung folgend nach rechts, wo zwischen Körben und Kisten ein schmaler Pfad zum Ort des Geschehens führte.

»Wir haben nur die Frau runtergenommen, ansonsten haben wir alles so gelassen, wie es war«, erklärte er. Lieber hätten sie Regenwürmer gegessen statt zuzugeben, dass ihnen dieser düstere Dachboden irgendwie Angst einjagte.

Tauner sagte nichts, betrachtete die Szene, warf einen Blick auf das Seil, welches über einen Dachbalken geworfen worden war. Ein umgekippter Stuhl lag darunter, die Leiche lag direkt davor. Zwar hatte man die Schlinge um ihren Hals gelockert, doch den Strick drangelassen. Die Frau trug einen teuer aussehenden, jedoch völlig aus der Mode gekommenen Pelzmantel, blank geputzte Schuhe und hatte sich die grauen Haare zu einer straffen Frisur hochgesteckt. Ihre Augen waren offen, starrten durch eines der Dachfenster hinauf in den blauen Himmel. Ihre Zunge war ihr aus dem Mund gequollen. Sie sah aus wie 100, doch Tauner wusste, das lag am schlechten Licht und am Tod. »76 würde ich sagen.«

»Das haben Sie gewusst, oder?«, fragte der junge Polizist, dem der Tod nichts auszumachen schien.

Tauner hatte schon einiges gesehen und wusste zu unterscheiden zwischen Leuten, denen es nichts ausmachte, der Realität ins nackte Gesicht zu sehen und denen, die nur so taten und später zu trinken begannen und zynisch zu werden. Hegel schien zur ersteren Sorte zu gehören.

Tauner erwiderte nichts. Er schob den Mantelkragen zur Seite, betrachtete den Hals der Toten. Dann sah er sich die Ohren und die Haut im Gesicht an, schließlich hob er die Arme der Frau an und überprüfte die Handgelenke. Zum Schluss zog er der Frau die Strümpfe aus und betrachtete die Unterschenkel und Fußknöchel. »Gibt es einen Abschiedsbrief?«, fragte er den jungen Polizisten.

»Der Ehemann, ein emeritierter Professor, sagt, er hätte keinen gefunden. Nicht an den üblichen Plätzen.«

»Wo ist er denn?«, fragte Uhlmann.

»Er sucht nach einem Brief, in ihren Sachen, meinte er.« Der Polizist hob fast entschuldigend die Schultern.

»Wo ist der Notarzt?«, fragte Tauner.

Wieder hob Polizeimeister Hegel die Schultern. »Rauchen vielleicht?«

Bestimmt rauchen, dachte Tauner, mit dem zweiten Streifenpolizisten und zwar vor dem Haus, weshalb wir hinten ins Haus gegangen sind. Kein schlechter Kerl, dieser Polizeimeister, sinnierte Tauner und betrachtete den jungen Mann. Er war ein bisschen kleiner als Uhlmann und natürlich höchstens halb so schwer. Seine Augen wirkten aufmerksam und er schien keine Hemmungen zu haben, zumindest keine unnötigen. Man sollte ihm vielleicht raten, sich für den höheren Dienst zu bewerben.

Sah er damals auch so aus, fragte sich Tauner und wandte sich wieder seiner Arbeit zu. »Ich kann keinerlei Spuren von Gewalt erkennen. Die Frau ist weder gefesselt noch in irgendeinen Kampf verwickelt gewesen. Sie hat sich ihre besten Ohrringe angelegt, die schönste Kette und ihren teuersten Mantel. Ich schätze, sie ist einem Anfall von Melancholie zum Opfer gefallen. Sie hat es ganz klassisch durchgezogen, hat gewartet bis der Mann aus dem Haus ist. Vielleicht hat sie davor geduscht und sich geschminkt. Das Seil hat sie sich zuvor zurückgelegt, denke ich. Es über den Balken zu werfen und irgendwo festzuknoten dürfte auch für eine Frau in ihrem Alter kein Problem gewesen sein. Eher war es schwer auf den Stuhl zu kommen.« Tauner klopfte an einen Dachträger. »Ich denke, Meyers Befürchtungen waren unbegründet.

Ich halte auch eine Obduktion für nicht notwendig.« Tauner zögerte. »Na ja, vielleicht sollte man eine Blutuntersuchung anstrengen, nur zur Sicherheit. Ich würde sagen, wir reden mit dem Witwer, danach können wir wieder los.« Und das alles für nichts, dachte er. Und obwohl er es nicht aussprach, schien es, als ob der junge Polizist es trotzdem gehört hätte. Er warf Tauner ein seltsames Lächeln zu. »Was gibt's denn?«, fragte er ihn deshalb.

Der junge Mann ließ sich nicht viel Zeit. »Glauben Sie, dass der Affe das mit Absicht durchgezogen hat? Sie waren doch dabei, oder?«

Zuerst wollte Tauner auffahren, doch es sah aus, als handelte es sich hier um eine ernst gemeinte Frage. »Was ich glaube, steht hier nicht zur Debatte. Was wir rausfinden, werden wir sehen. Es deutet alles auf einen Unfall hin. Das ist eine interne Info! Und was der Affe sich dabei gedacht hat, ist eine ganz andere Sache.« Tauner hoffte, der Polizist würde erkennen, dass er zu keiner weiteren Aussage bereit war.

»Woher wissen Sie, dass der Professor außer Haus war, als es geschah?«, nahm Hegel wieder den Faden auf.

»Ich hab es vermutet, es ist meistens so. Es sei denn, die Leute wollen den Suizid nur andeuten oder vortäuschen, das tun sie, indem sie Rattengift essen, oder sich ein wenig an den Pulsadern herumschneiden. Dazu hat die Frau aber zu konkret gehandelt. Sie wusste, dass es keine Rettung geben würde. Das Seil wäre niemals gerissen. Wo war er denn?«

»Er sagt, er hätte ›Verschiedenes zu erledigen‹ gehabt. So hat er sich ausgedrückt. Anscheinend war er ein bisschen Lebensmittel einkaufen und hat Dünger für die Blumenkästen geholt. Als er zurückkam, fand er sie nicht im Garten oder auf der Terrasse wie sonst. Er rief nach ihr und ging davon aus, dass sie bei der Nachbarin wäre, da sie nicht antwortete. Das Beste ist jedoch, Sie reden selbst mit ihm.«

Tauner nickte. »Dann mal los. Sagen Sie unten Bescheid, die Bestatter können die Frau mitnehmen.

Professor Hülfert war eine unangenehme Erscheinung. Tauner hatte ihn in der Hausbibliothek gefunden, die Tür hatte halb offen gestanden. Der Professor blätterte gedankenverloren in einem alten Buch. Die Szene wirkte auf Tauner etwas gestellt. Der Mann hatte die 80 überschritten und trat mit einer selbst verordneten Steifheit auf, die man eher einem englischen Lord abgekauft hätte. Sein graues Haar war streng zurückgekämmt, die Brille altmodisch, mit kleinen runden Gläsern. Erst aus der Nähe sah Tauner den schmalen grauen Oberlippenbart, einer, der tägliche Pflege erforderte. Der Professor trug eine graue Anzughose, ein weißes Hemd und eine graue Weste. So lief der immer herum, vermutete Tauner, trauerte wohl einer Epoche nach, in der er noch nicht gelebt hat, mit Stehkragen, Monokel und Hausbediensteten.

Ohne anzuklopfen, betrat er die Bibliothek, stellte sich und Uhlmann vor. Der Professor legte das Buch weg und nahm die Brille ab.

»Sind die Herren zufrieden?«, fragte er seltsamerweise.

»Kommt drauf an«, erwiderte Tauner und kam sich dabei dumm vor, er suchte nach anderen Worten: »Kommt darauf an, warum Sie glauben, dass wir zufrieden sind.« In Gedanken prüfte Tauner die Grammatik dieses Satzes, konnte im Moment keinen entscheidenden Fehler entdecken. »Hat sich Ihre Frau in den letzten Tagen anders verhalten? Hatte sie sich zurückgezogen? War sie still geworden, oder vielleicht euphorisch?«

Der Professor schüttelte langsam den Kopf. »Nicht, dass ich wüsste. Möglicherweise war ich nicht aufmerksam genug.«

Tauner dämmerte, dass dieser Mann erst einmal verarbeiten musste, was geschehen war, und beschloss gnädig zu sein, trotz der kühlen Härte, die Hülfert zur Schau stellte. »Gab es denn irgendein besonderes Ereignis, welches sie zu dieser Tat veranlasst haben könnte?«

»Meine Frau war schon seit Langem verzweifelt, es war vielleicht nur eine Frage der Zeit. Obwohl man sagt, die Zeit heilt alle Wunden, scheinen manche Wunden nie zu heilen. Nein, sie gären und eitern und vergiften das Leben.«

Das stimmte hoffnungsvoll, stöhnte Tauner innerlich, das und die Erlebnisse mit der Familie der Weigelt allein genügten, um sich zu erhängen. »Wieso war sie verzweifelt?«

»Wir haben eine Tochter verloren. Unsere einzige Tochter.«

»Das … äh, tut mir leid.« Tauner wusste die Chronologie der Ereignisse nicht recht einzuordnen. Sagte der Professor nicht, die Frau wäre seit Langem verzweifelt, er warf Uhlmann Hilfe suchende Blicke zu. Der blies nur die Wangen auf und machte große Augen.

Der Professor hob die Hand und streckte sie suchend nach etwas aus, an dem er Halt finden konnte. An der Lehne eines Lesesessels fand er ihn. »Es ist schon über 20 Jahre her. Vielleicht hatte Helene das Leben einfach nur satt.«

Oder ihn, oder das Leben mit ihm. Tauner behielt seine Gedanken für sich. »Es tut mir leid, doch ich muss Sie fragen, wo Sie sich aufgehalten haben. Sie sind außer Haus gewesen?«

Der alte Mann nickte und setzte sich, indem er sich mit beiden Händen auf den Sessellehnen abstützte und sachte nach unten glitt. Tauner versuchte einzuschätzen, wie hilflos der Professor nun sein mochte. Wahrscheinlich hatte seine Frau alle hauswirtschaftlichen Fäden in der Hand gehabt, während er sich um das geistige Wohl kümmerte. Möglicherweise kam auf den alten Herrn noch mehr Unheil zu als der Tod seiner Frau. Vielleicht würde er sein Haus aufgeben und in ein Altersheim ziehen müssen. »Ich war in diesem kleinen Lebensmittelgeschäft am Ende der Straße, ich hab das Fahrrad nur geschoben, fühlte mich heute zu unsicher. Danach bin ich in die Blumenhandlung gegangen, ich wollte …« Der Professor verstummte. »Geben Sie mir einen Moment Zeit«, bat er und stützte seine Stirn mit der rechten Hand.

Tauner gab Uhlmann ein Zeichen. Der konnte seine Erleichterung kaum verbergen und eilte hinaus an die frische Luft, wo es Leben gab und Licht und keine muffige Vergangenheit. Tauner wartete einen Moment ab und begann leicht gelangweilt mit den Augen die Buchrücken in den Regalen zu überfliegen. Es befanden sich eine ganze Menge medizinische Fachbücher darunter, viele Lederbände, die nur nummeriert waren, und eine Menge Literatur des letzten Jahrhunderts. Ihm fiel der Name E. A. Poe ins Auge. Es war so ziemlich der einzige Name, von dem er unter all den wortgewichtigen Autoren jemals etwas gelesen hatte. Nach einem kurzen Blick auf den Professor, der zusammengesunken in seinem Sessel saß, wagte er es, ein Buch von Poe herauszunehmen, und blätterte darin.

»Man sagte ihm einige unschöne Dinge nach«, sagte der Professor.

Tauner zuckte zusammen, fühlte sich ertappt. »Ich weiß nicht recht, angeblich soll er ein Leichenschänder gewesen sein.«

»Sehen Sie, es ist leicht einem Toten etwas nachzusagen. Und wäre es so gewesen, glauben Sie, es wäre heute noch von Belang?«

Tauner stellte das Buch wieder ins Regal. »Ich nehme an, Sie meinen, es wäre nicht mehr von Belang.«

Der Professor erhob sich und es sah aus, als wollte er eine Rede halten. »Es wird viel erzählt und manches von dem, was die Leute erzählen, hält sich hartnäckig, egal, wie erlogen es ist. Und selbst wenn«, Hülfert hob den Zeigefinger, »was ficht es die nachfolgende Generation an und die danach? Sie zerreißen sich die Mäuler, schwatzen dummes Zeug, versuchen jemandes Lebenswerk anzugreifen. Selbst Ihnen, der Sie Edgar Allen Poe wahrscheinlich kaum kennen, fällt als Erstes dieses dumme Gerücht ein!« Der Professor schwankte leicht, doch er fing sich wieder.

Tauner sah zur Seite, sah Uhlmann in der Tür, der seinen Zeigefinger neben seiner Schläfe kreiseln ließ.

»Hast du mitgehört?«, fragte Tauner, nachdem sie ins Auto gestiegen waren.

Uhlmann brummte zustimmend.

»Hast das Gefühl, dass er mir irgendetwas sagen wollte?« Tauner startete den Motor. Sie waren schon viel zu lange hier geblieben.

Uhlmann zerrte umständlich den Gurt über seinen

Bauch. »Ich weiß nicht, vielleicht ist er ein bisschen wirr. Denk mal dran, dass seine Frau sich gerade erhängt hat.«

»Ich weiß schon, aber er schien mir so aufgebracht. Dieses ganze Gerede, man soll die Vergangenheit ruhen lassen, was wollte er damit?«

»Vielleicht wollte er damit sagen, die Vergangenheit sollte nicht ruhen.«

»Meinst du, er hält mich für fähig, solch subtile Botschaft zu verstehen, sofern es eine war? Ich denke, er sagte, die Vergangenheit sollte ruhen, weil sie ruhen sollte. Es klang ja fast, als fürchtet er einen Rufmord, doch der ist doch schon seit fast 20 Jahren emeritiert!«

»Altersparanoia«, sagte Uhlmann und damit schien die Sache erledigt für ihn.

Tauner belästigte seinen Kollegen nicht weiter, doch die ganze Stunde bis Dresden dachte er über Helene Hülfert nach und welches Leben sie geführt haben mochte. Bestimmt gab es einige Gründe, sich das Leben zu nehmen. Viele Menschen trugen den Gedanken lange mit sich herum und wurden doch immer wieder vom Leben abgelenkt. Andere entschlossen sich spontan und zogen die Sache schnell durch. Doch was hatte diese Frau bewegt, nach so vielen Jahren einen Schlussstrich zu ziehen? Es musste etwas geschehen sein und möglicherweise war es wirklich etwas, dass der Aufmerksamkeit des Professors entgangen war. Oder war es gerade das, was den alten Mann so aufgebracht und veranlasst hatte sich zu echauffieren? Weil es einen Anlass gegeben hatte? Tauner trat hart in die Bremse, wegen diesem Gedanken und weil er fast die Ausfahrt verpasst hatte.

»Mach mich nicht fertig!«, stöhnte Uhlmann vorwurfsvoll.

Tauner erwiderte nichts. Es war egal, es war Selbstmord, eindeutig, der Professor war viel zu gebrechlich, um dabei nachgeholfen zu haben, es gab keinerlei Einbruchsspuren, keine Anzeichen auf Fremdeinwirkung. Was auch immer der Auslöser war, das Ergebnis blieb dasselbe. Jetzt musste er unbedingt aufhören zu denken. Er gab seinem Kollegen einen Klaps ans Knie. »Bleibt's beim Bierchen jetzt?«

6

»Gehen wir?«, fragte Uhlmann mit schwerer Zunge. Es war Nacht geworden über dem Biergarten der Torwirtschaft am Großen Garten und die Kellner und Kellnerinnen begannen die Sonnenschirme zusammenzuklappen und die Tische und Stühle mit Ketten zu sichern. Die letzten wenigen Gäste verstanden den dezenten Wink und zogen von dannen.

»Na los«, meinte Tauner und versuchte nicht zu lallen. Er erhob sich und taumelte leicht. Der Kies unter seinen Füßen harmonierte nicht mit seinem eingeschränkten Gleichgewichtssinn, mit einer Hand stützte er sich am Tisch ab. Jetzt kam eine kühle Brise auf und erinnerte ihn daran, auch dieser Sommer würde zu Ende gehen. Hinter ihnen war es finster geworden wie im Wald, nur die Hauptachse des Parks wurde von Laternen beleuchtet. Ein einsamer Radfahrer fuhr auf ihr stadtauswärts, bog rechts in die Dunkelheit ab. Ohne Licht, hatte Falk bemerkt. Nicht mein Problem, dachte er.

»Was ’n nu? Gommste?«, nuschelte Uhlmann.

Tauner fragte sich, wer wohl morgen früh den dickeren Schädel haben würde. Er wahrscheinlich, obwohl Uhlmann bei diesem Wettbewerb anatomisch im Vorteil war. Ihm fiel auf einmal ein, dass er seine Kinder hatte anrufen wollen. Bald war die Woche rum und kurz vor dem Wochenende brauchte er sie gar nicht erst zu fragen. »Ich muss loofen«, brummte er. Sein Auto hatte er frech vor dem Rudolf-Harbig-Stadion abgestellt, welches jetzt Glücksgas-Stadion hieß und von keinem so genannt wurde. Dort, wo sonst nur Lieferanten oder VIPs halten durften. Er war sich sicher, die Geschäftsleitung von Dynamo Dresden würde ihm das verzeihen.

»Dann loof. Ich ruf mir ein Taxi, oder kann ich jetzt noch meine Tochter anrufen?«

»Warum rufste nicht deine Frau an?«

»Weil's peinlich ist, wenn die Muddi mich holen kommen muss.« Uhlmann lachte über seine Albernheit und Tauner musste mitlachen.

»Mach's gudd, Alter!«, sagte Tauner bierselig und reichte seinem Kollegen die Hand. Während Uhlmann zupackte und versuchte sie zu zermalmen, dachte Tauner daran, wie selten sie abends einen Trinken gingen. Dann marschierte er ab, dem Stadion und der Helligkeit entgegen.

Drei Minuten später hatte er es bis zu seinem Auto geschafft, welches direkt unter der schrägen Glasfront des Fußballstadions stand, und überlegte, ob er den Wagen nehmen sollte. Sein Heimweg war eigentlich nicht weit zu fahren, jedoch ziemlich weit zu laufen. Schon ertappte er sich dabei, wie er sich mit einer Hand am Wagen abstützte und mit der anderen in der Hosentasche nach dem Schlüssel wühlte, er würde ja nicht nur nach Hause laufen mitten in der Nacht, sondern früh am Morgen auch wieder hier herkommen müssen. Er würde langsam fahren, und es waren ja wirklich nur zwei, drei Kilometer.

Tauner hatte den Schlüssel schon in der Hand, da hörte er ein leises Geräusch. Etwas summte, nein, es zischte.

Er richtete sich auf und wollte zuerst seinen Augen nicht trauen. Keine 50 Meter weiter stand eine vermummte Gestalt und sprühte Farbe an die Scheibe vom Dynamo-Fanshop. Von der Statur her und dem grünen Kapuzenshirt konnte es fast der Kerl sein, der ihm eine Woche zuvor davongelaufen war. Adrenalin schoss in seine Blutbahn und ließ ihn mit einem Schlag fast nüchtern werden. Tauner stieß sich vom Auto ab und näherte sich dem Sprayer, fest entschlossen, sich nicht ein weiteres Mal an der Nase herumführen zu lassen. Der Schmierfink schien in seine Arbeit vertieft und bemerkte sein Kommen nicht. ›N O F‹ konnte Tauner lesen und war sich sicher, seinen kleinen Freund vor sich zu haben. Ungefähr einen Meter hoch waren die Buchstaben und der Sprayer ließ sich Zeit, obwohl es nicht gerade ungefährlich war, direkt unter der Straßenbeleuchtung. Tauner kam sein Vorgehen einer Provokation gleich. Und tatsächlich, im nächsten Moment sah der junge Mann sich um. Zwar konnte Tauner das Gesicht nicht sehen, weil es von der Kapuze und dem Schirm einer Basecap verdeckt war, doch war er sich sicher, der Bursche grinste frech.

»Ich ruf die Zentrale an und in drei Minuten wimmelt es hier von Streifenwagen!«, drohte Tauner und rechnete sich aus, wie weit er käme, wenn sein Gegenüber losliefe. Es waren noch mindestens 20 Meter.

Der Sprayer schüttelte vorwurfsvoll den Kopf. Dann wandte er sich wieder seiner Arbeit zu und vollendete aufreizend langsam den Schriftzug.

»Was soll denn das überhaupt heißen?«, fragte Tauner und schlich sich dabei ein paar Schritte näher heran. »Kein Glaube?«, tippte Tauner, weil der Junge nichts sagte. »Kein Schicksal!«, verbesserte er sich.

Der Junge war fertig mit seinem Werk und schob sich die Sprayflasche in die Bauchtasche seines Shirts.

Tauner blieb stehen, es hatte keinen Sinn, näher zu schleichen, wenn der Junge ihn ansah. »Und was soll das bedeuten? Alles nur Zufall?«

Der Junge schüttelte den Kopf, als wäre ihm Tauner zu dumm.

Tauner schüttelte ebenfalls den Kopf. Er griff in die Tasche und holte sein Handy heraus. Er würde sich nicht noch einmal veralbern lassen.

Jetzt hob der Junge die Schultern.

Tauner zögerte einen Moment, weil der Junge keinen Ton von sich gab. Das unterschied ihn ein wenig von seinen üblichen Berufsgenossen, die hemmungslos protzten, jeden duzten und sich dabei vorkamen, als wären sie die Größten, bis man ihnen ein wenig den Arm verbog. Vielleicht war es einer aus gutem Hause und vielleicht war ihm Geld völlig egal, vielleicht meinte er auch, sein Leben wäre entsetzlich oder was Teenager immer so denken, vielleicht hasste er auch seine Eltern, die nichts als Geld im Kopf hatten. Tauner hob die Schultern, der Junge hatte vielleicht ein Problem, aber es war nicht sein Problem. Und plötzlich sah er, wie sich im Rücken des Jungen zufällig die Lösung des Problems näherte. Tauner winkte dem Streifenwagen, der sofort abbremste und quer über die Straßenbahngleise zum Stadion abbog.

Der Streifenwagen hielt auf halbem Weg zwischen Tauner und dem Jungen. Die beiden Streifenpolizisten stiegen aus. »Was ist los?«, fragte derjenige, der gefahren war, seine Kollegin kam ums Auto gelaufen.

»Hauptkommissar Tauner, Kripo.« Tauner hielt seinen Dienstausweis hoch, auch wenn er aus der Entfernung kaum zu erkennen sein konnte. »Ich hab den Kerl beim Sprayen erwischt. Nehmen Sie ihn fest, ich bin außer Dienst. Außerdem ist er mir zu schnell.« Der Polizist gab seiner Kollegin einen Wink, woraufhin sie sich seitwärts in die andere Richtung bewegte.

Der Junge rührte sich nicht und es schien ihm nichts auszumachen, dass sein Weg vor der Gebäudefront praktisch in jeder Richtung abgeschnitten war.

»Wir wollen es mal locker angehen lassen!«, sagte der Streifenpolizist. »Am besten du kommst hierher, das spart uns Ärger.«

»Ihnen vielleicht«, sagte der Junge leise und lief los. Er rannte auf Tauner zu, der damit gerechnet hatte, ihm entgegentrat und die Arme ausbreitete. Der Sprayer beschleunigte seine Schritte und als Tauner glaubte, umgerannt zu werden, schlug der Junge einen Haken nach rechts. Tauner bekam zwar einen Ärmel zu fassen, doch der Junge war zu schnell und riss sich los.

Tauner fluchte leise und lief ihm nach. Die beiden Polizisten hatten inzwischen die Verfolgung aufgenommen, ihn eingeholt und schnitten dem Sprayer klugerweise den Weg zum Großen Garten ab, wo er zwischen den Bäumen hätte verschwinden können. So blieb ihm nichts anderes übrig, als am Stadion vorbei bis zu der großen Treppe zu rennen, die zu den Blocks führte. Dummerweise stürmte der Sprayer die Treppe hinauf, die zu drei Seiten komplett von einem hohen Zaun umgeben war. »Rufen Sie Verstärkung über Funk«, rief der uniformierte Polizist. Tauner bremste ab, war dankbar für diese Idee und sah verblüfft zu, wie der Junge mit einem gewaltigen Satz auf den drei Meter hohen Zaun sprang und sich auf der anderen Seite herabließ, wo er ins Dunkel verschwand.

Die beiden Polizisten hatten keine Zeit sich zu wundern. Die Polizistin befand sich oben auf der Treppe, wollte gerade den Zaun hochklettern, als ihr Kollege sie daran hinderte. »Bleiben Sie hier, ich fahr auf die andere Seite.« Er kam zurückgerannt, warf sich hinter das Steuer und raste mit Blaulicht los.

Tauner blieb zurück und ihm fiel nichts Besseres ein, als stehen zu bleiben und zuzuschauen.

»Warum haben Sie denn nicht zugefasst?«, fragte ihn die Polizistin keuchend die Treppe hinab und sah ihn vorwurfsvoll an.

»Haben Sie gesehen, wie der da hochgesprungen ist?«, fragte Tauner zurück. Er musste sich von einer Polizeimeisterin nichts sagen lassen, doch er war zu verblüfft, um sich zu wehren.

Diese überhörte Tauners Frage und versuchte in der Dunkelheit hinter dem Zaun etwas zu erkennen. Bald gab sie auf und kam die Treppe hinunter. »Gut trainiert eben, jetzt ist er erst mal drinnen. Bleiben Sie hier, ich geh nach vorn.«

Tauner verzog den Mund, weil er derjenige sein sollte, der befahl, blieb aber, wo er war, und betrachtete das Gelände. Weil nichts weiter geschah, näherte er sich dem Zaun an der Stelle, wo der Junge darüber gesprungen war. Der musste einen zwei Meter hohen Satz gemacht haben, dachte er, mindestens.

»Sehen Sie ihn?«, rief die Polizistin und war schon hundert Meter weit weg.

»Nein!«, erwiderte Tauner knapp. Es war ihm egal, ob sie ihn hörte. Das Gelände war zu groß, wenn nicht bald Verstärkung kam, würde der Junge verschwinden, in Richtung Hygienemuseum, oder quer durch das Stadiongelände in den Blüherpark, der von ihm aus links neben dem Stadion begann. Wenn er einmal über den Zaun gekommen war, würde er auch ein zweites Mal hinüberkommen. Keine Minute später sah er den Jungen seelenruhig um die Ecke schlendern. Schnell drehte er sich nach der jungen Polizistin um, doch die war mittlerweile am Stadion vorbei auf der anderen Seite angekommen. Rotzfrech ging der Sprayer ihm entgegen.

Tauner, der von der Rennerei noch immer außer Atem war, schnaufte: »Hör mal zu, Junge. Ich lasse mich normalerweise nicht zum Gespött machen. Du hast nur Glück und bist schnell, weil du jung bist. Irgendwann hast du Pech! Lass es sein und leg dich nicht mit mir an, du wirst es bereuen.« Tauner kochte vor Wut, außerdem hatte er in solchen Situationen schon Sinnvolleres von sich gegeben. Deshalb platzte ihm der Kragen. Er sprintete los.

Der Junge lachte auf, riss die Hände aus den Hosentaschen und begann zu rennen. Anstatt einfach wegzulaufen, raus aus dem Licht, lief er über die Straße. Obwohl Tauner fast auf Armeslänge an ihn herangekommen war, schaffte er es nicht, nach dem Jungen zu greifen, und so wurde der Abstand schnell größer. Frech wie der Junge war, verschwand er jedoch nicht einfach in der Dunkelheit, sondern lief über die Straße der Polizistin entgegen, welche erneut versuchte, ihm den Weg abzuschneiden. Tauner rannte weiter dem Jungen hinterher, einfach nur, um den Druck aufrecht zu halten. Der Streifenwagen überholte ihn und jetzt fürchtete Tauner, er würde den Jungen über den Haufen fahren. Der hatte sich mittlerweile selbst in die Bredouille gebracht, war erneut ohne Fluchtweg, eingekesselt zwischen den Polizisten und dem Zaun des Fußballtrainingsgeländes auf der anderen Straßenseite. Die Polizistin zückte ihre Pistole. Bloß nicht schießen, dachte Tauner, so etwas konnte er überhaupt nicht gebrauchen. Der Junge sprang hoch und schaffte es ansatzlos über den zwei Meter hohen Zaun. Der Streifenwagen bremste mit quietschenden Reifen und der Uniformierte sprang heraus.

»Haben Sie das gesehen?«, fragte er Tauner.

Tauner konnte nicht reden, nickte aber. Dabei sah er, wie die Polizistin mit der Taschenlampe in der Linken und der Pistole in der Rechten das dunkle Gelände absuchte. Tauner gab atemlos Zeichen, der Polizist verstand ihn. »Stecken Sie mal die Pistole ein!«, rief er seiner Kollegin zu. »Die ist neu«, meinte er leise, als wäre damit alles erklärt.

Tauner hatte wieder ein wenig Luft. »Der ist da einfach rüber, oder?«, schniefte er.

»So was hab ich bisher nur im Film gesehen. Ist vielleicht so einer von denen, die durch die Gegend turnen, wissen Sie? Diese Typen die durch Fenster und über Mauern springen, als würden sie den ganzen Tag nichts anderes machen.«

Tauner schwieg und suchte in seinem Hirn nach der richtigen Bezeichnung. »Wie auch immer«, schloss er das Thema ab. »Was machen wir jetzt damit?«

Der Polizeiobermeister hob die Schultern. »Pech gehabt.«

»Der macht sich lustig über mich. Der ist mir schon mal entwischt, jetzt verfolgt er mich.«

»Wollen wir den Großen Garten absuchen lassen?«

Tauner schüttelte eilig den Kopf. »Bloß keinen Großeinsatz. Er scheint ja harmlos zu sein, es ist nur …« Tauner deutete auf seinen Kopf.

»Eine Kopfsache, ich versteh schon.« Der Polizist nickte und lächelte. »Sie sind doch von der Mord. Was ist denn aus dem Affenfall geworden?«

Tauner winkte ab. »Abgeschlossen. Gab's viel Ärger deshalb?«

»Gibt's noch, die PETA hat Proteste angekündigt und letzte Nacht haben Kollegen zwei Leute geschnappt, die in den Zoo einsteigen wollten. Was die genau vorhatten, haben sie nicht gesagt. Kamen aus Braunschweig. Deshalb fahren wir eigentlich hier herum.«

Tauner wusste dazu nichts zu sagen. Der eine versuchte eben Verbrecher zu fangen, der andere kam aus Braunschweig und wollte Tiere retten, die vielleicht gar nicht gerettet werden wollten, ein anderer besprühte Wände. Jeder wie er wollte, er musste jetzt nach Hause. Da kam ihm eine Idee. »Wollten Sie schon immer mal BMW fahren?«, fragte er. »Ich muss nämlich gefahren werden und das da ist mein Dienstwagen.«

Der uniformierte Beamte grinste und schüttelte den Kopf. »Ich nicht, aber vielleicht die da«, sagte er und deutete auf seine Kollegin.

7

»Wer weiß, was du da gesehen hast«, meinte Uhlmann ungläubig. Es schien ihm gut zu gehen.

Tauner fand das unfair, denn er, der sonst mehr trank und mehr gewöhnt sein sollte, litt unter massiver Dickschädelitis. Außerdem hatte er heute Morgen in seinem Terminkalender einen Eintrag gefunden, an den zu denken er bisher erfolgreich vermieden hatte. Die Skepsis seiner Kollegen war zu erwarten, schmerzte deshalb nicht weniger. »Der ist ansatzlos über den Zaun. Zwei Meter! Das schaffen sonst nur die besten Hochspringer!«

»Ich denke er ist gerannt? Da hat er doch Anlauf gehabt.« Uhlmann hatte wieder einmal seinen Spaß und Pia stand abwartend in der Tür, wollte sich nicht recht positionieren.

Tauner beschloss, ihr das heute noch übel zu nehmen. »Der ist gerannt und ist mit einem Satz über den Zaun, glaub es mir. Zwei Streifenhörnchen waren auch da, die haben es auch gesehen. Der eine meinte, es wäre vielleicht so ein Kerl der … na ihr wisst schon, über Geländer und …«

»Und Zäune springt?« Uhlmann machte sich eindeutig lustig und Tauner fluchte lautlos dem Wort hinterher, das ihm nicht einfallen wollte.

»Vielleicht ist es ja ein Hochspringer?«, schlug Pia vor.

»Mach dich auch noch lustig, danke!«, maulte Tauner.

»Das hab ich ernst gemeint! Gibt's vielleicht Sprayer in der Leichtathletikszene?«

Tauner suchte im Gesicht seiner Schreibkraft nach Spuren von Spott und Ironie, doch sie blickte drein wie ein unschuldiges Kind. Es hatte keinen Zweck, wenn er sich nicht zum Gespött machen wollte, musste er das Thema wechseln. »Hast du denn etwas im Internet gefunden? Unfälle im Zoo?«

Pia winkte ab. »Unmengen! Scheint kein ungefährlicher Job zu sein. Unfälle mit Elefanten gibt's öfter, mit Affen und natürlich mit Walen. Letztendlich ist es meist die Schuld des Menschen. Ich könnte mir vorstellen, manche Tiere greifen einfach aus Langeweile an.«

Tauner presste sich die Hände auf die Schläfen. »Ich will jetzt aber nichts Vorgestelltes. Hast du ähnliche Fälle gefunden wie unseren?«

»Ja, die gibt es genug.« Pia war wieder einmal beleidigt oder tat zumindest so.

»Dann würde ich sagen, schließen wir den Fall ab. Ich möchte mit dieser verkorksten Weigelt-Familie nichts mehr zu tun haben.«

Pia nickte. »Kann ich verstehen. Hans hat mir von Dombusch erzählt.«

»Das hat doch mit dem Dombusch nichts zu tun.« Hinter Tauners linkem Ohr begann ein kleiner Schmerz zu hacken. Er tastete nach der Stelle, berührte die Narbe und schnaufte. Das wäre noch das Letzte, wenn darunter wieder etwas wüchse, von dem er glaubte geheilt zu sein.

»Falk?«, fragte Pia leise.

Tauner sah auf. »Hans, du fährst zur Dickmann-Wachtel und gibst ihr den Schlussbericht. Kannst ja die Rensing noch mal kontaktieren. Und erzähl ihr von mir aus, was die Müller gesagt hat, von dem Streit.«

»Und du?«, fragte Uhlmann voller Angst, wieder mal zu viel machen zu müssen.

Tauner schnaufte und sah aus dem Fenster. »Ich muss zum Arzt in einer Stunde. Kopfsache!«

Es war Mittag, als er auf die Straße vor der Medizinischen Akademie trat. Er legte den Kopf in den Nacken und ließ sich die Sonne ins Gesicht scheinen. Eine Weile versuchte er sich seiner Gefühle bewusst zu werden. Das war nicht so einfach, denn sie waren sehr widersprüchlich. Er holte sein Telefon hervor und überlegte sich, welche Nummer er wählen sollte, die zehn entgangenen Anrufe ignorierte er vorläufig, denn sie waren alle von Uhlmann. Sein Daumen schwebte eine Weile über der Tastatur. Tauner atmete durch und steckte das Telefon weg. Die einzige Nummer, die er jetzt wirklich hätte wählen wollen, war die seiner zukünftigen Exfrau, doch das wagte er nicht. Weil er nicht wusste, was er eigentlich sagen sollte, und weil er sich vor ihrer Reaktion fürchtete. Der Schmerz hinter dem Ohr war nicht verschwunden. »Was jetzt?«, fragte er sich leise.

»Einfach voran«, erwiderte eine junge Frau.

Tauner drehte sich nach ihr um und erkannte eine der Krankenschwestern, mit denen er vor Jahren das Vergnügen gehabt hatte, ein paar Wochen auf der Station zu verbringen, ihr Name wollte ihm nicht gleich einfallen, das ärgerte ihn. Offenbar wollte sie in den Supermarkt auf der anderen Straßenseite. Tauner versuchte ein Lächeln. Die Krankenschwester trat an ihn heran. »Haben Sie auf dem Parkplatz vom Netto geparkt? Hoffentlich nicht. Dort kontrolliert das Ordnungsamt.«

Tauner zog die Mundwinkel nach unten. »Das ist mir echt egal. Wie geht es Ihnen?«

»Mir geht's ganz gut, wie es eben so ist mit zwei Kindern und Schichtdienst.« Die Schwester zwinkerte. Auch

Krankenschwestern mussten abschalten können und sich um ihre eigenen Probleme kümmern, egal wie groß oder klein die anderen schienen. »Haben Sie es schon gehört?«

»Was denn?«, fragte Tauner vorsichtig, dachte an die verpassten Anrufe und machte sich auf Einiges gefasst.

»Der Affe, der die Frau ermordet hat, der ist weg! Kam gerade im Radio.« Die Schwester machte große Augen. »Sie sagen, wenn man ihn sieht, soll man ihm nicht zu nahe kommen.«

Tauner stand der Mund offen, denn worauf auch immer er geglaubt hatte gefasst zu sein, diese Möglichkeit war nicht dabei gewesen. »Der ist weg?«, fragte er deshalb blöde. »Wie denn?«

»Unter bisher ungeklärten Umständen. Zurzeit versuchen sie den Großen Garten zu räumen, weil sie glauben, der Orang-Utan hätte sich da versteckt. Jetzt muss ich, meine Pause ist sonst zu Ende.« Die Krankenschwester winkte, warf einen Blick auf den Verkehr und eilte über die Straße.

»Tschüss«, rief Tauner ihr hinterher und nun fiel ihm ein, wie sie hieß, Anne nämlich, ›Anne Kann, nicht Anne Will‹, wie sie immer zu sagen pflegte. »Ach du heiliger Bimbam!«, stöhnte Tauner.

»Schön, dass du dich auch mal meldest!«, meinte Uhlmann am anderen Ende der Leitung. »Kannst gleich zum Zoo kommen.«

Tauner zog mürrisch einen Strafzettel hinter seinem Scheibenwischer hervor und zerknüllte ihn. »Was sollen wir denn da?«, fragte er und wagte es nicht, den Zettel wegzuwerfen, sondern warf ihn auf den Beifahrersitz.

»Theo suchen!«

»Wir sollen den Affen suchen? Wie ist er denn freigekommen, das würde mich mehr interessieren!«

»Du solltest mal kommen, darüber müssen wir reden!«

Es war nicht weit bis zum Zoo und Tauner fuhr mit Blaulicht und quäkender Hilfssirene, was ihn in fünf Minuten zum Großen Garten brachte, er raste über die Stübelallee vorbei an der Gläsernen Manufaktur, links in Richtung Stadion und danach wieder links zum Zoo. Das ganze hatte keine zehn Minuten gedauert. Überall standen Polizisten und sperrten die Wege des Parkgeländes ab. Jetzt, im schönsten Spätsommer, der schon die Blätter der Kastanien welken ließ, schätzte Tauner, mussten sich Tausende im Park aufhalten. Die dort herauszubekommen wünschte er sich nicht als Aufgabe, vor allem, weil eine Unmenge Leute jetzt erst recht hier herkommen würde, um den entflohenen Affen zu sehen.

Auch vor dem Eingang des Zoos stand Polizei. Tauner fuhr an einen Pulk Uniformierter heran und zeigte seinen Dienstausweis. »Ist der Zoo gesperrt?«, fragte er.

»Die letzten Besucher werden gerade hinausgelotst. Sie können durch den Liefereingang fahren. Die Spurensicherung ist schon im Affenhaus«, erklärte die Dienstälteste.

Tauner winkte dankbar und fuhr weiter. Vor dem Primatenhaus stand Uhlmann und unterhielt sich mit Martin von der Spurensicherung. Tauner hielt neben ihnen und stieg aus.

»Da ist er«, lachte Martin, deutete auf Tauner und der war wohl der einzige Anwesende, der den Witz verstand.

»Hab ich doch schon gesehen«, sagte Uhlmann und verstand Martins Grinsen nicht.

»Und was ist nun so geheimnisvoll?«, fragte Tauner und sah seinen Kollegen an, der deutete jedoch auf Martin.

Dieser nahm seine Brille ab und strich sich übers lange Haupthaar, welches er zum Zopf gebunden hatte. »Sherlock Holmes hat ja mal gesagt: Wenn man alle natürliche Erklärungen ausschließen kann, muss es eine unnatürliche Erklärung geben.«

Tauner erhob sogleich einen Einwand. »Erstens ist Sherlock Holmes eine literarische Figur und zweitens bin ich der Meinung, er hat gesagt: Wenn es keine natürliche Erklärung gibt, hat man sie bloß noch nicht gefunden.«

Martin freute sich. »Wie ich sehe sind wir beide auf diesem Gebiet nur halb gebildet. Worauf ich hinauswollte, ist Folgendes: Die Tür zum Affenkäfig wurde offenbar aufgeschlossen. Jedoch deutet nichts auf eine Fremdwirkung hin. Und wie Hans von dem Zooinspektor erfahren hat, war sämtliches Tierpflegepersonal mit Schlüsselgewalt ordnungsgemäß abgemeldet. Die Schlüssel werden zum Feierabend abgegeben. Bormann, Müller und Stern fallen somit vorerst aus. Das sage ich, weil wir natürlich überall Spuren von ihnen finden, ist ja logisch, sie arbeiten hier. Darüber hinaus haben wir einige andere Spuren gefunden, die noch analysiert werden müssen.«

Jetzt kam Uhlmann zu Wort. »Wir gehen davon aus, dass es sich hierbei um Spuren von dir und mir und vom Zooinspektor und vielleicht von anderen Mitarbeitern aus dem Zoo handelt.«

Tauner legte die Stirn in Falten und wünschte sich, der Schmerz hinterm Ohr würde nachlassen. »Keine Einbruchsspuren?«

»Bisher keine.« Martin hob entschuldigend die Hände.

»Rein theoretisch könnten doch ein paar Aktivisten in den Zoo eingestiegen sein und den Affen befreit haben.«

»Warum gerade den, Falk?«, fragte Martin.

»Weil die befürchten, er wird eingeschläfert.«

»Erstens wird der Zoo seit drei Tagen rund um die Uhr bewacht, zweitens gibt es keine Einbruchsspuren. Drittens wäre es für die Leute zu gefährlich gewesen.«

Tauner schüttelte den Kopf. »Daran werden die nicht gedacht haben. Gibt es Spuren vom Affen?«

»Die verlieren sich an der Tür. Dort haben wir Urin von ihm gefunden.«

Tauner ließ den Kopf hängen. Was sollte er nun damit anfangen, und war das überhaupt seine Aufgabe, fragte er sich. »Wer hat das Fehlen bemerkt?«

»Bormann, der hatte Frühschicht«, wusste Uhlmann. »Der hat auch dafür gesorgt, dass der Große Garten gesperrt wird. Wittstock wollte nichts davon wissen, doch Bormann meinte, es wäre sehr gefährlich, da ließ sich unser Polizeichef nicht lumpen. Und wenn der will, dass abgesperrt wird, kann auch Wittstock nichts dagegen tun.«

»Wie kommen wir denn eigentlich dazu, uns um den Fall zu kümmern? Die haben doch bestimmt nicht bei dir angerufen, Hans?«

»Nee, Wittstock hat die Dickmann-Wachtel angerufen und gesagt, es gäbe ein Problem. Und du weißt ja, wenn sie das Wort Problem hört, assoziiert sie das automatisch mit unserer Abteilung, und daran bist du schuld.« Uhlmann grinste, um aus seiner Aussage einen Scherz zu machen.

»Wo sind denn jetzt alle?« Tauner sah sich um. Er musste sich setzen und brauchte ein paar Wände um sich herum. Er wurde das dumme Gefühl nicht los, der Affe schlich sich an ihn heran.

Uhlmann deutete auf das Primatenhaus. »Bormann ist da drinnen und kümmert sich um die übrigen Tiere. Nora

Stern ist mit dem Wittstock los, um die Suche zu organisieren, Kerstin Müller haben sie angerufen, die kommt dann.«

»Um sich um dich zu kümmern?«

»Schön wär's!« In Uhlmanns Worten schwang Vorfreude mit, während Tauner sich wieder an den Chef der Spurensicherung wandte.

»Martin, ich habe folgende Bitte. Du findest eindeutige Spuren von zwei Einbrechern aus Braunschweig, die den Affen mitgenommen haben.«

Martin nickte. »Mach ich, warum gerade aus Braunschweig?«

Tauner hob die Schultern. »Mir war gerade so.«, erklärte er und machte sich auf den Weg, um seine Laune an Bormann auszulassen.

»War das wirklich nötig?«, fragte er auch sogleich, kaum dass er das Primatenhaus betreten und Bormann gesichtet hatte.

Dieser stöhnte leise. »Können Sie nicht leise sein? Die Orang-Utans sind schon völlig durcheinander. Jeder geht hier ein und aus!«

»Ja, und vor allem die Affen selbst. Muss wirklich der Große Garten gesperrt werden?« Tauner sah sich nach einem Stuhl um, doch hier hinter den Gehegen gab es keine Sitzgelegenheiten.

Bormann drehte sich zu ihm um und fuhr sich mit der linken Hand über das sorgenvolle Gesicht. »Sie haben doch selbst gesehen, was geschehen kann, wenn man nicht aufpasst.«

»Der Orang-Utan läuft doch nicht durch die Gegend und greift Leute an.«

»Nein, doch!«, Bormann schien den Tränen nahe, wegen so viel Dämlichkeit um sich herum. »Er versteckt sich. Aber wenn er entdeckt wird und die Leute sich ihm unvorsichtig nähern, gibt's Tote und Verletzte. Selbst wenn man auf sein Versteck nur durch Zufall stößt!«

»Und Sie glauben, er hält sich im Großen Garten auf?« Tauner kam es vor, als würde der Affe gleich aus der Futterküche kommen.

»Es liegt zumindest nahe, dort gibt es Bäume und Laub zum Fressen, außerdem Essensreste in den Mülleimern. Und er hat dort genügend Verstecke.«

»Wie lange suchen Sie schon nach ihm?«

»Seit heut Morgen.« Bormann kratzte sich am Hals und war zerfahren.

»Der Große Garten wird jetzt erst abgesperrt.«

»Ich habe es heut Morgen zu Dienstbeginn bemerkt, nicht sofort, es gibt ein paar Dinge, die zu erledigen sind, und ich dachte, er hätte sich auf dem oberen Podest hingelegt, da sieht man ihn nicht gleich. Als ich Futter machte und er nichts ans Gitter kam, war mir klar, dass etwas nicht stimmte. Wir haben das nicht gleich offiziell gemacht, sondern vorerst im Zoo gesucht. Erst als wir sicher waren, dass er nicht auf dem Gelände ist, haben wir die Polizei gerufen. Ich hab den Inspektor dazu gedrängt, eine Warnung an die Presse herauszugeben. Ich will mir nicht ausmalen, was geschieht, wenn die Leute ihn entdecken.«

»Stand nicht die Tür vom Gehege offen?«

Bormann schüttelte den Kopf. »Die war zu, zugefallen.«

»Ich schätze, Wittstock wird sehr begeistert sein?«

»Ist er!«, fuhr Bormann auf, dann stutzte er. »Hören Sie, ich habe jetzt nicht die Nerven für blöde Witze.«

»Tut mir leid. Wer hat alles einen Schlüssel?«

»Jeder hat einen, doch die werden zum Feierabend am Haupteingang beim Sicherheitsdienst abgegeben. Es wird eine Liste darüber geführt. Das können Sie alles nachlesen. Das habe ich Ihrem Kollegen vorhin erzählt, als Sie in der Sauna waren, oder was weiß ich wo.« Bormann drehte ab und wollte in die Futterküche.

Tauner packte ihn ziemlich angesäuert am Arm und hielt ihn fest. »Herr Bormann, hier ist vielleicht eine Menge los und Ihre Exfreundin ist tot und alles ist durcheinander, was ich jedoch mache, geht Sie einen Scheißdreck an. Ich frage Sie und Sie antworten, egal wie oft Sie meinem Kollegen irgendetwas erzählt haben.«

Die Tür ging auf und Zooinspektor Wittstock betrat das Primatenhaus. Sein sonst zugeknöpftes Hemd war bis zur Brust offen, die Ärmel waren hoch gekrempelt. »Was tun Sie denn hier? Das hört sich nämlich ein wenig unprofessionell an.« Er starrte auf Tauners Hand.

Der löste seine Finger von Bormanns Arm, die weißen Druckstellen auf ihm wurden augenblicklich rot. »Haben Sie den Affen?«, fragte er den Inspektor.

»Nein, ich wollte den Kollegen Bormann dazu holen.«

»Wieso denn das?«, wollte Bormann wissen.

»Weil ich Sie besser gebrauchen kann als Frau Stern, wie ich festgestellt habe. Frau Stern scheint mir zu zimperlich, als sie sich der Konsequenzen bewusst wurde, bekam sie einen Heulanfall!« Wittstocks Augen warnten Bormann, auch nur eine weitere Frage zu stellen.

Doch das konnte Tauner genauso gut. »Welche Konsequenzen?«

Wittstock schloss die Augen für zwei Sekunden. »Weil wir ihn wahrscheinlich abschießen lassen müssen! Wenn er irgendwo in einem Baum sitzt, weiß ich nicht, wie wir ihn jemals da herunterbekommen sollen. Deshalb brauche ich Bormann, weil Theo auf ihn am ehesten reagiert.«

»Sie meinen am besten?«

»Nein, am ehesten, weil er in ihm einen Rivalen vermutet. Ich glaube nicht, dass er sich von Frau Stern mit Apfelsinen vom Baum locken lässt. Eher glaube ich, er kommt herunter, wenn er den Kollegen Bormann sieht. Dann haben wir vielleicht die Möglichkeit, ihn zu narkotisieren.«

Tauner sah zu Bormann, der zog die Mundwinkel herab und nickte, als würde sein Kopf 50 Kilogramm wiegen. »Er hat mich vor einigen Jahren angegriffen. Da war er halbwüchsig. Bis zu dem Tag konnte ich in sein Gehege. Es war kein schwerer Angriff, er hat meinen Arm gepackt und nicht mehr losgelassen, mir blieb nichts anderes übrig, als immer wieder seinen Kopf wegzudrücken, bis er nach einer Viertelstunde müde wurde. Ab da wusste ich, ich darf ihm nicht mehr zu nahe kommen, er würde bei jeder Gelegenheit angreifen.«

»Kann es denn sein, dass er Frau Weigelt irgendwie mit Ihnen verwechselt hat, am letzten Sonnabend? Haben Sie vielleicht nach ihr gerochen?« Tauner wollte wirklich alle Möglichkeiten abklopfen.

Bormanns Hände fielen haltlos nach unten. »Was soll das denn heißen?«

»Wenn ich Sie etwas so Persönliches frage, dann frage ich aus rein ermittlungstechnischen Gründen und nicht, weil ich mir das Maul zerreißen will oder weil es mich sonst wie interessieren würde. Können Sie nicht einfach antworten?«

Bormann sah zu Wittstock und schüttelte den schweren Kopf. »Es kann nicht sein, ich habe weder nach ihr gerochen noch würde das Tier uns verwechseln. Diese Tiere sind sehr schlau. Sie treffen manche Artgenossen aller zwei oder drei Jahre und wissen genau, wer es ist, und in welchem Verhältnis sie zu ihm stehen, wer ihn gut oder schlecht behandelt hat. Es ist vollkommen ausgeschlossen, dass Theo uns verwechselt hat.«

Tauner nickte. Es musste dennoch irgendeinen Grund gegeben haben, warum Theo die Weigelt umgebracht hat, dachte er sich. »Wie sind Sie denn mit den Ambachs klar gekommen?«

»Was?« Bormann quiekte fast und sah sich Hilfe suchend nach Wittstock um. Der hob nur die Schultern.

»Es fiel mir gerade ein, werden Sie zur Beerdigung von Frau Weigelt gehen?«

»Ich weiß … ich weiß es nicht, mal sehen, wann die ist, und was der Schichtplan hergibt.« Bormann wirkte so erschöpft, körperlich wie geistig. Tauner beschloss, Gnade walten zu lassen.

»Ich fürchte, sonst wird niemand kommen«, sagte er nur und ließ von dem Mann ab. Stattdessen nahm er sich Wittstock vor. »Sie brauch ich jetzt!«

Eine Viertelstunde später hatten Tauner und Uhlmann die Listen vor sich, in denen eingetragen war, wer wann den Zoo betreten und verlassen und wer welchen Schlüssel bekommen hatte. Im Beisein des Zoodirektors Doktor Erwin Sonders, der sich zu ihnen gesellt hatte, suchten sie nach Ungereimtheiten und wurden fündig. Viel zu schnell, wie Tauner fand, denn das Problem war klar sichtbar. Bei Frau Weigelt fehlte der Eintrag im Schlüsselbuch.

»Wer hat den?«, fragte Tauner und deutete mit dem Zeigefinger auf das leere Feld.

Zooinspektor Wittstock rieb sich mit Daumen und Zeigefinger die Augenbrauen. »Wir glauben, der ist mit der Kleidung von Frau Weigelt im Müll gelandet.«

»Sie glauben das?«, fragte Uhlmann.

Der Direktor wollte seinen Inspektor nicht hängen lassen. »Wir gehen davon aus, ja. Oder was machen Sie sonst mit der Kleidung nach einer Obduktion?«

Tauner warf Uhlmann ein Stirnrunzeln zu und holte sein Telefon hervor. Zuerst legte er es sich an sein linkes Ohr, wechselte gleich an sein rechtes, weil der Schmerz hinter dem linken noch immer nicht abgeflaut war. »Tauner hier, Kripo, können Sie mir Frau Doktor Rensing heranholen? … Nein, gut, dann richten Sie ihr aus, sie möchte bitte in den Hinterlassenschaften von Frau Weigelt nach Schlüsseln suchen. Danke.« Tauner legte auf. »Der Fall war doch noch nicht zu, oder?«, fragte er Uhlmann.

Uhlmann winkte ab. »Ich hatte es bisher nicht zur Dic… äh Staatsanwältin geschafft.«

Fauler Sack, dachte Tauner und: Gott sei Dank. Wenn das Zeug einmal im Müll gelandet war, war es wie die Suche nach der Nadel im Heuhaufen. Nun war es an der Zeit konkreter zu werden. »Können wir eingrenzen, in welchem Zeitraum der Affe verschwunden ist?«

»Eher schlecht«, meinte Doktor Sonders. »Frau Stern war die Letzte, sie ist 17 Uhr nach Hause gegangen. In den drei, vier Stunden danach wird es nicht passiert sein, sonst hätte wahrscheinlich ein Besucher etwas gesehen. Frau Müller hatte sich schon am frühen Nachmittag abgemeldet, ihr ging es nicht gut. Bormann hatte gestern frei. Das können Sie hier in der Liste auch alles nachvollziehen. Sollte der Affe während der Öffnungszeit entkommen sein, müsste es jemand gesehen haben.«

Tauner holte seinen Notizblock hervor und schrieb mit. »Also müssen wir die Abendstunden veranschlagen, nachdem die Besucher weg waren. Geht der Sicherheitsdienst Streife?«

Doktor Sonders nickte und strich sich übers grau melierte Haar. »Aber nicht allzu oft, es gibt Zeitlücken von circa einer Stunde jeweils. Doch draußen sind Polizisten, ich kann mir nicht vorstellen, wie da jemand eindringen sollte.«

Tauner wollte sich nicht ablenken lassen. »Zurzeit überlegen wir erst einmal, wie der Affe herauskam. Die Zeitspanne beträgt also fast zwölf Stunden. Die wenigen Unterbrechungen lassen wir außen vor, wenn jemand mit bösartiger Absicht eindringt, wird er auf so etwas achtgeben und warten, bis die Streife vorbei ist. Hans, vielleicht waren die beiden Leute aus Braunschweig, die letzte Nacht vom Zaun geholt wurden, entweder Mittäter, die zufällig erwischt wurden, oder sie ließen sich mit Absicht erwischen, um von den anderen abzulenken. Du solltest dich mal mit der Zentrale in Verbindung setzen, ob die beiden schon entlassen sind.« Tauner warf Wittstock und Sonders einen entschuldigenden Blick zu. »Das geht schnell heutzutage. Man ist manchmal schneller aus der Haft, als man hineingeraten ist. Versuchter Einbruch ist fast schon ein Bagatelldelikt, vor allem unter dem Deckmantel des Tierschutzes.« Tauners Telefon klingelte. Er nahm den Anruf entgegen. »Frau Doktor Rensing, schön, dass Sie so schnell zurückrufen. … Ja? … Nein, nichts dabei. Sind Sie sicher? … Natürlich sind Sie sicher, es tut mir leid. … Ja, ich weiß, es tut mir wirklich leid! Ich frage immer so, weil ich ein penetranter Mistkerl bin. Ist Ihnen sonst vielleicht etwas aufgefallen? … Aha? … Warten Sie, bitte!« Tauner nahm das Telefon vom Ohr und sah Wittstock an. »Wo tragen die Angestellten ihre Schlüssel?«

»Meist an einem Karabiner an der Hose.«

»An einer Gürtelschlaufe?«

Der Inspektor nickte.

Tauner nahm das Handy wieder hoch. »Frau Rensing, Sie haben mir sehr geholfen. Ich lade Sie mal zum Essen ein!« Tauner lachte, dann blickte er ernst. »Okay, gern, ich rufe Sie an.« Er legte auf und sah Uhlmann verblüfft an. »Es sollte eigentlich ein Scherz sein, aber die Rensing will tatsächlich mit mir Essen gehen.« Er machte große Augen.

Uhlmann tat, als wäre es ihm egal, doch wenn es einen zweiten weiblichen heiligen Gral in bei den Dresdner Ermittlungsbehörden geben sollte neben dem marmornen Körper der Staatsanwältin, war es der Körper der Gerichtsmedizinerin. »Du hast dich mit deinem letzten Fall interessant gemacht.«

»Du meinst die alte Wilmers, die Sterbehilfe leistete, indem sie ihrem Mann das Kissen aufs Gesicht gedrückt hat?«

»Red kein dummes Zeug, ich meine deinen letzten großen Fall! Jetzt will die Rensing wissen, was du für einer bist!« Uhlmann nahm sein eigenes Handy und wählte eine Nummer, um deutlich zu zeigen, was er vom Verlauf dieses Gesprächs hielt. Dabei erhob er sich und verließ zum Telefonieren das Zimmer.

Tauner wurde wieder ernst und verbarg seine überraschte Freude über das unerwartete Date. »Frau Doktor Rensing von der Gerichtsmedizin ...«

»Die, mit der Sie ausgehen werden?«, fragte Doktor Sonders in sarkastischem Tonfall und zeigte damit deutlich, wie wichtig ihm das war.

»Genau die. Sie hat jedenfalls keinen Schlüssel gefunden, jedoch ist an Frau Weigelts Hose die Gürtelschlaufe vorn rechts abgerissen und Spuren an der Hose belegen, dass da der Schlüssel hing. Es deutet darauf hin, jemand …« Tauner verstummte und hing einem Gedanken nach, der ihm in den Sinn gekommen war und ihm nicht gefallen wollte. Er erinnerte sich an die scheinbare Teilnahmslosigkeit, mit der Theo hinter dem Gitter gesessen und beobachtet hatte, wie sie versuchten, Frau Weigelt zu retten. Hatte er dagesessen wie jemand, der etwas verbergen wollte? Aber er war doch ein Tier.

Doktor Sonders beugte sich ein wenig vor. »Herr Hauptkommissar? Sie wollten etwas sagen?«

Tauner nickte und erhob sich und ging zur Tür. Er öffnete sie. »Hans, komm mal rein«, bat er, bevor er sich auf seinen Platz setzte und wartete, bis sein Kollege zurückkam.

Hans kam und setzte sich geräuschvoll schnaufend. »Die Braunschweiger sind schon wieder auf freiem Fuß. Es gibt keine weiteren Informationen, nur die Personendaten.«

»Lass uns mal kurz laut nachdenken. Der Schlüssel von Frau Weigelt ist weg. Das Gehege von Theo ist aufgeschlossen worden, aber nicht gewaltsam geöffnet. Die relevanten Tierpfleger haben insofern ein Alibi, als dass sie abgemeldet sind und ihre Schlüssel abgegeben haben. Es gibt keine Einbruchsspuren an der Tür zum Affenhaus, von innen jedoch ließe sie sich öffnen.«

Wittstock verzog das Gesicht, als hätte er Zahnschmerzen. »Was wollen Sie damit sagen? Jemand hat sich einschließen lassen?«, fragte er, obwohl er schon zu wissen schien, worauf der Kriminalpolizist hinauswollte.

»Nein.« Tauner ließ sich einen Moment Zeit. »Sie alle sind sich doch einig, dass die Orang-Utans hochintelligent sind. Was, wenn Theo Frau Weigelt den Schlüssel abgenommen und sich nun selbst befreit hat? Was, wenn er Frau Weigelt sogar deshalb umgebracht hat, um an den Schlüssel zu kommen? Eine geplante Flucht also.« Tauner schloss den Mund und Stille breitete sich aus.

Es dauerte eine Weile, bis wieder ein Geräusch zu hören war. Es hörte sich an wie jemand, der sich schnäuzte, doch es war Uhlmann, der alle Mühe hatte, sich das Lachen zu verkneifen.

»Feix nicht so dumm, Hans!«, knurrte Tauner. »Doktor Sonders, im Ernst, glauben Sie, ein Orang-Utan, der diesen Vorgang schon Hunderte Male beobachtet hat, kann das Gitter aufschließen?«

Der Zoodirektor atmete nachdenklich aus und warf Wittstock, der so aussah, als glaubte er, veralbert zu werden, einen zweifelnden Blick zu. Dann nickte er widerstrebend. »Ich glaube das schon. Ehrlich gesagt, traue ich Primaten im Allgemeinen noch viel mehr zu. Ich habe schon Versuchsreihen und Experimente gesehen, in denen zum Beispiel Schimpansen weitaus verblüffendere Dinge getan haben. Es gab sogar welche, die aus ihren Käfigen ausbrachen, anderswo Futter stahlen und wieder in ihre Käfige zurückkehrten.«

»So ähnlich liegt doch dieser Fall, oder?«, fragte Tauner hoffnungsvoll. Wie immer, wenn er eine ungewöhnliche Idee hatte, fürchtete er, sich lächerlich zu machen. Oft genug war ihm das gelungen. Die Menschen neigten leider dazu, sich gerade diese Gelegenheiten zu merken, während sie andere ganz schnell vergaßen.

Sonders wiegte beschwichtigend mit dem Kopf. »Der

Plan scheint mir zu abstrakt. Er muss Frau Weigelt aufgelauert haben, er muss sie töten, um an den Schlüssel zu kommen, er muss den Schlüssel verstecken und zu einer Zeit ausbrechen, wo ihn niemand sehen kann. Fehlt nur noch, dass er sich Kleidung stiehlt und sich ein Flugticket nach Borneo besorgt.«

Tauner zwang sich ein Lächeln auf. »Lassen Sie uns mal sachlich bleiben. Er muss ihr nicht aufgelauert haben, vielleicht ergriff er einfach nur die Gelegenheit. Und vielleicht wollte er Frau Weigelt nicht umbringen, es ist einfach geschehen. Dass er so lang gewartet hat, kann alles Mögliche bedeuten. Vielleicht hatte er den Schlüssel vergessen und ihn erst letzte Nacht wiedergefunden. Was weiß ich, was er sich dabei gedacht hat. Jedenfalls gibt es bisher keine Spuren von Einbruch oder fremden Personen.«

»Nein, wirklich, eher glaube ich, einer unserer Angestellten hat sich durch den Lieferanteneingang hineingeschlichen, oder sich einen zweiten Schlüssel machen lassen«, lautete die These des Direktors zum Tathergang.

Tauner wollte sich so leicht nicht geschlagen geben. »Alle betonen doch immer wieder, wie gefährlich es ist, den Affen freizulassen. Jemand, der das tut, begibt sich doch in große Gefahr.«

»Hoch motivierte Tierschützer machen sich über so etwas vielleicht keine Gedanken«, warf Wittstock ein.

»Möglicherweise wurden sie von einem unserer Angestellten unterstützt«, wertete Sonders diesen Gedanken auf.

»Warum kann denn nicht einfach jemand die Tür offen gelassen haben?«, fragte Uhlmann. »Die Stern vielleicht. Aus Schusseligkeit.«

Jetzt war Wittstock wieder daran, etwas zu sagen. »Das können Sie vergessen. Frau Stern ist sehr zuverlässig. Auch Frau Müller, die ist absolut verlässlich … trotz ihrer sonstigen Offenherzigkeit.«

Wieder verschluckte Uhlmann sich, und Tauner war es, der sich ein Schmunzeln verkneifen musste. »Frau Müller war doch sowieso seit gestern Mittag nicht mehr da, haben Sie selbst gesagt. Außerdem hat doch Promiskuität nichts mit Tierkäfigen zu tun, die offen stehen bleiben.«

Nun wandte sich Doktor Sonders an die Polizisten. »Von Promiskuität war hier keine Rede. Ich denke auch, dass Unachtsamkeit nicht infrage kommt. Gerade jetzt nicht, nachdem alle so sensibilisiert sind. Da will ich lieber glauben, jemand wäre eingebrochen, um Theo davor zu bewahren, eingeschläfert zu werden, obwohl wir in den letzten Tagen immer betont haben, dass er nicht sterben muss.«

»Ist es denn so?«, fragte Tauner.

Sonders war ehrlich. »Es stand eine Weile im Raum, doch die Öffentlichkeit reagiert heutzutage anders auf solche Vorfälle. Früher verlangte man regelrecht danach, dass ein Tier eingeschläfert wurde.«

Heutzutage war es gut für die PR-Arbeit, mutmaßte Tauner ein wenig zynisch. »Und, stand es denn innerbetrieblich zur Debatte? Konnte jemand davon wissen?«

Sonders nickte. »Wir haben die Angestellten mit in die Diskussion einbezogen.«

»Dann wusste Frau Stern davon und hat vielleicht vorsorglich für Theos Flucht gesorgt. Das ist natürlich nur eine Vermutung. Eine, die Ihnen lieber sein müsste als meine gewagte Theorie. Sie wirkt ein wenig kindlich auf mich, sie könnte naiv genug sein zu glauben, sie helfe ihm damit.«

Wittstock war keineswegs zufrieden. »Frau Stern ist nicht dumm und hat unter Bormann schon einiges gelernt. Theo würde in Freiheit sterben. Er würde sich überfressen und Verdauungsstörungen bekommen, irgendwann würde ihm zu kalt, oder er würde von einem Polizisten vom Baum geschossen.«

»Langsam frage ich mich, was Sie denn von mir hören wollen!«, schimpfte Tauner verhalten. »Ich werde mir die Tierpfleger vom Primatenhaus einzeln vornehmen, unter vier Augen, wenn Sie verstehen. Und wir müssen ihre Alibis prüfen. Ich schätze mal, das wird nicht einfach, soweit ich das verstanden habe, hat keiner von ihnen einen Partner.«

»Und selbst wenn«, murmelte Uhlmann. Partner waren nur zu gern bereit, falsch auszusagen.

»Haben Sie denn ein gutes Gefühl bezüglich des Affen? Werden Sie ihn finden?«

Sonders wirkte optimistisch. »Der Große Garten ist voll von Hobbyornithologen, da laufen bei schönem Wetter Hunderte herum, mit Ferngläsern und Riesenobjektiven. Es ist nur eine Frage der Zeit. Viel wichtiger für uns ist, wie wir Theo lebendig vom Baum bekommen. Sofern wir ihn finden.«

»Halten wir noch einmal fest. Wenn einer in den Zoo eindringen will, könnte er es durch den Lieferanteneingang schaffen?«

Wittstock nickte. »Mit einer gewissen kriminellen Energie schon.«

»Oder mit starken Nerven!«, meinte Tauner und erhob sich.

»Deinetwegen«, meinte Tauner zu Uhlmann, als sie ins Freie traten.

»Was?«, fragte Uhlmann und war schon beleidigt, ohne überhaupt zu wissen, worum es ging.

»Der Müller ist schlecht geworden. Nachdem du mit ihr geflirtet hast.« Tauner gab Uhlmann einen freundschaftlichen Stoß gegen den Arm, um dem nicht ernst gemeinten Charakter seiner Aussage ein wenig Nachdruck zu verleihen.

Der war nicht dazu aufgelegt. »Und dir passt es prima in den Kram, die Stern zu verhören.«

»Nicht nur die, alle. Sobald Müller auftaucht, ist sie auch dran, oder wollen wir sie zu Hause besuchen?«

Uhlmann hob die Schultern, als wäre es ihm egal. »Du bist heut ein wenig auf dem Trip, oder?«, fragte er, nachdem sie eine Weile durch den Zoo geschlendert waren.

»Wegen meiner Theorie?«

»Erst siehst du einen, der aus dem Stand zwei Meter hoch springt, und in derselben Nacht flüchtet ein des Totschlags verdächtiger Orang-Utan aus dem Zoo.« Uhlmann blieb stehen und betrachtete die Dromedare. Ihnen war alles völlig egal, sie kauten irgendetwas, das sie vor Stunden gefressen haben mochten, und blickten hochnäsig durch die Gegend. Die beiden Polizisten ignorierten sie geflissentlich.

Tauner hing seinen Gedanken nach. »Glaubst du, so ein Affe hat es irgendwann mal satt?«

»Ach was«, sagte Uhlmann, »Um etwas satt zu haben, muss man sich dessen bewusst sein, denke ich. So weit sind die nicht. Es sind Tiere.«

»Es sind Primaten. Archäologen streiten sich, wer den ersten Mensch entdeckt hat, und jeder von denen, die einen fanden, beansprucht die Ehre für sich, doch diese Menschen sind nicht mehr gewesen als ein Orang-Utan oder ein Schimpanse.«

Uhlmann riss seinen Blick von den genügsamen und entspannten Kamelen und wendete sich einer wenig genügsamen und unentspannten Spezies zu. Halb belustigt sah er seinen Kollegen an. »Du willst doch nicht die Orang-Utans auf eine Stufe mit uns stellen? Dann müssten wir Theo wegen Mordes verhaften. Und du könntest gleich jeden Zoo und Zirkus auf dieser Welt wegen Freiheitsberaubung verklagen!«

»Vielleicht müsste man das! Vielleicht sollte man mal darüber nachdenken. Das würde einiges klären.«

Uhlmann lachte auf. »Vorgestern hast du Pia gescholten, jetzt denkst du selbst so. Vielleicht sollten wir lieber mal dem Gerücht vom lautstarken Streit vor dem Tod der Weigelt nachgehen.«

Tauner winkte müde ab, ihm war gerade weder danach, das Thema auszudiskutieren, noch auf den angeblichen Streit einzugehen. Er erinnerte sich daran, bei seinem letzten Besuch von den Giraffen nicht zu viel gesehen zu haben, zumindest konnte er sich an nichts anderes erinnern als Toms mürrisches Gesicht und die belustigten Mienen seiner Töchter. »Lass uns mal da lang gehen, Hans.« Sie liefen an einer riesigen Voliere vorbei. »Ich hab das mit meinen Kindern schon wieder vergessen, die werden eines Tages noch glauben, sie wären mir egal. Aber wenn ich mich jetzt mit ihnen verabrede und kann wieder nicht, weil wegen dem Affen etwas ist, dann bin ich für die für immer gestorben.«

»Ich glaube nicht, dass sie so denken. Immerhin wärst du beinahe gestorben.«

Tauner nickte. Beide waren sie schon fast gestorben, Uhlmann sogar zweimal. »Manchmal fühlt es sich an, als nähmen sie mir das übel.«

»Was denn? Dass sie Angst um dich haben mussten?«

»Nein, dass ich noch lebe!«

»Ach, red' doch kein dummes Zeug.« Uhlmann winkte halbherzig ab, doch Tauner wusste, wie sein Kollege darüber dachte. Auch er hatte mehr als einmal im Krankenhaus gelegen und sich gefragt, ob es nicht besser für alle wäre, wenn er stürbe.

8

Tauner fiel das Fahrrad von Nora Stern hinter dem Orang-Utan-Haus auf. Es schien, als wären die Leute von der Spurensicherung dabei zusammenzupacken. Martin kam gerade heraus, sah die beiden Kriminalisten und wartete. »Sieht schlecht aus, was?«, rief er ihnen entgegen.

»Was denn?«

»Ich gehe mal davon aus, der Affe ist noch frei. Heut Morgen waren sie alle überzeugt, ihn bald einzufangen. Der hat gemerkt, dass sie ihm ans Leder wollen, da hat er sich dünne gemacht.« Martin zog sich Gummihandschuhe von den Händen. Lächelnd wandte er sich an Uhlmann. »Da kam grad eine, die hat gefragt, ob der große kräftige Kommissar auch wieder kommt.«

Uhlmanns Gesicht hellte sich auf und, was nicht dicht bewachsen war, wurde ein wenig rot.

»Red mal nicht so durch die Gegend«, meinte Tauner ein wenig unwirsch, denn die Müller wäre eigentlich genau sein Ding gewesen. Er wusste damit nicht richtig umzugehen, dass sie sich gerade an den riesigen Holzklotz heranmachte. »Hast du denn irgendetwas gefunden?«

Martin verzog den Mund und schüttelte den Kopf. »Das Problem ist, die spülen hier ständig mit dem Schlauch alles sauber. Am Gitter haben wir Spuren gefunden, doch die sind von den Affen und von allen Tierpflegern. Zumindest gehe ich fest davon aus. Ich denke, die Analyse später wird das bestätigen. Wir haben ein paar Fasern und Haare, die müssen geprüft werden, aber ich will dir keine große Hoffnung machen. Sollte wirklich jemand hier gewesen sein, um den Affen zu befreien, muss er sich sehr geschickt angestellt haben, es gibt wirklich keinerlei Einbruchsspuren, nicht einmal ein wenig Abrieb am Schloss der Blechtür.«

»Wer hat denn heute Morgen gespült?«, fragte Tauner und wusste nicht, ob er Martin in seine Theorie einweihen sollte.

»Der Bormann«, brummte Uhlmann selig von seiner Wolke 7 herab.

»Und macht ihn das verdächtig?«

»Nicht, wenn es zu seinem täglichen Arbeitsablauf gehört.«

»Na, macht mal euren Kram!«, versuchte Martin sich auszuklinken, doch Uhlmann hatte noch etwas draufzusetzen. »Falk denkt, der Affe ist allein geflüchtet, hat sich den Schlüssel der Toten geschnappt und ist getürmt.« Uhlmann grinste so fröhlich, dass ein Honigkuchenpferd Komplexe bekommen hätte.

Martin musterte Falk und kniff ein Auge fest zu. »Na, ich weiß nicht«, sagte Martin leise und enttäuschte Tauner damit ein wenig. »Aber warum nicht«, meinte er als nächstes. »Würde einiges erklären. Vor allem müssten wir unsere Denkweise ändern. Wer zieht denn schon die Grenze zwischen Mensch und Affe.«

»Die Sprache ist die Grenze«, glaubte Uhlmann zu wissen und lebte ein bisschen auf.

Kerstin Müller hatte sich zu ihnen gesellt, all ihre weibliche Pracht in Arbeitshosen und T-Shirt gezwängt. In der rechten Hand hielt die Tierpflegerin eine kleine Orangensaftpackung, in der linken Hand trug sie einen Blecheimer. »Die fehlende Sprache ist nur ein anatomischer Makel. Ich glaube, die können sprechen, wenn sie könnten, die würden nur nicht wollen. Weil man ja sowieso den ganzen Tag nur Blödsinn redet und anderen das Leben schwer macht.« Müller lächelte.

»Was glauben Sie denn? Müsste man sie schon als Menschen bezeichnen?«, versuchte Tauner den Faden aufzunehmen.

»Sehen Sie sich doch mal am Vatertag um, dann fragen Sie sich, wer hier Mensch und wer Affe ist«, posaunte sie in die Runde, ohne auf Tauner einzugehen.

»Wo waren Sie denn gestern, nachdem Sie gegangen sind?«, fragte er sie. Martin winkte ihm derweil zum Abschied und verließ die Szene.

»Zu Hause. Mir war schlecht geworden, hatte wohl zum Mittag etwas Verdorbenes gegessen.«

»Sie sind nicht zum Arzt gegangen?«

»Nein, wegen so etwas nicht, wir haben immer viele Überstunden, da ist es nicht so schlimm, mal ein bisschen zu fehlen.«

»Sie sind also nach Hause gefahren? Mit der Bahn?«

»Ich bin gelaufen, ich muss nur quer durch den Großen Garten.«

»Und was haben Sie zu Hause gemacht?«

»Gekotzt, um es mal so zu sagen, hatte Kartoffelsalat mit, doch der hatte wohl schon zu lang im Kühlschrank gestanden.« Müller grinste Uhlmann an, als wär's ein Witz.

Uhlmann verzog den linken Mundwinkel zu einem gequälten Lächeln, denn allein zu Hause kotzen war kein gutes Alibi.

»Hat Sie dabei jemand gesehen?«, fragte Tauner.

»Nun ja, zu Hause nicht. Nora hat mich hier kotzen sehen. Fragen Sie sie. Sie ist drin und bereitet das Essen für die Nachmittagsfütterung vor.« Kerstin strahlte Tauner an, der sich etwas auf den Arm genommen fühlte. Was hatte die so gute Laune?, fragte er sich.

»Und Sie waren nicht beim Arzt?«, wollte Tauner noch mal wissen. »Heute Morgen?«

Nun schien sie doch etwas ungehalten und Uhlmann verzog das Gesicht zu einem Ausdruck, der wohl bedeuten sollte: ›He, vermassle mir nicht die Tour.‹ »Ich habe doch gesagt, wir haben viele Überstunden. Mir ging es zwar besser heute Morgen, aber ich rief an und sagte, ich möchte einen Tag frei. Das weiß Herr Wittstock und weil Theo weg war und Karsten … also, Herr Bormann suchen helfen soll, haben die mich angerufen und gefragt, ob ich kommen kann.«

»Gut«, Tauner nickte so freundlich, dass Uhlmann den Hinterhalt erkannte und einschreiten wollte.

»Wir können erst mal«, begann er, doch Tauner unterbrach ihn.

»Warte, eine Frage noch. Wie standen Sie denn zu Frau Weigelt?«

Müller runzelte die Stirn. »Das haben Sie mich schon mal gefragt.«

»Ich überprüfe gern die Aussagen, ab und zu.«

»Haben Sie irgendwie einen schlechten Tag?«, fragte sie. »Will der das an mir auslassen?«, fragte sie Uhlmann.

»Kann gut möglich sein«, brummte dieser.

»Ich konnte Martina nicht immer gut leiden. Die war manchmal komisch, wie Frauen ebenso sind, mögen Sie vielleicht denken. Ich fand es auch nicht gut, wie sie Karsten Bormann abserviert hat und vor allem, dass sie mit dem Flieger zusammen war, obwohl …« Die Müller verstummte, als hätte sie zu viel gesagt, und sah in Tauners Gesicht, das ihr bedeutete, den begonnenen Satz zu beenden. »Sie hat den Flieger erst aus dem Revier gemobbt.«

Tauner wurde hellhörig. »Ach so? Wie ging das vonstatten? Waren sie da schon zusammen?«

»Nein, das war vor fünf oder sechs Jahren. Ich glaube, sie wollte die Stelle für Karsten freimachen, der wollte Revierleiter werden. Dass sie dann ausgerechnet mit dem Flieger rummacht, hab ich nicht begriffen. Aber ich sagte ja schon, die war sehr launisch. Vielleicht sollte es ja eine Art Entschädigung werden. Ist das denn irgendwie wichtig, glauben Sie, das hat was mit Theos Verschwinden zu tun?«

Tauner ignorierte diese Frage. »Wie hat sie es denn geschafft, Flieger rauszumobben?«

Kerstin Müller schürzte die Lippen und schnaufte ein wenig, als wollte sie nicht mit der Sprache raus, doch in ihren Augen blitzte Sensationslust. »Der hat es ihr leicht gemacht, hab ich gehört. Hatte wohl einen leicht sadistischen Hang.«

»Der hat die Tiere gequält?«, fragte Uhlmann ungläubig und Tauner konnte das nachvollziehen, denn Flieger sah nicht aus wie einer, der auch nur einer Fliege etwas zuleide tun konnte.

»Anscheinend hatte der es auf Theo abgesehen. Na ja, ich weiß es nicht wirklich, hab bestimmt schon zu viel gesagt.« Kerstin Müller lächelte unsicher und neigte ihren Körper ein wenig in Richtung Uhlmann, als müsste sie sich Schutz suchend an einen Fels lehnen.

»Noch eines zum Schluss.« Tauner gab sich versöhnlich und machte sich innerlich lustig über Uhlmann, der nicht wusste, wie er mit der körperlichen Nähe umgehen sollte. »Glauben Sie, Theo könnte sich selbst befreien?«

»Einfach so nicht. Aber wenn er einen Schlüssel hat, auf jeden Fall.«

»Auf jeden Fall?« Tauner warf seinem Kollegen ein optisches ›Na, bitte‹ zu.

Kerstin Müller nickte. »Sie müssen mal nachforschen, was die alles können!«

»Sagten Sie nicht, Sie wollten heute mit der Bahn fahren?«, fragte Tauner Nora Stern, nachdem er das Affenhaus betreten und sie in der Futterküche gefunden hatte.

Die wischte sich eine Strähne mit kindlicher Geste aus dem Gesicht und grinste ihn über die Schulter an. »Man muss sich nur dran gewöhnen. Ging doch ganz gut gestern Nachmittag. Außerdem ist es wohl noch stressiger mit zwei kleinen Kindern Straßenbahn zu fahren, mitten im Berufsverkehr. Geht's Ihnen gut, Sie sehen ein bisschen blass aus.«

Tauner nickte. »Mir geht's gut. Sie waren gestern doch die Letzte hier, oder?«

Stern drehte sich um und lehnte sich gegen die Futteranrichte. »Ich habe alles zugemacht. Ich war gar nicht drinnen bei Theo. Ich hatte gar keinen Grund dazu. Ich war nirgendwo drin gestern.« Sie ballte ihre Hände zu Fäusten, damit sie nicht zitterten. »Ich würde doch nicht …«

Tauner hob beschwichtigend die Hand, wollte nicht, dass sie losheulte. »Ganz ruhig, ich wollte etwas ganz anderes wissen. Ist Ihnen vielleicht etwas aufgefallen? Besucher, die sich seltsam benahmen? Ist jemand auffällig geworden?«

Nora schüttelte nachdenklich den Kopf. »Ich sehe kaum nach draußen, außerdem habe ich in den letzten Tagen sowieso den Kontakt zu den Besuchern vermieden, ich hatte Angst, mich quatscht einer blöde voll. Sie wissen ja, wie aggressiv die Leute werden können. Wie die sich hier schon wegen der Waldschlösschenbrücke bekriegt haben! Bei Tieren sind sie noch viel emotionaler.«

»Sie wissen also nichts, haben nichts gesehen? Auch Frau Müller kam am Nachmittag nicht wieder?«

»Nein.« Nora schüttelte den Kopf. »Hoffentlich finden sie Theo bald. Der geht sonst da draußen ein, oder er greift jemanden an. Und hoffentlich müssen sie ihn nicht abschießen.«

»Vor ein paar Tagen waren Sie noch ganz angewidert von dem Affen.«

Nora Stern schüttelte den Kopf und bedachte Tauner mit einem zaghaften Lächeln. »Er konnte doch eigentlich nichts dafür, wissen Sie. Es war ein ganz normales Verhalten für ein Käfigtier. Normalerweise streifen die Tiere durch ein riesiges Areal. Das kann Jahre dauern, bis sie eine ganze Runde gemacht haben. Hier sind sie in ihrem Gehege, die sind nicht größer als Ihr Wohnzimmer.«

»Wollen Sie damit sagen, man dürfte sie hier nicht halten?«

»Oh nein, so wollte ich das nicht sagen. So denken die sogenannten Tierschützer. Aber das ist zu einseitig gedacht. Die meisten Tiere werden irgendwann nur noch in Zoos leben, weil sie in freier Wildbahn aussterben. Deshalb gibt es auch ausgeklügelte Zuchtprogramme. Da gibt es eine richtige Datenbank, welches Tier mit welchem verwandt ist, wer geschlechtsreif ist und welches mit wem gepaart werden kann. Früher ging es den Zoodirektoren einfach nur darum, seltene Tiere zu präsentieren, doch da vor geraumer Zeit der Gedanke der artgerechten Haltung aufkam und die Leute nicht mehr zufrieden waren, irgendein Tier in seinem Käfig zu betrachten, musste sich jeder Zoo auf bestimmte Arten spezialisieren. Wir betreiben hier also aktive Arterhaltung. Wirklich artgerecht kann man sie im Zoo nicht halten, aber wir tun unser Bestes.«

»Das haben Sie fein gesagt.« Tauner lächelte und Stern wurde rot bis zum Haaransatz.

Schüchtern sah sie zu Boden und hastig wieder auf. »Ich wollte Sie fragen …« Jetzt zögerte sie und wurde wieder rot. »Ach nichts«, hauchte sie zu Tauners Erleichterung.

9

Was, wenn sie ihn gefragt hätte, ob er mit ihr einen Kaffee trinken gehen würde? Tauner starrte aus dem Fenster und versuchte, den Drang zu bekämpfen, zur Wodkaflasche zu greifen, die sich in Reichweite im Kühlschrank befand. Zuerst war er erleichtert gewesen, weil sie es nicht gewagt hatte. Was hätte er erwidert? Es war ihm untersagt während der laufenden Ermittlungen, und er war viel zu alt für sie. Aber nein, so war es gar nicht. Ihr kindliches Verhalten und ihr jugendliches Aussehen täuschten. Sie war fast 30, dachte Tauner und half sich damit kein bisschen. Aber was konnte er ihr schon bieten. Noch immer saß er in seiner kleinen Plattenbauwohnung fest, hinter dem Hauptbahnhof, nicht gerade die schlechteste Gegend wegen der vielen Studenten, aber bei Weitem nicht die beste in Dresden – aus demselben Grund. Er sah die Züge, die ein- und abfuhren, machte sich Gedanken, wohin all die Leute reisten, ob sie geschäftlich unterwegs waren oder Urlaub machten, oder ob einer dabei war, der sich einfach so in den Zug setzte und es dem Zufall überließ, wo er ankam. Egal, er musste damit aufhören, dachte Tauner. Mit allem. Er musste seine Arbeit liegen lassen, seine Kinder vergessen, die erwachsen waren und einen Teil seiner Vergangenheit darstellten.

Er musste das Beste aus dem Rest machen, der ihm geblieben war, und sich das Mädchen nehmen.

Tauner ließ seine Stirn leise gegen die Scheibe bumsen, worauf sein Atem am Glas kondensierte und im Rhythmus seiner Atemzüge verdunstete. So einfach war es nicht, wusste er. Man konnte sich vornehmen, alles hinter sich zu lassen, doch man trug es weiter in seinem Kopf mit sich herum, das Gute wie das Schlechte. Und man konnte nicht einfach tun und lassen, was man wollte, denn man unterlag den Konventionen seiner Umwelt. Er selbst könnte Nora fragen, ob sie mit ihm ausginge, sie würde es tun, und bestimmt war ihr egal, was er zu bieten hatte, bis sie dahinterkam, wie zynisch er sein konnte und wie schroff er Liebesbeweise von sich wies, ohne wirklich zu wissen, warum. Nein, es war wirklich nicht leicht. Tauner klopfte mit der Faust auf das Fensterbrett. Ihm war plötzlich, als müsste er ersticken. Schnell riss er das Fenster auf und Stadtlärm schwoll in seine Küche. Ein Zug ratterte, Autos rauschten, eine Straßenbahn bimmelte. Langsam ging die Sonne unter und über den Hauptbahnhof hinweg wuchs eine Aura, eine Lichtblase aus Leuchtreklamen und Straßenbeleuchtung. Unter seinem Fenster spielten Kinder Ball, eine Gruppe junger Kerle stand um ein Auto herum und von irgendwoher ertönte das alberne Kichern junger Mädchen auf der Suche nach der Aufmerksamkeit junger Männer. Tauner verzog den Mund. Warum schienen alle anderen das Leben immer so leicht zu nehmen? Warum konnte er das nicht? Warum konnte er nicht die Abendluft genießen und das Leben da draußen? Warum ließ er nicht einfach los? Tauner leckte sich über die Lippen und sah erstaunt an sich herab. Sein Blick blieb an dem Glas in seiner Hand hängen, er konnte sich nicht erinnern, dass er sich den Wodka geholt hatte. Der Schnaps brannte sich durch seine Kehle und ließ sein Hirn abkühlen. Jemand musste. Das war's. Jemand musste etwas tun, musste kontrollieren, musste handeln, musste auf den ganzen beschissenen Rest aufpassen.

»Was soll's!«, sagte Tauner laut und wusste, dass der Alkohol seinen Teil getan hatte. Er kippte den Rest Wodka hinter, stellte das Glas in die Spüle und setzte sich an seinen Computer.

Es war wirklich erstaunlich. Primaten konnten einiges. Sie benutzten Werkzeuge, sie erkannten unterschiedliche Mimik, sie kamen über raffinierte abstrakte Pläne an ihr Futter, sie steckten Legosteine zu Türmen zusammen, besser als dreijährige Kinder, sie schmiedeten Intrigen, sie stellten Fallen, sie verbündeten sich und lösten Bündnisse wieder auf wie mittelalterliche Fürsten. Sie erkannten sich im Spiegel, ein sicheres Zeichen, dass sie ein eigenes Bewusstsein besaßen. Das eigene Ich als Individuum, während die meisten Hunde knurrten und Katzen buckelten, wenn sie sich im Spiegel sahen. Menschenaffen konnten deprimiert sein und fröhlich, albern und ernst, erhaben und kindisch, sie waren aggressiv, gewalttätig, zärtlich, liebevoll, beschützend, sie zeigten alle menschlichen Verhaltensformen, und Tauner fragte sich immer mehr, wer die Grenzen zog, wer feststellen durfte, was Mensch war und was nicht. Ein Mensch wurde nicht erwachsen, wenn er seinen 18. Geburtstag feierte, er galt nur als erwachsen, weil man sich auf dieses Alter geeinigt hatte, weil man eine Grenze ziehen wollte. Und ein Mensch galt als Mensch, weil jemand bestimmt hatte, dass Primaten keine Menschen waren. Doch wer hatte diese Unterteilung übernommen? Menschen, die fest daran geglaubt hatten, Gott hätte alles Leben auf der

Erde in seiner jetzigen Form geschaffen. Natürlich trugen sie keine Kleidung, gingen nicht arbeiten und sahen nicht fern. Doch dies waren künstlich erschaffene Verhaltensweisen, die Eingeborene am Amazonas oder im Dschungel des Kongo auch nicht zeigten, wenngleich sie Menschen waren.

Tauner klickte Dutzende verschiedener Filmchen an, fand keinen, in dem ein Orang-Utan einen Schlüssel in ein Schloss steckte, um sich zu befreien, doch er sah Filme, die ihn überzeugten, dass es möglich wäre. Doch was nutzte ihm diese Einstellung. Er würde sich nur lächerlich machen mit seinem Gedanken, er würde sich einreihen in die Riege von Tierschützern, egal in welchem Spektrum sie tätig waren. Nein schlimmer gar, er wäre selbst unter ihnen mit seiner Behauptung ein Außenseiter, ein Orang-Utan wäre ein Mensch.

Wer klagte den Affen des Mordes an? Wer verteidigte ihn und wo sollte er eingesperrt werden? Was war mit all den anderen Affen, ob nun aus dem Zoo oder Zirkus, mussten die nicht freigelassen werden? Und was war mit den Affen, die nicht zu den Menschenaffen zählten? Was war mit den Gibbons? Die Grenze würde nur nach unten verschoben. Tauner sah zum Kühlschrank. Seufzend erhob er sich, holte sich die Flasche und kehrte zurück zum Computer. Doch er besann sich, ging erneut zur Küche, füllte Wodka in das Glas aus der Spüle und stellte die Flasche zurück.

Zurück am Computer kippte er sich die klare Flüssigkeit in den Rachen, obwohl er sich vorgenommen hatte, langsam zu trinken. Er schüttelte den Kopf, für heute wollte er aufhören zu trinken. Unten gellte ein lauter Pfiff. Tauner störte sich nicht daran, nachts, wenn es warm war, wurde es hier nie ruhig, er hatte längst aufgehört, sich darüber aufzuregen. Wieder ein schriller Pfiff.

»Halt die Fresse da unten!«, rief jemand.

Tauner sah auf die Uhr. Es war schon nach Mitternacht. »Dieser Scheißcomputer!«, schimpfte er leise. Es war erstaunlich, wie viel Lebenszeit man an diesen Dingern verschwendete. Man konnte nicht aufhören zu klicken, glaubte, man wäre abgeschnitten von der Außenwelt, wenn man ausschaltete, und doch war es genau umgekehrt. Man saß allein in seiner Wohnung und die Uhren tickten hastig, während man auf den Bildschirm starrte.

Als der Pfiff erneut ertönte, schrak Tauner auf.

»Ich hole gleich die Bullen!«, ertönte es.

»Dann mach das!«, rief jemand zurück und Tauner glaubte, die Stimme zu erkennen. Er erhob sich, schlich zum Fenster und spähte vorsichtig hinaus.

»Das gibt's doch nicht«, flüsterte er. Es war der Sprayer, hatte dieselbe Kleidung an, das Basecap tief ins Gesicht gezogen. Suchend betrachtete er das Gebäude, in dem Tauner wohnte. Er duckte sich schnell weg, als der Blick des Jungen sein Fenster streifte. Er sah, wie der Junge die Finger in den Mund steckte, genau wie er es Tom beigebracht hatte, bis sie von seiner Frau gescholten wurden, was denn dieser Blödsinn solle. Wieder schrillte der Pfiff.

»Ich komm jetzt runter, du dämliche Sau!«, brüllte jemand hysterisch.

Tauner nahm sein Telefon, steckte es aber wieder weg. Er würde das allein klären, wollte sich nicht mehr zum Affen machen. Er könnte hinuntergehen, das Haus durch den Hintereingang verlassen und sich um den Block schleichen. Vielleicht schaffte er es, sich dem Kerl so weit von hinten zu nähern, dass er ihn fassen konnte. Tauner schnappte sich seinen Schlüssel und blickte zu seiner Pistole, die im Schulterhalfter steckte, welchen er unsachgemäß auf den Küchentisch geworfen hatte. Es konnte nicht schaden, dachte er, und legte den Halfter an. Konnte es doch, wusste er, doch die Vernunft badete in Wodka und hatte kaum Stimmgewalt. Tauner drückte die Wohnungstür sacht hinter sich zu und ging nach unten. Durch die Fenster im Treppenhaus konnte er sehen, dass der Junge sich nicht entfernte. Als Tauner fast im Erdgeschoss angekommen war, wurde über ihm eine Tür aufgerissen und das Treppenhauslicht ging an.

»Was schleichen Sie denn hier im Haus rum?«, fragte ein junger Mann mit kurz geschorenem Haar. Er stellte etwas hinter die Tür, das ein Baseballschläger sein konnte.

»Geht Sie nichts an. Aber eigentlich wollte ich den Kerl zur Rede stellen, der hier so einen Krach macht. Jetzt hat er mich bestimmt gesehen und ist auf und davon. Und falls Sie kein Baseball spielen, gibt es keinen Grund, warum Sie einen Schläger besitzen sollten.«

»Keine Ahnung, von was Sie reden«, sagte der Kerl und schloss die Tür von innen.

Tauner ging die Treppe hinab und trat unten aus dem Haus. Es war angenehm warm. Er sah sich um und konnte den jungen Mann nirgendwo mehr sehen. Tauner klopfte seine Taschen aus reiner Gewohnheit ab, doch er hatte schon längst keine Zigaretten mehr.

Hinter ihm ein Geräusch.

Tauner wirbelte herum. Der Sprayer lehnte lässig an der Hauswand. Tauner suchte nach den richtigen Worten. »Hast du mal eine Fluppe?«, fragte er schließlich.

Der Junge sagte keinen Ton.

Tauner atmete durch. »Bisher bin ich immer freundlich geblieben. Das kannst du mir glauben. Langsam wirst du ein Problem für mich. Aber ich habe andere Probleme, mit denen ich mich beschäftigen muss, da brauche ich keinen Halbstarken, der denkt, mich verarschen zu können.«

Das Schweigen zerrte an Tauners Nerven. Befänden sie sich in einem Vernehmungsraum, läge die Sache anders. Er könnte drohen, könnte den Jungen schmoren lassen, könnte ihn wahrscheinlich zur Weißglut treiben. Doch hier schienen seine Worte an dem Jungen abzuprallen. Ganz im Gegenteil, er selbst wurde immer wütender. »Die junge Polizistin hätte auf dich geschossen, wenn ich sie nicht aufgehalten hätte«, log er. »Ist dir so ein Gedanke schon mal gekommen?«

Der Junge zuckte mit den Achseln.

»Beim nächsten Mal bin ich vielleicht nicht dabei.«

Wieder hob der Junge die Schultern.

»Bist du das, Tom? Ich hoffe nicht, denn dann bekommst du eine Menge Ärger!« Was für ein dummer Spruch, dachte Tauner, und ehe er etwas sagen konnte, schob sich der Junge seitwärts davon und verschwand in der Dunkelheit.

Das war nicht Tom, war Tauners letzter bewusster Gedanke, bevor er einschlief.

Das war nicht Tom, war auch das Erste, das er am Morgen dachte, als sein Wecker ihn aus dem Schlaf holte. Irgend so ein Halbstarker wollte sich wichtigmachen, er wollte ihn ärgern. Aber dieser Pfiff, hörte er sich nicht an wie … nein, er durfte nicht an so was denken, mahnte Tauner sich und schaltete das Radio ein. Er musste zwei nervtötende Lieder und eine Parodie auf einen Politiker über sich ergehen lassen, bis die Nachrichten kamen.

»Dresden. Theo, der entlaufene Orang-Utan, ist noch immer nicht …«

Augenblicklich schaltete Tauner das Radio ab. Er stand auf und ging duschen. Was sollte er heute tun?, fragte er sich, als er sich danach im Spiegel betrachtete. Sich weiter lächerlich machen? Martin mit dummen Fragen nerven, ob er nicht eine Spur übersehen haben könnte? Zu den Jungs von der Graffitiabteilung gehen und ihnen von dem Vorfall der letzten Nacht berichten? Aber wenn es vielleicht doch … Tauner schüttelte den Kopf und rieb sich das Kinn. Der Gedanke, er könnte heute wieder Nora Stern sehen, brachte ihn dazu, sich zu rasieren. Das wiederum erinnerte ihn an die Rensing, die mit ihm ausgehen wollte, und dass er sie gestern Abend hätte anrufen sollen, anstatt vor dem Computer abzuhängen. Dies wiederum erinnerte ihn daran, dass er seine Kinder hatte anrufen wollen. Jetzt war ihm danach, er sah auf die Uhr. Doch noch waren Ferien und Tom halb sieben anzurufen, war das Dümmste, das er machen konnte.

Pia war nicht da und Tauner wusste nicht, ob sie sich für diesen Tag freigenommen hatte. Das hieß zuerst, er musste sich selbst Kaffee kochen. Und es bedeutete einige Minuten später, er musste selbst ans klingelnde Telefon gehen. »Tauner«, sagte er. »Gut, Frau Müller, und was sollen wir da tun? … Haben Sie Wittstock schon kontaktiert? …Geht nicht ans Telefon.« Tauner deutete mit seinen Fingern Geschnatter an. Uhlmann, der inzwischen hereingekommen war, verengte seine Augen drohend zu

Schlitzen. Wäre er Bud Spencer, würde die Prügelei im nächsten Moment beginnen.

»Gut, versetzen Sie sich mal in die Lage von Herrn Wittstock, wie begeistert wäre der, wenn er erführe, dass Sie mich deshalb angerufen haben?« Tauner lauschte wieder und riss die Augen auf. »Ist ja schon gut«, meinte er leise. »Wir kommen nachsehen!« Er legte auf.

Nun widmete er sich seinem Kollegen. »Also das war deine Freundin. Die sagt, ihr Kollege Flieger wäre seit einer Stunde überfällig und ginge zu Hause nicht ans Telefon und nicht an sein Handy. Sie fürchtet, er könnte sich etwas angetan haben.«

»Du hast etwas über Wittstock gesagt?«, fragte Uhlmann misstrauisch.

»Ja, ich meinte nur, wie sehr ihm das wohl gefallen würde, von seinen Angestellten einfach übergangen zu werden. Er ist schließlich für Personalfragen verantwortlich.«

Uhlmann ging zur Kaffeemaschine und betrachtete skeptisch wie sie blubberte und fauchte. »Und da hat sie was gesagt?«

»Sie ist ein wenig unflätig geworden. Was sie genau sagte, ist für deine zarten Ohren nicht geeignet.« Tauner starrte einen Moment lang ins Leere und fragte sich, womit sie es hier überhaupt zu tun hatten. Die Aktenschränke waren voll mit ungeklärten Fällen, bei denen sie seit zehn Jahren nicht vorangekommen waren, und sie rannten wegen einem Affen und einem Tierpfleger durch die Gegend. Wenn er nur einen vernünftigen Ansatz hätte, eine Ungereimtheit, irgendetwas, das kein Gerücht war, sondern Fakt, dann könnte er die Staatsanwältin um ein halbes Dutzend Hausdurchsuchungen ersuchen. Oder übersah er etwas, etwas, das er sehen musste und es nicht sah, weil er nur mit sich selbst zu tun hatte?

»Und, fahren wir hin zum Flieger?« Uhlmann sah aus, als hätte er die Frage nun schon zum dritten Mal gestellt.

»Na, glaubst du, der tut sich was an? Mir machte er nicht den Eindruck, der wollte nur ein bisschen jammern. Und wie kommt denn die Müller dazu, uns deshalb anzurufen? Der Flieger ist doch aus einem ganz anderen Revier.«

»Du willst also nicht hinfahren?«, fragte Uhlmann und hob den Deckel der Kaffeemaschine vorsichtig an, eine Wasserdampfwolke schoss nach oben und Uhlmann wich zurück. »Hast du einfach neues Kaffeepulver auf das alte von gestern gekippt?«

»Ich habe keine Filter gefunden und außerdem mache ich das auch manchmal zu Hause. Meine Oma sagte immer, das haben sie früher öfter gemacht.«

Uhlmann ließ angewidert den Deckel fallen. »Da war Krieg und die hatten keinen Kaffee! Ich trinke die Plörre jedenfalls nicht! Wenn uns jemand anruft und solche Befürchtungen äußert, müssen wir da hin!«

»Ich weiß, Mensch!«, maulte Tauner. »Ich wollte nur meinen Kaffee in Ruhe trinken.«

»Komm, wir kaufen uns unterwegs einen ordentlichen.« Uhlmann wollte schon aus dem Zimmer.

»Wo wohnt denn der Flieger eigentlich?«, fragte Tauner.

Uhlmann verzog den Mund. Dann sahen beide Kriminalisten zu Pias Schreibtisch.

Es dauerte eine halbe Stunde, bis sie fündig wurden und zwar nicht auf Pias Schreibtisch, sondern dort, wo solche Daten hingehörten, nämlich auf Tauners Tisch sauber abgeheftet in einem Ordner. Tauner pfiff leise, als er die Adresse sah. »Dort wollte ich mir mal eine Wohnung ansehen und als ich ankam, hieß es, sie sei schon vergeben.«

»Du wolltest auf dem Altmarkt wohnen? Mit dem Striezelmarkt vor der Nase, jedes Jahr zu Weihnachten, und all dem Remmidemmi jede Nacht?« Uhlmann schüttelte sich.

»Da hat man wenigstens das Gefühl mittendrin zu sein.« Nicht nur mittendrin, sondern am Leben, dachte Tauner, obwohl man auch tot sein konnte zwischen Hunderten von fremden Menschen.

»Ist doch teuer da, oder?«

»Geht so, billig ist es nicht, aber noch nicht so teuer wie München oder so.«

»Was weißt du schon über München«, frotzelte Uhlmann. »Los, lass uns hinfahren, danach fahren wir in den Zoo.«

»Zur Müller?«, fragte Tauner leicht gehässig.

»Zur Stern?«

»Ich bin geschieden«, verteidigte Tauner sich.

Uhlmann hob den Zeigefinger und ließ ihn pendeln wie den Zeiger eines Metronoms. »Noch nicht, mein Freund.«

Tauner holte tief Luft, doch dann beschloss er, es gut sein zu lassen, es war auch zu dumm. »Los fahren wir!«

Der Altmarkt lag noch still, nur ein paar Lieferantenautos standen am Rande des Platzes. Ein einsamer Straßenfeger kehrte die Flaschenscherben der letzten Nacht zusammen. Touristen waren nur sehr wenige zu sehen, doch diese strebten alle der Frauenkirche entgegen, die hinter dem DDR-Baudenkmal Kulturpalast aufragte. »Ist doch schön hier, oder?«, fragte Tauner beim Aussteigen.

»Noch, aber in einer Stunde machen die Geschäfte auf, dann geht's los.« Uhlmann konnte seinen Blick von der Frauenkirche nicht losreißen, deren Kuppel im Morgenlicht elfenbeinfarben glänzte.

Ein kleines Auto hielt neben ihnen. Ordnungsamt klebte an der Autotür und auf der Motorhaube. »Sie wollen doch nicht hier parken?«, fragte der junge Politeur aus dem Polo heraus.

»Schon wach?«, fragte Tauner zurück und zeigte seinen Dienstausweis.

Der junge Mann ließ sich davon kaum beeindrucken. »Sind Sie wegen der Ruhestörung hier? Bisschen spät, oder?«

»Welche Ruhestörung?«, fragte Uhlmann.

»Haben die Kollegen erzählt, heute Nacht hat jemand angerufen und sich über Lärm beklagt. Die haben ihm gesagt, er soll die Polizei anrufen.«

Tauner sah Uhlmann an und hob die Schultern. Dann widmete er sich wieder dem jungen Mann. »Deshalb sind wir nicht hier. Und jetzt tun Sie mir den Gefallen und fahren weiter, ehe jemand auf uns aufmerksam wird.«

»Geht klar, aber dass Sie von der Kripo sind, sieht man auf zehn Kilometer!« Der Ordnungsbeamte lachte und fuhr davon.

»Leute gibt's«, stöhnte Tauner und schloss das Auto ab. Es waren nur wenige Meter bis zum Hauseingang.

»Ja«, sagte Uhlmann laut, als sie an der Haustür angekommen waren.

»Was?«

»Du wolltest etwas fragen«, meinte Uhlmann. »Ich hab es dir angesehen und ich weiß, was du fragen wolltest!«

»Ach so?«

»Ja, ob wir wirklich wie Bullen aussehen.«

Tauner leckte sich über die Zähne und nickte. »Ja, und was ist es, das uns so aussehen lässt?«

Uhlmann wusste es nicht, deshalb drückte er auf Fliegers Klingel. Sie lauschten einen Moment, weil nichts geschah, drückte Uhlmann noch einmal. »Und wenn er sich nun wirklich umgebracht hat?«

»Dann hat er hoffentlich einen Abschiedsbrief auf den Tisch gelegt«, brummte Tauner.

»Du bist ein Hornochse.«

»Und du ein Rundvieh!« Tauner drückte auf den Klingelknopf neben Flieger. Es dauerte zehn Sekunden, bis jemand ans Sprechgerät ging. Tauner ließ den Knopf los.

»Was ist denn, Herrgott noch mal?«, blökte eine herrische Männerstimme aus dem Lautsprecher.

»Kriminalpolizei Dresden, können Sie uns ins Haus lassen?«

»Leckt mich am Arsch!« Es knackte laut und sonst geschah nichts.

Tauner sah Uhlmann an. »Er hat es so gewollt!«, sagte er und presste seinen Daumen auf die Klingel.

»Wenn du Arschloch nicht verschwindest, ruf ich die Bullen!«, keifte der Mann aus dem Lautsprecher.

»Wenn Sie uns reinlassen, zeige ich Ihnen gern meinen Dienstausweis«, sagte Tauner.

Nun summte das Türschloss und Uhlmann drückte die Tür auf.

»Was denn?«, murrte er als Nächstes. »Kein Aufzug?«

»Doch, da!« Tauner zog seinen Kollegen nach links. »Dritte, glaub ich, oder?« Er drückte den Knopf.

Es war die richtige Etage und als die Aufzugstür sich öffnete, trat ihnen ein älterer Mann mit rotem Gesicht und dazu passendem grünen Jogginganzug entgegen. Tauner zeigte ihm ungefragt seinen Dienstausweis. Der Mann studierte ihn genau und als er einen Zettel aus der Hosentasche hervorkramte und einen Stift, um sich die Ausweisnummer zu notieren, hatte Tauner genug. »Haben Sie letzte Nacht die Polizei gerufen?«

»Nein, hab ich nicht. Aber ich war kurz davor. Bis halb zwölf haben die gewütet.« Der Mann schien Frührentner zu sein und mit seinem Dasein nicht zufrieden. Aus seiner Wohnung roch es muffig nach Alkohol, und Tauner verzog abschätzig den Mund. Ihm wurde bewusst, dass es möglicherweise auch so roch, wenn er seine Wohnungstür öffnete. »Was meinen Sie denn mit gewütet?«

Der Mann winkte ab. »Gesoffen, oder was weiß ich. Rumgebrüllt und randaliert. Hat gekracht wie Sau.«

»Ach so?« Tauner zog seine Waffe und gab Uhlmann ein Zeichen mit den Augen.

Der Große trat dem Mann entgegen. »Würden Sie jetzt bitte in Ihre Wohnung gehen!« Er sah aufs Klingelschild. »Herr Weller!«

»Ich bin ein freier Mensch, ich kann stehen, wo ich will«, fuhr Weller ihn an.

»Da haben Sie vollkommen recht«, meinte Uhlmann. »Ich will es trotzdem, damit Sie der Polizeiarbeit nicht im Wege stehen.« Er drängte den Mann sanft, aber bestimmt zurück. Weller gab sich der körperlichen Übermacht geschlagen und schloss die Tür hinter sich. Uhlmann glaubte sein Auge im Türspion zu erkennen.

»Muss ich jetzt die Wachtel anrufen?«, fragte Tauner.

»Ach was, es besteht Gefahr für Leib und Leben!«, bestimmte Uhlmann.

»Auf die laute oder die leise Tour?«

Uhlmann wunderte sich. »Was fragst du heute so viel? Wirst du alt? Ich trete die Tür ein und du gehst vor!«

Tauner nickte und im nächsten Moment traf Uhlmanns Fuß die Tür neben dem Türschloss. Es war eine recht massive Tür, doch 120 Kilogramm geballter Masse konnte sie nicht standhalten. Das Holz zersprang und die Tür schwang auf. Tauner duckte sich und trat in den Flur, der nur durch Tageslicht beleuchtet wurde, welches durch die Glaseinfassungen der Zimmertüren drang. »Polizei. Herr Flieger, sind Sie hier?« Er lauschte fünf Sekunden, dann gab er Uhlmann einen Wink. Er trat ein paar Schritte vor und hörte seinen Kollegen hinter sich.

Weller öffnete seine Tür einen Spalt.

»Was jetzt?«, fragte Tauner. »Rechts, links, geradeaus?« Drei Türen standen zur Wahl.

»Da!«, sagte Uhlmann und deutete auf den Boden.

»Blut, oder?« Tauner sah mehrere dunkle Flecken. Er trat noch einen Schritt vor und legte seine Hand auf die Türklinke der linken Tür. Leise drückte er sie nach unten und zog die Tür auf. »Küche – ist leer« flüsterte er. Dann betätigte er die Türklinke rechts von ihm. »Bad, auch leer.« Er atmete durch. »Komm!« Nach zwei weiteren Metern war er bei der dritten Tür. Die Blutspuren führten in das Zimmer. Tauner drückte die Tür auf.

Was er zuerst sah, war unbeschreibliches Chaos. Eine Schrankwand war umgestoßen, die Couch umgekippt, die Polster zerfleddert. Der Fernseher lag am Boden, Blumentöpfe waren zersplittert, Erde, zerfetzte Pflanzen und

Scherben überall. Eine weitere Tür, die in ein anderes Zimmer führte, war vollkommen zerstört, die Scheibe war in Tausend Stücke zersprungen, das Holz regelrecht zerrissen, doch sie hing in den Angeln, verdeckte die Sicht in den Nebenraum. Als nächstes sah Tauner Blut. Braune Blutflecken auf dem Boden, Blutspritzer bis zur Decke hinauf, Handabdrücke und Wischspuren an den Wänden und Möbeln und endlich erkannte er auch den entstellten Leichnam, der halb unter dem Esstisch vor dem Fenster zum Altmarkt lag. Tauner gab Uhlmann einen leichten Klaps und deutete auf den leblosen Körper. Uhlmann schnaufte und entsicherte seine Waffe.

»Das Schlafzimmer?«, fragte Tauner fast lautlos.

»Vorwärts«, flüsterte Uhlmann. Dann hörten sie ein Geräusch.

Tauner stockte. »Polizei, kommen Sie mit erhobenen Händen aus dem Zimmer!« Nichts rührte sich. »Dreh nicht gleich durch!«, flüsterte er.

»Wem sagst du das?«, flüsterte Uhlmann.

Tauner rückte vor, tastete sich mit den Zehenspitzen voran, während er die kaputte Tür nicht aus den Augen ließ. Als er sie erreicht hatte, wechselte Uhlmann auf die andere Seite der Tür. Beide spähten sie durch den Türspalt in den Raum.

»Du hast doch auch etwas gehört?«, fragte Tauner. Auch dieses Zimmer war total verwüstet, einer der beiden Kleiderschränke war auf das Bett gekippt, die Nachttische waren zertrümmert und ein großer Spiegel zersprungen. Doch niemand schien hier zu sein. Uhlmann grunzte leise und deutete nach oben, als Tauner ihn ansah. Tauners Blick wanderte durch den Raum, hinauf auf den intakten Kleiderschrank. Dort saß Theo, der

Orang-Utan, zusammengekauert und kaum größer als ein Kleidersack.

Er beachtete die beiden Polizisten nicht, streckte seinen langen Arm aus und pulte ein winziges Holzstückchen aus der Raufasertapete. Mit den Fingerspitzen nahm er es auf und legte es sich auf die vorgeschobene Unterlippe. Dort schien er es über seine Nase hinweg zu betrachten, nahm es schließlich in den Mund und zerkaute es. Jetzt erst drehte er seinen Kopf mit den breiten schwarzen Hautwülsten zu ihnen herum und sah die Polizisten mit traurigem Blick an. Tauner überlegte, wie schnell der Affe die vier, fünf Meter bis zu ihm bewältigen konnte. Sehr schnell wahrscheinlich.

Beide Polizisten hatten ihre Pistolen auf den Affen gerichtet. »Was jetzt?«, fragte Tauner.

»Ich schieße«, keuchte Uhlmann.

»Warte!«, flüsterte Tauner.

»Nichts warte! Du hast gesehen, was er aus dem Flieger gemacht hat. Wenn der vom Schrank springt, sind wir fällig!«

»Es tut aber nichts«, widersprach Tauner.

»Noch nicht, du weißt selbst, welche Kraft sie haben. Ich schieß jetzt, das ist nur ein Tier!«

»Ist es eben nicht!«, fauchte Tauner. Etwas zu laut vielleicht, denn Theo veränderte seine Position ein wenig.

»Falk, das ist jetzt kein Spaß, ich will nicht von einem Affen abgemurkst werden. Niemand kann uns etwas vorwerfen!«

»Darum geht es doch nicht, ich kann doch nicht ein wehrloses … sieh ihn dir doch an!«

»Mensch, du Hornochse, der Flieger liegt hier unter dem Tisch.«

»Ich sag dir jetzt was.« Tauner überlegte einen Moment, ob er das jetzt wirklich so sagen wollte. Langsam wurden ihm die Arme schwer, Kimme und Korn verschwammen vor seinen Augen und er war sich wirklich nicht sicher, was Theo als Nächstes tun würde. »Du ziehst dich jetzt langsam zurück, rufst den Wittstock an, sagst, dass wir Theo haben und dass er so unauffällig wie möglich anrücken soll. Ich halte das Äffchen in Schach und solltest du mich schreien oder schießen hören, rennst du raus und machst die Tür zu!« Einen Moment wartete er auf Widerspruch, doch Uhlmann zog sich schon zurück. Wenige Sekunden später hörte Tauner ihn telefonieren.

»Wir zwei bleiben ganz locker, oder?«, fragte Tauner Theo. »Wir warten hier, bis Leute kommen, die Ahnung haben. Du willst doch nicht sterben, oder? Ich kann gut schießen, ich will aber nicht!« Tauner schwitzte. Schweißperlen rannen ihm die Stirn hinab und er wagte es nicht, sie abzuwischen, weil er beide Hände an der Waffe haben wollte. Stattdessen versuchte er die Tropfen wegzublinzeln, die in seinen Wimpern hängen blieben.

Theo verlagerte wieder das Gewicht, dann hob er den Kopf und zeigte seine Zähne. Sie schienen rot von Fliegers Blut. Wäre Theo ein Mensch, ein jugendlicher Sprayer zum Beispiel, würde diese Geste bedeuten: Du kannst mich mal. Tauner versuchte ebenfalls, sein Gewicht zu verlagern, ließ dabei den Affen nicht aus den Augen. Theo schloss den Mund wieder und richtete sich auf. Seltsam, dachte Tauner, wie klein sie sich machen können und wie groß er plötzlich schien. Theo schob sich zur Seite, kletterte über die Seitenkante des Kleiderschranks und ließ sich an zwei Fingern herabhängen, als wöge er nicht 80 Kilogramm, sondern nur acht.

»Ruhig, Mann!«, flüsterte Tauner und Theo zog sich auf das Bett zurück, ließ sich auf einer freien Stelle nieder und betrachtete Tauner von dort aus, als wollte er sagen: Und jetzt?

Tauner sah, dass Theos Fell blutverkrustet war. Flieger war nicht wehrlos gestorben. Er hatte Theo einige Wunden im Gesicht und an den Armen zugefügt.

»Mann!«, zischte Uhlmann erschrocken, als er zurückkehrte und Theo auf dem Bett sitzen sah.

»Bleib ruhig! Kommen sie?«

»Na klar, und Wittstock sagt, wir sollen bei Gefahr sofort schießen.«

»Siehst du, bei Gefahr!« Tauner wagte es nicht, Uhlmann ins Gesicht zu sehen.

»Wir sind in Gefahr!«

Tauner schüttelte sacht den Kopf. »Der weiß, wir wollen ihm nichts tun. Wenn es stimmt, was die Müller sagte, hatte er mit Flieger noch ein Hühnchen zu rupfen. Wir haben ihm nichts getan.«

»Sicher«, sagte Uhlmann so, dass Tauner wusste: nichts war sicher. »Und gleich wird er einen Stepptanz aufführen und ein Lied pfeifen. Und bestimmt erzählt er uns, wie er sich befreit hat und hierhergekommen ist. Mit der 13, oder welche Bahn fährt hierher?«

»Hans, du bist hysterisch«, sagte Tauner leise.

»Kein bisschen, mein Lieber, ich bin so dicht dran, mir in die Hosen zu machen wie schon seit vielleicht 47 Jahren nicht mehr!«

»Wem sagst du das!«, hauchte Tauner.

Es dauerte endlose 20 Minuten, bis etwas geschah. Uhlmanns Telefon klingelte.

Tauner zuckte zusammen und Theo, der bis dahin regungslos auf dem Bett gesessen hatte, urinierte geräuschvoll. Uhlmann ging ans Handy, fluchte lautlos und zog sich zur Türsprechanlage zurück. »Dritte Etage, Tür ist offen. Erst die Leute vom Zoo, dann der Notarzt, für Flieger ist sowieso zu spät«, hörte Tauner ihn sprechen.

»Geht das nicht leiser!«, zischte Tauner über seine Schulter. Als er wieder nach vorn sah, stand Theo vor ihm, zu voller Größe aufgerichtet, die langen Arme weit in die Luft gestreckt. Er fletschte die Zähne zu einem hässlichen Grinsen, und Tauner ahnte, dass Theo damit nicht Freude ausdrücken wollte. Vor Schreck taumelte er zurück, um außer Reichweite der kräftigen Arme zu kommen. Dabei stieß er gegen Uhlmann.

»Heiliger Bimbam!«, keuchte dieser, hob die Waffe und drückte ab. Der Schuss ging in die Schlafzimmerdecke, weil Tauner gegen Uhlmanns Arm geschlagen hatte.

Theo kreischte, schlug die Hände über dem Kopf zusammen und ließ sich zur Seite fallen. Er verkroch sich hinter dem umgekippten Schrank.

»Was soll denn das?«, fuhr Tauner seinen Kollegen an. Im nächsten Moment kamen die Leute vom Zoo in die Wohnung gestürzt, allen voran Tierpfleger Bormann sowie ein weiterer Mann mit einem Gasdruckgewehr. Hinter ihnen Wittstock und Nora Stern. Der Inspektor hatte ein Netz dabei. Tauner staunte über Wittstocks Einsatzfreude. »Alles in Ordnung. Von uns ist niemand verletzt, auch der Affe nicht. Wir mussten nur einen Warnschuss abgeben!«

»Einen Warnschuss?«, fragte Bormann und lugte vorsichtig ins Schlafzimmer. »Er weiß doch gar nicht, was das zu bedeuten hat.«

»Jetzt weiß er es, denke ich.« Tauner zog sich erleichtert zurück. Er drehte sich um und sah zwei Dinge gleichzeitig. Einerseits hatte Nora Stern Fliegers Leichnam entdeckt, andererseits erschienen an der Tür zwei junge Männer mit Fotoapparaten. Letztere waren ihm wichtiger. »Hans!«, rief er seinen Kollegen, der näher zum Flur stand, und deutete nach draußen. Uhlmann verstand nichts. Tauner fluchte lautlos und wollte sich auf die Presseleute stürzen, da warf sich Nora schluchzend in seine Arme.

»Oh Gott«, schniefte sie. »Oh Gott!«

Tauner war unbeholfen und wusste nicht, wie er sie trösten oder berühren sollte. »Mensch Hans, hau die Pressefritzen raus!«, befahl er deshalb.

Endlich verstand Uhlmann, doch es war schon zu spät. Die beiden Reporter waren bis an die Wohnzimmertür gelangt und hatten mehrere Dutzend Fotos geschossen.

»Das ist ein Tatort, verschwinden Sie hier.«

»Werden Sie bloß nicht gewalttätig!«, bot einer Paroli.

»Das werde ich, denn Sie befinden sich in Lebensgefahr!«

»Ach ja?«

Tauner beschloss, sich einzumischen. »Hans, lass den Idioten! Wir haben doch unten bestimmt ein paar Leute, sollen die sich um die beiden kümmern.«

Uhlmann ignorierte Tauner und stieß den Journalisten weiter zurück.

Tauner nahm Nora bei den Schultern und schob sie ein Stück von sich. »Ich muss jetzt meine Arbeit machen. Setzen Sie sich doch in die Küche, trinken Sie ein Glas Wasser.« Er gab seinen Worten ein wenig Nachdruck, indem er die Pflegerin in Richtung Küche schob. Hinter ihnen puffte etwas und Tauner nahm an, dass es sich dabei um das Betäubungsgewehr handelte. Theo bellte. Jedenfalls hörte es sich so an. »Alles klar?«, rief Tauner und wusste bald nicht mehr, wo ihm der Kopf stand.

»Ja, machen Sie Ihre Arbeit«, erwiderte Bormann und Tauner beschloss, ihn eines Tages für diesen Satz büßen zu lassen. Jetzt schob er die Stern von sich und packte im Flur Uhlmann am Arm, der nahe dran war, dem widerspenstigen Fotografen eine reinzuhauen. Stattdessen ging Tauner dem Mann an den Kragen. Während der andere, der es nicht auf einen Konflikt mit der Staatsgewalt abgesehen hatte, schon längst durchs Treppenhaus verschwunden war.

»Sie können mich nicht …«, begann der Mann.

»Ja, bla, bla, bla. Sie wissen, was ich kann und was nicht. Ich weiß nur, Ihr Kollege ist auf und davon und verkauft seine Bilder, während Sie hier mit mir streiten. Was wollen Sie denn noch? Sie haben doch Ihre Fotos!«

»Lassen Sie mich los!«, keuchte der Fotograf, und Tauner lockerte seinen Griff. Sogleich hastete der Mann die Treppe hinunter. »Siehste, Geld zieht immer!«, meinte Tauner an Uhlmann gewandt.

Uhlmann war keineswegs froh darüber, belehrt zu werden, er war beleidigt. »Ich wollte dir vorhin das Leben retten! Und du schnauzt mich an!«

»Ich weiß, tut mir leid. War nur ein Reflex.«

»Und wenn er dich angegriffen hätte? Du hast doch den Flieger gesehen.«

»Hat er aber nicht!«

»Sah ganz so aus in dem Moment.«

»Jetzt ist es ja vorbei.« Tauner versuchte, seinem Kollegen eine Hand auf die Schulter zu legen, doch er drehte sich schnell zur Seite, wenngleich ihm sein Rücken diese Bewegung mit einem stechenden Schmerz quittierte.

Uhlmann fasste sich ans Kreuz und verzog den Mund. Dann machte er eine abwertende Geste, die dem Flurfußboden, der Situation und dem Leben als solches gewidmet war. »Jetzt sind uns hier ein Haufen Leute durch die Wohnung getrampelt, keine Ahnung, was Martin hier finden soll. Der wird wieder über seine Brille hinweg schmunzeln!«

Tauner nickte. »Ich weiß, das kann er gut.«

Uhlmanns Klage war noch nicht beendet. »Was habt ihr denn wieder für einen Schlamassel angerichtet, wird er sagen.«

»Da hat er recht.« Tauner drehte sich um, weil der Aufzug hinter ihm seine Ankunft anmeldete. Als die Tür sich öffnete, standen zwei Rettungsassistenten vor ihm. »Sie müssen bitte warten!« Tauner stellte sich vorsichtshalber in den Weg.

»Wie meinen Sie das denn?«, fuhr ihn der ältere der beiden an.

Tauner verwunderte seine patzige Frage nicht, schließlich kam es meist auf jede Sekunde an. »Es hat zurzeit keinen Sinn, drinnen scheint bis jetzt alles gut gegangen zu sein und bei dem einen hat es wirklich keinen Zweck mehr.«

Das wollte sich der Nothelfer nicht bieten lassen. Er nahm seine Taschen auf und wollte sich an Tauner vorbeidrängen. »Wie können Sie das denn einschätzen?«

Tauner hielt ihn fest. »Glauben Sie mir, dem fehlt mindestens ein Arm und sein Kopf!« Jetzt musste er an Nora Stern denken, die wohl in der Küche saß und heulte. Dann kam ihm etwas in den Sinn, was Uhlmann gesagt hatte.

»Wie kommst du darauf, dass wir die Spurensicherung überhaupt holen sollen?«

»Na ist doch logisch, oder?« Uhlmann schien die Frage nicht zu verstehen.

»Ach ja?«

»Na, willst du denn behaupten, der Affe ist allein quer durch die Stadt, hat die richtige Wohnung gefunden und dann geklingelt, um den Flieger umzubringen?«

»Was heißt quer durch die Stadt? Das sind Luftlinie höchstens drei Kilometer und außerdem kann er den Flieger verfolgt haben, oder er hat ihn gerochen, die haben sehr gute Nasen.«

»Das stimmt!«, sagte der jüngere Rettungsassistent. »Hab mal ein Buch darüber gelesen, von einer Frau, die seit 30 Jahren mit den Orang-Utans in Borneo lebt. Die riechen mindestens genauso gut wie Hunde.«

Uhlmann überging diesen Einwurf. »Du willst wohl unbedingt einen Menschen aus ihm machen, oder? Überleg doch mal, der bringt die Weigelt um, damit er den Schlüssel bekommt, dann schleicht er sich drei Tage später aus dem Käfig, durchquert die Innenstadt, ohne gesehen zu werden, und dringt auch noch in die richtige Wohnung ein, um einen verhassten Tierpfleger umzubringen. Warum ist er denn nicht schlau genug, um wieder abzuhauen?«

Grundsätzlich hatte Tauner etwas dagegen, wenn seine Unterhaltungen gestört wurden, doch nun sprach der Rettungsassistent aus, was er dachte. »Weil er schlau genug ist. Jetzt spielt er wieder das Tier!«

Tauner blinzelte Uhlmann an und hob die Augenbrauen. »Na, wie klingt das?«

Uhlmann zog einen Flunsch und wusste nichts mehr

zu sagen. Brauchte er auch nicht, denn Bormann, Wittstock und der andere Mann vom Zoo kamen mit Theo aus der Wohnung. Der Affe hing in das Netz gewickelt zwischen den Männern und regte sich nicht.

»Wir müssen schnell machen«, sagte Wittstock, und Tauner gab den Aufzug frei.

»Wir sehen uns heute auf alle Fälle noch«, sagte Tauner, während die Männer den Orang-Utan in den Aufzug hievten. »Gehen Sie nicht nach Hause, ehe ich bei Ihnen gewesen bin!«

»Geht klar!«, sagte Wittstock genervt, bevor die Aufzugstür sich schloss.

»Und jetzt?«, fragte der ältere Rettungsassistent.

Tauner hob die Schultern. »Warten wir auf die Spurensicherung.«

»Und die Stern?«, fragte Uhlmann und Tauner haute sich vor die Stirn.

10

»Na, jetzt weißt du ja schon mal, wo sie wohnt!«, murmelte Uhlmann und versuchte, auf seinen Schreibtisch gestützt, seinen verrenkten Rücken zu dehnen.

»In ihrem Zustand wäre die nie nach Hause gekommen!« Frau Stern war regelrecht fassungslos gewesen. Trotzdem hatte Tauner das Gefühl, sich vor Uhlmann rechtfertigen zu müssen.

»Was bist du nur für ein Held«, spottete Uhlmann.

Tauner hatte keine Lust, etwas zu erwidern. Er starrte krampfhaft aus dem Fenster. Es wurde langsam Abend und die Ergebnisse der Spurensicherung ließen auf sich warten. Einige Wolken zogen auf und schmückten sich mit theatralischem Weltuntergangsrot.

»Wer wäre sonst nicht nach Hause gekommen?«, fragte Frau Diekmann-Wachte, die es sich in einem Stuhl bequem gemacht hatte. Zu bequem – Tauner sah sich gezwungen, aus dem Fenster zu sehen. Ihre Bluse war am Kragen aufgeknöpft und vielleicht war sogar ein Knopf aufgesprungen, von dem die Staatsanwältin nichts wusste. Außerdem lugten ihre weißen Knie unter dem grauen faltenfreien Rock hervor. Angesichts der Freizügigkeit, der der Mensch heutzutage ausgesetzt war, schien das nicht weiter verwerflich, doch bei Frau Diekmann-Wachte war das mehr, als Tauner jemals zu sehen gehofft hatte.

»Frau Stern, die Tierpflegerin«, erklärte Uhlmann.

»Die Umschülerin«, verbesserte Tauner lustlos. »Sie hat sich den Flieger etwas zu genau angesehen. War wirklich kein schöner Anblick.« Wenn wenigstens Pia hier wäre, dachte er. Nicht nur, um Kaffee zu kochen, sondern um die Situation zu entspannen.

Endlich ging die Tür auf und Martin kam herein. Er hatte kurze Hosen angezogen, roch frisch geduscht und hatte statt seiner normalen Brille eine Sonnenbrille auf, die er sich ins Haar gesteckt hatte. Sein Outfit war unmissverständlich, er wollte Feierabend machen.

Er legte Tauner die Akten auf den Tisch und gab der Staatsanwältin die Hand. Etwas an seinem Blick ließ sie an sich hinabsehen. Hastig begann sie an ihrer Bluse zu nesteln und setzte sich gerade hin. »Tja, ein riesiges Durcheinander«, meinte Martin und setzte sich auf Uhlmanns Schreibtisch. »Wir haben jede Menge Spuren und zwar von allen Beteiligten. Auf der Eingangstür sind Spuren von euch beiden, vom Toten, von Bormann, dem Inspektor, der Stern und Kerstin Müller, was vielleicht von Belang sein könnte, oder auch nicht, vielleicht hat die ihn mal besucht, wir haben auch noch Fingerabdrücke von der Toten, Frau Weigelt, gefunden, außerdem von einer fremden Person …« Martin hob abwiegelnd die Hand, denn Tauner hatte hellhörig den Kopf gehoben. »… von der wir vermuten, es handelt sich bei ihr um eine Reinigungskraft, die das Treppenhaus säubert, denn wir haben an der Nachbartür dieselben Fingerabdrücke gefunden. Außerdem fanden wir diese Spuren nur an der Außenseite der Tür. Des Weiteren, und jetzt wird es interessant, fanden wir Fingerabdrücke vom Hauptverdächtigen.«

»Dem Affen?«, stöhnte Uhlmann.

»Dem Waldmensch«, verbesserte Tauner voller Elan.

Martin nickte. »In der Wohnung, an der Wohnungstür außen und innen. Der Aufzug und das Treppenhaus selbst sind voller Spuren von möglicherweise hundert verschiedenen Personen. Hausbewohner, Besucher, Handwerker. In Fliegers Wohnung nur das, was ich aufgezählt habe. Affenhaare haben wir im Treppenhaus gefunden, doch das ist kaum beweislastig, denn irgendwie muss der Affe hochgekommen sein, außerdem ist es möglich, dass wir alle Affenhaare mit hinuntergeschleppt haben. So sieht es aus!« Martin stieß sich vom Tisch ab und wollte sich verabschieden, doch er stieß gegen Uhlmann, der sich neben ihn gestellt hatte.

»Für mich bedeutet das, die verdächtige Person, also der wirkliche Täter, ist unter den genannten Personen«, verkündete Uhlmann. »Und höchstwahrscheinlich ist es einer der drei verbliebenen Tierpfleger.«

»Kerstin Müller vielleicht, denn die war heute nicht dabei gewesen«, schlug Tauner vor.

»Das kann natürlich sein«, gab Uhlmann zu.

»Was denn jetzt?«, fragte Frau Diekmann-Wachte. »Die Frage ist jetzt also, hat der Affe Herrn Flieger in seiner Wohnung aufgespürt? Oder hat jemand den Affen in Fliegers Wohnung geschmuggelt? Beides klingt für mich unrealistisch. Wobei letzteres einen Tick unrealistischer scheint.«

»Wieso denn das?«, entrüstete sich Uhlmann. »Genau anders herum müsste es sein. Der Affe müsste sogar geklingelt haben, damit Flieger ihn einließ, außerdem stellt sich die Frage, wie er überhaupt ins Haus gekommen ist.«

Die Staatsanwältin richtete sich zu voller Sitzgröße auf und sah Uhlmann streng an, woraufhin dieser beschloss, besser seinen Mund zu halten.

»Zweitens, haben wir es hier nun mit einem Fall oder mit zwei Fällen zu tun? Ich denke, den Fall Weigelt kann ich so lange nicht abschließen, bis der Fall Flieger geklärt ist, da es sich in beiden Fällen um den gleichen äh Hauptverdächtigen handelt.« Die Staatsanwältin sah in die Runde und erwartete keinen Widerspruch. »Das heißt, ich kann die Leiche von Martina Weigelt nicht freigeben. Herr Uhlmanns Einwand ist nicht von der Hand zu weisen. Sollte wirklich jemand den Affen in die Wohnung geschafft haben, um den Tod Fliegers herbeizuführen, ist das vielleicht die ungewöhnlichste Tatwaffe aller Zeiten. Ich meine, wer kommt denn schon auf so etwas?«

»Wenn ich mich einmischen darf, in dieses Gespräch, welches mich ja eigentlich gar nichts angeht.« Martin sah demonstrativ auf seine Uhr. »Dieser Gedanke ist gar nicht so weit hergeholt.«

»Ach ja?« Frau Diekmann-Wachte war interessiert.

»Ich bin mir ziemlich sicher, genau diesen Fall bei Edgar Allen Poe gelesen zu haben. Ich glaube, das Buch hieß ›Doppelmord in der Rue Sowieso‹. Ein Orang-Utan war der Täter!«

»Das ist doch ein Ansatz!«, meinte die Staatsanwältin an Tauner gewandt.

Tauner drehte sich zu Uhlmann. »Hast du das Buch in deinem Regal?«

»Nein, aber meine Tochter bestimmt! Willst du es haben?«

»Nein, ich will deine Tochter verhaften!«

Frau Diekmann-Wachte erhob sich und tätschelte Tauner gönnerhaft die Schulter, was sie sich als die mindestens zehn Jahre Jüngere nur leisten konnte, weil sie

Staatsanwältin war. »Werden Sie mal nicht aufbrausend, Herr Hauptkommissar. Vielleicht statten Sie all den Tierpflegern und dem Herrn Inspektor mal einen Hausbesuch ab. Möglicherweise hat ja einer von denen das Buch im Regal. Wie ich hörte, hat die Presse Wind bekommen?«

Tauner nickte. »Ließ sich nicht vermeiden, die sind sogar in Fliegers Wohnung gekommen. Rechnen Sie damit, morgen Bilder vom Tatort in der Zeitung zu finden.«

»Ich wollte nur wissen, ob ich mein bestes Make-up auflegen sollte. Haben Sie mit der Presse gesprochen?«

»Nur das Nötigste.« Tauner warf einen verschwörerischen Blick zu Uhlmann. Die Staatsanwältin sagte nichts weiter dazu. Möglicherweise war gar keine Dienstaufsichtsbeschwerde eingegangen. Möglicherweise wusste sie aber bloß nichts davon. »Ich würde sagen, Sie und Martin machen jetzt Feierabend und ich sehe mir mit Hans noch einmal Fliegers Wohnung an.«

»Falls ich was übersehen haben sollte?«, fragte Martin lächelnd, und nur Falk schien zu wissen, dass er nicht scherzte.

Auf dem Altmarkt tummelten sich Hunderte Menschen. Ganze Schulklassen hatten den Brunnen vor dem McDonald's okkupiert, Mädchen kreischten. Auf der Wilsdruffer Straße staute sich der abendliche Berufsverkehr. Touristen flanierten, als gäbe es Preise dafür zu gewinnen. Aus den Einkaufszentren strömten Menschenmassen, mit prall gefüllten Tüten wie zur Weihnachtszeit. Die Frauenkirche reflektierte das Licht Dutzender Halogenstrahler, während die Kreuzkirche dunkel und drohend den Altmarkt überragte. Daneben die Lichter der Hotels und Restaurants. Ein Hauch Wehmut lag in der Luft. Der Sommer ging langsam zu Ende.

»Ich wollte heute auch noch mal in die Stadt«, gab Uhlmann bekannt.

Tauner hielt den Wagen vor Fliegers Haus. »Du bist doch jetzt hier.«

»Du weißt, was ich meine. Mit meiner Frau.« Uhlmann zog sich aus dem Auto.

Das brachte Tauner erneut auf dumme Gedanken. »Was würdest du denn machen, wenn die Müller sich dir gegenüber … sagen wir, promiskuitiv zeigt?«

»Ich würde dankend ablehnen. Weil ich Ermittler bin, und …« Uhlmann suchte nach einem guten Abschluss und Tauner wartete gespannt. »Ein Profi!«

Nicht schlecht, dachte Tauner und wusste nicht, ob er Profi genug wäre. Das Leben war kurz, dachte er weiter, und voller …

Uhlmann zog seinen Dienstausweis und steuerte auf die Polizisten vor dem Hauseingang zu. »Komm jetzt! Ich will auch irgendwann nach Hause!«

Auch dem Polizisten vor der Wohnung mussten sie ihre Ausweise zeigen. Vorsichtshalber zog Tauner sich Gummihandschuhe an, ehe er den Lichtschalter benutzte. Er würde Martin am Montag noch einmal hierher schicken, obwohl an allen Türen und Lichtschalter die schwarzen Spuren seiner Arbeit zu sehen waren. Es musste irgendetwas zu finden sein, ein Beleg dafür, dass jemand den Affen in die Wohnung gebracht hatte.

»Nicht schlecht die Bude, was?« Tauner warf einen Blick in das gut ausgestattete Bad. Auch die Küche war

›nicht schlecht‹, wie aus dem Wohnzimmer hatte man einen tollen Blick über den Altmarkt.

»Du überlegst doch nicht etwa, die Wohnung zu mieten?« Uhlmanns Stimme verriet deutlich, was er davon hielt.

Tauner hob die Schultern. »Warum denn nicht, fragt sich, ob sie jetzt überhaupt einer haben will?«

»Und was, glaubst du, hier noch zu finden?«

»Inspiration vielleicht.« Tauner betrat das verwüstete Wohnzimmer und sog Luft ein. Es roch nach Blut und Affenurin.

Uhlmann sah sich nach einem Sitzplatz um, fand jedoch keinen. »Ich hab mal ein bisschen nachgeforscht, vorhin im Büro. Grundsätzlich gelten Primaten wirklich als die gefährlichsten Zootiere, doch das heißt nicht wirklich automatisch, dass sie jeden angreifen. Sie können genauso Respekt oder Angst zeigen. Hast du das Video gesehen von dem Jungen, der ins Gorillagehege gefallen war? Das Männchen hat den sogar beschützt. Wenn Theo den Flieger so zugerichtet hat, muss da zuvor wirklich etwas vorgefallen sein. Vielleicht stimmt es ja, was Kerstin Müller sagt, dass Flieger den Theo misshandelt hat.«

»So hat sie das nicht gesagt«, murmelte Falk. »Kam denn der Flieger direkt von Arbeit?«

»Er hatte keine Arbeitskleidung an. Wittstock meinte, Flieger duscht sich und zieht sich nach der Arbeit immer um. Laut Plan müsste er um vier Feierabend gehabt haben. Einkaufen war er wohl nicht, so wie es im Kühlschrank aussieht. Und ob er danach woanders hingegangen ist, müssten wir noch herausfinden. Du willst wissen, wer von beiden zuerst hier in der Wohnung war?«

Tauner nickte und betrachtete die umgestürzte Schrankwand. »Ich habe mit beiden Varianten so meine Probleme. Wäre Flieger dagewesen, würde ich mich wundern, warum er die Tür geöffnet hat, mal vorausgesetzt, Theo hätte geklingelt oder geklopft und wäre irgendwie in das Haus gekommen. Das wiederum stelle ich mir nicht so schwer vor, irgendwelche Idioten lassen bei mir auch immer die Haustür offen stehen.«

»Mal vorausgesetzt, Theo wäre wirklich allein gekommen«, meinte Uhlmann und Tauner sah ihm an, wie angestrengt er nachdachte, so schwer fiel es ihm, diese Annahme in Erwägung zu ziehen. »Dann hat Flieger die Wohnung vielleicht geöffnet, weil er jemand anderen erwartete. Wenn es bei mir zum Beispiel um neun abends klingelt, weiß ich, dass es im Prinzip nur meine Frau sein kann, die spät von Arbeit kommt.«

Tauner nickte. »Ich hoffe du nimmst es mir nicht übel, aber irgendwie habe ich Kerstin Müller im Visier. Wenn sie sich wirklich so gern promiskuiert, hat sie das eventuell auch mit Flieger getan.«

»Du hast das Wort Promiskuität als Einziger in die Runde geworfen. Und worauf willst du jetzt hinaus?« Uhlmanns Blick hätte ins psychologische Lehrbuch unter der Rubrik ›Wütende Skepsis‹ aufgenommen werden sollen.

»Ich will darauf hinaus, dass die Müller eventuell einen Schlüssel zu seiner Wohnung hat.« Tauner fasste die auf dem Boden liegende Schrankwand an und hob sie ein wenig an.

»Und was soll das heißen?«

»Mensch, sie hat uns als Erste angerufen. Sie war besorgt, vielleicht lief bei denen was.«

»Und was soll das heißen?« Uhlmanns Tonfall war leicht aggressiv geworden.

»Ja, sag du mal was dazu!« Tauner hob noch einmal demonstrativ eine Ecke der Schrankwand an, doch Uhlmann ignorierte weiterhin dieses subtile Zeichen.

»Ich sage dir, bestenfalls ist Folgendes passiert: Kerstin Müller, der nichts lieber ist, als mit Flieger rumzumachen, welcher gerade seine Freundin durch einen tragischen Todesfall verloren hat, besucht ihn mitten in der Nacht, weil sie die Promiskuität übermannt hat. Sie kommt hier rein, sieht Chaos und Tod, rennt nach Hause und wartet bis zum nächsten Morgen, um uns sogleich anzurufen, weil sie Angst hat, ihren schlechten Ruf zu verlieren oder gar als Verdächtige hingestellt zu werden. Das ist dumm, und das weißt du. Du kannst sie nur nicht leiden, weil sie an dir nichts findet. Erzähl du mir lieber die andere Varianten, die mir übrigens beide nicht behagen.«

Tauner ließ die Schrankwand los. »Wenn Theo zuerst dagewesen sein sollte in dieser Wohnung, ist die Frage, wie kam er hier rein?«

»Jemand mit einem Schlüssel hat ihn hineingelassen! Ist doch vollkommen logisch.«

»Ich will es jetzt aber nicht logisch! Ich nehme an, Theo war hier, warum hat der Flieger nicht gleich die Fliege gemacht?«

Uhlmann zog eine Schnute, die besagte, zu diesem Thema wolle er keinen Ton mehr verlieren. Umständlich bückte er sich, packte die Schrankwand an und stemmte sie mit einem schweren Ächzen nach oben. »Ich sag dir was, jemand hat Theo aus dem Käfig geholt und ihn hierher gebracht. Wir müssen uns darauf konzentrieren, wie er an den Schlüssel zum Käfig und wie an den Schlüssel zu Fliegers Wohnung kam.«

»Ja, das sollten wir.« Tauner war gar nicht mehr richtig bei der Sache, hatte schon begonnen, in dem riesigen Durcheinander der aus der Schrankwand gefallenen Sachen herumzuschnüffeln. Er nahm Bücher zur Hand und stapelte sie neben sich.

»Du suchst nach dem Buch? Ich nehme an, du gehst davon aus, dass Flieger den Affen selbst dazu gebracht hat, auszubrechen und ihn umzubringen?« Uhlmann ging in die Knie, konnte jedoch wegen seinem steifen Genick nicht weiter behilflich sein.

Tauner, der gerade eine lose Sammlung Dokumente in der Hand hielt, legte diese ab und sah seinen Kollegen anerkennend an. »Das ist eher eine deiner schwächeren Spötteleien, aber die bringt mich auf einen netten Gedanken. Hat sich vielleicht der Flieger den Orang-Utan selbst in die Wohnung geholt?«

Uhlmanns Mund öffnete sich wie der Bombenschacht eines Flugzeugs, um weiteren Spott abzuwerfen, doch er schürzte stattdessen die Lippen. »Klingt gar nicht mal so dumm. Würde erklären, wie der Affe hier reinkam. Stellt sich die Frage, warum hat er das getan und warum er nicht damit gerechnet hat, angegriffen zu werden?«

Tauner nickte und betrachtete einige Krümel, die sich als getrockneter Schlamm entpuppten. Er nahm ein paar davon auf und tat sie in ein kleines Plastiktütchen. »Wenn er es wirklich war, hatte er jedenfalls nicht vor, den Affen hierzubehalten, er hat weder für Verpflegung noch für seine Sicherheit gesorgt.«

Uhlmanns Zeigefinger streckte sich in die Höhe. »Wollte er vielleicht Theo umbringen? Ein Racheakt?

Es sollte vielleicht im Geheimen geschehen, vielleicht wollte er ihn quälen?«

Tauner ließ sich nach hinten auf seinen Hintern fallen und legte seine Arme auf die Knie. »Ein hässlicher Gedanke in der Wohnung des Toten, aber gar nicht so schlecht aus kriminalistischer Sicht. Man sollte mal hinterfragen, ob Flieger in seiner Kindheit sadistische Veranlagungen gezeigt hat.«

Uhlmann hatte offenbar nur seinen eigenen Gedanken gelauscht und präsentierte nun das Ergebnis. »Er könnte ihn narkotisiert haben und der Affe ist zu früh aus der Narkose erwacht. Vielleicht hatte er vor, ihn zu fesseln.«

»Dann müsste hier etwas sein, womit er Theo hätte fesseln können.« Die beiden Polizisten sahen sich in der Wohnung um. Uhlmann inspizierte Bad und Küche, kam schon nach wenigen Sekunden zurück. Tauner hatte alle Türen und Schubladen der Schrankwand geöffnet und auch die Couch aufgeklappt, um im Bettkasten nachzusehen. Er tippte sich mit dem Zeigefinger an die Schläfe. »Jede Wette«, murmelte er mehr zu sich selbst und ging ins Schlafzimmer. Dort ging er auf die Knie, versuchte etwas unter dem Bett zu ertasten und zog schließlich etwas hervor, das sich als ein Autoabschleppseil entpuppte. Er warf es aufs Bett. »Wart's ab!«, kam er jeglichem Kommentar Uhlmanns zuvor. Er umrundete das Bett, schob einen Koffer beiseite, der vom umgekippten Kleiderschrank herabgefallen war, und zog die Schublade des Nachttisches auf. Es klimperte leise, als er die Handschellen neben das Abschleppseil warf.

»Wieso hat der ein Abschleppseil unter dem Bett?«, murmelte Uhlmann.

Tauner blies die Backen auf. »Also von allen Sexpraktiken, die mir in meinem bisherigen Berufsleben begegnet sind, ist ein bisschen fesseln noch die harmloseste. Wir geben es Martin, ich wette, der findet DNA-Material von der Weigelt und oder dem Flieger. Oder sonst wem.«

»Welche Sexpraktiken sind dir denn so begegnet?«

»War mir klar, dass du fragst!« Tauner lachte und sah sich weiter um. Dann zog er Luft durch die Nase und entdeckte in der Zimmerecke einen Haufen Affenkot.

»Also mir begegnen nicht ständig irgendwelche Sexpraktiken.«

»Hast du den Typ vergessen, der an Blutstau gestorben war? Und denk mal an unseren Einsatz im Bordell vor zehn Jahren, das Kabinett im Keller!«

Uhlmann hob die Hand und rieb seinen Hals an der rechten Seite, an der sich eine Narbe befand. »Ich erinnere mich nicht gern an diesen Einsatz. Ich erinnere mich nicht einmal gern an das Jahr.«

Tauner hatte Verständnis. Wenn es wirklich einen Gott gab, schien er es in diesem besagten Jahr zwei mal direkt auf Uhlmann abgesehen zu haben. Oder er hatte alle Hände voll zu tun, Uhlmann noch ein paar Jahre von seinen Milchbrunnen und Honigflüssen fernzuhalten. »Was erzählen wir denn nun unserer Eiskönigin, der Dickmann?«

»Wir schildern ihr unsere Idee. Du weißt doch, wie gern sie informiert ist. Was gedenkst du denn eigentlich gegen den Sprayer zu tun?«

Tauner wunderte sich keineswegs über den Themenwechsel, denn es mussten schon fast 30 Minuten vergangen sein, ohne dass er von seinem Kollegen gepiesackt worden wäre. »Ich gedenke, ihn einfach zu ignorieren, bis er die Lust an mir verliert.«

»Was bist du dem auch nachgerannt?«

»Hab gar nicht darüber nachgedacht, bin einfach los. Und normalerweise bleiben die Idioten auch nicht stehen und fragen, warum sie verfolgt werden.«

Uhlmann lachte leise. »Du hast echt Talent, dir Mist aufzuhalsen.«

»Kann schon sein. Und weißt du, was wir morgen machen?«

»Am Sonnabend?«, fragte Uhlmann und kniff seine Augen zu drohenden Schlitzen zusammen.

»Genau, am Sonnabend, wenn die meisten Hausbewohner daheim sind. Wir klingeln sie einen nach dem anderen raus. Es muss doch irgendjemand etwas gesehen haben!«

Uhlmann wedelte mit der Hand, was bei ihm das Kopfschütteln ersetzte. »Wenn die einen Orang-Utan gesehen hätten, wüssten wir es schon längst!«

»Aber der da drüben …« Tauner deutete in Richtung der Nachbarwohnung. »Der hat Lärm gehört und jemand anderes hat beim Ordnungsamt angerufen. Wann? Halb elf? Wir müssen wenigstens herausfinden, was die Leute gehört haben, oder ob sie eine Person sahen, die nicht ins Haus gehört.«

»Mach dir da keine Hoffnung, das Haus ist groß, ich kenn nicht mal alle Leute aus unserem Haus, obwohl ich sechs Jahre da lebe. Das war früher besser.«

»Was war besser? Wann früher?« Tauner wusste schon, worauf es hinauslief, solches Gerede gab es immer wieder.

»Zu DDR-Zeiten, da gab es noch eine richtige Hausgemeinschaft!«

»Denen du erzählt hast«, grunzte Tauner, »du wärst Schornsteinfeger, weil du Angst hattest, die mögen dich nicht mehr, wenn sie wissen, dass du ein Bulle bist. Hat dir sowieso nichts genutzt, sie haben es nicht geglaubt und gemocht hätten die dich sowieso nicht!«

Uhlmann konnte nichts erwidern, denn Tauners Telefon klingelte. »Frau Doktor Rensing, so spät noch bei der Arbeit?« Tauner lauschte. »Zwei Komma acht? … Gut, vielen Dank, alles andere klären wir morgen … Nein, ich meinte … am Montag.« Tauner griff sich an den Kopf. »Ja, gute Nacht!« Er legte auf und steckte das Handy weg. »Ich Vollidiot!«

»Da gibt es nichts hinzuzufügen«, brummte Uhlmann.

»Ich sage bis morgen und die denkt, ich lade sie ein, und ich sag, nein am Montag, und dann fällt mir ein, ich könnte sie für morgen wirklich einladen, und sie ist sauer und legt auf.« Tauner klopfte sich mit den Fingerknöcheln gegen die Stirn.

»Wie du schon sagtest. Und? Hat sie nicht auch etwas Wichtiges gesagt?«

»Der Flieger hat zwei Komma acht Promille Alkohol im Blut.«

»Heißt, wir können unsere Theorie schon wieder ad acta legen?«

»Nein, vielleicht wollte der sich Mut antrinken. Oder hat sich vorher Mut angetrunken. Ich kenne seine Trinkgewohnheiten nicht, vielleicht kann er das gut ab. Gibt Leute, denen sieht man vier Promille nicht an.«

»Ja«, sagte Uhlmann bestimmt und nahm seinen Blick nicht von Tauner.

11

Eine unbekannte Stimme weckte ihn aus seinem tiefen Schlaf. Tauner blinzelte ins Morgengrau und drehte seinen Kopf zum Weckradio. Am Wochenende wechselten die Moderatoren, nur leider nicht die Musik. Die Bundesligasaison war letzten Abend gestartet und eine Mannschaft, die ihn nicht interessierte, hatte eine andere uninteressante Mannschaft besiegt, erzählte der Sprecher, und nach dem nächsten Song würden die Hörer mehr über den mordenden Orang-Utan aus Dresden erfahren. Tauner entfuhr ein unflätiger Fluch und er richtete sich auf. Er griff zum Nachttisch, nahm sein Handy. Bislang hatte niemand versucht, ihn anzurufen. Das sollte nichts heißen, wahrscheinlich schlief Frau Dieckmann-Wachte in ihrem gläsernen Sarg und wusste noch nichts von den Dingen, mit denen man Tauner auf die Nerven gehen konnte.

Was hatten sie sich denn da schon wieder aus den Fingern gesogen?, dachte Tauner grimmig, schaltete das Radio aus, rollte sich aus dem Bett und schlurfte in die Küche, um sich einen Kaffee aufzubrühen.

Eine halbe Stunde später saß er in seinem Dienstwagen. Er hatte Uhlmann versprochen, ihn von zu Hause abzuholen, und als er ihn mit einer Zeitung in der Hand vor seiner Haustür stehen sah, schwante ihm Schlimmes. Uhlmann ließ sich auf den Beifahrersitz fallen und den BMW schaukeln. Beide sagten nichts und Tauner fuhr an.

Uhlmann entblätterte geräuschvoll die Zeitung, soweit das möglich war.

»Der Boulevard schreibt«, waren Uhlmanns erste Worte an diesem Morgen. »›Superintelligenter Killeraffe mordet sich durch Dresden‹. Untertitel: ›Ist es ein Rachefeldzug?‹«

Tauner, der die Luft angehalten hatte, ließ dieselbe nun langsam entweichen. Das war erträglich, nichts, was nicht schon jeder wissen konnte, und dass Schundblätter dramatisierten, was das Zeug hielt, wusste jeder.

Uhlmann räusperte sich und verdeckte Tauner mit der Zeitung die komplette Beifahrerseite. Doch Tauner war sowieso fast nie in der Stimmung, auf Radfahrer Rücksicht zu nehmen. »›Wie aus gut informierten Kreisen der Kriminalpolizei gestern nach außen drang, hat sich der Orang-Utan Theo selbst aus dem Gehege befreit. Theo, der seit zwölf Jahren im Dresdner Zoo lebt, hatte der von ihm getöteten Pflegerin den Schlüssel entwendet. In der Nacht zum Freitag schlich er sich in die Wohnung eines Tierpflegers am Altmarkt und ermordete ihn auf brutalste Weise. Offenbar, so der Informant der Polizei, hegte der Orang-Utan gegenüber Pfleger F. einen ausgeprägten Hass. Der tote Tierpfleger quälte die Tiere, insbesondere Theo, den damals einzigen männlichen Orang-Utan im Zoo. Pfleger F. wurde vor einigen Jahren von der Zooleitung, der diese Vorgänge anscheinend bekannt waren, in ein anderes Revier versetzt. Besonders pikant ist, dass beide toten Tierpfleger seit einigen Monaten ein Verhältnis miteinander hatten. Warum sich der Affe befreien konnte und wie es ihm gelang, unbemerkt das Dresdner Stadtzentrum zu durchqueren, wird zu klären sein. Der Dresdner Zoo war bisher zu keiner Stellungnahme bereit. Die

Ermittlungen laufen auf Hochtouren. Von den drei großen Menschenaffen steht uns der Schimpanse am nächsten, danach folgen Gorilla und Orang-Utan, dessen Gene zu 96 Prozent den menschlichen Genen gleichen. Wo aber, so fragen die angesehensten Biologen, zieht man die Grenze zwischen Mensch und Affe?‹« Uhlmann drückte die Zeitung zu einem unansehnlichen Bündel zusammen. »Jetzt führen sie noch ein paar Beispiele für die Intelligenz der Affen auf. Ist nicht weiter interessant. Ich möchte mal wissen, wer dieser Informant sein soll. Immerhin ist da Zeug dabei, von dem die wirklich nichts wissen konnten. Dass der Flieger den Theo gequält haben soll, zum Beispiel.«

»Ich war das«, sagte Tauner leise. Seine anfängliche Erleichterung war zu einem harten Klumpen zusammengeschrumpelt, der nun in seiner Kehle lag und erst einmal geschluckt werden musste.

Uhlmann verstand nicht. »Hast du dich mit denen getroffen?«

»Nein, das war der Typ, den ich gestern aus der Wohnung geworfen habe. Wir standen draußen und haben uns mit den Rettungsleuten unterhalten. Ich wette, der Kerl ist nur eine halbe Treppe hinuntergerannt, hat zugehört und mitgeschrieben.« Wieder entfleuchte ihm ein kräftiger Fluch.

»Ach was, ich hab den doch laufen hören!« Uhlmann wollte wohl nett sein.

»Wie auch immer, die Dickmann-Wachtel wird versuchen, es mir anzuhängen. Es hängt mir jetzt schon zum Halse raus. Jedes Mal dasselbe. Die wird mich anrufen und nicht zu Wort kommen lassen, während ich versuche, mich zu rechtfertigen, dann wird sie mir erzählen, welche Wichtigkeit die ganze Sache hat und wie sehr ich die Dresdner Polizei bloßstelle. Und weißt du, was das Schlimmste ist?«

Uhlmann schnaufte. »Du sagst es mir bestimmt gleich.«

»Sie freut sich eigentlich darüber. Denn je mehr Presse sie kriegt, umso besser für sie.«

»Gut, haben wir das geklärt. Und jetzt willst du halb acht früh die Leute aus dem Bett klingeln?«

Falk Tauner zuckte mit den Achseln. »Du weißt, mir macht das nichts aus.«

Vier Stunden später saßen sie erschöpft von der Fragerei und enttäuscht von den wenigen Antworten im Dienstwagen, unentschlossen, was zu tun und wohin zu fahren sei. Genau das war es, was Tauner an solchen Tagen hasste und warum er nicht viel von der Menschheit im Allgemeinen hielt. Die Leute zerrissen sich den lieben langen Tag das Maul, standen zusammen und tuschelten an den Wohnungstüren, machten sich Gedanken über die Sexpraktiken von Herrn Flieger, der sich angeblich Prostituierte ins Haus holte, sprachen sogar mit der Presse, um sich wichtig zu machen. Doch sobald ein Polizeibeamter kam und ihnen Fragen stellte, wussten sie nichts Genaues. Dann wollte niemandem die exakte Uhrzeit einfallen und sogar der ältere Herr wusste nicht mehr, ob er es gewesen war, der das Ordnungsamt angerufen hatte, bis man ihn daran erinnerte, wie leicht sich eine Rufnummer zurückverfolgen ließ. Er hatte auch die Polizei angerufen, jedoch war keine Streife verfügbar, da alle Kollegen den Großen Garten abgeriegelt und durchkämmt hatten. Wann der Tumult über ihm ein Ende gehabt hatte, konnte Anrufer nicht sagen, denn im Grundsatz galt die Devise, das ging ihn nichts an. Und außerdem war es kurz darauf ruhig geworden.

Uhlmann und Tauner waren nach ein paar Stunden kein bisschen weiter, sie wussten lediglich, dass zwei Tage zuvor gegen halb zwölf die Hölle losgebrochen und 20 Minuten später alles wieder ruhig gewesen war. Einen Orang-Utan hatte niemand gesehen, geschweige denn, jemanden, der einen ins Haus geholt hatte.

Was sie wussten, kam aus dem Labor: Flieger war angetrunken gewesen und auf den Fesseln in seinem Schlafzimmer waren Spuren von ihm und von Martina Weigelt nachgewiesen worden. Der einzige Anhaltspunkt waren Spuren von Kerstin Müller, denn diese gehörte nicht zu Fliegers Freundeskreis, und sie hatte auch nicht geholfen, Theo einzufangen. Vielleicht galt es, sich ernsthaft Gedanken über Müller zu machen, warum ihr ausgerechnet an dem Tag schlecht wurde, an dem Theo verschwand. Ein gutes Alibi hatte sie nicht, aber auch keine nachvollziehbare Motivation.

»Warum ist denn eigentlich Müller die Einzige, die von einem lautstarken Streit sprach, bevor Martina Weigelt ums Leben kam?«

Uhlmann drehte sich umständlich in seinem Sitz, um Tauner ansehen zu können. »Was hast du denn jetzt schon wieder mit der Müller? Sie war doch gar nicht da an dem Tag, und du selbst hast doch nichts gehört, obwohl du da warst. Es ist also völlig irrelevant, was sie sagt.«

Tauner nickte ungeduldig, wollte schnell weiterreden, um den Gedanken nicht zu verlieren. »Warum sagt sie das und weiß nicht mehr, von wem sie das hat? Irgendjemand müsste ihr es doch gesagt haben und sie kann sich nicht erinnern wer? Das gefällt mir nicht. Außerdem war sie die Erste, die uns anrief, weil Flieger fehlte, obwohl sie das rein theoretisch gar nicht wissen konnte, denn sie arbeitete doch in einem ganz anderen Revier. Warum sind Spuren und Fingerabdrücke von ihr in Fliegers Wohnung?«

»Sie sind Kollegen, haben sich mal besucht. Du hast mich auch mal besucht, mehrmals, meine Frau erinnert sich mit Vergnügen an den Rotweinfleck auf dem Teppich. Noch in fünf Jahren werden Spuren von dir in meiner Wohnung zu finden sein. Du weißt das, also lass die Müller aus dem Spiel.«

»Hans, mach mal halblang, ich versuche hier nur ein Hirnstürmen.«

»Ein was?«

»Brainstorming! Überleg doch mal. Mal ganz sachlich, ohne an ihre Oberweite zu denken. Die kommt, erzählt uns irgendwas, das sonst niemand erzählt hat, dann wirft sie sich dir an die Brust, weil sie merkt, sie beißt bei mir auf Granit. Die versucht dich einzuwickeln, damit sie dich auf ihrer Seite hat.«

Uhlmann grunzte wütend. »Was soll denn das heißen? Denkst du alter Affe, die macht sich an mich ran, weil sie dich nicht kriegen kann?«

»Du sollst mal sachlich bleiben!«

»Ich bin sachlich«, schnauzte Uhlmann. »Wer hier nicht sachlich ist, bist du! Was willst du denn mit der Müller machen? Sie festnehmen? Verhören? Weswegen?«

»Ich will wissen, wo sie am Sonnabend war, als die Weigelt ums Leben kam. Sie hatte keinen Dienst, doch das heißt ja nicht, dass sie nicht im Zoo gewesen sein kann. Außerdem will ich wissen, wo sie vorletzte Nacht war, als Flieger ums Leben kam. Und ich will wissen, ob sie das bescheuerte Buch von Edgar Allen Poe in ihrem Regal hat.«

»Willst du damit sagen, die Müller hat all das eingefädelt, hat Flieger und die Weigelt umgebracht, obwohl du gesehen hast, was Theo gemacht hat? Was ist denn aus unserer Idee geworden, dass der Flieger sich den Theo selbst in die Wohnung geholt hat?«

Tauner nickte und lächelte Uhlmann eine halbe Sekunde lang an. »Man sollte eben alle Möglichkeiten in Betracht ziehen!«

Uhlmann sagte keinen Ton und verschränkte die Arme beleidigt vor der Brust.

Auch gut, dachte Tauner. »Gehen wir was Essen irgendwo, ich gebe es aus?«, fragte er versöhnlich. »Danach fahren wir wieder hierher und versuchen mal objektiv und von vorn zu denken.«

»'n mir aus«, murmelte Uhlmann.

Zurück vom Essen hatte er sich mit seinem Wagen durch die Menschenmengen auf dem Altmarkt gedrängt. Vor Fliegers Haus geparkt klingelte sein Telefon. Er nahm das Gespräch an, Zooinspektor Wittstock war am Telefon. »Ich glaube nicht, dass ich Ihnen dabei weiterhelfen kann und genaugenommen halten Sie mich damit von meiner Ermittlungsarbeit ab! … Ja, wir kommen, doch wie gesagt, versprechen Sie sich nichts davon.« Tauner legte wütend auf.

»Weißt du, ich habe vorhin nachgedacht«, sagte Uhlmann.

»Du hast gepennt! Ich kann den Sabberfleck sehen! Der Wittstock jammert, wir sollen zu ihm kommen. Der Zoo läuft über vor Besuchern und darunter scheinen auch ein paar Aktivisten zu sein. Nun hofft er, von mir Unterstützung zu bekommen, weil er im Polizeipräsidium keine bekommen kann. Wir sollen uns das mal ansehen.«

»Wenn der Affe, wie du behauptest, allein aus dem Gehege und auch allein in die Wohnung gekommen ist, müsste sich der Schlüssel noch darin befinden. Der Orang-Utan hatte ihn nicht dabei!«

»Hans, hast du gehört was ich …« Tauner hielt inne. »Okay, ich ruf den Wittstock noch mal an, weil wir später kommen, und du versuchst bei unserem Chef ein zwei Leute klarzumachen, die den Hausbewohnern hier die gleichen Fragen stellen, die wir ihnen heute Morgen schon gestellt haben. Manchmal glaube ich, es liegt an mir, dass keiner vernünftig Antwort geben will.«

»Ach was!« Uhlmann salutierte spöttisch.

Tauner staunte nicht schlecht, als er Fliegers Wohnung voller Leute fand. Martin kam ihm entgegen, er trug einen weißen Schutzanzug und Gummihandschuhe und schob Tauner sogleich rückwärts aus der Wohnung in den Hausflur. »Ward ihr letzte Nacht hier drin?«, fragte er vorwurfsvoll. »Habt ihr noch etwas angefasst außer der Schrankwand?«

So giftig war ihm Martin bisher nie gekommen, handgreiflich fast. »Ich wollte mir die Szenerie noch mal vor Augen halten! Außerdem hatte ich Handschuhe an.« Tauner versuchte ein kleines Lächeln, doch Martin war wirklich aufgebracht.

»Jetzt habe ich Dreck auf dem Teppich und weiß nicht, wer ihn hier reingebracht hat. Du weißt, wie entscheidend das sein kann. Außerdem, was wollt ihr eigentlich hier?«

»Wir suchen nach einem Schlüssel«, wagte Tauner zu sagen.

Martin hob die Hand und verschwand in der Wohnung. »Wagt ja nicht, noch einmal hier reinzukommen, bis ich es euch erlaube!«, rief er über die Schulter.

»Was der sich so aufregt«, murrte Uhlmann.

Tauner verstand Hans, es war ja nicht so, dass sie beide linkische Dilettanten wären und Dreck hatten sie auch am gestrigen Morgen reingeschleppt, als sie den Toten und den Affen gefunden hatten. »Ich sag dir, warum! Er will sich nicht eingestehen, dass meine Theorie die richtige sein könnte, deshalb sucht er verzweifelt nach Indizien für einen Primaten der Rasse Homo sapiens sapiens.«

Martin kam zurück und trug eine Plastiktüte. In ihr befand sich ein Schlüsselbund. »Unter dem Bett! Spuren dran, aber die sind noch nicht analysiert!« Martin wollte weggehen, doch Tauner zog ihn sanft am Arm.

»Ich wette, Affenfingerabdrücke kann man leicht von Menschenabdrücken unterscheiden.«

Martin riss sich ein wenig unwirsch los, schließlich nahm er die Brille ab. »Es sind seine Abdrücke drauf … und andere!«

»Ist es der Schlüssel von der Weigelt?«, fragte Tauner.

Martin war genervt. »Das weiß ich doch nicht, das müsst ihr rausfinden, ich nehme nur die Spuren ab. Ich lass ihn jetzt ins Labor schicken und ihr könnt ihn ein paar Stunden haben.« Kopfschüttelnd ging er an seine Arbeit zurück.

Tauner sah ihm nach, dann blickte er zu Uhlmann. »Klingklong«, sagte er.

»Das beweist gar nichts!«, murrte Uhlmann.

»Ach nein, wieso sind Fingerabdrücke von Theo dran?« Tauner legte seinen Kopf schief in Erwartung einer schlüssigen Antwort.

»Er hat die Schlüssel gefunden und damit gespielt.«

»Sie lagen unter dem Bett! Und warum sollte er ausgerechnet mit den Schlüsseln spielen? Ich meine, wir sollten ernsthaft in Betracht ziehen, dass Theo sich befreit, hierhergekommen ist und Flieger umgebracht hat.«

»Da stellen Sie sich aber vor die Presse und erzählen das«, meinte Staatsanwältin Diekmann-Wachte.

»Hättest du mich nicht warnen können?«, fragte Tauner seinen Kollegen. Er warf Uhlmann einen tödlichen Blick zu. Dann widmete er sich der Staatsanwältin. »Warum nehmen Sie nicht den Aufzug wie jede normale Frau? Und was machen Sie am Tatort?«

»Ich nehme immer die Treppe, wegen dem Po! Und ich bin hier, weil es erstens nicht weit ist und zweitens weil man mir sagte, Sie sind hier, und weil ich drittens mit Ihnen beiden sprechen möchte. Am Telefon sind Sie immer so abweisend zu mir. Und viertens haben Sie anscheinend schon mit der Presse gesprochen. Und fünftens wollte ich mir die Wohnung ansehen, habe gehört, es soll eine schöne sein.«

»Wir können nicht in die Wohnung. Martin ist mit seinen Leuten drin.« Und außerdem wollte er die Wohnung, dachte Tauner. Und vielleicht hatte sie doch keinen Mann, wenn sie sich für *diese* Wohnung interessierte.

Die Staatsanwältin lächelte. »Ich weiß, denn ich habe um eine weitere Überprüfung gebeten. Letzte Nacht erwachte ich nämlich schweißgebadet. Ich träumte von einer Pressekonferenz, bei der ich mich voll zum Affen gemacht habe. Als ich morgens die Zeitung sah, dachte ich, es wäre gar kein Traum gewesen, wissen Sie, wie furchtbar dieser Gedanke war? Man kommt ganz durcheinander. Herr Hauptkommissar, es muss einen anderen Weg geben. Ich bin mir sicher. Es ist ein Tier, bei aller Intelligenz, es ist nur ein Tier, und nicht in der Lage solche Handlungen zu planen. Jemand hat seine Hände im Spiel und anstatt sich in diese Idee zu verrennen und sich lächerlich zu machen, sollten Sie lieber die Motivationen der Beteiligten überprüfen. Sie wissen aus Ihrer Erfahrung, welch starke Antriebskräfte Rache und Eifersucht sein können.«

»Wie meinen Sie das, eigene Erfahrung?«, fragte Tauner misstrauisch. Spielte sie etwa auf sein kaputtes Eheleben an?

»Ich sagte nur ›Ihre Erfahrung‹ und damit war die Erfahrung aus Ihrem langen Berufsleben gemeint.«

»Ich habe übrigens nicht absichtlich mit der Presse gesprochen, anscheinend hat einer der Fotografen, die wir aus der Wohnung geschmissen haben, mitgehört. Und außerdem kann ich nichts dafür, wenn die Leute unten nicht in der Lage sind, die Presse draußen zu halten, ich kann mich schließlich nicht um alles kümmern.« Tauner hörte das Echo seiner Worte in seinem Kopf, den leicht hysterischen Unterton in seiner Stimme und verfluchte jedes einzelne Wort, das seinen Mund verlassen hatte.

»Schon gut!«, meinte die Staatsanwältin jovial. »Konnten Sie eigentlich Staatsanwalt Meyer helfen?« Wieder lächelte Frau Diekmann-Wachte kokett und Tauner wünschte sich nichts sehnlicher, als dass sie ihn einmal so ansehen würde, ohne etwas Garstiges dabei zu denken.

Er winkte ab. »War ein klarer Fall von Suizid.«

Das Lächeln der Staatsanwältin kannte keine Gnade.

»Wussten Sie, dass man Meyer eine Richterstelle angetragen hat?«

»Oh nein«, stöhnte Uhlmann leise, was die Diekmann-Wachte mit einem hellen Lachen quittierte.

»So hätten Sie noch öfter mit mir zu tun, furchtbar, nicht wahr?« Augenblicklich wurde die Staatsanwältin wieder ernst. »Ich hörte, der Schlüssel ist aufgetaucht. Ich erwarte heute den Bericht von der Spurensicherung und wer auch immer den Schlüssel in der Hand hatte, wird noch heute von Ihnen zur Vernehmung gebracht.«

»Auch der Affe?«, fragte Tauner.

»Den können Sie allein vernehmen! Aber bitte achten Sie darauf, ob sich die Presse in der Nähe befindet.« Die Staatsanwältin winkte knapp, wirbelte herum und stöckelte die Treppe hinab.

»Warum hat man der nicht den Richterposten angetragen?«, flüsterte Uhlmann.

»Das hab ich mich auch gefragt«, rief die Staatsanwältin nach oben.

Die Kriminalisten staunten nicht schlecht, als sie sich dem Zoo näherten. Wittstock hatte nicht übertrieben. Was hier los war, konnte man kaum von einer Demonstration unterscheiden. Menschenmassen, wohin man sah. Der gesamte Platz vor dem Eingangsbereich war voll. Und es gab einige, die Plakate trugen.

›Lasst die Tiere frei. Schluss mit der Quälerei‹, las Tauner. Und: ›Schläfert den Mörder ein!‹

»Haben die nichts Besseres zu tun?«, fragte Uhlmann.

Tauner hob die Schultern. »Ich ruf Wittstock an, er muss uns hinten reinlassen!«

»Die Orang-Utans sind im Haus, wir haben es schließen lassen und versuchen, das Gelände abzusperren«, erklärte der Zooinspektor.

»Kann ich rein?«, fragte Tauner und der Inspektor verzog gequält den Mund.

»Ich dachte, Sie könnten mir ein wenig unter die Arme greifen. Gerade hat man mir ein paar zusätzliche Streifenfahrzeuge zugesichert, die das Verkehrschaos beheben sollen, doch Sie haben selbst gesehen, was draußen los ist. Das sind viel zu wenig.«

»Wahrscheinlich ist es eine Kostenfrage.«

»Ja, genau, und wenn ein Fußballspiel ist, kommen die Polizisten zu Tausenden. Wer bezahlt denn das?«, fragte Wittstock.

Tauner winkte ab, das war genau sein Thema, aber er hatte die Gesetze nicht gemacht. »Ich treffe solche Entscheidungen nicht. Was ich tun kann, ist in der Zentrale anrufen und andeuten, dass eventuell Gefahr für Leib und Leben entsteht.«

»Was wollen Sie denn damit sagen? Eine Panik?« Wittstock schien sich ein wenig zu ducken, so als erwartete er, dass in der nächsten Sekunde eine Revolte ausbrach.

»Ich muss denen was erzählen. Lassen Sie mich nun rein?« Tauner deutete auf das Primatenhaus.

»Was wollen Sie denn da?«

»Theo ansehen, während mein Kollege die Telefonate erledigt.«

»Eh!«, maulte Uhlmann.

»Bitte, vermeiden Sie hastige Bewegungen oder sonstigen Stress. Theo wird nur sehr selten narkotisiert, und wir mussten in der Wohnung von Herrn Flieger sichergehen!«

»Keine Angst, ich werde schon nicht rumhampeln.«

»Also gut.« Wittstock nahm Tauner beim Arm und zog ihn sachte beiseite. In der Hoffnung niemand sähe ihn, wartete er einen geeigneten Augenblick ab, um die Tür aufzuschließen. Doch eine kleine Gruppe hatte sich genähert und wollte die Chance nutzen, ins Affenhaus zu kommen.

Tauner zog seinen Ausweis. »Polizeiarbeit, bitte gehen Sie zurück!«, befahl er energisch.

»Wird der jetzt erschossen?«, hörte Tauner noch, bevor sich die Tür schloss und ihn von der intelligentesten Spezies dieses Planeten abschirmte.

»Ich gehe auf der anderen Seite raus, wenn Sie rausmöchten, rufen Sie mich an, dann ist Ihnen eine Kollegin behilflich«, erklärte Wittstock.

»Frau Stern?«

»Nein, Frau Müller.«

Nachdem Wittstock gegangen war, ließ Tauner sich ein wenig Zeit, ehe er zu Theo ging. Zuerst betrachtete er die Damen des Hauses eine Weile und das putzige Treiben der beiden Kleinsten. Ihn erstaunte immer wieder, mit welcher Leichtigkeit sich die Tiere mit einer Hand nach oben zogen, wie sanft und lautlos sie sein konnten. Manches von dem, was die Kleinen taten, schien so menschlich, auch ihr Aussehen ähnelte dem der Menschen, abgesehen vom Fell.

Schließlich riss er sich los, ging zehn Meter weiter zu Theos Gehege, welches er allein bewohnte. Theo saß auf seinem hohen Podest, starrte teilnahmslos die Wand an und regte sich kaum. Tauner setzte sich auf die große Bambusbank vor der Panzerglasscheibe. Eine ganze Weile geschah nichts, bis Theo ihm einen Blick über die Schulter zuwarf, der nur bedeuten konnte: ›Ich hab dich schon längst bemerkt.‹ Dann sah er wieder zur Wand, nahm sich einen Halm aus dem Heu und drehte ihn zwischen seinen Fingern, was Tauner seltsamerweise daran erinnerte, dass er noch ein Tütchen mit Beweismaterial in der Jackentasche hatte, welches er Martin geben wollte. Nach weiteren fünf Minuten erhob sich der Orang-Utan, schwang sich in einer großen Bewegung an einem Seil hinab und setzte sich direkt vor das Fenster und betrachtete Tauner mit gesenktem Kopf wie jemand, der über seine Brille blickte.

Laut- und bewegungslos starrten sich die beiden Alphatiere einige Minuten an, bis Tauner fürchten musste, er verlöre das Duell.

»Hast du etwas zu verbergen?«, fragte er deshalb leise.

Theo sah ihn nur an. Sein breites, von den Backenwülsten umschlossenes Gesicht zeigte keine Regung, seine großen Nüstern bewegten sich ein wenig, die dunklen Augen blickten ausdruckslos. Dann zeigte er einen Moment lang seine braunen Zähne und Tauner wusste nicht, ob er das als Lächeln verstehen sollte.

»Du langweilst dich, oder?« Tauner sah nach links und rechts. »Kannst du bis drei zählen?«, fragte er. Er erhob sich und klopfte sachte dreimal gegen die Scheibe. Theo hob die Hand und berührte die Stelle von der anderen Seite mit dem Finger. Tauner klopfte noch einmal, da erhob sich der Orang-Utan, urinierte und schwang sich ebenso galant wieder auf das Podest. Mit dem Rücken zu Tauner setzte er sich und begann mit den Fingerspitzen Reiskörner aufzuklauben.

»Ich versteh schon«, sagte Tauner in zweierlei Hinsicht enttäuscht und holte sein Telefon hervor. Wittstock selbst musste kommen, um ihn zu befreien, Kerstin Müller war gerade nicht auffindbar.

Wieder draußen schien ihm das Gedränge schlimmer als zuvor. Er konnte sich beim besten Willen nicht vorstellen, freiwillig hier zu sein, noch dazu mit Kind und Kegel. Im nächsten Moment fielen ihm seine eigenen Kinder ein. Wie immer in solchen Momenten zuckte seine Hand zum Telefon, um es doch nicht hervorzuholen, weil er glaubte, nur zu stören. Was sollte er auch sagen, konnte er ja nicht einmal Versprechungen machen, weil er nicht wusste, wie die nächsten Tage aussahen. Und dann ereilte ihn ein anderer Gedanke, einer, der ihn vom Thema ablenkte und ein bisschen wütend machte. Schnurstracks eilte er auf einen jungen Mann zu, dem ein großer Fotoapparat vor der Brust baumelte. Ehe der Mann eine Chance hatte, Tauner zu erkennen, packte der ihn am Jackenrevers. »Was fällt Ihnen ein, meine Gespräche zu belauschen, um sie in der Zeitung abzudrucken? Können Sie sich nicht vorstellen, wie sehr das die Ermittlungen behindert? Sehen Sie nicht, was Sie damit angerichtet haben?«

Der Reporter versuchte sich aus dem Griff zu befreien, ohne Tauner dabei zu berühren. »Also ich weiß nicht genau, was Sie damit meinen«, behauptete er.

»Sie sind doch der Kerl, den ich gestern aus der Wohnung am Altmarkt geworfen habe?« Tauner war sich plötzlich gar nicht mehr sicher.

»Das kann schon sein«, erwiderte der Mann vage und hinweggewischt waren Tauners Skrupel.

»Denken Sie denn überhaupt nicht nach, Mann? Denken Sie nicht an die Angehörigen? Und dass Sie die Ermittlungen behindern?«

Der Fotograf versuchte es auf die freundliche Tour. »Hören Sie, da liegt eine Verwechslung vor.« Er lächelte zaghaft.

Tauner fühlte sich durch Freundlichkeit erst recht provoziert. »Was kann man denn da jetzt verwechseln?«

»Falls es Ihnen um den Zeitungsartikel von heut Morgen geht, für den kann ich nichts. Die Zeitung hat die Fotos von meinem Kollegen gekauft, der, den Sie auch gesehen haben, der schneller war, so wie Sie vermuteten. Meine Bilder habe ich anderswo losgekriegt und geschrieben habe ich gar nichts. Ich bin nämlich Fotograf.« Der Mann hob entschuldigend die Hände.

Tauner wusste sich in dem Moment nicht zu helfen, fürs Erste war er ausgekontert. Er fragte sich, wer dann mit der Presse geredet hatte. »Na dann«, sagte er zögerlich und wich einen Schritt zurück.

»Na dann«, erwiderte der Fotograf und löste diese peinliche Szene auf, indem er davoneilte.

»Ich verstehe noch immer nicht, was das soll«, nuschelte Uhlmann.

»Entspann dich mal. Ein paar Meter laufen kann dir nicht schaden.« Tauner steckte die Hände in die Hosentaschen und schritt voran. Er hatte seinen Kollegen genötigt, den Zoo durch den Hintereingang zu verlassen, um im Großen Garten spazieren zu gehen. Aus dem frühen Nachmittag war später Nachmittag geworden, der Park war voller Menschen. Tauner kannte Wege, die nicht so überlaufen waren, und genoss den Schatten der Buchen und Kastanien.

»Und das Auto?« In Uhlmanns Universum waren laufen und entspannen zwei Begriffe, die sich unmöglich zu etwas Positiven kombinieren ließen.

»Ich hole es später, keine Angst. Du kannst dich auch auf eine Bank setzen und ich hole dich da ab. Mir will der

Professor nicht mehr aus dem Kopf!« Tauner sah einer Familie nach, zu der offenbar acht Kinder gehörten und die trotzdem glücklich schien. Der Vater rannte mit den drei Kleinsten durch das hohe Gras und Tauner fragte sich, ob er so etwas jemals getan hatte.

»Warum? Warum ausgerechnet jetzt, wir haben weit Wichtigeres zu tun«, meinte Uhlmann.

»Ich kann mich gerade nicht daran erinnern«, antwortete Tauner.

»Bitte, was?« Uhlmann sah Tauner misstrauisch an.

Dem wurde erst in diesem Moment klar, er hatte die Realität mit seiner Gedankenwelt verwechselt. »Warum ereifert der sich so, obwohl niemand etwas gesagt hat, bangt um sein Lebenswerk und meint, die Vergangenheit müsste ruhen. Er schreit ja regelrecht danach, Leichen in seinem Keller zu suchen.«

»Nur nicht mehr heute«, stöhnte Uhlmann, dann berührte er Tauner am Handgelenk. »Da ist dein Fräulein Stern.«

Tauner sah in entsprechende Richtung, erkannte Nora Stern und eine weitere Frau sowie zwei kleine Kinder. Ihre Fahrräder an einen Baum gelehnt, saßen sie etwa 20 Meter entfernt im Gras und unterhielten sich, und genau in dem Moment, als Tauner sich entschloss wegzusehen und weiterzugehen, um Uhlmanns Spott zu entkommen, sah Stern auf, erkannte ihn und winkte heftig.

»Also, einen BH hat sie schon mal nicht an«, witzelte Uhlmann.

»Na, Sommerfrische?«, fragte Tauner, weil ihm nichts Besseres einfiel.

Nora Stern erhob sich aus dem Gras. »Waren Sie im Zoo?« Sie hatte nur wenig Kleidung an, eine Ärmellose beige Bluse und einen leichten weißen Rock, der ihr gerade bis über die Knie ging.

»Ist ganz schön was los dort«, meinte Tauner und konnte sich nicht erklären, was ihn so verlegen machte.

»Das ist übrigens Birgit, meine Freundin, und das sind Marcel und Maximilian.« Stern deutete auf die Kinder, die etwa zwei und vier Jahre alt waren. Birgit erhob sich und gab ihm und Uhlmann die Hand. »Das sind die beiden Kommissare, von denen ich dir erzählt hab.«

»Aha!«, sagte Birgit freundlich. Sie war im gleichen Alter wie Nora. »Weißte was, ich muss dann sowieso los.«.

»Geht klar, bis morgen.« Die Frauen verabschiedeten sich mit einer Umarmung.

»Macht's gut ihr zwei!« Stern winkte den Kindern und widmete sich dann Tauner. »Wo gehen Sie denn hin?«

»Also ich«, sagte Uhlmann, »geh ein Bier trinken und lass mich von meiner Frau abholen. Ruf mich an, Falk! Aber nur, wenn es wirklich erforderlich ist.«

Tauner wollte protestieren, ließ es aber. »Ich wollte zur Entspannung mal eine Runde spazieren gehen.«

»Mit Jacke und Pistole unterm Arm, bei der Hitze?«, kicherte Nora.

»Ich bin noch im Dienst«, entschuldigte sich Tauner.

»In welche Richtung gehen Sie?«

»In Ihre«, antwortete Tauner, ehe er es verhindern konnte. Es war dumm, wusste er, es würde zu nichts führen, nur falsche Hoffnungen wecken – vermutlich bei beiden.

Nora Stern freute sich und nahm sich ihr Fahrrad, um es neben sich herzuschieben. »Sie sind geschieden, stimmt das?«, meinte sie frei heraus.

Falk Tauner winkte ab. »Nicht ganz, aber fast! Sie kommen gleich auf den Punkt, was?«

»Dann können Sie sich ja voll ins Singleleben stürzen.«

»Meinen Sie?« Tauner sah die Stern prüfend an.

»Na klar, Sie sind doch ein Mann in den besten Jahren, ich wette, eine ganze Menge Frauen fahren voll auf Sie ab. Sie sehen ein bisschen aus wie dieser amerikanische Schauspieler. Kevin irgendwie, na, Sie wissen schon, in ›American Beauty‹.«

›Abfahren‹, wie sie redete, dachte Tauner; und welcher Schauspieler? Andeutungsweise hob er die Schultern. Er wollte es weder verneinen noch allzu enthusiastisch bejahen. »Ich wundere mich immer wieder, was Frauen an mir finden.«

»Wieso denn das?«, rief sie erstaunt aus.

»Tja, ich bin meistens schlecht gelaunt, ich trinke viel, ich bin zynisch und habe nie Zeit.«

»Einsicht ist der erste Schritt zur Besserung«, sprichwörtelte sie.

»Ich hab ja nicht einmal viel Geld!« Tauner provozierte gewollt.

»Darum geht es den meisten Frauen nicht.« Nora Stern blieb stehen und zwang damit Tauner, sich ihr gegenüber zu stellen. »Bestimmt waren Sie nicht immer so, oder? So grantig und hart. Bestimmt waren Sie mal lustig, fröhlich und haben noch nicht so viel Schlechtes über die Menschheit gedacht. Und wissen Sie was, das ist es, was manche Frauen in Ihnen erkennen. Sie sehen es in Ihren Augen. Und dann denken sie, bestimmt wird er wieder so, wie er früher war, wenn ich mich nur um ihn kümmere.«

»Können Sie das auch sehen?«, fragte Tauner mit heiserer Stimme.

»Ich kann.« Sie sah ihm tief in die Augen, musste dazu nach oben sehen, weil Tauner fast einen Kopf größer war als sie. »Aber ich sehe auch, dass es ein weiter Weg ist, den viele zu gehen nicht bereit sind.«

Tauner riss seinen Blick los und wusste gar nicht, wo er hinsehen sollte. »Meine Frau war bereit dazu. Ich hab sie vor den Kopf gestoßen.«

»Das ist traurig.« Stern schien sich in sich zurückzuziehen. Ein wenig verlor sie ihr sommerliches Strahlen.

»Vielleicht, weil ich weiß, wie ich bin und sie nicht verletzen wollte.«

Nora Stern sah ihn bemitleidend an. »Sie haben sie verletzt, weil Sie sie nicht verletzen wollten?«

»Nicht noch mehr!« Tauner ließ die Schultern hängen. Er fühlte sich, als habe er gerade alles vermasselt, in jeglicher Hinsicht. »Na ja, jedenfalls will ich Sie nicht mehr länger damit belästigen. Ich gehe jetzt am besten nach Hause. Tut mir leid, wenn ich Ihnen die Stimmung verhagelt habe.«

»Gar nicht schlimm, ich rede gerne mit Ihnen. Ich würde Sie gern mal einladen, zum Kaffee oder so, aber bestimmt dürfen Sie nicht, wegen der Ermittlungen.«

»Richtig, trotzdem vielen Dank.« Tauner atmete auf, das Schiff war leckgeschlagen, doch die Pumpen arbeiteten und der Kahn sank nicht weiter. Wenn sie wüsste, dass ihr und ihren Kollegen noch einige Vernehmungen bevorstünden, würde sie anders reden, dachte Tauner.

»Hast du morgen mal Lust, dich mit mir zu treffen?«, fragte Tauner ins Telefon. Er hatte den Großen Garten in Richtung Stadtzentrum durchquert, nachdem Nora Stern sich artig verabschiedet und er sich in einem Straßencafé im Schatten des Rathauses niedergelassen hatte. Menschen schlenderten an ihm vorbei, es war warm, jedoch nicht mehr so drückend wie im Hochsommer.

Seine älteste Tochter ließ sich einen Moment Zeit mit der Antwort. »Nach dem Mittag«, meinte sie.

»Soll ich dich abholen?«

»Hast du Sandy und Tommi auch gefragt?«

»Nein, erstens, weil ich fürchte, die reden gerade nicht mit mir, und zweitens, weil ich mit dir allein reden wollte.«

»Über Mama?«

»Über alles Mögliche.« Eine Kellnerin brachte ihm den bestellten Kaffee, Tauner dankte mit einem Kopfnicken, dann glaubte er, im Augenwinkel etwas zu sehen. »Ich hole dich ab, okay?«

»Geht klar, bis morgen.«

Tauner steckte sein Telefon weg, schüttete Zucker und Milch in seinen Kaffee. Während er rührte, tat er unbeteiligt, doch nachdem er genau hingesehen hatte, war er sich sicher, der Sprayer stand hinter dem Gänsebrunnen und beobachtete ihn. Tauner trank seinen Kaffee, versuchte sich nicht aufzuregen. Er nahm beiläufig sein Telefon hervor und wählte eine Nummer. Zufällig entdeckte er eine Autoscheibe, in welcher sich die Silhouette des jungen Mannes spiegelte. So hatte er ihn im Blick, ohne hinsehen zu müssen. »Hans, ich bin's!«

»Was ist?«, knurrte Uhlmann.

»Ich sitze vor dem Rauschenbach bei der Weißen Gasse und ich bin mir sicher, der Sprayer beobachtet mich.«

»Du spinnst, wie will er dich denn gefunden haben?«

»Was weiß ich, zufällig. Fakt ist, er ist hier. Was soll ich jetzt machen?«

»Also, falls du mir damit sagen willst, ich soll vorbeikommen, kannst du das vergessen.«

»Ich ruf eine Streife.«

»Falk, lass es sein, echt. Wer weiß, wen du siehst. Wenn die jetzt extra wegen dir kommen und dann ist es der Falsche … Hast du eigentlich etwas gegen ihn vorliegen? Der sprüht doch gerade nichts, oder?«

»Nein, nichts«, sagte Tauner wütend. »Schönes Wochenende.« Er legte auf und als er aufsah, war der Kerl verschwunden. »Na prima«, murmelte Tauner und kippte den Rest des Kaffees hinunter.

Stunden später hatte er den Weg nach Hause gefunden, nachdem er ziellos durch die Stadt gestreift war, vorbei an all den schönen Plätzen, wo Leute sich entspannten und ihre Gesichter in die untergehende Sonne hielten. Die Beine taten ihm weh und der Gedanke Treppen steigen zu müssen, missfiel ihm ausgesprochen. Er blieb vor seiner Haustür stehen und klopfte gewohnheitsmäßig seine Taschen nach einem Zigarettenpäckchen ab. Natürlich fand er keine, weil er sich zwang, nicht mehr zu rauchen, doch was war das schon für ein Leben, wenn man sich ständig zu etwas zwang. Irgendwo über ihm öffnete sich ein Fenster und laute elektronische Musik schwoll nach draußen, zerriss mit hämmernden Beats und verzerrten Störgeräuschen die Abendstille, übertönte das hohe Geschrei der Schwalben. Tauner sah an seinem Block nach oben. Was für eine Gegend, dachte er, er könnte sich viel Besseres leisten. Und als ob sein Übel nicht schon groß genug war, erinnerte er sich daran, dass er Doktor Rensing hätte anrufen können. Sie war vor drei Jahren aus dem Westen gekommen und hatte kaum Anschluss in Dresden gefunden. Er hatte sich ihr schon einmal angenähert, aber da war er noch richtig verheiratet gewesen. Jetzt war sie wohl weich genug gekocht von vielen miesen

Dates mit scheinbar vielversprechenden Männern und den Vorurteilen, die sie für ihren bayerischen Dialekt eingeheimst hatte, fühlte sich einsam und verlassen, um sogar mit dem mürrischen Tauner etwas anzufangen.

»Ach Mann«, stöhnte Tauner. Dann schloss er die Tür auf und ging nach oben.

Noch nicht einmal auf seiner Etage angekommen, rümpfte er die Nase und brauchte gar nicht mehr lang nachzudenken, woher der beißende Nitrogeruch kam. Er war nicht weiter überrascht, als er seine Wohnungstür sah, über die der Sprayer das Wort ›Nofate‹ gesprüht hatte. Eine Welle aus Zorn brandete in ihm auf. Er knirschte mit den Zähnen und griff sogar nach seiner Pistole. Aber er besann sich. Er durfte sich nicht provozieren lassen und morgen früh würde er die Rensing anrufen, würde einen schönen Tag mit seiner Tochter verbringen und würde sich Gedanken machen, ob ein Orang-Utan auf die Idee gekommen war, gezielt zwei Menschen umzubringen. Sollte sich der dumme junge Kerl doch die Zähne an ihm ausbeißen. Bevor Tauner seine Wohnung betrat, kramte er sein Handy hervor und fotografierte die Schmiererei. Sollte sich Uhlmann mal den Kopf darüber zerbrechen und die Leute, die sich um so etwas kümmerten. Und wenn es Tom war, wenn er es wirklich war, dann sollte er erleben, was es bedeutete, sich mit der Staatsmacht anzulegen.

12

Nicole erinnerte ihn wieder schmerzhaft an ihre Mutter. Fast genauso hatte sie ausgesehen, mal von der riesigen Sonnenbrille, den blond gefärbten Haaren und den Kopfhörern abgesehen. Außerdem hatte ihre Mutter keine Leggings unter dem Minirock getragen, sondern eine DDR-Jeans und einen hellblauen Anorak und eine Dauerwelle. Er hielt den Wagen neben ihr.

»Also, was hast du vor?«, fragte Nicole, während sie sich auf den Beifahrersitz fallen ließ, der ganz anderes gewöhnt war und nicht einmal quietschte. Seine Tochter beugte sich zu Tauner herüber und gab ihm einen Kuss.

»Reden.«

»Über alles.« Nicole lachte ihn an.

»Wie geht's deiner Mutter?«

»Gut, soweit ich weiß. Die Zeit, weißt du!« Nicole lächelte immer noch, offenbar ahnte sie, dass ihr Vater nur schnell das Schlimmste hinter sich bringen wollte.

»Heilt alle Wunden, ja ich weiß.«

»Also, es liegt nicht mehr nur an dir!«

Das verstand Tauner nicht. Und verständnislos blickte er wahrscheinlich auch drein.

Nicole seufzte, weil sie es erklären musste. »Um es mal so zu sagen, wenn du sie morgen anrufen würdest, um ihr zu sagen, du kämst zurück, würde sie wahrscheinlich erst mal Nein sagen, um ganz genau darüber nachdenken zu können.«

»Ah«, sagte Tauner und hoffte, Nicole sah ihm nicht an, wie sehr ihn das jetzt verletzte.

Sie sah es aber doch. »Noch ist nichts verloren! Noch hat sie sich keinen anderen gesucht.« Mit der flachen Hand klopfte sie ihm auf die Schulter.

»Was ist denn mit Tom?«, fragte Tauner und wusste nicht, ob er sich darüber freuen sollte. Er wusste gar nicht, was er denken sollte. Es wäre schön gewesen, eine Familie zu haben, Leute, bei denen man zu Hause war, und jetzt kam es ihm fast wie eine Verheißung vor, doch irgendetwas muss es gewesen sein, dass ihn da hinausgetrieben hatte.

»Bei Tom ist auch noch nichts verloren! Ich hab es dir gesagt, der pubertiert nur. So wie ich. Weeßte noch? Ich wollte mich tätowieren lassen.«

»Hast es aber gelassen, als ich es dir erlaubte.«

»Ja, ich hab's gelassen!« Nicole lachte.

Tauner sah sie fragend an. »Wer hat's nicht gelassen?«

»Lass mich mal nachdenken, wer ist volljährig und hat genug Geld für so was?« Nicole lachte auf. »Papa, wie du guckst! Das ist normal heute, echt. In 40 Jahren trägt jede Oma in Dresden ein Arschgeweih.«

Tauner nickte und versuchte zu lächeln, doch dass seine kleine Tochter nun tätowiert war, traf ihn hart. Vor allem, weil er nichts davon gewusst hatte. »Sag mal jetzt, ist mit Tom alles in Ordnung?«, wechselte er das Thema.

Nicole verdrehte die Augen. »Ja, Papa!«

»Hat er vielleicht Freunde, die nicht gut sind für ihn?«

»Ich kenne seine Freunde nicht, er geht skaten an der St. Petersburger.«

»Glaubst du, er sprüht manchmal? Graffiti?«

Nicole schüttelte langsam den Kopf. »Nee, glaub ich nicht.«

Sie wusste es jedoch nicht, dachte Tauner und dann klingelte sein Diensttelefon. Er warf einen fragenden Blick zu Nicole.

»Geh schon ran!«, sagte sie und sah aus dem Beifahrerfenster.

»Tauner«, sagte er in die Freisprechanlage.

»Herr Hauptkommissar, Polizeimeister Hegel hier, aus Sebnitz, ich hoffe Sie können sich erinnern. Die Störung tut mir leid, aber vielleicht könnten Sie nach Sebnitz kommen.«

»Hat der Professor sich umgebracht?« Er hatte es doch gleich gewusst, dass da was faul ist.

»Nein, nein, aber er … spinnt, er dreht durch, hat Feuer im Garten gemacht. Ich weiß auch nicht, ich dachte nur, vielleicht interessiert es Sie.«

»Na ja, schon, aber wissen Sie …« Nicoles Hand fuchtelte vor seiner Nase, er sah seine Tochter an, die nickte. Tauner hob fragend die Schultern, was bedeuten sollte: Willst du wirklich?

Nicole nickte wieder.

»Gut, ich komme, halten Sie die Stellung. Lassen Sie keine Unbefugten aufs Grundstück. Anweisung von mir.«

Auf dem Weg nach Sebnitz verdüsterte sich der Himmel. Tauner sah ab und an nach oben, es sah nach einem Unwetter aus.

»Haben Sie angesagt für heute!«, erklärte Nicole. Das waren die ersten Worte, die sie sprach, seit sie Dresden verlassen hatten. Es war für Tauner ein angenehmes Gefühl, nichts sagen zu müssen. Wenigstens mit Nicole schien er noch vertraut, das gab ein wenig Hoffnung.

Als sie Sebnitz erreichten, war der Himmel schwarz und die Wolken türmten sich kilometerhoch. Erste Tropfen klatschten schwer auf die Windschutzscheibe. »Da geht das Feuer wohl aus.« Tauner deutete nach vorn, wo Regenschwaden wie ein schwerer Vorhang am Himmel hingen.

Fünf Minuten später in der Einfahrt zum Grundstück schüttete es wie aus Kannen. In der Ferne grollte Donner. »Bleibst du erst mal hier, bis ich die Lage sondiert habe?«, fragte Tauner. Er hatte den Streifenwagen im Visier. Dort regte sich etwas. Polizeimeister Hegel stieg aus und deutete aufs Haus.

»Ich warte, aber nicht zu lang«, drohte Nicole.

Tauner nickte, stieg aus und rannte leicht geduckt zum Vordereingang. Der stand offen und Hegel empfing ihn tropfnass. »Jetzt ist er oben, redet wirres Zeug und nimmt alles auseinander.«

»Gut, ich geh mal hoch.« Tauner zögerte. »Falls es zu lang dauert, zehn Minuten vielleicht, können Sie sich mal kurz um meine Tochter kümmern.«

Hegel schmunzelte. »Mach ich gern.«

»Sind Sie allein?«

»Polizeiobermeister Amann ist im Haus. Wollte ein Auge auf den alten Herrn haben.«

Der Professor hatte noch immer dieselben Hosen an, trug jedoch nur ein Unterhemd. Er war völlig durchnässt, sein weißes Haar klebte an seinem Kopf, von seiner Nase fielen Wassertropfen, fielen auf das Sesselpolster zwischen seinen Beinen. Es schien, als schliefe er sitzend in seinem Sessel, die Arme auf den Lehnen, breitbeinig, der Kopf gesenkt. Vom Herrn Geheimrat war nichts mehr zu sehen, lediglich ein wirrer alter Mann, fast nur eine leere Hülle.

»So sitzt er seit einer Viertelstunde«, flüsterte Obermeister Amann.

Tauner nickte und betrat die Bibliothek. Zuerst hatte er sich Gedanken wegen seiner Schuhe gemacht, doch das Parkett war schon völlig verschmutzt. Der Dreck stammte von den Schuhen des Professors, von seinen Hosenbeinen und den Händen, die vollkommen schwarz waren, abgesehen von den Wassertropfen, die von den Armen hinabgelaufen waren und Schlieren hinterlassen hatten. Der Professor hatte die meisten Bücher aus den Regalen gerissen, in wilden Haufen lagen sie auf dem Boden, aufgeblättert, mit zerrissenen Seiten, als habe er irgendetwas gesucht.

»Wir haben vor etwa anderthalb Stunden eine Meldung bekommen. Nachbarn haben gemeldet, Herr Hülfert hätte ein Feuer im Garten gemacht, sie haben wohl befürchtet, es könnte außer Kontrolle geraten«, erklärte der Polizeiobermeister weiter.

»Alles unter Kontrolle!«, sagte der Professor leise. »Ich kann Sie beide hören, wie Sie über mich reden. Ich kann sie alle hören. Alle reden. Reputation, was ist das schon, das Lebenswerk eines Mannes zerstören. Was heißt das schon!«

Tauner trat näher und bedeutete Amann zurückzubleiben. »Herr Professor. Niemand will Ihr Lebenswerk zerstören.«

Der Professor sah auf, aus dem rußgeschwärzten Gesicht blickten Tauner blutunterlaufene Augen an. »Was wissen Sie schon? Gerede, Gerede überall.«

»Herr Professor, was haben Sie verbrannt?«

»Nichts verbrannt, nichts von Belang. Nur altes Zeug, dummes altes Zeug.«

Der Polizeiobermeister räusperte sich leise. Tauner nickte, ohne ihn anzusehen. »Herr Professor, fühlen Sie sich in der Lage aufzustehen? Kümmert sich jemand um Sie?«

Professor Hülfert stemmte sich mühsam hoch. »Ich stehe, also bin ich«, sagte er grimmig, wirkte aber, als müsste er sich gleich wieder setzen.

»Sie müssen sich abtrocknen. Wissen Sie, wo Ihre Sachen sind? Haben Sie Essen im Haus?«

»Ich kann alles, ich habe alles. Verschwinden Sie! Ich brauche keine Hilfe, bin nicht dumm.« Hülfert schwankte.

Tauner hörte Schritte. Nicole huschte an ihm vorbei. »Geh runter, Papa!«, befahl sie, griff dem alten Mann unter die Arme und half ihm, sich wieder zu setzen. »Wo haben Sie Handtücher? Tragen Sie eine Brille, wo ist die?«

Noch 40 Jahre, dachte Tauner deprimiert, vielleicht, oder weniger. Senil, grobmotorisch, tot.

»Papa, geh!« Nicole machte große Augen und sah zur Tür, Tauner drehte sich um, da stand Hegel.

»Er hat Akten verbrannt?« Tauner hockte im Gras und tastete mit spitzen Fingern in der klebrigen Asche. Es regnete nicht mehr und aus dem unansehnlichen Haufen stieg weiterhin Qualm. Es knisterte leise und zischte. Tauner sah massenweise alte Akten, manche mit Stricken gebunden. Wahllos griff er nach einem halb verbrannten Ordner. ›1985‹, las er vom Etikett. ›1978‹, auf einem weiteren. »Was ist das denn?«

»Der Professor hat bis 1992 die Poliklinik Sebnitz geleitet. Das müssten alte Krankenakten sein.«

»Was haben die bei ihm zu suchen?«

»Sein ganzes Büro ist voll davon, und der Keller. Er hat sie mitgenommen.«

»Warum?« Tauner erhob sich und es knackte in den Knien.

»Die Nachbarn erzählen, er wäre schon immer komisch, unnahbar. Er hat einige von ihnen wegen Verleumdung verklagt, und wegen Hausfriedensbruch, weil sie über die Mauer gespäht hätten. Das war vor circa zehn Jahren.«

»Hat die Obduktion der Frau etwas ergeben?«

»Nein, nichts. Hat Ihre Vermutung nur bestätigt.« Hegel sah fast aus, als täte es ihm leid.

»Ich überlege, ob ich eine Durchsuchung veranlassen kann. Gibt es denn Anhaltspunkte für Unregelmäßigkeiten bei seiner Arbeit? Er wird doch nicht umsonst um seine, was hat er gesagt … Reputation fürchten?«

»Ich weiß nichts, vielleicht bin ich zu jung. Und die Leute in der Gegend sagen, dass die Hülferts sowieso komisch sind, seitdem sie ihre Tochter verloren haben. Könnte ich sogar verstehen, ich meine …«

»Ich weiß, was Sie meinen«, unterbrach Tauner, alle sagten immer dasselbe. »Glauben Sie, seine Frau hat sich deshalb umgebracht, wegen dem Kind?«

»Vielleicht gab es einen Anlass. Vielleicht hat etwas das Fass zum Überlaufen gebracht.« Polizeimeister Hegel beugte sich vor und griff in den schwarzgrauen Aschehaufen. Er holte ein halb verbranntes Foto hervor und reichte es Tauner.

Es war schwarz-weiß und zeigte eine Frau von vielleicht 40 Jahren. Sie besaß vage Ähnlichkeit mit der Erhängten. »Das war seine Frau?«, fragte Tauner. Hegel nickte. »Kommt mir irgendwie bekannt vor, kann es nur nicht erklären.« Tauner versuchte, das Gesicht der Frau irgendwo einzuordnen, doch es gelang ihm nicht.

»Ich hebe es auf, oder?« Hegel streckte seine Hand aus.

Tauner reichte es ihm. »Wissen Sie was? Heben Sie alles auf. Bringen Sie es ins Haus, alles, was noch irgendwie lesbar ist. Ich frage den Staatsanwalt, ob es eine Möglichkeit gibt, eine Untersuchung einzuleiten.«

»Papa«, rief Nicole von oben.

»Ich komme.«

Nicole neigte sich im Hausflur vertraulich zu ihrem Vater. »Also, noch kann der sich selbst versorgen, aber ich weiß nicht wie lange. Bestimmt wäre es besser für ihn, wenn er betreut wohnen würde. Geld hat er bestimmt genug.«

»Das Problem wird sein, ihn aus dem Haus zu bekommen. Das wird er freiwillig nicht tun. Wie geht es ihm jetzt?«

»Er hat sich im Wohnzimmer auf die Couch gelegt. Ich hab in den Kühlschrank gesehen, Essen ist genug da. Butter und Wurst. Angehörige hat er wohl keine, oder?« Nicole kaute nachdenklich auf der Unterlippe.

Tauner wusste, wie sie sich fühlte, und wollte ihr helfen, doch man konnte sich nicht um jedes Problem in dieser Welt bemühen. Er selbst zwang sich, ständig so zu denken. »Ich werde veranlassen, dass sich jemand kümmert«, versprach er, um seiner Tochter das Leben leichter zu machen. »Ich würde gern in die Klinik fahren, die der Professor früher geleitet hat. Hast du Lust?«

»Das wird nichts nützen«, mischte Hegel sich ein. »Die Klinik ist zu. Man hat sie geschlossen.«

»Wann?«

»1992, soweit ich weiß. Sie sollte privatisiert werden, doch es fanden sich damals keine Investoren. Da wurde sie geschlossen.« Hegel grinste und Tauner sah dem Grinsen nach, denn es galt nicht ihm. Nicole errötete und senkte verlegen den Kopf.

Tauner schnalzte leise mit der Zunge. Auch so eine Sache, die man nicht verhindern konnte. Er wandte sich ab. »Ich seh mich noch mal kurz um«, murmelte er und stieg die Treppe hinauf. Im Obergeschoss angekommen wusste er zuerst nicht, wohin und ging zurück in die Bibliothek. Der Dreck auf dem Boden begann zu trocknen. Der Sessel war noch feucht. Es roch nach alten Büchern und nach altem Mann. Tauner stellte sich an den Platz des Professors und sah sich um. Es gab keine Ordnung mehr, keinen Sinn. Um etwas zu finden, müsste er alle Bücher durchblättern. Ein anderes Mal, mal sehen was Meyer sagen würde, dachte Tauner und verließ das Zimmer. Der Raum nebenan barg das Arbeitszimmer des Professors. Ein riesiger alter Schreibtisch stand quer im Raum. Seine Schubladen und die Türen standen offen, ebenso die Türen der Schränke. Viele Fächer waren leer, nur vereinzelte Blätter lagen herum. Tauner bückte sich nach einem, sah nur Zahlenkolonnen und Kürzel auf dem braunen Papier, das wie Pergament zwischen seinen Fingern knisterte. Er legte es auf einem halbhohen Schrank ab. Dann setzte er sich hinter den Schreibtisch und betrachtete die vergilbten Fotos an den Wänden. Sie zeigten den Mann in guten Zeiten, im Anzug, im Oberarzt-Kittel, mit Freunden und Kollegen, vor der Klinik und in seinem Büro. Seine Examen und Urkunden waren hinter Glas eingerahmt, kaum mehr lesbar. Tauner stutzte, denn zwei Rahmen fehlten. Zwei viereckige helle Flecken auf der vergrauten Tapete zeigten ihre Plätze. Er erhob sich und sah aus dem Fenster. Darunter befand sich in Wurfweite der Scheiterhaufen. Was hatte ihn veranlasst, genau diese Bilder abzunehmen? Irgendetwas stimmte hier nicht, das hatte nichts mit Altersblödheit zu tun, zu gezielt schien die Aktion des Professors. Es hatte etwas mit dem Tod seiner Frau zu tun und dieser hatte einen Auslöser gehabt, einen, der etwas zur Explosion gebracht hatte, was jahrzehntelang geschwelt hatte. Tauner kam der entscheidende Gedanke, er musste im Zimmer der Frau suchen.

Das Zimmer gegenüber war verschlossen, doch der Schlüssel steckte außen und Tauner öffnete die Tür. Sogleich wusste er, dass er falsch war, doch was er sah, faszinierte ihn, machte ihn gleichzeitig beklommen. Es war das Zimmer der verstorbenen Tochter. Offenbar hatten die Hülferts seit ihrem Tod nichts mehr daran verändert. Ein großes Bett stand unter der Dachschräge, zwei alte schlichte DDR-Holzschränke waren mit BRAVO-Aufklebern bedeckt, alte BRAVO-Poster zierten fast jeden Quadratzentimeter der Wände. Bros, erkannte Tauner, Bon Jovi und New Kids on the Block. Ein Poesiealbum lag auf dem Kinderschreibtisch, der ebenfalls aus der DDR stammte. Ein Schulranzen stand in der Ecke neben dem Papierkorb. Tauner musste schlucken und er fragte sich, ob er verrückt werden würde, stürbe eines seiner Kinder. Er zog sich zurück, ohne das Zimmer betreten zu haben, und schloss die Tür wieder ab. Frau Hülferts Zimmer befand sich am anderen Ende des Ganges. Es war sehr schlicht gehalten, die Wände waren weiß, der einzige Wandschmuck waren drei schwarzweiße Linoleumdrucke, die in Tauners Augen furchtbar grässlich aussahen. An einer Wand stand ein helles Sofa, an der anderen nur ein Regal mit scheinbar wertlosem Zeug. Selbst gebastelte Keramiken, zwei Schmuckteller, ein leerer Blumentopf, ein paar Bücher. Vor der Fensterwand hing eine weiße Gardine. In der Mitte des Zimmers ein leer geräumter Schreibtisch, dahinter ein harter Holzstuhl. Es kam Tauner so vor, als sollte dieser Raum so reizlos wie möglich erscheinen, eine Art räumliches Beruhigungsmittel. Wenn er sich vorstellte, wie die Frau hier täglich Stunden ihres Lebens verbracht haben mochte, schüttelte es ihn vor Widerwillen. Trotzdem setzte er sich hinter den Schreibtisch, um sich einen Eindruck zu verschaffen. Zehn Sekunden hielt er es aus. Dann begann er die Schreibtischtüren zu öffnen. Alles lag wüst durcheinander. Er fand Malstifte, vertrocknete Farben, alte Pinsel, Bleistifte, ein paar hilflose Skizzen von Bäumen und Häusern und völlig misslungene Studien von Gesichtern. Tauner holte alles hervor und legte es auf den Tisch, fand jedoch nichts, dass ihn irgendwie weiterbrachte. Offensichtlich war der Professor auch hier drinnen gewesen, hatte die Schränke durchwühlt, Unterlagen entfernt. In der Schublade nur Stifte, Klebeband und alte Holzlineale. Er schloss die Schublade, setzte sich gerade und rümpfte die Nase, der Geruch der alten Möbel kratzte an seinen Nerven. Eilig erhob er sich, ging zum Fenster, riss die Gardine beiseite und öffnete es. Ein Windstoß bauschte die Gardine, wirbelte die Papiere vom Tisch und ließ die Tür laut zufallen. Tauner fluchte, schloss das Fenster wieder und machte sich daran, die Papiere aufzuheben, welche über den Fußboden bis hin zur Couch verstreut lagen. Nach wenigen Sekunden hatte er alles zusammen, beugte sich jedoch noch einmal, um unter die Couch zu sehen. Darunter lag ein einzelnes Blatt. Er griff unter das Sitzmöbel und angelte es mit den Fingerspitzen hervor. Als er sah, was er gefunden hatte, legte er die anderen Papiere achtlos beiseite. Es war ein Teil von einer Ausgabe einer regionalen Zeitung, die Hälfte eines Titelblattes. ›Tierpflegerin von Orang-Utan getötet‹, lautete die Überschrift des Artikels vom vergangenen Montag. Das Foto zu dem Beitrag hatte er noch nie gesehen. Es zeigte die Belegschaft des Primatenhauses, in Zivil saßen sie an einem Tisch, die Sektgläser erhoben, nur das Gesicht der Weigelt war mit einem schwarzen Balken unkenntlich gemacht. Neben dem großen Bild befand sich ein Passbild der Weigelt, auch hier waren die Augen unkenntlich gemacht. Im Text wurde sie Martina W. genannt.

Warum war ausgerechnet dieses Bild aus der Zeitung gerissen worden, warum lag es unter der Couch? Tauner konnte sich keinen Reim darauf machen. Ein seltsames Gefühl hatte ihn beschlichen, eines, das ihn schon lange nicht mehr ereilt hatte. Hier war etwas, sagte er sich, und er musste es rausfinden. Diese Frau hatte sich umgebracht und es musste etwas mit dem Artikel zu tun haben. Hatte sie das Bild hier versteckt, damit es der Professor nicht fand, warum hatte sie es nicht einfach weggeworfen? Damit es ein Polizist finden konnte? Oder war es einfach nur Zufall? Tauner faltete das Blatt, steckte es ein und erhob sich. Der Sache musste er auf den Grund gehen. Er musste mit dem Professor sprechen.

»Herr Hauptkommissar.« Polizeiobermeister Amann rief die Treppe hinauf. »In Ihrem Wagen klingelt das Telefon.«

Tauner klopfte sich auf die Jackentasche und fluchte leise, dann rannte er raus.

Elf verpasste Anrufe meldete das Gerät. Uhlmann, die Diekmann-Wachte und Wittstock. Hans hatte es viermal probiert. Die Staatsanwältin ganze sechs Mal. Tauner stöhnte und rief sie zurück. Er hörte sich, an was sie zu sagen hatte, und kniff die Lippen zusammen. Er beendete das Gespräch ohne ein weiteres Wort. Dann rief er seine Tochter.

»Es tut mir leid, wir müssen zurück«, sagte er, als sie aus dem Haus kam.

»Das geht in Ordnung«, sagte Nicole und wartete, bis sie glaubte, ihr Vater sähe es nicht, wie sie Hegel winkte.

»Was ist geschehen?«, fragte sie, nachdem sie losgefahren waren.

»Die haben jemanden verhaftet und ich war nicht dabei!«

»Ist das schlimm?«

Tauner ließ sich eine Sekunde Zeit mit der Antwort, doch es war eine Sekunde zu viel.

»Du hast Angst, übergangen zu werden. Immerhin haben die dich versucht anzurufen.«

»Die Staatsanwältin wollte mich nur in Kenntnis setzen, dass jemand verhaftet wurde. Sie hatte nicht vor, mich vorher zu kontaktieren. Ich fürchte, sie und der Chef der Kripo agieren über meinen Kopf hinweg.« Tauner ließ seine aufkeimende Wut am Auto aus.

»Papa, nicht so rasen!«, mahnte Nicole. »Bestimmt musste es schnell gehen, vielleicht bestand Fluchtgefahr und vielleicht solltest du … na ja …« Sie schloss den Mund.

»Was?«

»Vielleicht solltest du aufhören, allen zu erzählen, der Affe wäre ein Mörder.«

»Ich erzähle es nicht allen!« Tauner konnte im letzten Augenblick seinen Tonfall mäßigen.

»Du weißt, wie ich das meine«, flüsterte Nicole, die es trotzdem bemerkt hatte.

Tauner wollte es sich nicht mit seiner Tochter verderben und suchte nach den rechten Worten, was ihm nicht zu hundert Prozent gelang. »Ihr fehlt mir«, sagte er. »Alle«, fügte er hinzu.

Nicole schwieg eine Zeit lang, versuchte wohl zu analysieren, wie viel Wahrheit in dieser Aussage steckte. Dann brachte sie es auf den Punkt. »Du fehlst uns nicht«, hauchte sie. »Uns fehlt der Mann, der vor drei Jahren am Kopf operiert wurde!«

13

»Uns blieb nichts anderes übrig«, sagte Diekmann-Wachte. Sie saß in ihrem Bürostuhl wie auf einen Thron und behandelte die beiden Polizisten dementsprechend. Uhlmann starrte an ihr vorbei und nahm ihr wohl den vermasselten Sonntag übel, zu Tauner hatte er bisher keinen Ton gesagt. »Bormanns Fingerabdrücke sind auf dem Schlüssel für das Gehege, die wir in Fliegers Wohnung gefunden haben, auch Spuren der Weigelt. Es befinden sich auch Fingerabdrücke des Affen an den Schlüsseln. Aber ich weigere mich an dieses Thema noch einen Gedanken zu verschwenden. Der Affe mag die Schlüssel gefunden und mit ihnen gespielt haben, das wars, mehr nicht. Spuren von Bormann sind auch in der Wohnung von Flieger, an der Tür, auf dem Teppich. Das und sein von Ihnen beschriebenes Verhalten beim Tod von Frau Weigelt genügen mir für einen Haftbefehl. In meinen Augen besteht dringende Fluchtgefahr, daher die sofortige Vollstreckung.«

Tauner ließ den Kaffee in seiner Tasse schwappen und starrte dabei in die schwarze Brühe, als könnte er mit ihr weissagen. Er wusste, es war falsch, den Revierleiter verhaften zu lassen, und er wusste, warum die Staatsanwältin das tat. Sie wollte Aktion, wollte Bewegung, wollte Ergebnisse für die Pressestelle und für ihr verletztes Ego, weil es Meyer war, dem man die Richterstelle angetragen hatte. Er räusperte sich und nahm sich vor sachlich zu bleiben. »Sind auf dem Wohnungsschlüssel von Fliegers Wohnung Fingerabdrücke von Bormann?«

»Das nicht, aber er wird so schlau gewesen sein, dort keine zu hinterlassen.«

Tauner schürzte die Lippen. »Sie wissen, wo die Spuren auf dem Gehegeschlüssel herkommen. Bormann kann den Schlüssel benutzt haben, zufällig, oder er borgte ihn sich manchmal aus. In der Wohnung von Flieger sind Bormanns Spuren, weil er half, Theo einzufangen. Und sein Verhalten beim Tod der Weigelt war das Verhalten eines geschockten Menschen. Außerdem war er beim Tod der Tierpflegerin nicht anwesend. Er kam von den Flamingos, zumindest zum jetzigen Stand der Ermittlungen.«

Es schien, als platzte die Staatsanwältin vor Ungeduld und konnte kaum erwarten, dass er ausgeredet hatte. »Das hat er Ihnen gesagt. Sie wissen es nicht, denn Sie haben es nicht gesehen, und es war bislang nicht möglich, einen Zeugen zu finden, der diese Aussage bestätigt, obwohl wir Zeugen des Unfalls befragt haben.«

Hatten die das?, fragte sich Tauner und begann sich noch mehr Sorgen zu machen. »Die Aussage von Nora Stern spricht dafür.«

Diekmann-Wachte lächelte schmal. »Das können wir klären, mit einer ordentlichen Vernehmung.«

Jetzt richtete Tauner sich auf. »Das klingt so vorwurfsvoll. Bisher galt der Tod von Frau Weigelt als Unfall und Sie waren schon drauf und dran den Fall zu schließen.«

»Möglicherweise haben Sie einen noch viel wichtigeren Aspekt übersehen.« Wieder setzte die Staatsanwältin ihr Siegerlächeln auf.

Tauner dachte an Kollegen, die er auf Tagungen und bei Weiterbildungen kennengelernt hatte, die von ihrer Arbeit sprachen und wie gut die Arbeit mit der Staatsanwaltschaft funktionierte. Er war das Problem, dachte er. Und nun übersah er wichtige Aspekte? »Ja?«, fragte er vorsichtig.

»Der Schlüssel vom Gehege des Affen und der Schlüssel von Fliegers Wohnung, den die Weigelt besaß, hingen zusammen an einem Schlüsselbund. Dies sollte nicht so sein, denn die Zoomitarbeiter legen ihre Wertsachen im Spind ab, wenn sie sich umziehen. Jemand hat also beide Schlüssel gestohlen: einen, der an der Gürtelschlaufe von der Hose der toten Frau Weigelt befestigt war, und den anderen aus ihrem Spind. Ich glaube wirklich beim besten Willen nicht, dass der Affe in der Lage ist, den Schlüssel aus dem Spind zu stehlen und ihn auch noch am Bund festzumachen.«

Das war nur eine Vermutung, dachte Tauner, mancher traute seinem Spind nicht und hatte die Wertsachen auch bei der Arbeit dabei. Er überlegte, ob Flieger selbst in der Lage gewesen war, der Toten den Schlüssel zu seiner Wohnung zu entwenden, doch wenn ja, warum so heimlich? Wenn er ihn hätte haben wollen, hätte er danach fragen können. Das war nicht die Lösung, wusste er. Die Lösung musste er woanders suchen. In seinem Bauch, dieses seltsame Gefühl, das Zeitungsfoto in seiner Jackentasche. Gab es eine Verbindung zwischen der Weigelt und der Frau des Professors? Und war der Unfall der Weigelt doch eine vertuschte Straftat? Aber er hatte doch gesehen, was Theo getan hatte. Hatte er es gesehen?

»Herr Tauner?«, fragte Diekmann-Wachte.

»Haben Sie Bormann denn nach einem Alibi gefragt für den Tag, an dem Theo verschwand?«, fragte er, um von seiner gedanklichen Abwesenheit abzulenken. Doch er hatte dabei den falschen Ton angeschlagen.

Die Staatsanwältin richtete sich auf und schien beleidigt. »Halten Sie mich nicht für dumm, natürlich habe ich das, und er hat kein schlüssiges Alibi. Außerdem gab es eine Auffälligkeit, von der Sie offensichtlich noch nichts wissen.«

»Ach, nein?«, sagte Tauner, doch so aggressiv, wie er klingen wollte, hörte er sich nicht an, eher ängstlich. Uhlmann brummte leise, was nur bedeuten konnte, er wusste von dem Elend und wollte Tauner auf das Schlimmste einstellen.

»Offenbar ist Narkosemittel entwendet worden.« Die Staatsanwältin triumphierte.

›War's das?‹, hätte Tauner am liebsten gefragt, er hatte mit weitaus schlimmeren Dingen gerechnet. »Wann ist es entwendet worden und wie viel und vor allem wo? Hat Bormann es entwendet?«

»Das werden Sie klären müssen.«

»Was, all diese Fragen? Wer sagt denn, dass etwas weggekommen ist?«

»Der Zootierarzt. Sie haben ihn gesehen, er war ebenfalls in Fliegers Wohnung, um Theo einzufangen.«

»Wann ist es ihm aufgefallen? Ich meine, dass etwas fehlt?«

»Bei einer Routinekontrolle, als er dabei war, seine Bestände aufzufüllen.«

Tauner sah zu Uhlmann, der die Augen verdrehte, was so viel hieß, das könnte jeder gewesen sein, oder auch niemand, oder Flieger. Wie genau die Angestellten Buch über die Medikamente führten, wusste Tauner nicht »Wie stellen Sie sich denn den Tathergang vor?«, fragte Tauner die Staatsanwältin.

»Ich stelle mir gar nichts vor. Deshalb sollen Sie Bormann vernehmen. Ich weiß nur, seine Fingerabdrücke sind auf den Schlüsseln und in der Wohnung, er weiß als Revierleiter garantiert, wie man an das Narkosemittel kommt, und er scheint kräftig genug, den Affen aus dem Käfig zu holen, um ihn in ein Auto, eine Schubkarre oder in sonst ein Transportmittel zu verfrachten. Und ehe Sie nach seinem Motiv fragen, ich denke, Eifersucht und Rachsucht sind ausreichende Motive für eine solche Tat.«

»Das ist dumm!«, sagte Tauner geradeheraus. »Das ist zu einfach und unmotiviert.«

Diekmann-Wachte erhob sich prompt und beugte sich über den Tisch, wobei sie sich mit steifen Armen aufstützte. Ihre Augen blitzten böse. »Jetzt sage ich Ihnen mal etwas. Sie sind dumm, einfach und vor allem unmotiviert! Früher waren Sie anscheinend ein sehr guter Kriminalpolizist, bei allen beliebt und vor allem so erfolgreich, dass man Sie wieder als Leiter der Mordkommission einsetzte, anstatt Sie in den Vorruhestand zu versetzen. Aber mittlerweile verliert langsam auch Ihr bester Leumund das Vertrauen in Sie. Möglicherweise haben Sie Ihre letzten beiden großen Fälle noch geklärt, auch wenn da eine ganze Menge Glück und Zufall im Spiel schien, aber zurzeit benehmen Sie sich vollkommen unprofessionell, belästigen andere Leute mit Ihrer Geschichte vom Sprayer, der über Zäune springt, und verbreiten die Geschichte vom Killeraffen. Was soll man denn von Ihnen denken? Außerdem bekomme ich langsam das Gefühl, Sie arbeiten aus Prinzip immer gegen mich. Wogegen Sie meinem Kollegen Meyer am liebsten in den Hintern kriechen und sogar freiwillig nach Sebnitz fahren, um an dessen Fall zu arbeiten.«

Kein guter Tag fürs Ego, dachte Tauner, er war anscheinend nicht mehr er und wäre am liebsten einfach aus dem Zimmer gegangen. Dachte man so über ihn? War er selbst schuld? »Ich habe weder das eine noch das andere irgendjemandem erzählt, der nicht absolut vertrauenswürdig ist.«

»Reden Sie sich jetzt nicht raus. Vernehmen Sie Bormann. Und bitte vermeiden Sie es, ohne triftigen Grund Ihre Zeit in Sebnitz zu verplempern. Ich bin wirklich drauf und dran, mich über Sie zu beschweren. Der Polizeichef hat mir schon zugesichert, dass er nicht viel Federlesens mit Ihnen machen wird. Es gibt gute Leute, die gern nachrücken. Auf Wiedersehen.«

»Ich habe niemandem etwas erzählt«, murmelte Uhlmann im Auto. Sie fuhren ins Polizeipräsidium, wo Bormann in U-Haft saß.

»Sie hat auch dich nicht angesehen, als sie von den guten Leuten sprach, die nachrücken.«

»Das liegt an dir, weil du immer deinen Kram so machst, wie es dir passt!«

»Hör auf damit, das haben mir heut schon drei Leute gesagt«, knurrte Tauner. Dann atmete er durch, weil er ahnte, was folgen würde, wenn er gesagt hätte, was er sagen wollte. »Ich glaube, die beiden Fälle haben miteinander zu tun«, sagte Tauner.

»Weigelt und Flieger?«

»Flieger und Hülfert!«

Uhlmann sah ihn an wie Grießbrei, denn den aß er überhaupt nie. »Der Selbstmord? War es etwa keiner? Und wie kommst du darauf, sie hängen zusammen?«

»Es war Selbstmord, aber ich glaube, der Auslöser war das hier!« Tauner reichte seinem Kollegen den Zeitungsabschnitt aus dem Schreibtisch von Frau Hülfert. »Ich erkläre es dir auf der Fahrt.« Tauner hielt inne und sah Uhlmann an.

Der hob die Augenbrauen. »Mann, lass das bloß nicht die Wachtel hören, die nimmt dich wirklich noch aus dem Dienst. An deiner Stelle würde ich jetzt mal schön halblang machen. Wir vernehmen den Bormann. Wenn er kein gutes Alibi liefern kann, nehmen wir sein Auto auseinander, und wenn da keine Spuren von Theo drin sind, die Autos all seiner Bekannten und sämtliche Schubkarren im Zoo. Und wenn das nicht reicht, nehmen wir uns jeden einzelnen Zoomitarbeiter vor, bis einer sagt, er hätte den Bormann mit einer riesigen Reisetasche davonlaufen sehen.«

»Ich hab mich nicht verändert«, murmelte Tauner, der gar nicht erst zugehört hatte. »Ich habe nur keine Lust zu heucheln.«

Bormann wirkte leicht geschockt. Sein Gesicht war weiß und Tauner hatte ein bisschen Mitleid mit ihm. Er bot ihm Kaffee an, doch der Pfleger schüttelte nur den Kopf. Der schmucklose Vernehmungsraum musste auf ihn wirken wie ein Krypta, die sich über ihm schloss.

Tauner hatte im Gegensatz zu Uhlmann keine Lust zum Sitzen, also stellte er sich neben den Verdächtigen. »Also gut, machen wir es kurz. Wo waren Sie am Donnerstag nach Feierabend?«

Bormann verzog das Gesicht. »Ich war im Freibad Wostra schwimmen, das mache ich fast jeden Tag.«, erklärte er in einem Tonfall, als hätte er das schon viel zu oft erzählen müssen.

»Haben Sie einen Beweis dafür? Eine Eintrittskarte?«

»Nein, ich habe eine Dauerkarte. Ich zeige sie nur vor und kann rein.« Bormann griff sich in den Nacken und rieb sich dann die Kehle, als spürte er schon den Galgenstrick. Gequält sah er zu Tauner hoch.

Tauner warf ihm einen auffordernden Blick zu. Es ging um seine Haut, er sollte sich nicht jedes Wort aus der Nase ziehen lassen. Bormann aber haderte wohl zu sehr mit seinem Schicksal, um diese Botschaft zu verstehen.

»Hören Sie, denken Sie mal nach, wen haben Sie getroffen, wer könnte sich daran erinnern? Es war warm, bestimmt war das Bad voll und wenn Sie eine Dauerkarte haben, wird es doch ein paar Leute geben, die Sie vom Sehen her kennen.«

Bormann rieb sich die Augen und schüttelte verzweifelt den Kopf. »Ich kann mich gerade an nichts erinnern. Mein Kopf ist so voller … Mist. Ich habe nichts getan, ich würde doch nicht den Affen aus seinem Gehege holen, das ist doch verrückt!«

»Jemand hat es aber getan!«, brummte Uhlmann.

»Und wenn er es doch selber war?«, fragte Bormann kläglich.

Uhlmann grunzte mürrisch. »Machen Sie sich nicht lächerlich.«

Bormann sackte in sich zusammen.

Tauner gab ihm einen leichten Klaps an die Schulter. »Los von vorn. Sie sind direkt aus dem Zoo in das Freibad?«

»Ja!«

»Mit dem Bus?«

»Mit Bahn und Bus.«

»Sie haben niemanden getroffen, an den Sie sich erinnern?«

»Niemand.«

»Dann?«

»Dann?«

»Sind Sie nach Hause?« Tauner knirschte mit den Zähnen, doch er beherrschte sich, er musste lernen ein besserer Tauner zu sein.

»Ja.«

Uhlmann war es schließlich, der aus der Haut fuhr. »Nun reden Sie doch mal ordentlich. Wir können nämlich gehen, Sie sind derjenige, der hier bleiben muss!«

»Ich bin nach Hause gefahren, mit dem Bus. Ich habe noch etwas gegessen, eine Flasche Bier getrunken und bin vor dem Fernseher eingeschlafen. Nachts bin ich aufgewacht, habe den Fernseher ausgemacht und bin ins Bett gegangen. Ich weiß wirklich nicht mehr!«

»Sie wissen also nicht einmal, was im Fernsehen lief?«, platzte Tauner heraus.

»Nein.« Bormann raufte sich die Haare.

»Wissen Sie, wo man im Zoo Medikamente und Betäubungsmittel aufbewahrt?«

»Das weiß ich, das weiß jeder.«

»Haben Sie welche entwendet?«, mischte Uhlmann sich ein.

»Nein und ich weiß auch nicht, wer welche entwendet haben könnte.«

»Und wie sind Ihre Fingerabdrücke auf den Gehegeschlüssel der Weigelt gekommen?«

Bormann sah ein wenig verständnislos auf. »Die werden doch jeden Tag neu ausgegeben. Könnte sein, dass ich am Vortag diesen Schlüssel hatte. Jeder konnte den schon einmal gehabt haben.«

»Uns ist nicht zu helfen«, murmelte Tauner.

»Du meinst ihm«, verbesserte Uhlmann.

»Nein, uns.«

14

Der Montag kam mit Blitz und Donner und Tauner war durchnässt, als er im Büro ankam. Pia war lieb, sagte keinen Ton und stellte ihm Kaffee hin. »Pia, bin ich noch ich, oder bin ich jemand anders, seit der OP?«

Pia wusste, wie lang der Sonntag für Tauner und Uhlmann gewesen war. »Ich finde, du solltest das alles nicht so ernst nehmen«, sagte sie, ließ dabei aber offen, was genau sie meinte. »Die Vernehmung hat nichts gebracht?«

»Nichts. Bormann hat ein Blackout, was diesen Tag betrifft, vielleicht fängt er sich noch. Zum Glück hat die Dickmann noch nichts Offizielles über seine Verhaftung bekannt werden lassen. Ich schwöre dir, der ist in drei Tagen wieder frei. Heut sehen wir uns seine Wohnung an, und ich will hoffen, er hat nicht dieses verdammte Buch von Edgar Allen Poe zu Hause. Auf uns kommt jetzt wieder viel Kleinarbeit zu. Du weißt schon: Vernehmungen, Zeugenaussagen sammeln, stapelweise Akten. Das alles relativ fix, bevor sein Anwalt eine Haftprüfung beantragt. Und das für nichts, wenn du mich fragst.«

Uhlmann kam herein. »Moin!«, meinte er und hatte den letzten Satz wohl mitgehört. »Was willst du damit sagen?«

»Ich hab es dir gestern erklärt!«

»Ja, du hast es mir erzählt und ich hab dir auch gesagt, was ich davon halte. Was also hast du vor?«

»Ich habe vor, mich von meinem Instinkt leiten zu lassen. Wir sollten den Fall von hinten aufrollen. Wir fangen an, das Leben der Tierpfleger zu überprüfen. Wenn wir kein Motiv bei den Verdächtigen finden, müssen wir bei dem Opfer suchen. Frau Weigelt sollte die Erste sein.«

Uhlmann wollte das nicht verstehen. »Aber warum denn die? Ich denke, ihr Tod war ein Unfall?«

Tauner winkte diesen Einwand einfach weg. »Ich habe vor, nach Zusammenhängen zu suchen, ob es dir nun passt oder nicht. Die Hülfert hat das Bild nicht umsonst aus der Zeitung gerissen und sich danach aufgehängt. Die war fertig, sag ich dir. Erst ist sie versteinert, hat dem Professor das Haus sauber gehalten und sich um den alten Herrn gekümmert, bis etwas passiert ist, da ist es aus ihr ausgebrochen und sie ist hoch auf den Dachboden.«

»Wie willst du das denn anstellen? Wir haben gar keine Zeit dafür. Und wenn die Wachtel merkt, woran wir arbeiten, oder dass wir nach Sebnitz fahren, sind wir fällig, beide! Und verdammt noch mal, wo soll denn da ein Zusammenhang bestehen?«

»Also, die Weigelt hat in Sebnitz gewohnt, über 20 Jahre«, sagte Pia leise. Dann ging sie zu Tauners Aktenschrank und nahm einen Ordner heraus. Sie blätterte kurz und hielt ihren Zeigefinger auf die entsprechende Stelle.

Tauner zog sich, ohne zu danken, den Ordner heran und las. Er bohrte seinen Finger einige Zentimeter weiter unten auf das Blatt. »Die war Krankenschwester!«

»Und der Hülfert war Arzt«, stöhnte Uhlmann der großes Unheil auf sich zukommen sah.

»Und wie viele Kliniken wird es in Sebnitz gegeben haben?«, fragte Tauner.

»Bestimmt nicht viele!« Uhlmann setzte sich und wirkte ein wenig verzweifelt.

Tauner dagegen hatte Höhenluft und war zu Kompromissen bereit. »Hans, wir fahren jetzt zu Bormanns Wohnung. Dann vernehmen wir ihn, danach die Müller und die Stern. Danach sind Fliegers Kollegen aus dem Reptilienrevier dran. Und während du schön die Notizen sortierst, werde ich nach Sebnitz fahren, lass mich nur mal mit Meyer reden!«

Bormanns Wohnung war schlicht und schmucklos. Tauner erkannte seine eigene Wohnung wieder. Die Durchsuchung war kurz und schmerzlos. Sie fanden eine Badehose, die Bormann zum Trocknen im Bad aufgehängt und noch nicht wieder abgenommen hatte. Sie fanden Bilder von Bormanns Exfrau, von Martina Weigelt, Bilder der Affen und das Original zu dem Bild, welches Helene Hülfert aus der Zeitung gerissen hatte. Offenbar handelte es sich bei dem Foto um ein Bild von der Feier zu Bormanns eigenem Geburtstag vor ein paar Wochen, zu welcher er all seine Kollegen eingeladen hatte. Edgar Allan Poes Buch konnten sie nicht finden. Auch sonst keine Hinweise auf außergewöhnliche Aktivitäten oder ausgeprägten Hass auf Flieger. Bormann hatte sich damit abgefunden, dass die Weigelt sich für Flieger entschieden hatte, da war Tauner sich sicher. Bormann hatte versucht, das Beste daraus zu machen. Unter der Spüle stand ein halb voller Bierkasten, die Schnapsflaschen auf den Kühlschrank hatten Staub angesetzt. Es gab keine ungewöhnlichen Medikamente, nur ein paar harmlose Pornofilme in der DVD-Sammlung.

»Ich weiß gar nicht, wonach wir suchen sollen«, brummte Uhlmann.

»Wir lassen die Spurensicherung ein paar Fingerabdrücke nehmen, von den Türen und vom Wasserhahn.« Tauner warf einen letzten Blick ins Wohnzimmer. Die Zeit brannte ihm unter den Nägeln und hier verschwendete er sie.

Bormann selbst schien sich inzwischen mit seinem Schicksal abgefunden zu haben. Stoisch erwartete er die Fragen der Kriminalisten, wobei Tauner seinem Kollegen das Wort überließ. Uhlmann stellte ihm dieselben Fragen vom Vortag und Bormann gab dieselben Antworten, widersprach sich mit keiner Silbe. Er war nach Feierabend baden gegangen, konnte sich an kein ihm bekanntes Gesicht erinnern, war später beim Bier eingeschlafen und ins Bett gegangen, nachdem er mitten in der Nacht wieder aufgewacht war. Er hegte natürlich einen gewissen Groll gegen Flieger und auch gegen Weigelt, doch die hatte er noch zu sehr gemocht, als dass er wirklich wütend auf sie sein konnte. Er hatte gehofft, sie würde zu ihm zurückkehren. Auch die Erzählung vom Hergang ihres Todes war dieselbe. Er war von der Fütterung der Flamingos zurückgekehrt, hatte den Menschenauflauf gesehen, war ins Haus gestürmt und da war auch schon Tauner aufgetaucht.

Tauner zuckte bei der Nennung seines Namens ein wenig zusammen und beschloss augenblicklich einzugreifen. Und zwar drastisch, vielleicht weckte dies den Geist von Bormann. »Wissen Sie etwas über außergewöhnliche Sexpraktiken von Herrn Flieger?«

Prompt reagiert Bormann das erste Mal seit einer halben Stunde ein wenig emotional. »Wie kommen Sie denn darauf?« Sein schmales Gesicht lief rot an, ob aus Verlegenheit oder Wut, konnte Tauner nicht unterscheiden.

»Ich will es wissen. Haben Sie sich vielleicht mal mit ihm unterhalten? So unter Männern.« Er selbst wusste, wie dumm seine Frage war, denn Männer unterhielten sich nicht darüber, vor allem nicht unter Kollegen.

Bormann schüttelte fassungslos den Kopf.

»Wie war Ihr Verhältnis zu ihm, bevor Sie erfuhren, dass Frau Weigelt Sie mit Flieger betrog?«

Bormann schluckte schwer und verlor langsam seine Fassung. »Wir mochten uns nicht so sehr. Das lag eher an ihm. Er nahm es mir übel, dass er versetzt worden war.«

»Angeblich mithilfe von Frau Weigelt.« Tauner warf es einfach mal in den Raum.

Bormann hob die Schultern. »Die Affen mochten ihn nicht mehr, das hat einige Fragen aufgeworfen, manche Kollegen haben getuschelt. Wittstock betonte zwar immer, die Versetzung hätte sich aus personellen Gründen angeboten, da der Revierleiter der Reptilien in Rente gegangen war, aber einen komischen Beigeschmack hatte das schon, zumindest für die, die sich mit den Affen nicht auskennen.«

In Bormann war ein wenig Leben zurückgekehrt, Tauner wollte das nutzen. »Sie wissen, wo die Narkosemittel aufbewahrt werden. Kann das wirklich jeder wissen?«

Bormann hob die Schultern. »Das weiß jeder, der ein bisschen die Augen aufmacht.«

»Und kommt man da einfach so ran?«

»Nein, kommt man nicht. Es muss sich schon eine Gelegenheit ergeben.«

Tauner beugte sich ein wenig vor. »Gibt es diese?«

»Diese Gelegenheiten?« Bormann wiegte den Kopf. »Wenn man es darauf anlegt, ja. Aber das ist es nicht, man braucht auch das Gewehr, es sei denn, man schafft es, sich

Theo so zu nähern, dass man ihn überraschen kann. Aber das ist sehr gefährlich.«

Tauner horchte auf und gab Uhlmann einen Wink. Er wollte vor Bormann nicht zugeben, dass bisher niemand an das Gewehr gedacht hatte, nicht einmal die Eiskönigin. Uhlmann verstand und erhob sich, um telefonieren zu gehen.

»Wissen Sie etwas aus der Vergangenheit von Martina Weigelt?«

Bormann senkte den Kopf und stützte ihn in seine Hände. »Warum müssen Sie mich nur immer wieder daran erinnern?«

»Es geht jetzt hauptsächlich darum, den Fall zu lösen, oder beide Fälle.« Tauner versuchte eine eiserne Miene. Es ging auch um seine Haut.

»Sie hat nicht viel erzählt. Sie hat zwei Töchter, weiß ich. Aber da stimmte etwas nicht. Vor allem machte ihr wohl einer ihrer Schwiegersöhne Sorgen, ist angeblich ein Krimineller. Mit den Ambachs verstand ich mich sehr gut, ich hatte nur das Gefühl, sie sind ihrer Tochter gegenüber ein wenig zurückhaltend. Der alte Ambach sagte mir mal leise, Martina hätte nicht alle Tassen im Schrank. Vielleicht nahmen sie es ihr übel, weil sie ihnen die Enkel so entfremdet hat.«

»Und warum hat sie das? Hat sie darüber gesprochen?«

»Nicht, dass ich wüsste.« Bormann dachte nach. »Ich selbst habe sie nie gesehen. Martina war immer sehr schweigsam bei diesem Thema. Ich wollte auch nicht nachhaken.«

›Hätten Sie mal!‹, dachte Tauner. »Hatten Sie denn manchmal das Gefühl, sie hätte nicht alle Tassen im Schrank?«

Der drahtige Tierpfleger beugte sich vor und Tauner wich ein klein wenig zurück. »Wie reden Sie denn? Was soll denn das? Martina ist doch tot und nicht die Angeklagte!«

Tauner hob den Zeigefinger und deutete auf Bormanns Brust. »Sie sind der Angeklagte!«, mahnte er. »Wissen Sie, wo Frau Weigelt geboren wurde?«

»Keine Ahnung. In Dresden?«

Tauner stöhnte innerlich, Bormann wusste nichts. »Wissen Sie, was Martina getan hat, bevor sie Tierpflegerin wurde?«

»War sie denn mal nicht Tierpflegerin?«

Tauner lehnte sich zurück. »Wissen Sie denn gar nichts über sie?«

»Nein, warum suchen Sie nicht in ihrer Wohnung?«, entfuhr es Bormann.

»Gut«, meinte Tauner in ruhigem Tonfall, auch das würde er tun. »Nora Stern, wie kam sie Ihnen vor, am Tage von Martinas Tod?«

»Ganz normal.«

»Wie reagierte sie, als Sie kamen, während das Unglück geschah?«

»Sie rannte heulend an mir vorbei.«

»Wo wurde das Foto gemacht, welches in der Zeitung zu sehen war? Wir haben es auch in Ihrer Wohnung gefunden. Ihre Geburtstagsfeier, nehme ich an?«

»Das war bei Kerstin zu Hause, Frau Müller, sie hatte zehnjähriges Firmenjubiläum. Vor zwei Wochen. Sie war es auch, die das Foto der Presse gegeben hat.«

»Mir scheint, da sitzen alle in Eintracht zusammen.«

Bormann lächelte müde. »Was erwarten Sie denn? Wir waren Kollegen, es gab die üblichen Reibereien, ansonsten war alles normal. Alle waren freundlich zueinander.«

»Haben Sie Frau Müller am Tag von Martina Weigelts Tod gesehen?«

Bormann seufzte. »Nein, sie hatte frei.«

»Hätte sie in den Zoo gehen und sich Zutritt verschaffen können?«

»Das hätte sie, natürlich. Aber wozu, was soll die Frage, glauben Sie, es war kein Unfall?«

Tauner antwortete nicht auf die Gegenfrage und runzelte nur die Stirn. »Die Müller hat das Foto an die Presse gegeben. Warum?«

»Ich weiß das auch nicht. Vielleicht will sie sich wichtigmachen, ich habe gehört, die kennt jemanden, der bei der Zeitung arbeitet. Vielleicht hat sie ihm einen Gefallen getan.« Bormann wurde langsam ungehalten, er verstand nicht, warum Tauner all diese Fragen stellte und wie es zu diesen ständigen Themenwechseln kam und ließ es sich anmerken.

Tauner nahm sich vor, Kerstin Müller darauf anzusprechen. Vielleicht war der Artikel mit dem Killeraffen auf deren Mist gewachsen. »Frau Müller meinte, sie hätte von jemandem gehört, es hätte kurz vor dem Unfall im Zoo einen heftigen Disput gegeben. Wissen Sie etwas davon?«

»Nein, tut mir leid«, sagte Bormann bestimmt. Doch er hatte einen kurzen Augenblick lang gezögert und zu bestimmt geantwortet. Das passte nicht zu seinem bisherigen Auftreten. Zu Tauners Pech war Uhlmann wieder in das Vernehmungszimmer gekommen.

»Er hat gezögert!«, sagte Uhlmann, der Bormanns letzte Antwort noch gehört hatte, als sie zurück im Büro waren. »Der vertuscht was!«

»Kann schon sein.«

»Was denkst du denn?«

Tauner antwortete nicht gleich. Er musste nachdenken. Auch das Gespräch mit Staatsanwalt Meyer war nicht gut verlaufen. Es gab keine Anhaltspunkte für einen Hausdurchsuchungsbefehl bei Professor Hülfert. Es gab keine Anzeigen, keine Ungereimtheiten, keine Beschwerden. Und selbst wenn, hatte der Staatsanwalt gesagt, sie wären allesamt verjährt. »Finden Sie sich damit ab«, hatte er angefügt.

»Glaubst du, wir bekommen einen Durchsuchungsbeschluss für die Wohnung der Weigelt?«

Uhlmann griff sich an den Kopf. »Ich gloob, ich spinne, jetzt fängt der wieder an. Frag doch die Wachtel.«

Tauner schüttelte den Kopf. »Ich will keine schlafenden Hunde wecken. Soll die denken, wir machen ihren Kram!«

»Ich will ja auch deren Kram machen. Jedes Mal ziehst du mich in deine Angelegenheiten rein. Mach doch Dienst nach Vorschrift, dann kann sie uns nichts!«

»Das ist ihr doch auch nicht recht. Dienst nach Vorschrift bedeutet in diesem Fall keine Aufklärung, so einfach ist das. Hans, mir läuft die Zeit davon. Ich glaube wirklich, der Professor stirbt bald, du hättest ihn gestern sehen sollen. So ein Verfall in drei Tagen, furchtbar. Wenn der tot ist, wird mir die letzte Person wegfallen, die mir entscheidende Informationen geben könnte.« Tauner nahm das Foto von Müllers Jubiläumsfeier und betrachtete die Gesichter der Tierpfleger. Hier war die Lösung, sie schien so nahe. Es machte ihn wütend.

Hans schnaufte. »Ich hole mir jetzt einen vom Drogendezernat. Thomas vielleicht. Mit dem geh ich in den Zoo. Was du machst, ist mir egal. Wenn mich jemand fragt, sag ich, dir geht es nicht gut und ich weiß nicht, wo du bist!« Wütend rannte er aus dem Zimmer und warf die Tür hinter sich zu.

Als die Zwischentür sich öffnete, steckte er das Foto weg und sah auf.

»Du bringst dich in Teufels Küche«, sagte Pia.

»Ich muss schnell sein, ich muss den Fall schneller lösen, als mir die Wachtel auf die Schliche kommen kann.«

»Es ist illegal, beides. Wenn du in die Wohnung der Weigelt gehst und wenn du in Sebnitz herumschnüffelst. Vor Gericht würde jeder Beweis abgewiesen.«

»Ich suche keine Beweise, sondern Anhaltspunkte.«

Pia nickte, dann atmete sie durch und nahm Tauners Hand. Verdutzt sah er ihr in die Augen. »Falk, du bist immer so getrieben. Seit deiner Genesung rennst du durch dein Leben wie ein Irrer, als suchst du irgendetwas. Du musst dir Hilfe suchen. Du musst runterkommen, dich auch mal entspannen.«

Tauner wollte ihr die Hand entziehen, doch Pia hielt sie fest. Ihm wurde bewusst, dass sie die Frau war, mit der er in den letzten Jahren die meiste Zeit verbracht hatte. Anscheinend wusste sie immer am besten, was gut und schlecht für ihn war und wie es in seinem Innersten aussah. Er wollte irgendetwas Nettes zu ihr sagen, doch wieder einmal klemmte die Schublade in seinem Phrasenschrank.

Pia sah ihm auch das an. »Ich bin noch gar nicht dazu gekommen, dich zu fragen, wie dein Termin war?«, fragte sie sorgenvoll.

Tauner versuchte ein Lächeln, sie war die Einzige, die es zu interessieren schien. »Sieht aus, als sei alles okay. Zumindest physiologisch. Kein neuer Tumor, nichts Auffälliges. Was psychisch anliegt, wissen die Ärzte nicht. Einer hat nur vermutet, sie hätten bei der OP versehentlich den Witzbold rausgeholt und das Arschloch drinnen gelassen.«

Pia lachte auf, doch Tauner sah die Tränen in ihren Augen. Einen Moment lang überlegte er, sie an sich zu drücken, doch er wusste nicht, wie sie das verstehen würde. Deshalb befreite er vorsichtig seine Hand. »Pia, ich muss!«

Sie nickte traurig und nun bereute er seine letzte Entscheidung. »Ich weiß, du musst immer!«

15

Die Wohnung von Martina Weigelt befand sich in Gorbitz, einer großen Plattenbausiedlung im Westen Dresdens. Tauner war auf einiges gefasst, doch als er in die Straße einbog, pfiff er leise und anerkennend. Die Wohngesellschaft hatte bei den meisten Platten mindestens drei Stockwerke abgerissen und es irgendwie geschafft, das Beste aus den Betonbaukästen zu machen. Selbst der Blick nach Dresden hinunter war nur halb so schlimm wie ausgemalt, die Plattenbauten waren saniert, wirkten zumindest aus der Ferne sauber und intakt. Tauner hatte in den alten Bundesländern bereits viel schlimmere Betonburgen gesehen.

Es war bereits nach Feierabend, deshalb waren sämtliche Parkplätze belegt. Tauner fuhr über die Feuerwehreinfahrt direkt vor das Haus. Ein alter Herr auf dem Fußweg sah ihn vorwurfsvoll an.

»Polizei!«, sagte Tauner, um dem Alten das Leben wieder leicht zu machen. »Wohnen Sie in dem Haus?« Zuerst hatte er vorgehabt, sich insgeheim Zutritt zu verschaffen, doch er wollte nun keine Zeit mehr verschwenden.

»Müssen Sie rein?«

Tauner zwang sich zu lächeln. »Ja, ich muss.«

Der alte Herr nickte, kehrte um und öffnete Tauner die Haustür. »Zu wem wollen Sie denn?«

Tauner leckte sich über die Lippen. Egal, dachte er, wenn die Diekmann-Wachte ihn wirklich loswerden wollte, bekäme sie das auch so hin. »Zu Frau Weigelts Wohnung.«

»Da haben Sie aber Pech, die sind gerade weg.«

»Ach ja?«, stutzte Tauner. »Wer denn?«

»Wer, weiß ich nicht. Aber die waren vorhin noch drinnen.«

»Haben Sie denn jemanden gesehen?«

Der alte Herr schüttelte entschuldigend den Kopf. »Ich hab es nur gehört, ich wohne darunter. Sie gingen hoch und dann hörte ich sie oben rumlaufen. Wissen Sie, sonst ist um diese Zeit niemand weiter zu Hause …«

»Haben Sie vielleicht ein Auto gesehen? Ein Nummernschild?«

»Nein, tut mir wirklich leid, ich dachte die Wohnung wird nun geräumt.«

Tauner hob beschwichtigend die Hand. »Schon gut, Sie können nichts dafür.« Schnell eilte er an dem Mann vorbei und die Treppen hinauf. Im dritten Stock angekommen, stand er vor verschlossener Tür. Er ging in die Hocke, konnte jedoch keinerlei Einbruchsspuren erkennen. Bestimmt waren es die Ambachs gewesen, vielleicht lösten sie die Wohnung auf. Wir hätten schneller schalten müssen, dachte Tauner, die Wohnung versiegeln. Nun hatte er zwei Möglichkeiten, sich Zutritt zu verschaffen. Über den sanften und langwierigen Weg oder mittels der kurzen, brutalen Variante. Tauner gab sich keine Zeit darüber nachzudenken. Es brauchte drei harte Tritte neben das Schloss, bevor es nachgab und die Tür aufschwang. Weil er allein war und das Gefühl in seinem Bauch immer stärker wurde, zog er die Waffe.

Die Wohnung war nicht sehr groß, ein kleiner, lang gezogener Flur, geradeaus das fensterlose Bad, hinten rechts das Wohnzimmer mit der kleinen Küche, vorn rechts das Schlafzimmer. Tauner öffnete es zuerst, indem er die angelehnte Tür mit dem Ellenbogen aufstieß, es war niemand da. Auch im Wohnzimmer und im Bad war niemand. Jetzt entspannte Tauner sich ein wenig und sah sich um. Für die Wohnung einer Frau erschien sie ihm erstaunlich kühl. Die Möbel waren recht geschmacklos, nicht billig, sondern einfach unpassend, nicht einmal funktionell. Der Fernseher stammte aus den 90ern. In der kleinen Schrankwand standen ein paar Bücher und zwei Vasen, die wirkten, als sollten sie dort nur den Platz ausfüllen. Fotos fehlten völlig, weder von ihr selbst noch von Bormann oder Flieger waren welche zu sehen, auch nicht von ihren Kindern oder Enkeln. An der Wand hingen Bilder, billige Drucke von van Gogh, die offenbar aus einem Kalender herausgeschnitten waren. Ein paar Pflanzen standen auf den Fensterbänken. Selbst Pias Büro sah man das augenblicklich an. Tauner wusste nicht so recht, wie er diese Wohnung einordnen sollte, aber vielleicht war es die Natur dieser Frau gewesen, vielleicht war dies der Grund, warum sie keinen Kontakt mehr zu ihren Kindern hatte und offenbar recht skrupellos die Partner wechselte. Möglicherweise war sie innerlich verhärtet und hatte nichts an sich herankommen lassen. Warum auch immer, dachte Tauner.

Die Küche war sehr sauber, vom Staub der letzten Tage einmal abgesehen, auch das Bad. Tauner fand nur sehr wenige Kosmetika. Zurück im Wohnzimmer konnte Tauner auf den ersten Blick nicht feststellen, dass etwas fehlte. Wer also war hier gewesen? Er oder sie musste auf jeden Fall einen Schlüssel gehabt haben. Ambach bestimmt, ihr Vater. Doch was hat er gesucht? Tauner stellte sich vor die Schrankwand. Vielleicht dasselbe wie er? Er zog sich Gummihandschuhe über, öffnete eine der beiden großen Türen und hatte sogleich gefunden, wonach er suchte. Hier drin befanden sich die Unterlagen der Weigelt. Tauner nahm sich einen Ordner, fand darin Versicherungspapiere, im nächsten Kontoauszüge. Ungehalten legte er die Ordner auf den Wohnzimmertisch. Schließlich räumte er die Fächer leer und stapelte alles auf dem Tisch. Das DDR-typische Familienbuch mit Kunstledereinband fehlte, stellte er fest. Das wäre auch zu schön gewesen. Außerdem fand er auf den ersten Blick nichts, was auf die Vergangenheit der Weigelt hindeutete, nicht einmal die Unterlagen ihrer Berufsausbildung und Umschulung. So wie es aussah, musste er Blatt für Blatt alles durchsehen, wenn er Hinweise finden wollte. Das bedeutete, heute würde er nicht mehr nach Sebnitz fahren. Tauner fluchte leise und setzte sich auf die Couch.

Er hatte gerade die Hälfte des Stapels durch, da war er zu der Überzeugung gelangt, nichts mehr zu finden. Wer auch immer hier gewesen war, hatte anscheinend das, was ihm einen Hinweis geben konnte, mitgenommen. Trotzdem sah er sich auch den Rest durch und stellte zum Schluss fest, dass er nicht einmal nachvollziehen konnte, wo die Weigelt früher in Sebnitz gewohnt hatte. Hier hatte jemand ganze Arbeit geleistet. »Aber warum?«, fragte Tauner sich leise. Müde erhob er sich vom Sofa. Er durfte nicht aufgeben. Er wollte nicht umsonst hier eingebrochen sein. Ohne großen Elan öffnete er alle Fächer der Schrankwand, fand nur Videokassetten, Tischdecken und Kaffeegeschirr. Nichts, was ihn irgendwie weiterbrachte. »Also das Schlafzimmer«, sprach er zu sich selbst.

Das Schlafzimmer wurde von einem übergroßen Kleiderschrank dominiert. Tauner öffnete alle Türen und Schubladen und begann systematisch alles auszuräumen und aufs Bett zu legen, sodass er es im Notfall wieder richtig einräumen konnte. Seine Laune wurde dabei nicht besser, denn je länger er damit zu tun hatte und mit jedem weiteren leeren Fach wurde ihm bewusst, dass er sich letztendlich dafür würde verantworten müssen. Das Einzige, das ihn irgendwie retten konnte, waren Ergebnisse. Schließlich war auch dieser Schrank ausgeräumt. Tauner stieg auf das Bett und versuchte zu erkennen, ob oben auf dem Schrank etwas lag. Doch da war nichts und langsam setzte der Kopfschmerz hinter seinem Ohr wieder ein, den er schon längst vergessen hatte. In einem letzten Anfall von Aktionismus stürzte sich Tauner auf die Nachtschränkchen, in denen sich jedoch nichts weiter befand, für das sich heutzutage eine Frau schämen musste. Außerdem Taschentücher, belanglose Literatur, eine Zeitschrift. Der Kopfschmerz wurde intensiver und Tauner setzte sich erschöpft auf das Bett. »Mann!«, entfuhr es ihm. Er ließ sich auf die Knie herab und warf einen Blick unters Bett. Dort fand er einen grauen IKEA-Stoffbehälter, der zur Aufbewahrung ihrer Decken diente. Als er ihn herausgezerrt hatte, entdeckte er eine Holzkiste von der Größe eines Schuhkartons. Er streckte sich, bekam sie zu fassen und legte sie aufs Bett. »Bingo!«, flüsterte er, als er sie aufgeklappt hatte und einen großen Haufen loser Fotografien fand. Er griff wahllos hinein, erkannte die Weigelt im altmodischen Schwesternkittel. Plötzlich explodierte etwas in seinem Kopf und ließ ihn bewusstlos zu Boden sinken.

Als er erwachte, hörte er leise Schritte. Er lag auf dem Rücken, sein Kopf tat ihm weh, furchtbar weh, und er hatte eine Stinkwut. Die Dickmann-Wachtel hatte vollkommen recht, er war absolut unprofessionell und was geschehen war, geschah ihm recht. Doch was immer auch geschehen war, bedeutete auch, dass er recht hatte. Hier stimmte etwas nicht. Er stöhnte und drehte sich zur Seite, um die Waffe in seinem Jackett ergreifen zu können. In dem Moment, als ihn eine Hand an der Schulter berührte, packte er zu und riss seine Waffe heraus.

»Sie sind es!«, keuchte er und ließ den alten Herrn los, der halb zu Tode erschrocken war. Tauner kämpfte sich hoch, indem er sich auf alle viere stützte und sich am Bett hochzog. Dann half er dem Alten, den er zu Boden gerissen hatte.

»Sie bluten«, sagte der Alte und versuchte seine Fassung wieder zu erlangen. »Mir hat mal ein Russe eine Pistole an den Kopf gehalten, ein Offizier, dem ich Brot klauen wollte. Er hat abgedrückt, aber es war keine Kugel drin.«

Tauner steckte die Pistole weg. »Tut mir wirklich leid. Ich wusste nicht, wer Sie waren. Ich wollte Sie nicht erschrecken.« Er griff sich an den Hinterkopf, spürte klebrige Feuchte und eine große Beule.

»Sie haben viel Blut verloren.« Der Alte deutete auf den Boden.

»Wie heißen Sie?«, fragte Tauner und versuchte cool zu sein, doch der Fleck auf dem Teppich war wirklich riesig. Und die Kiste war weg, stellte er fest.

»Simon, Alfred.«

»Falk Tauner, Hauptkommissar«, stellte Tauner sich vor. »Sie haben nicht zufällig etwas gesehen?« Er hatte keine Hoffnung.

»Ich komme gerade von meinem Spaziergang. Ich habe nur nachsehen wollen, als ich die eingetretene Tür sah.«

»Schon gut, könnten Sie mir aus dem Bad ein Handtuch holen? Ich muss telefonieren.« Tauner wartete keine Antwort ab und holte sein Handy hervor.

Eine halbe Stunde später saß er in seinem Auto und fuhr in Richtung Bautzen. Er musste noch heute zu den Ambachs. Er wollte wissen, was sie aus der Wohnung geholt hatten. Seinen Kopf hatte er mithilfe seines Verbandskastens und Herrn Simon notdürftig verarztet. Er musste eigentlich in ein Krankenhaus. Sein Telefonat mit Martin war nicht besonders erfolgreich verlaufen. Er wollte sich nicht in Tauners Extratouren hineinziehen lassen, hatte er gesagt. Und dass Tauner auf ihn als Freund hören und wenigstens den Dienstweg einhalten sollte. Angeblich sei die Wachtel gar nicht so schlimm. Er würde auch die Wohnung der Weigelt durchsuchen, sobald die Staatsanwältin das genehmigte, was die logische Konsequenz sei, nachdem er angegriffen wurde. Wenigstens konnte Tauner dem Chef der Spurensicherung abringen, dass er sich um die Sicherung der Wohnung kümmern würde.

Das Telefonat mit Uhlmann war noch unbefriedigender. Offenbar hatte Bormann sich ein wenig verstrickt. Nachdem Hans ihn ein weiteres Mal auf den angeblichen Streit angesprochen hatte, wollte er doch etwas gehört haben, was er zuerst für Kindergeschrei gehalten hatte. Warum er das nicht gleich gesagt habe, hatte Hans gefragt, und darauf keine Antwort bekommen. Stern und die Müller waren beide gerade nicht zu erreichen gewesen, doch beide hätten für den nächsten Tag Vorladungen bekommen. Des Weiteren hatte Hans angeboten, mit nach Neschwitz zu fahren, damit Tauner nicht noch einmal angegriffen werden würde. Tauner hatte mit dieser Offerte überhaupt nicht gerechnet und war dankbar und wütend zugleich, denn er war schon längst auf der Autobahn, und Uhlmann abzuholen, hätte eine Verzögerung von einer Dreiviertelstunde oder mehr ergeben.

Zuerst hielt er es für Einbildung, doch als er Neschwitz erreichte, nahm er Brandgeruch wahr. Er suchte den Horizont nach Rauchwolken ab, doch nichts schien zu brennen, keine Feuerwehr fuhr und keine aufgeregten Menschen liefen durch die Gegend. Bei dem Grundstück der Ambachs bremste er scharf. Ehe er ausstieg, sah er sich noch einmal um, die Straße war menschenleer. Und als sein Blick auf das Grundstück fiel, entdeckte er weißen Rauch, der sich langsam verzog. Rudolf Ambach stand im hinteren Teil des Gartens mit einer Schaufel. Tauner öffnete das Zauntor und lief eilig quer durch den Garten, ohne auf Beete und Blumen zu achten. Ambach hörte ihn und nahm die Schaufel in beide Hände, trat jedoch zur Seite, als Tauner an ihm vorbeilief, sich auf die Knie warf und mit bloßen Händen in der schwelenden Erde zu graben begann.

»Verlassen Sie mein Grundstück!«, knurrte Ambach.

Tauner sprang auf und packte die Schaufel, riss sie dem

Alten aus den Händen. »Haben Sie mich damit geschlagen? Das ist versuchter Totschlag!«

»Ich weiß nicht, wovon Sie reden. Verlassen Sie mein Grundstück. Jetzt! Sie haben keinen Durchsuchungsbefehl.«

»Was haben Sie verbrannt?«, keuchte Tauner, ging wieder in die Knie. Er drehte große Erdklumpen um, fasste in die heiße Glut, fand jedoch nur Asche, die Geister von Buchstaben, die sich unter seinen Händen in Luft auflösten.

»Das geht Sie nichts an, altes Zeug eben!«

»Sie waren in Martinas Wohnung und haben Unterlagen mitgenommen!«

»Das ist mein Recht, ich bin ihr Vater!«

Tauner sprang erneut auf und bezahlte diese Überanstrengung mit einem leichten Schwindelanfall. Er musste kurz innehalten, bis sich die Schwärze vor seinen Augen verzog. In dieser Zeit zog sich der Alte zurück, stand fast am Zaun. »Was haben Sie denn zu verbergen?«

Ambach lächelte müde. »Nichts, was noch wichtig wäre. Manche Dinge sollten eben so bleiben wie sie sind, weil sonst niemandem geholfen ist! Martina ist tot, also lassen Sie mich in Ruhe.«

»Ich kann mir einen Durchsuchungsbefehl beschaffen.«

»Das können Sie bestimmt! Aber bis Sie den haben, kann ich verbrennen, was ich will!« Ambach drehte sich zur Seite, und erst jetzt erkannte Tauner, dass ein Gewehr am Zaun lehnte.

»Haben Sie einen Waffenschein dafür?«, fragte er heiser.

»Den hab ich, ich bin Jäger. Verlassen Sie mein Grundstück, meine Frau hat schon die Polizei angerufen. Ich werde sagen, ich hätte in Notwehr gehandelt.«

»Reden Sie kein dummes Zeug!«, fauchte Tauner und wollte auf den Alten losgehen, wagte es jedoch nicht.

»Ich weiß, was Sie denken!«, sagte Ambach plötzlich. »Sie denken, alles verschwört sich gegen Sie, doch das ist es nicht, Sie stecken nur Ihre Nase in Dinge, die Sie nichts angehen.«

Tauner kam ein Gedanke, er war sich sicher. »Sie waren bei der Stasi, hab ich recht?«

»Ich sagte ja, es gibt Sachen, die sollten bleiben, wie sie sind. Wem nützt es? Niemandem. Mischen Sie sich also nicht ein!«

Tauner war nahe dran, wütend mit dem Fuß aufzustampfen. »Was glauben Sie denn? Dass ich einfach so aufhöre nachzuforschen? Nachdem Sie die Unterlagen Ihrer Tochter verbrannt haben? Nachdem Sie mich niedergeschlagen haben in Martinas Wohnung?«

»Ich habe Sie nicht niedergeschlagen, und in Martinas Wohnung hatten Sie nichts zu suchen. Und ja, genau das will ich. Nehmen Sie den Affen und nehmen Sie Bormann, was wird der schon bekommen für Totschlag heutzutage, drei Jahre? Vier? Gehen Sie und ich verzichte auf eine Anzeige.« Ambach hob die Waffe, nicht viel, aber es genügte, um seine Entschlossenheit zum Ausdruck zu bringen.

»Kennen Sie Professor Hülfert?«

»Ich weiß nicht, von wem Sie sprechen. Gehen Sie!«

»Wissen Sie, wo Ihre Tochter früher arbeitete?«

»Das habe ich vergessen!« Das Gewehr zeigte mittlerweile auf Tauners Knie. Nur eine kurze Bewegung und ein Schuss könnte ihm das Gelenk zerfetzen. Tauner könnte es drauf ankommen lassen und sehen, wie weit Ambach wirklich gehen würde, um seine Vergangenheit und die seiner Tochter zu schützen.

»Ich komme wieder«, sagte Tauner leise.

Ambach lachte. »Das haben Sie aus einem dieser amerikanischen Filme, was? Vergessen Sie dieses dumme Gewäsch!«

16

Er kam sich vor wie ein Tier in einem Gehege. Ungeduld trieb ihn durch seine Wohnung. Nicht einmal der Wodka half ihm, ruhiger zu werden. Er steckte in einem Dilemma. Er konnte nicht zur Diekmann-Wachte, ohne sich erklären zu müssen, ohne zu riskieren, dass er seinen Job verlor, noch ehe diese Woche vorbei war. Doch ohne Durchsuchungsbefehl kam er kaum weiter. Er wusste, dass es nicht nur galt, einen Täter zu finden. Er musste Beweise haben, und diese Beweise durften vor Gericht nicht anfechtbar sein, indem er sie auf illegalem Weg beschafft hatte. Es war zum Verzweifeln.

Genau diese Verzweiflung trieb ihn an seinen Computer. Er googelte den Namen Ambach und fand 15.000 Einträge über irgendwelche Ambachs, über Leute, die am Bach wohnten, über Johann Sebastian Bach und die Bachfestspiele. Keinen einzigen Hinweis auf jemanden mit Stasitätigkeit, nicht einmal die Namensliste eines Volkspolizeisportvereins. Der Name Weigelt brachte fast genauso viele Treffer, wobei die ersten 200 sich mit dem Tod einer Tierpflegerin befassten, woran Tauner erkannte, wie lächerlich es heutzutage war, einen Namen in der Zeitung zu kürzen, das Internet machte alles und jeden transparent, außer deren Vergangenheit. Wütend gab er nach einer Stunde auf, irgendetwas Nützliches über Martina Weigelt zu finden. Als er den Namen Hülfert eingab, fand er auf der dritten Seite einen Vermerk über den Leiter der Poliklinik Sebnitz. Von 1977 bis 1992 hatte Professor Hülfert die Klinik bis zu deren Schließung geleitet. Das wusste er schon, doch auf der nächsten Seite las er einen Beitrag in der Sebnitzer Stadtchronik, in dem es hieß, Hülfert habe das Angebot abgelehnt, die Gynäkologische Abteilung in der Medizinischen Akademie in Dresden zu übernehmen.

»Gynäkologe«, sagte Tauner leise zu sich und erschrak halb zu Tode, als es an seiner Wohnungstür klingelte. »Halb zwölf«, fluchte Tauner und ging zur Tür. Er meldete sich über die Türsprechanlage. Niemand sagte etwas. Tauner hängte den Hörer wieder ein und im nächsten Moment klingelte es erneut. Tauner riss den Hörer an sein Ohr. »Hör zu, ich habe überhaupt keine Zeit für diesen Scheiß. Sprüh deine Tags und deine Graffiti, versau dir dein Leben, es ist mir egal, verpiss dich!« Kaum hatte er das gesagt, fiel ihm ein, wie Tom auf diese Worte reagieren mochte, falls er derjenige war, der unten stand. Es war natürlich nicht für ihn bestimmt, doch er würde es so verstehen, vor allem weil er wohl genau das von seinem Vater erwarten würde. Aber wenn es Tom war, warum rief er nicht einfach an, warum fragte er nicht, ob sein Vater Zeit für ihn hatte? »Weil er das schon oft genug getan hat«, sagte Tauner leise. Der Alkohol, der sonst alles verdrängte, wenn es galt, die Nacht zu überstehen, ließ Tauner dieses Mal rührselig, schwach werden. Er nahm sein Handy hervor. ›Noch wach?‹, schrieb er und sendete die SMS an Tom. Im nächsten Augenblick klingelte es wieder an seiner Tür. Tauner warf sich seine Jacke über, öffnete leise die Tür und schlich das finstere Treppenhaus hinab. Als er fast unten angekommen war, hörte er es noch einmal an seiner Tür klingeln. Er verschwendete keinen Gedanken daran nachzudenken, was er sagen würde, wenn wirklich Tom da unten stand. Er würde ihn fragen, warum er so spät durch die Gegend lief, wie er all den Schaden bezahlen wollte, den er mit seinen Schmierereien angerichtet hatte, was seine Mutter denken sollte, und ob er wüsste, dass er seinen Vater von der Arbeit abhielt und ihn lächerlich machte. Doch diese Worte würden die Kluft zwischen ihm und seinem einzigen Sohn vergrößern. Tauner riss die Tür auf und packte zu.

Der Junge reagierte blitzschnell und wollte losrennen. Tauner hatte den Ärmel fest in der Hand, hatte nicht vor loszulassen. »Tom, bist du das?«, keuchte er, versuchte dem Jungen die Kapuze abzuziehen. Der wehrte sich, zerrte wie wild und schaffte es, seinen Arm aus dem Sweatshirt herauszuziehen. Ehe Tauner reagieren konnte, hatte der Junge sich mit einer geschickten Drehung des Kleidungsstücks entledigt, verlor dabei sein Basecap und rannte davon. Tauner sparte sich einen Fluch für später und rannte dem Kerl nach, diesmal wild entschlossen, erst aufzugeben, wenn er ihn erwischt hatte oder tot umfiel.

Tauner fühlte sich gut, er hatte noch nicht zu viel getrunken und die Luft war kühl. Er konnte einen Abstand von zehn, 15 Metern halten und die Hoffnung, der Junge könnte heute einen schlechten Tag haben, trieb ihn weiter an.

Der Sprayer rannte stadtauswärts, auf der Strehlener Straße, die parallel zu den Eisenbahngleisen verlief, vorbei an den riesigen Jugendherbergen. Tauner holte nun langsam auf, konnte sich aber nicht allzu lang darüber freuen. Als der Junge sich umdrehte, wurde Tauner klar, dass er nur mit ihm spielte. Dann erreichten sie eine Kreuzung und ein Auto kam heran, als der Junge auf die Straße lief. »Pass auf!«, rief er ihm hinterher, doch der Verfolgte sprang in die Luft und über das Auto hinweg. Ein Vollbremsung mit vom ABS ratternden Rädern ließen es zum Stillstand kommen. Ehe Tauner sich von diesem Schreck erholt hatte, sprang der Junge über einen Zaun hinein auf ein Brachgelände, welches in einem Anflug von schlechtem sozialen Gewissen der Stadtväter und -mütter in eine BMX-Rennstrecke verwandelt worden war. Während Tauner nach einem Eingang suchte, weil es ihm unmöglich war, den zwei Meter hohen Maschendrahtzaun zu überwinden, erkletterte der Junge einen Hügel, rief »Uhuhuh« wie ein Affe und begann sich auf die Brust zu trommeln.

Ihn erwischte er noch, irgendwann, dachte Tauner, und krallte sich Luft schnappend im Zaun fest. »Du wirst es sehen!«, keuchte er und drehte ab.

17

Weil er einen kleinen Funken schlechtes Gewissen hatte und es nicht wagte, völlig auf Konfrontationskurs mit der Staatsanwältin zu gehen, fuhr er am nächsten Morgen zuerst ins Büro. Vielleicht gelang es ihm ein wenig zu lavieren, zwischen dem, was er tun musste, und dem, was zu tun war. Pia war schon da, hatte natürlich Kaffee gekocht. Erstaunt sah sie ihn an, als hätte sie nicht mit ihm gerechnet. Falk legte ihr eine Plastiktüte auf den Tisch. Als sie danach griff, streckte er die Hand aus. »Den Pullover und die Cap nicht anfassen, die hab ich gestern dem Sprayer abgenommen, vielleicht findest du die Zeit, alles zu Martin zu bringen.«

»Martin ist gerade nicht gut auf dich zu sprechen«, sagte Pia.

»Deshalb bitte ich ja auch dich.«

»Was erhoffst du dir davon?«

»Ich hoffe, dass es nicht Tom ist.« Tauner bediente sich selbst beim Kaffee, verschüttete ein wenig und sah sich hilflos nach einem Lappen um.

»Darf ich dich etwas fragen?«, sagte Pia leise und schob ihn beiseite, um den Fleck aufzuwischen. »Warum tust du das? Hans hat gesagt, du wärst niedergeschlagen worden. Du warst nicht einmal im Krankenhaus, hab ich recht? Ich brauche gar nicht zu fragen, ich sehe es an dem Verband. Und der Sprayer, wie hast du den gefunden? Er war bei dir zu Hause, oder? Falk, ich hab Angst um dich. Hol dir doch Hilfe.«

»Ich will heute mit der Dickmann reden, deshalb bin ich hier.«

»Falk, das meine ich nicht!«

»Ich weiß, was du meinst«, sagte Falk. Pia wollte etwas entgegnen. Ihr Gesichtsausdruck deutete an, auf was sie hinauswollte. Dass sie beide Hilfe brauchten, um zum Beispiel die Nächte zu überstehen, und ob sie sich vielleicht gegenseitig helfen könnten, doch da klingelte Tauners Telefon. Weil er beim letzten Mal die Nummer gespeichert hatte, wusste er, wer dran war. »Herr Polizeimeister Hegel, ich hoffe, Sie haben nicht aus Versehen meine Nummer gewählt und wollten meine Tochter sprechen.« Tauner zwinkerte Pia zu, die ließ den Kopf hängen und setzte sich an ihren Platz. »Was?«, sagte Tauner und »Wie bitte?«, weil er glaubte, sich verhört zu haben. »Ich komme«, sagte er dann. Als er schon halb aus dem Büro war, fiel ihm etwas ein. »Wenn du zu Martin gehst«, sagte er zu Pia. »Gib ihm auch das hier, sag, es ist vom Tatort Altmarkt. Und sag ihm, er …« Tauner schüttelte den Kopf und reichte Pia ein kleines Tütchen aus seiner Jacke und verließ das Büro.

Er malte sich allerlei Szenarien aus, bis er in Sebnitz angelangt war, und ignorierte dabei drei Anrufe, allesamt von Uhlmann. Er fuhr ein bisschen zu schnell durch Sebnitz, wollte aber das Blaulicht nicht auf das Dach setzen. Vor Hülferts Villa standen drei Feuerwehrfahrzeuge. Die Feuerwehrleute packten bereits zusammen.

Im Hausflur traf er Hegel. Der junge Polizist hatte schwarze Rußspuren im Gesicht, beißender Geruch stieg Tauner in die Nase. Er gab ihm die Hand. »Sie haben wohl immer Dienst?«, fragte er.

»Zwölf-Stunden-Schichten«, erklärte der junge Polizist. »Amann und ich waren als Erste hier.«

»Zufällig?«

Hegel nickte, aber dann schüttelte er den Kopf. »Ich fahr immer mal vorbei, wenn es sich anbietet, haben ja nicht nur in Sebnitz zu tun. Heut früh sah ich Rauch und dachte, der Professor verbrennt schon wieder etwas in seinem Garten. Doch der Rauch kam aus einem gekippten Treppenhausfenster. Wir haben uns Zutritt verschafft. Amann ist in die Küche und ich hab den Professor gesucht, das ganze Haus war voller Rauch, ich dachte schon, der wäre tot. Aber …« Hegel wirkte plötzlich ein wenig niedergeschlagen. »Sehen Sie ihn sich selbst an. Er ist im Wohnzimmer. Der Notarzt ist bei ihm.«

Tauner fragte sich, wie er das meinte, und betrat das riesige Wohnzimmer. Professor Hülfert hockte auf dem Sofa, zusammengekauert wie ein ängstliches Kind. Sein Haar war wirr, er war unrasiert, hatte graue Stoppeln im Gesicht.

Tauner stellte sich dem Arzt vor.

»Ihm geht es so weit gut«, sagte der Arzt. »Zumindest, was seine Körperfunktionen betrifft. Er hat anscheinend nicht viel Rauch in die Lungen bekommen. Er sollte trotzdem mal ins Krankenhaus zur Untersuchung. Und, na ja …« Der Notarzt hob die Augenbrauen, weil er vor dem alten Herrn nicht darüber reden wollte.

Tauner verstand. »Kann ich mit ihm allein sprechen?«

Der Arzt nickte, packte seinen Notfall-Rucksack zusammen und verließ das Zimmer.

Als Tauner sich neben den Professor setzte, merkte er nicht auf. Tauner roch etwas, das der allgegenwärtige Brandgeruch überdeckt hatte. Die Hosen des Professors, die gleichen wie am Tag des Todes seiner Frau, waren nass im Schritt, doch was Tauner gerochen hatte, war nicht nur Urin. »Professor«, sagte Tauner laut und stieß den Alten leicht an, als der sich noch immer nicht rührte. »Professor! Reden Sie mit mir. Wie ist das passiert?«

Der Alte blinzelte und Tränen rollten ihm über die Wangen. »Feinde«, flüsterte er mit rauer Stimme. »Feinde, überall, Neider, Revanchisten!«

»Herr Professor, sehen Sie sich an. Ein Mann von Ihrer Stellung, wie sehen Sie aus?« Ein wenig Provokation konnte nicht schaden, um den Mann ein bisschen aufleben zu lassen.

Der Professor sah an sich herab. Er schien nicht zu verstehen, was Tauner meinte.

»Waren Sie allein? Wie ist es passiert? Das Feuer?«

»Feuer?« Der Alte sah erschrocken auf. »Ist ihr etwas passiert, Claudia?« Der Professor erstarrte. »Claudia«, hauchte er dann und sank in sich zusammen.

Tauner hatte genug. »Kommen Sie!«, befahl er, stand auf und half dem alten Mann hoch. »Wir müssen Sie waschen. Haben Sie hier unten ein Bad? Oben? Hegel!«

Hegel erschien nach wenigen Sekunden. Tauner winkte ihn heran. »Helfen Sie mir mal, der muss ins Bad!«

Hegel zögerte einen Moment, dann atmete er durch und griff nach den Beinen. »Das Bad ist oben«, meinte er und drehte sein Gesicht weg, als ihm der Gestank in die Nase drang.

Tauner seufzte und griff den Professor unter den Achseln. Mühsam trugen sie ihn nach oben. »In die Wanne«, sagte Tauner.

Der Alte wehrte sich. »Lassen Sie mich!«, keuchte er.

»Gehen Sie!«, wies Tauner den jungen Polizisten an, der

sich das nicht noch einmal sagen lassen wollte. »Reißen Sie sich zusammen, Professor. Sie müssen sich waschen. Ziehen Sie Ihre Kleidung aus!«

»Ich kann das allein, verschwinden Sie«, brüllte der Professor. »Alle sollen verschwinden. Das ist mein Haus, meines, verstehen Sie!«

Tauner verlor die Geduld, wütend begann er, dem Alten das Unterhemd vom Leib zu zerren, denn allein konnte der nicht einmal stehen. Dann knöpfte er ihm die Hose auf und als hätte der Alte all seine Kraft verbraucht, hörte er auf, sich zu wehren, und ertrug teilnahmslos, wie Tauner ihn entkleidete. Er nahm ein Handtuch, warf das verdreckte Zeug drauf, wickelte es zusammen, stellte das Wasser an, wartete, bis es erträglich warm war, und wusch den Professor.

Eine Viertelstunde später stieg er die Treppen hinab. In seinem Kopf hämmerte der alte Schmerz, von der Anstrengung neu entfacht, und Tauner zweifelte an der letzten Diagnose. Oder, dachte er, hatte es der Arzt nicht gewagt, ihm die schlechte Nachricht zu übermitteln?

Unten angekommen ging er direkt in die Küche. Völlig verblüfft stellte er fest, dass auch hier das Mobiliar original DDR-Bestand war. Tauner fühlte sich regelrecht in eine andere Zeit versetzt. In eine Zeit, die so weit weg schien, dass allein der Gedanke daran ihn in Depressionen stürzen konnte. So jung war er gewesen, als die Mauer fiel. Weit offen lag die Welt vor ihm, er war frei, hätte tun und lassen können, was er wollte, so wie sein Bruder es getan hatte. Und was hatte er getan? War dageblieben, hatte weitergemacht, hatte an seinem Leben festgehalten, hatte halb staunend, halb entsetzt all die Veränderungen wahrgenommen, die ihn ereilten, die extremen Kontraste. War es eine gute Zeit gewesen, er wusste es nicht, interessant war sie allemal. Interessant für damalige DDR-Polizisten, die sich einer Bevölkerung gegenübersahen, die völlig den Respekt verloren zu haben schien. Plötzlich sahen sie sich Kriminellen gegenüber, die sie eine Woche vorher verhaftet hatten und nun wieder auf freiem Fuß waren. Tauner hatte erkennen müssen, dass er einer Justiz unterstellt war, die mehr damit zu tun hatte, ihre eigene Exekutive zu kontrollieren als das Verbrechen. War es da schon passiert? War er da schon verbittert? Hatte er sich innerlich verhärtet, gegen den Spott, den seine Freunde für ihn übrig hatten?

»So schlimm sieht es gar nicht aus, oder?«, fragte Hegel und ließ Tauners Gedankenblase platzen.

Tauner nickte. Erst jetzt realisierte er den Herd, die schwarze Wand dahinter, die angeschmorten Hängeschränke und die Schaumreste vom Feuerlöscher. Er trat näher, sah den großen verkohlten Topf und das Hämmern in seinem Kopf wurde stärker. »Hat er versucht, Essen zu machen?«, fragte er heiser.

»Offenbar, und dann hat er es vergessen. Und ein Geschirrtuch lag auf der Herdplatte.« Hegel zeigte auf einen schwarzen Klumpen.

Tauner runzelte die Augenbrauen. »Auf welcher Platte?« Er bückte sich und betrachtete die Schalter des Elektroherdes. »Haben Sie die Herdplatte ausgemacht?«

»Platten, es waren zwei, die, auf der der Topf steht, und die dahinter, wo der Lappen liegt. Den Feuerlöscher habe ich aus unserem Auto.«

Tauner sah Hegel fragend an. »Hat er zwei Platten angemacht?«

Hegel nickte. »Sieht so aus. Fehlte wohl nicht mehr viel und die Schränke hätten angefangen zu brennen.«

»Das wäre noch nicht einmal das Schlimmste gewesen«, meinte Tauner. »Der Rauch ist viel schlimmer!«

Hegel nickte wieder. »Das ganze Treppenhaus war schon voller Qualm.«

»Dann lassen Sie sich mal untersuchen!«, mahnte Tauner den jungen Polizisten.

»Werde ich. Wie geht es denn dem Professor?«

»Ich hab ihn in sein Bett gelegt. Ich glaube, er schläft. Ein Krankenwagen nimmt ihn später ins Krankenhaus mit. Haben Sie das Zeug sicherstellen können? Was vom Feuer vorgestern übrig geblieben war.«

Hegel machte ein unglückliches Gesicht. »Ich habe Verschiedenes in Pappkartons packen können. Steht alles im Abstellraum rechts neben dem Eingang. Viel war es nicht, ich habe andere Order bekommen. Weil Sie nicht mein Vorgesetzter sind, musste ich aufhören.«

»Versteh schon«, murmelte Tauner und redete nicht weiter darüber, schließlich wollte er nicht noch diesen jungen Mann in seine Extratour hineinziehen. Stattdessen unterzog er den Herd einer gründlichen Inspektion, versuchte gegen das Licht zu erkennen, ob sich Fingerabdrücke auf den Reglern befanden.

»Wahrscheinlich habe ich alles verwischt, habe nicht daran gedacht in dem Moment.«

»Woran gedacht?«, fragte Tauner. Hegel schien wirklich schlau zu sein.

»Jemand anderes könnte den Herd angemacht haben.«

»Richtig, aber jemand anderes wird nicht so dumm gewesen sein, keine Handschuhe anzuziehen.«

»Wahrscheinlicher ist aber, der alte Herr wollte sich

Nudeln kochen und hat es vergessen. Ich meine, Sie haben ihn gesehen.«

»Hab ich, und Sie haben recht, wahrscheinlicher ist immer das Wahrscheinliche. Ich muss zum Professor. Ich muss mit ihm reden.« Tauner wandte sich ab und griff schon zu seinem Handy. Er wollte etwas klären. Dann hielt er inne und sah den jungen Polizisten an. »Haben Sie schon mal daran gedacht, sich für den gehobenen Dienst zu bewerben?«

»Hab ich.«

»Und?«

»Dazu müsste ich erst mal zum Polizeiobermeister befördert werden, doch da tut sich mein Vorgesetzter leider schwer.«

»Herr Professor?« Tauner näherte sich dem Bett, in welches er den Alten gelegt hatte. Es war das Bett seiner verstorbenen Frau, sein eigenes war nicht zu verwenden. Auch jetzt noch stank es, obwohl Tauner das Bettzeug mitsamt dem Matratzenbezug zusammengerafft und aus dem Fenster in den Garten geworfen hatte. Der Professor sah aus wie eine Leiche. Sein bleiches Gesicht war eingefallen, wirkte ledern, die Nase spitz. Wahrscheinlich hatte der Mann seit Tagen nichts getrunken. Hier konnte er nicht bleiben, er würde in wenigen Tagen sterben. Der Notarzt hatte schon einen Krankentransport angefordert, wartete im Flur. »Herr Professor, haben Sie versucht, sich Essen zu machen?« Tauner beugte sich vor, hörte den leisen Atem des Mannes.

»Herr Professor!« Tauner berührte den Mann an der Schulter. »Was ist mit Frau Weigelt? Sie müssen es mir sagen. Was ist mit ihr?«

Jetzt regte sich der Alte, seine knöcherne Hand kam unter der Bettdecke hervor, sein krummer Zeigefinger reckte sich, als deutete er auf etwas. »Die kleine Ambach«, krächzte er. »Böse durch und durch. Ihr Vater …«

»Was ist denn mit dem? War er hier? War er gestern hier?«

»Er war hier, einmal. Einmal. Hat gesagt, hat gesagt, hat gesagt …«

Tauner biss sich auf die Zähne, doch ihm fehlte die Beherrschung. »Was hat er denn gesagt?«, fuhr er den Alten an.

Dessen Arm sank aufs Bett und blieb reglos liegen.

»Verdammte Scheiße!«, zischte Tauner. Dann wählte er Staatsanwalt Meyers Nummer.

Minuten später war sein Kopf hochrot. Er steckte das Telefon weg und hatte sich ernsthaft vorgenommen, in Hülferts Küche etwas Hochprozentigem zu suchen, um sich gefühlsmäßig wieder auf ein Level zu bringen, in dem er in der Lage war, mit Menschen zu kommunizieren. Nicht, dass Meyer unfreundlich zu ihm gewesen war. Meyer legte stets Freundlichkeit an den Tag. Es war der halb belustigte Ton in seiner Stimme. Auch nicht, dass er die Sache nicht ernst genommen hatte, so war es nicht. Tauner hatte nur einfach das Gefühl, jeder würde sich hinter seinem Rücken über ihn lustig machen. Meyer hatte hinter seinem Schreibtisch in seinem kleinen Büro gesessen, welches er wohl bald gegen ein großes würde tauschen können, hatte sich über sein zukünftiges Salär gefreut und über Tauners Fantasie. Und natürlich würde er ihm eine Hausdurchsuchung genehmigen, hatte er gesagt.

Tauner schloss ein paar Sekunden lang die Augen und

richtete seinen inneren Fokus auf das nächste Telefonat. Er durfte nicht während der Arbeitszeit trinken. Er musste die Kontrolle behalten. Er nahm das Handy hervor und wählte Uhlmanns Nummer.

»Hans, gibt's Neuigkeiten?«

»Na ja, kann man so sagen. Nora Stern hat gerade ausgesagt, sie hätte einen Streit zwischen Bormann und Weigelt erlebt, etwa zehn Minuten vor dem vermeintlichen Unfall im Zoo.«

»Hat sie gesagt?«

»Hat sie.«

Tauner schwieg einen Moment. »Das hat ja nichts weiter zu bedeuten, oder?«.

»Bormann hat angeblich geschrien, hat gesagt, das würde sie noch mal bereuen.«

»Ist sie sich sicher? Und wenn ja, warum hat sie das nicht vorher erzählt?«

»Weil sie es nicht für relevant hielt, bisher seien alle von einem Unfall ausgegangen, hat sie gesagt. Außerdem wollte sie nicht als Tratschtante dastehen. Und Bormann sei bei den Flamingos gewesen, als es geschah. Sie war in der Futterküche und hat die Tür gehört, erst als sie das Geschrei der Leute mitgekriegt hat, ist sie nach hinten gelaufen und hat Theo mit der Weigelt gesehen.«

Wenn er überhaupt bei den Flamingos war, dachte Tauner und wusste, was dies bedeuten konnte. »Nun ja, du weißt, in der Erinnerung malt mancher sich etwas aus, das er gar nicht gehört hat.«

»Das sagst du immer, wenn dir etwas nicht passt. Es gibt nur einen Haken an der Sache: Bormann hat diesen Streit zugegeben.«

»Hat er, ja?«

»Er hat gesagt, es wäre aus ihm herausgebrochen, die Anspannung, das Gefühl, die Leute würden sich hinter seinem Rücken über ihn lustig machen. Ihn störte, dass Martina Weigelt mit ihm umging, als hätten sie keine gemeinsame Zeit gehabt, und dass offenbar jeder von ihrer Beziehung mit Flieger wusste, nur er nicht. Und er glaubte, dass die Weigelt Nora Stern intime Dinge über ihn erzählt hat. Die Stern hätte ihn immer so komisch angesehen.«

»Das kann schon alles sein«, murmelte Tauner. »Aber das bedeutet nichts.«

Uhlmann schwieg dazu. »Falk, warum hast mich nicht mitgenommen. Sind wir Partner, oder nicht?«

»Ja, das sind wir.«

»Was ist geschehen?«

»Bei Hülfert hat es in der Küche gebrannt. Anscheinend hat er versucht, sich etwas zu Essen zu machen, und auf dem Herd einen Lappen abgelegt. Hat eine Streife zufällig entdeckt und gelöscht. Hülfert hätte leicht an Rauchvergiftung sterben können.«

»Ich nehme an, von dieser Theorie hältst du nicht viel.«

»Ich hatte gestern Abend ein kurzes, aber interessantes Gespräch mit Ambach. Wir sprachen über Hülfert.«

»Wissen Sie«, sagte der Professor plötzlich. »Meine Frau hat sich so sehr ein Kind gewünscht. So sehr!«

»Hans, ich muss Schluss machen!«, sagte Tauner und legte auf.

Hülfert hatte die Augen offen und starrte die Decke an. »Es hat einfach nicht funktioniert. Welch Ironie. Gerade ich, ein anerkannter Gynäkologe, ein Experte auf dem Gebiet, einer, den Kollegen aus dem ganzen Land um Hilfe baten. Es war alles in Ordnung mit uns. Sie wissen, was ich meine. Sie war gesund und ich ebenso. Es war, als ob Gott sich für meine Frevel rächen wollte.«

»Frevel?«

»Nun, man mischt sich schon in seine Angelegenheiten ein, wissen Sie!«

Tauner wusste es nicht, aber er nickte, um Hülfert bei Laune zu halten.

»Ich bin nie sehr religiös gewesen, doch in unserem Land konnte sich eine junge Frau recht schnell für eine Abtreibung entscheiden. Vielleicht nahm er mir das übel.« Hülfert schloss den Mund und sein Kopf kippte zur Seite, damit er Tauner ansehen konnte. »Haben Sie Kinder?«

»Drei.«

»Eines Tages klappte es plötzlich. Meine Frau war schon über 40. Es war ein Wunder. Ein richtiges Wunder. Meine Frau war so glücklich, wissen Sie, so hell, so strahlend, doch Gott, wissen Sie, Gott ist ein …« Der Professor ballte eine Faust, die er zitternd in die Luft erhob und wieder kraftlos auf das Bett sinken ließ.

Tauner wartete eine Weile, sammelte seine Gedanken und sein letztes bisschen Mut. »Wie ist sie gestorben?«

»Ein Unfall!«, stöhnte Hülfert. »Ein tragischer Unfall, beim Schulwandertag. Sie waren wandern, im Gebirge, und sie stürzte ab. Sie wollte austreten, sie hat sich geniert, ist vom Weg abgekommen und abgerutscht. Wissen Sie …« Hülfert packte plötzlich Tauners Arm und hielt ihn mit erstaunlicher Kraft. »Ich habe es meiner Frau nie gesagt. Ich hätte es sagen sollen. Hab es aber nicht. Sagen Sie ihr es nicht, ihr Herz war schon gebrochen.«

»Ihr Frau ist tot, Professor!« Tauner ekelte sich vor dem Griff des Mannes mehr, als er sich vor dessen verdreckter Wäsche geekelt hatte. »Und sie wusste von dem Tod Ihrer beider Tochter!«

»Nein, sie …« Der Professor hielt inne, dann löste sich sein Griff und seine Miene verhärtete sich.

18

Tauner setzte sich in sein Auto, weil es zu regnen begann.

Er könne nur eins nach dem anderen tun, hatte Martin am Telefon gesagt, und bei dem ganzen Kram könne es Wochen dauern, bis alles ausgewertet sei. Die Staatsanwältin habe ihn aufgefordert, mit seinen Leuten noch einmal ins Primatenhaus zu gehen, danach solle er sich Bormanns Wohnung vornehmen und die Wohnung der Weigelt. Und Tauner wünsche sich nun, dass er die Villa vom Professor auf den Kopf stelle.

Die Diekmann-Wachte war nicht begeistert. Das habe er prima hingekriegt, hatte sie am Telefon gesagt. Sich Meyer herangezogen und einen zweiten Fall eröffnet, damit er in Ruhe seinen Kram machen könne. Sie konnte nur für Tauner hoffen, dass er ihren Fall nicht liegen ließe, die Pressesprecherin der Polizei frage inzwischen fast stündlich, ob es neue Erkenntnisse gebe. Tauner wusste, dass die Standpauke nur halb so schlimm wie befürchtet ausgefallen war, ärgerte sich aber dennoch über den Vorwurf, denn schließlich gab es einen Verdachtsmoment im Fall Hülfert, dem er nachgehen musste.

Pia hatte organisiert, dass der Rest von Hülferts Akten abgeholt und ins Präsidium gebracht wurde.

Tauner wollte sein Telefon wegstecken, da sah er, dass Tom ihm auf seine nächtliche SMS geantwortet hatte. ›Jetzt, ja. Warum?‹ Drei Stunden war die SMS schon alt. Da es nun sowieso zu spät war, brauchte er jetzt auch nicht zu antworten. Tauner steckte sein Telefon weg. Er brauchte einen freien Kopf, um nachzudenken, wie es weitergehen sollte. Es gab eine Verbindung zwischen dem Fall Weigelt und dem Fall Hülfert, eine Verbindung, die über ein normales Arbeitsverhältnis hinausging. Böse wäre die Weigelt gewesen, was auch immer der Professor damit sagen wollte. Und Ambach, Martinas Vater, wäre einmal da gewesen. Wenn der Alte doch nur ein bisschen mehr bei Verstand wäre. Tauner schürzte die Lippen. Die Weigelt war tot, ihr Vater wollte nicht reden und würde nicht zulassen, dass seine Frau redete. Wer wusste noch etwas?

»Jana Weigelt und Sonja Dombusch«, sagte Tauner leise. Dann beugte er sich vor und programmierte sein Navigationsgerät. Plauen lag näher als Leipzig. Herr Dombusch würde bestimmt bei der Arbeit sein, dachte Tauner, sodass er ihm nicht über den Weg liefe.

Im Regen sah der Plattenbau in Plauen noch heruntergekommener aus. Die Sanierung nach der Wende lag mehr als 20 Jahre zurück. Moos wuchs die Fassade hinauf und die Dübel der Wärmedämmplatten zeichneten sich hell unter dem graugrünen Putz ab.

Tauner klingelte bei Dombusch, das Sprechgerät knackte und er hörte Kindergeschrei. Er nannte seinen Namen, der Türöffner summte.

»Sind Sie echt ein Bulle?«, fragte der Größere, als er die Wohnung betreten hatte.

»Polizist heißt das. Kriminalpolizist. Ist eure Mama da?«

»Die is' im Wohnzimmer.« Die zwei stoben davon und warfen die Tür hinter sich zu.

Tauner blickte auf seine nassen Schuhe, hob die Schultern und betrat das Wohnzimmer.

Sonja Dombusch sah auf, wobei sie versuchte, ihre rechte Gesichtshälfte zu verdecken. Tauner ging ohne großes Federlesen zu ihr und fasste sie am Kinn. Ihr rechtes Auge war blau und fast zugeschwollen. »War das Ihr Mann?«

»Nein, ich bin gestolpert und gegen den Haken von der Garderobe gefallen.«

»So was passiert ganz oft, das können Sie mir glauben. Die verrücktesten Sachen geschehen. Offene Küchenschranktüren, rutschige Treppenstufen und Blumentöpfe, die von der Schrankwand stürzen. Warum hat er das getan?«

»Das war nicht mein Mann!« Sonja begann zu weinen und Tauner fand, dass es genug der Fürsorge war.

»Kennen Sie Professor Hülfert?«

Sonja Dombusch sah auf. »Wen?«, fragte sie leise.

»Professor Hülfert aus Sebnitz, sagt Ihnen das irgendetwas? Kannten Sie vielleicht seine Frau, oder seine Tochter Claudia?«

»Tut mir leid. Hat der etwa Mama umgebracht?«

Tauner schüttelte den Kopf. »Offensichtlich kennt Ihr Großvater, Herr Ambach, den Professor, er will mir nicht sagen warum. Ihre Mutter hat früher bei dem Professor in der Klinik gearbeitet, sie war mal Krankenschwester, wissen Sie das?« Nebenan erhob sich Indianergeheul, welches sich alsbald in echtes Kindergeheul verwandelte.

»Seid endlich still da drüben!«, brüllte die Dombusch unvermittelt und Tauner klingelten die Ohren.

Es klapperte an der Wohnungstür. Tauner schreckte auf und erhob sich.

»Das ist nur mein Mann!«, sagte Sonja und warf ihm einen flehenden Blick zu. Tauner nickte, er wollte es nicht noch schlimmer machen.

Sonjas Mann kam nicht gleich ins Wohnzimmer, er ging zu seinen weinenden Kindern, die ihn sogleich mit Gebrüll empfingen. Danach war plötzlich Ruhe.

»Ich hab ihnen mal die Glotze angemacht!«, sagte Eric Dombusch ins Wohnzimmer, dann hielt er inne und starrte Tauner an. Er war einen Kopf größer, wirkte viel bulliger, nicht mehr der dürre Kerl, den sie damals festgenommen hatten. Er hatte kurz rasiertes Haar und riesige Ohrstecker, mit Löchern, durch die Tauner seinen kleinen Finger hindurchstecken konnte. Kleine Tätowierungen zierten seinen Hals. Seiner Kleidung nach schien er Bauarbeiter zu sein. »Was wollen *Sie* denn hier?«, fragte er und hatte zweierlei Grund misstrauisch zu sein. Sein Blick wechselte zu Sonja und wieder zu Tauner zurück.

»Ihre Frau hat mir von ihrem Unfall mit der Garderobe erzählt, aber deswegen bin ich nicht hier. Ich habe eine Frage wegen ihrer Mutter, Frau Weigelt.« Tauner versuchte souverän zu wirken. Dombusch war wirklich sehr kräftig und ob er nachtragend war, würde Tauner bald herausfinden.

»Er hat mich nach einem Professor gefragt. Herr Helfer«, mischte Sonja sich ein.

»Hülfert!«, verbesserte Tauner.

Dombusch schien nachzudenken, dann schüttelte er langsam den Kopf.

»Lange her, was?«, fragte Tauner, um die angespannte Situation etwas aufzulösen.

»Nichts für ungut. Hat mich gelehrt, was Freundschaft bedeutet.«

Tauner nickte. »Na dann.« Er wollte los.

»Warten Sie!«, rief Dombusch plötzlich, wandte sich einer Kommode an der Fensterwand zu und begann in einem Fach zu kramen, das vollgestopft war mit losem Papier, Ordnern und gebündelten Unterlagen.

»Eric!«, quiekte Sonja.

»Sei still!« Dombusch kam mit einem vergilbten Ordner wieder und reichte ihn Tauner.

Tauner schlug ihn auf und staunte nicht schlecht, es waren die persönlichen Unterlagen der Weigelt. »Wie kommen Sie denn daran?«

»Sonja hat einen Schlüssel zur Wohnung ihrer Mutter. Nachdem Sie hier waren, sind wir nach Dresden gefahren.«

»Ich wollte ein Andenken!« Sonja Dombusch begann zu weinen. Ihr Mann setzte sich zu ihr und nahm sie in den Arm.

»Was für eine beschissene Familie!«, sagte Eric.

»Aber es war meine Mutter!«, schluchzte Sonja.

»Ich weiß.« Eric Dombusch gab Tauner einen Wink.

Sie trafen sich im Flur. »Der alte Ambach war hier, gestern Abend«, flüsterte Dombusch. »Wollte wissen, ob wir in der Wohnung waren, ob wir etwas mitgenommen hätten. Dieser alte Bastard. Hat sich einen Dreck um seine Enkelin gekümmert. Ich hab natürlich gesagt, dass ich von nichts wüsste. Dann wollte er die Jungs sehen, dieser scheinheilige Mistkerl, hat jedem zehn Euro gegeben. Wissen Sie, das war mehr, als Sonja von ihm in ihrem ganzen Leben bekommen hat. Ich hoffe, das Ding nützt Ihnen was.« Er deutete auf den Ordner.

»Danke!« Tauner reichte Dombusch die Hand.

Die Fahrt Richtung Leipzig war kein Vergnügen. Es regnete die ganze Zeit über und der heruntergekommene Bauernhof von Jana Weigelt sah noch trostloser aus. Die Wände der Gebäude schienen schwarz, überall liefen Rinnsale aus den kaputten Fallrohren, der Hof war voller Pfützen. Selbst die mickrigen Birken in den Dachrinnen ließen ihre Köpfe hängen. Tauner fuhr so nah wie möglich an das Gebäude, rannte die wenigen Meter hinüber und stürzte, ohne anzuklopfen, ins Haus.

»Hallo, Polizei!«, rief er, tropfnass zwischen all den alten Waschmaschinen stehend. Aus der Werkstatt hörte er Geräusche, die sich ihm näherten.

»Ach, Sie sind das«, meinte Uwe Schuster.

»Ist Ihre Verlobte da?«

»Gehen Sie da hoch, sie müsste in der Küche sein.« Herr Schuster deutete auf eine Tür hinter Tauner.

Tauner stieg einen schmalen Treppenaufgang hinauf, worauf er sich sofort in der Küche befand. Dort fand er eine hagere Frau vor, deren Gesicht von Sorgen zerfurcht war, sodass sie viel älter wirkte als 30. Tauner stellte sich vor.

»Ich muss Ihnen ein paar Fragen stellen, in Bezug auf Ihre Mutter und Ihren Großvater, Herr Ambach.«

»Ja?« Jana Weigelt schien völlig verunsichert und hielt sich an einem Küchenstuhl fest.

»Setzen Sie sich doch.« Tauner drückte sie sanft nach unten. »Zuerst noch etwas anderes. Kennen Sie einen Professor Hülfert?«

»Der Professor, ja.« Jana nickte und starrte die Tischdecke an. »Ich kann mich entsinnen, wir waren mal spazieren, als wir noch in Sebnitz wohnten.«

»Wie alt waren Sie da?«

Jana Weigelt sah auf. »Sechs, glaub ich, Sonja war noch ein Baby. Lag im Kinderwagen. Zwei Jahre, bevor Papa uns verließ.« Die Lippen der jungen Frau bebten, ihr Blick huschte wieder zur Tischdecke.

Was für eine Familie, dachte Tauner, welches Elend. »Wissen Sie etwas über den Professor?«

»Er kam uns entgegen, er war sehr steif, sehr groß, ich war ja noch klein. Das ist Herr Professor Hülfert, hat Mama gesagt. Ich wusste, dass er das Krankenhaus leitete. Ich hab geknickst, so hat sie es mir beigebracht. Er hat mich zur Welt gebracht, hat Mama mir erzählt. Und Sonja.«

»Er persönlich?«

»So hat sie es mir erzählt.« Jana Weigelt sah ihn mit traurigen Augen an. »Er sah so streng aus, ich hatte Angst vor ihm.«

»Sonst wissen Sie nichts über ihn? Kennen Sie irgendeine andere Verbindung zwischen dem Professor und Ihrer Familie?«

Frau Weigelt schüttelte langsam den Kopf. »Tut mir wirklich leid!«

»Das muss Ihnen nicht leidtun. Gar nichts muss Ihnen leidtun.«

»Ich glaube, Papa hat uns meinetwegen verlassen!« Die Lippen der Weigelt zitterten. »Und Mutter hat es mir übel genommen.« Jana stützte ihren Kopf in ihre Hände und ihre Schultern zuckten, während sie still weinte. Tauner streckte seine Hand aus, nahm sie wieder zurück und legte sie schließlich doch auf die Schultern der jungen Frau. »Ich hab ihr einen Brief geschrieben, vor zwei Wochen, einen bösen Brief.« Jana sah Tauner über ihre Schultern an. Tauner ließ sie los und setzte sich an den Tisch. »Ich habe geschrieben, welch furchtbare Mutter sie war, weil sie mir die Schuld gab, dass Papa fortging, weil sie keine Liebe für uns hatte, weil sie mein Leben zerstört hat. Es war ein schlimmer Brief, ich war so wütend, und als er im Briefkasten war, tat es mir leid, und ich habe mich nicht getraut, sie anzurufen. Zwei Tage später war sie tot!« Jana ließ sich nach vorn fallen und presste laut schluchzend ihr Gesicht in ihre Unterarme.

Tauner griff über den Tisch, fasste ihre Hand. »Es ist nicht Ihre Schuld. Kein bisschen, verstehen Sie. Ich meine … ich … ich kann nicht gerade behaupten, ich hätte mein Leben im Griff, trotzdem gebe ich Ihnen einen Rat, ziehen Sie weg von hier, nehmen Sie sich eine kleine Wohnung in der Stadt und heiraten Sie Ihren Verlobten. Sie können für nichts. Sie trifft keinerlei Schuld. Irgendetwas war mit Ihrer Mutter, irgendetwas, das der Professor bis heute vertuschen will. Ich will versuchen, es herauszufinden.«

»Und dann?« Jana Weigelt sah ihn fragend, fast vorwurfsvoll an. »Was ist dann? Papa hat gesagt, wir wären nicht seine Kinder, er sagte, Mutter sei eine Verbrecherin und er wollte nichts mit ihr oder mit uns zu tun haben. Er ging weg, einfach so.«

»Eine Verbrecherin?«

»Das hat er gesagt.« Jana nickte wie in Gedanken. »Ich war noch klein, aber ich habe mir das gemerkt, weil ich mich fragte, warum meine Mama eine Verbrecherin sein sollte.«

Tauner lauschte dem Klang des Wortes und versuchte es in die Reihe der Schimpfwörter einzuordnen, die man für Menschen übrig hatte, welche fremdgegangen waren; es wollte ihm einfach nicht gelingen. »Sie wissen nicht zufällig, wo Ihr Vater jetzt ist, oder?«

Jana Weigelt lächelte traurig. »Ich weiß es genau. In Sebnitz auf dem Friedhof.«

Draußen im Auto blätterte Tauner den Ordner durch, den Dombusch ihm in die Hand gedrückt hatte. Einen Brief fand er nicht. Vielleicht hatte er ihn in der Wohnung der Weigelt in der Hand gehabt und als nutzlos weggelegt. Nachdenklich rieb er sich die Beule am Hinterkopf. Konnte Ambach von dem Brief gewusst haben? Wie wahrscheinlich war es, dass Martina Weigelt ihren Vater angerufen und von dem Brief erzählt hatte? Wer also war in der Wohnung gewesen und hatte ihn hinterrücks niedergeschlagen?

Der Besprechungsraum im Dresdner Polizeipräsidium füllte sich immer mehr. Akten, Ordner, Pappkartons, alte Hängeregister, verkohltes oder halb verbranntes Papier stapelten sich auf den Tischen. Tauner hatte sich an einen Schreibtisch gesetzt, beachtete das Treiben um sich herum kaum, und war in den Ordner der Weigelt vertieft. Es war schon später Nachmittag. Schwere Regenwolken verdunkelten die Fenster, Tropfen prasselten gegen die Scheiben.

»Das war alles!«, sagte jemand und Tauner nickte abwesend. Dann war Ruhe. Lange Zeit war Ruhe, während Tauner in den Unterlagen der Weigelt blätterte. In seinem Körper rumorte es, Hunger und Durst machten sich bemerkbar. Er war müde und aufgeregt zugleich. Feiner Parfümgeruch stieg ihm in die Nase.

»Frau Staatsanwältin«, sagte er, ohne aufzusehen. Irgendwie war es ihr gelungen, lautlos bis zu seinem Platz zu schleichen.

»Herr Hauptkommissar«, seufzte Frau Diekmann-Wachte. »Sie schießen hier einen Bock nach dem anderen. Was soll ich denn mit der Wohnung in Gorbitz anfangen? Wieso treten Sie die Tür ein? Sie hatten keinen Durchsuchungsbefehl und Sie wissen, was das bedeutet. Sie haben sich strafbar gemacht und was auch immer Sie gefunden haben mögen, ist als Beweis verbrannt.«

»Ich weiß! Den Ordner hier habe ich von der Tochter der Weigelt, Sonja Dombusch.«

Die Staatsanwältin überging das. »Sie werden mit einem Dienstaufsichtsverfahren rechnen müssen.«

»Es bestand akute Verdunklungsgefahr.«

»Selbst wenn, es hätte Sie einen Anruf gekostet.«

»Und wertvolle Zeit!«

»Sie hätten mich auch danach anrufen können! Oder Staatsanwalt Meyer. Dieses Mal werden Sie nicht einfach so davonkommen.«

Tauner nickte. »Dafür werden Sie schon sorgen.«

Ein Ordner krachte ihm vor die Nase. »Das hat nichts mit mir und Ihnen zu tun. Es ist ein weiterer dummer Fehler. Und während Sie sich hier um diesen Berg Altpapier kümmern und sogar noch Verstärkung dafür bekommen, müht sich Ihr Kollege redlich und tapfer. Bormann scheint weich gekocht. Vielleicht macht er schon morgen die entscheidende Aussage. Außerdem soll ich Ihnen freundlichste Grüße von Frau Doktor Rensing übermitteln, die möchte gern mit Ihnen unter vier Augen sprechen. Ich hoffe, ich werde nach diesem Gespräch informiert, falls das, was Sie beide bereden, relevant für meinen Fall sein sollte.« Die Staatsanwältin wollte gehen, doch Tauner hielt sie zurück.

»Vertrauen Sie mir, ich bin an etwas dran, an etwas Größerem. Etwas, das auch für Ihren Fall die Lösung bietet. Selbst wenn Bormann gesteht, dass er Martina Weigelt und Hermann Flieger – oder einen von beiden – umgebracht hat, sein Motiv ist zu schwach. Ihre Anklage stünde auf so wackeligen Füßen, dass sie höchstwahrscheinlich abgeschmettert würde.«

»Dank Ihrer illegalen Beweismittelbeschaffung wahrscheinlich.«

»Dieser Fall ist nicht einfach, wir reden hier nicht über Eifersucht und Neid. Hier ist etwas über Jahrzehnte gewachsen und ich fühle, dass ich da an etwas dran bin. Uhlmann macht trotzdem weiter wie gehabt, ich werde hier sitzen bleiben, bis ich auf etwas gestoßen bin.«

»Was auch immer!« Die Staatsanwältin machte kehrt und stiefelte aus dem Zimmer. Tauner sah ihr nach und fragte sich, ob es etwas gab, das er nicht verstand. Was sich neckt, das liebt sich, hatte man immer in der Schule gesagt. Womöglich konnte da etwas dran sein. Vielleicht sah er den Wald vor lauter Bäumen nicht, vielleicht lamentierte er so laut über das Leben und wie schlecht es ist, dass er einen Lockruf überhörte? Aber was war schon an ihm dran? Nora Stern hatte da etwas gesagt, etwas ist in seinen Augen, doch wenn er in den Spiegel sah und in seine Augen blickte, war da nur die Vergangenheit. Denn obwohl alles andere an ihm alterte, schienen seine Augen immer dieselben geblieben zu sein, mit denen er die Welt vor 30 Jahren betrachtet hatte.

Nachdem er eine Weile ins Leere gestarrt hatte, nahm er sich den Ordner der Staatsanwältin, las die Vernehmungsprotokolle und staunte nicht schlecht, welchen Eifer Uhlmann an den Tag gelegt hatte. Er hatte nicht nur Nora Stern und Kerstin Müller, sondern auch alle möglichen Leute interviewt, die für den Fall irgendwie relevant schienen. So hatte er herausgefunden, dass Bormann durchaus in der Lage gewesen wäre, das Narkosemittel für Theo zu entwenden. Bormann war genauso gut in der Lage, eine große Tasche aus dem Zoo zu schmuggeln oder einen Rucksack, denn er war beim Sicherheitspersonal bekannt. Auch mit einem Fahrzeug den Lieferanteneingang zu benutzen, wäre für ihn kein Hindernis gewesen. Die Aussagen von Stern und Müller deckten sich insoweit, dass beide von einem handfesten Streit zwischen Bormann und Weigelt wussten. Nora Stern, weil sie ihn erlebt hatte, Kerstin Müller, weil sie es von Flieger oder einem anderen Tierpfleger gehört hatte, der an diesem Tag Dienst geschoben hatte. Es hatten sich sogar drei Zeugen gemeldet, Besucher, die von diesem Streit berichteten. Alles schien auf Bormann hinzudeuten, das fehlende Alibi, sein seltsames Verschwinden kurz vor dem Tod der Weigelt, als er die Flamingos füttern ging, obwohl es nicht an der Zeit war. Er hatte die Mittel und er hatte die Motive, um die Weigelt und den Flieger umzubringen. Tauner wusste, es würde auf eine Verurteilung hinauslaufen, vor allem wenn Bormann unter dem Druck zusammenbrach und ein Geständnis oder ein Teilgeständnis ablegte.

Tauner klappte den Ordner zu. Der alte Ambach mochte Bormann und hatte Flieger gehasst. War Fliegers Tod vielleicht die Rache für den Tod seiner Tochter? Hatte Ambach Bormann angestiftet, bedroht, erpresst, oder spielten sie sogar ein gemeinsames Spiel?

Er zuckte erschrocken zusammen, als er jemanden an der Tür vernahm. Uhlmann trat ins Zimmer, ging wie beiläufig zu einem freien Stuhl und setzte sich. »Pia bringt Kaffee mit.«

»Gut«, sagte Tauner. Er nahm sich einen Stapel angeschmorter Akten und begann diese zu studieren.

Ein paar Minuten später hörte er die Tür erneut, hinein kam Pia und mit ihr eine Wolke Kaffeeduft. »Wonach suchen wir?«, fragte sie.

Tauner fühlte sich wie an Weihnachten und Geburtstag zusammen und zwar so, wie er sich als Kind an diesen Tagen gefühlt hatte. Er schluckte einen Kloß hinunter und räusperte sich. »Wir suchen nach bei Frau Weigelt. Wir suchen nach irgendeinem Anhaltspunkt, nach einer Unregelmäßigkeit, nach einem Zusammenhang mit Professor Hülfert aus Sebnitz. Seine Frau hat das Bild der Weigelt in der Zeitung gesehen und sich am selben Tag umgebracht. Er sagte, die kleine Ambach sei böse. Ambach selbst war einmal bei ihm gewesen, ob er ihm gedroht hat oder etwas wissen wollte, weiß ich nicht. Heute Morgen hat sein Haus gebrannt, es sieht so aus, als wäre es der Professor selbst gewesen, es könnte aber auch Brandstiftung gewesen sein, gerade weil ich gestern Abend erst bei Ambach gewesen bin.«

Stunden später, es war schon Nacht, hatten sie kiloweise Akten gelesen, Hunderte von Blättern gewendet, halb verbrannte Fotos betrachtet. Sie hatten kein Wort gesprochen und sämtliche Kaffeevorräte leer getrunken. Uhlmann stöhnte ab und an, erhob sich und ging ein paar Schritte. Alle erschraken sie, als Tauners Telefon klingelte.

»Frau Doktor?«, sagte Tauner, der die Nummer kannte. »Ach, heute noch? Ich komme.«

Tauner erhob sich. »Lauft nicht weg. Ich fahre zur Gerichtsmedizin.«

Pia erhob sich, begann das Geschirr einzusammeln, froh, irgendeinen Vorwand gefunden zu haben, mal kurz aus dem Zimmer zu kommen. »Was ist das?«, fragte sie und deutete auf einen Ordner.

»Unterlagen von der Weigelt. Ich hab sie schon durchgesehen. Hat leider nichts Wissenswertes hervorgebracht.«

Pia nickte und nahm den Ordner an sich. »Vergiss uns nicht!«, sagte sie und Tauner ging.

»Sind Sie extra wegen mir hier geblieben?«, fragte Tauner Annemarie Rensing.

Diese hatte ihr langes brünettes Haar hoch gesteckt, doch sie wirkte ein wenig zerzaust. Sie war sehr zierlich, ihr weißer Kittel, obschon wahrscheinlich in der Größe XS, war ihr ein wenig zu groß. Sie wirkte nicht so kindlich wie Nora Stern und strahlte eine gewisse Eleganz aus, die der Staatsanwältin aufgrund ihres Auftretens fehlte. Was Annemarie Rensing hingegen zu fehlen schien, war ein wenig Selbstvertrauen.

»Na, ich hatte zu tun«, meinte die Rensing vage und bemühte sich kaum, ihren bayrischen Slang zu unterdrücken. »Kommen Sie!«

Tauner nickte und folgte der Gerichtsmedizinerin in einen der Obduktionsräume. Dort lag bäuchlings auf einem Tisch die Leiche der Weigelt, ihr Hinterkopf kahlrasiert. Es war kühl und der Dunst von Desinfektionsmitteln unterdrückte alle anderen Gerüche.

»Die Staatsanwältin bat mich, eine erneute Obduktion vorzunehmen, diesmal unter der Voraussetzung, nicht nach den Beweisen für einen Unfall zu suchen, sondern nach Hinweisen auf eine vorsätzliche Tötung … durch Menschenhand.« Annemarie Rensing verzog keine Miene.

Ein ziemlicher Affront, fand Tauner, von einer Karrierefrau zur anderen. Die Wachtel sprang also nicht nur mit ihm so um. »Und Sie haben etwas gefunden?«

»Nun ja.« Annemarie Rensing zog sich Gummihandschuhe über und drehte den Hinterkopf der Toten so, dass ihn Tauner von der anderen Seite des Tisches besser sehen konnte. »Dieses längliche Hämatom hielt ich bisher für eine Folge des Angriffes des Affen auf Frau Weigelt. Ich deutete es so, dass der Affe die Frau rücklings an das Gitter gezogen und sie sich dabei an Kopf und Schultern verletzt hat. Dieselben Male finden wir auf den Schulterblättern, hier aber schwächer, was ich als Bestätigung meiner Theorie betrachtete, weil ich glaubte, hier wurde der harte Schlag von der Kleidung gedämpft. Nach neuer Betrachtung, unter den neuen Maßgaben der Staatsanwältin, könnte dieses Hämatom von einem Schlag mit einem harten runden Gegenstand herbeigeführt worden sein, einem Rohr zum Beispiel. Irritierend bleibt der tiefe Ansatz. Ein, sagen wir, üblicher Schlag auf den Kopf wird von oben nach unten geführt, das heißt, der Bluterguss müsste viel weiter oben auf der Schädeldecke liegen.«

»Frau Weigelt könnte sich gebückt haben, als der Schlag ausgeführt wurde.«

Rensing nickte. »Logischer klingt für mich immer noch, dass es ein Unfall war«, sagte sie leise. »Sie haben viel zu tun?«, fragte Rensing und eine ganz andere Frage hing unausgesprochen in der Luft.

Tauner wiegte den Kopf, dann hatte er eine gute Idee. »Sie machen doch bestimmt gleich Feierabend?«

»Ich muss noch aufräumen.«

»Vielleicht …« Tauners Telefon klingelte. »Moment«, sagte er, es war Uhlmanns Nummer. »Hans?«

»Pia hier!« Pia klang ein wenig atemlos. »Also jetzt schlägt's 13!«

»Spuck schon aus.«

»Der Mann der Weigelt hatte sie doch verlassen mit der Behauptung, die Kinder wären nicht von ihm.«

Es platzte aus Tauner heraus. »Sie sind vom Professor!«

»Nein«, meinte Pia bestimmt, aber geheimnisvoll.

»Pia, raus damit!«, fuhr Tauner seine Schreibkraft an und sendete sogleich einen entschuldigenden Blick in Richtung Rensing.

»Die Kinder sind von keinem der beiden Elternteile!«

»Bitte, was?« Tauner verstand nichts.

»In dem Ordner der Weigelt habe ich einen uralten Zettel gefunden, er steckte in einem Portfolio, da waren noch Hunderte andere Sachen drin, Beitragshefte von der Deutsch-Sowjetischen-Freundschaft, Quittungen, Rezepte, Bankbelege, alles altes Zeug.«

»Pia!«, donnerte Tauner.

»Es ist ein Attest, ein Gutachten aus dem Jahre 78, Frau Weigelt war unfruchtbar, ich kann das nicht richtig deuten, hier steht verschleppte Oophoritis und irgendetwas mit Geschwülsten, jedenfalls, sie konnte danach keine Kinder mehr bekommen!«

Tauner ließ das auf sich wirken, gab sich dafür drei Sekunden. »Sie hat aber zwei Kinder!«

Pia schnalzte mit der Zunge. »Genau das ist der Knackpunkt! Kommst du jetzt wieder?«

»Ja, ich komme«, sagte er, legte auf und sah sich nach der Gerichtsmedizinerin um.

»Gehen Sie nur«, sagte sie resigniert. »Die Arbeit geht vor.«

»Ich …« Tauner wusste gar nicht, was er sagen sollte. Es war so dumm, er war so dumm, wie konnte er nur eine Frau wie sie versetzen. Doch es war seine Arbeit, seine Pflicht, alles andere musste warten. Jetzt erst bemerkte er, dass Annemarie Rensing unter ihrem Kittel anscheinend ein schickes Kleid trug und ihr Make-up von ihrem üblichen Arbeits-Make-up abwich.

»Das kannst du jetzt der Wachtel aufs Brot schmieren«, meinte Uhlmann und wirkte dabei leicht gehässig.

Tauner schüttelte den Kopf. »Es wirft mehr Fragen auf. Viel mehr. Wie sollen wir da jetzt eine Verknüpfung zu dem Tod der Weigelt finden? Keiner der Tierpfleger hätte ein Motiv. Bliebe bei Bormann nur Rache und Eifersucht.«

»Dann hat es vielleicht auch gar nichts damit zu tun, es war Zufall. Der Zeitungsartikel, den die Frau des Professors sah, riss alte Wunden auf«, wagte Pia einzuwerfen, die Euphorie über ihren Fund war von Tauners Nachdenklichkeit aufgesaugt worden.

»Oder es war keiner der Tierpfleger«, murmelte Uhlmann. »Vielleicht haben die Kinder der Weigelt herausgefunden, was damals geschehen ist, und einer hat Rache geübt. Vielleicht hat die kleine Dombusch ihren Mann aufgewiegelt.«

Tauner schüttelte den Kopf, Dombusch war früher ein

Dummkopf gewesen, jetzt schien er der Vernünftigste der ganzen Familie zu sein. »Das haut alles nicht hin. Die wissen das nicht und sie hätten niemals so etwas getan. Vor allem macht mir gerade eines zu schaffen: Wenn es stimmt, was Jana Weigelt sagte, und der Professor hatte seine Hände im Spiel, warum hat er das getan? Hat sie ihn erpresst?«

»Vielleicht was Sexuelles?«, brummelte Uhlmann.

»Woher kamen die Kinder?«, fragte Pia. »Die muss doch irgendjemand bekommen und abgegeben haben.«

»Jede Wette, die sind nicht einmal miteinander verwandt«, meinte Uhlmann. »So verschieden wie die Schwestern wirken.«

Jetzt nickte Tauner. »Wir machen DNA-Tests! Hans, du schreibst einen Bericht für die Wachtel, mit allem, was wir bisher wissen. Morgen beginnt ihr mit den Leuten, die uns zugeteilt werden, alles zu durchforsten. Nehmt die Geburtsdaten der Weigeltkinder und sucht in den Krankenhausakten nach … was weiß ich, Unstimmigkeiten.«

»Wenn die Kinder von jemand anderem sind, muss jemand sie abgegeben haben«, wiederholte Pia ihren Gedanken mit hörbarem Unwohlsein. »Wir müssten Adoptionsakten ausfindig machen.«

Uhlmann winkte ab. »Aus der DDR? Ich befürchte, die werden wir nicht finden. Vor allem nicht, wenn es vielleicht Zwangsadoptionen waren.«

»Wir müssen es versuchen.« Tauner erhob sich. »Gehen wir schlafen? Morgen besuche ich den Professor.«

»Wieder allein?«, fragte Uhlmann vorwurfsvoll.

»Der Alte ist im Krankenhaus, was soll schon passieren.«

Tauner konnte nicht schlafen. Er wälzte sich im Bett umher und betrachtete die Zeitanzeige auf seinem Radiowecker. Stunde um Stunde verging und draußen regnete es auf die Fenstersimse. Er machte sich ernsthafte Sorgen, sein Anrufbeantworter hatte fünf neue Mitteilungen zu vermelden und alles, was Tauner hörte, war gleichmäßiges Atmen. Kaum jemand rief ihn auf dieser Nummer an, einfach, weil die Nummer geheim war und höchstens sechs Leute von ihr wussten. Pia, Hans, seine Exfrau und seine Kinder. Was wollte Tom mit diesem Blödsinn erreichen? Wie konnte er ihn darauf ansprechen und wie sollte er mit ihm umgehen? Er wäre nicht das erste Polizistenkind, das auf die schiefe Bahn geriete.

Was ihm weitaus mehr Sorgen machte, war der Fall. Er hatte hier anscheinend etwas aufgerissen, das weit über einen normalen Fall hinausging. Hier war etwas Dunkles, Geheimes, etwas, das fast vergessen schien und nun ans Tageslicht geholt worden war. Ambach bereitete Tauner Kopfzerbrechen. Er wusste offenbar von den falschen Kindern seiner Tochter und dass der Professor seine Finger im Spiel hatte. Doch warum nahm Ambach die Mühe auf sich, seine tote Tochter zu schützen? Er zeigte weder Interesse an seinen Enkeln noch an seinen Urenkeln, hatte selbst für seine Tochter nicht viel übrig. Tat er es seiner Frau zuliebe?

Und nun kam ihm die Rensing in den Sinn, der Saum ihres schwarzen Kleides unter dem weißen Kittel, die Haare, die nur schnell hochgesteckt schienen, leicht wieder zu lösen, das Make-up. Was mochte er heute Abend verpasst, was mochte sie unter dem Kleid getragen haben? Sie waren beide in einem Alter, in dem man sich nicht mehr die Zeit für drei oder fünf Dates gab, bis man körperlich zueinanderfand. Menschliche Gefühle regten sich in Tauners unteren Körperregionen. »Verdammt«, flüsterte er und stieg aus dem Bett.

19

Es wollte nicht mehr aufhören zu regnen. Er war halb sechs bei dem Grundstück der Ambachs angelangt und hatte den Wagen etwas abseits abgestellt. Er konnte das Haus durch den Wasservorhang auf seiner Frontscheibe beobachten, ohne selbst gesehen zu werden. Lange tat sich nichts und der Schlafmangel machte sich bemerkbar. Tauner zog die Jacke fester um sich, denn ihm fröstelte, außerdem schmerzte die Beule am Hinterkopf und die Stelle hinter seiner Narbe. Ihm schien alles absurd. Sollte Ambach wirklich versucht haben, Feuer im Haus des Professors zu legen? Was wollte er eigentlich hier? Gab es nichts Wichtigeres zu tun? Seit anderthalb Stunden saß er nun schon im Auto.

Es regte sich etwas. Ambach trat aus der Tür, sah hinauf in wolkenverhangenen Himmel, schlug den Kragen seiner Jacke hoch und öffnete das Tor. Er stieg in sein Auto, ein kleiner goldener Peugeot, und fuhr los. Tauner wartete zehn Sekunden, startete den Motor und folgte ihm. Ambach fuhr gemächlich durch die Wohnsiedlung, bog rechts ab, dann links und hielt unvermittelt nach nicht einmal einem Kilometer vor einer Bäckerei. Tauner zischte einen leisen Fluch, gab Gas und überholte. Er fuhr einmal um den Block und sah bei seiner Rückkehr Ambachs Auto, welches wieder anfuhr und sogleich um die Ecke verschwand. Tauner beschleunigte, doch als er abbog, war Ambach verschwunden. Tauner kehrte zu dessen Grundstück zurück, doch da war kein Auto, deshalb fuhr er weiter, sich selbst und seine Unprofessionalität verdammend. Weit konnte Ambach nicht gekommen sein, dachte er sich, gab ein wenig mehr Gas und trat instinktiv in die Bremse, als von rechts etwas Goldenes angeschossen kam. Keinen halben Meter vor Ambachs Peugeot kam er zum Stehen. Ambach stieg aus und Tauner tat es ihm gleich.

Angriff war die beste Verteidigung, dachte er. »Woher hatte Ihre Tochter die Kinder?«

»Ich habe Ihnen gesagt, Sie sollen Ihre Finger aus dem Spiel lassen.«

»Was haben Sie damals für eine Schweinerei gemacht? Wo hatte sie die Kinder her?«

»Sie war ein dummes Mädchen, sie hat Fehler gemacht und hat dafür gebüßt! Lassen Sie mich und vor allem meine Frau die letzten Jahre unseres Lebens in Ruhe! Was wollen Sie denn?«

»Ich will alles aufklären. Sonja und Jana sind unglückliche Menschen, sie sind einsam und fühlen sich von Mutter und Vater verlassen. Können Sie sich nicht denken, wie schlimm das für sie ist?«

Ambach nickte und schien friedlicher aufgelegt. »Aber was dann? Glauben Sie, es wird besser? Wie sollen die sich fühlen? Sie werden sich fragen, was sie verpasst haben, und darüber noch mehr verzweifeln.«

»Es ist nicht richtig! Und ich verstehe nicht, warum Sie mir nicht sagen, was vor sich gegangen ist.«

»Wenn es der alte Hülfert Ihnen nicht sagt, werde ich es auch nicht tun! Glauben Sie mir, es ist meistens besser, man lässt die Vergangenheit ruhen.«

»Und wenn ich zu Ihrer Frau gehe?« Tauner wusste sich nicht mehr anders zu helfen.

»Sie können mich nicht erpressen«, lachte Rudolf Ambach. »Denken Sie, eine Mutter merkt es nicht, wenn ihre Tochter zwei Kinder gebiert, ohne wirklich schwanger gewesen zu sein?«

»Sie haben es von Anfang an gewusst? Warum haben Sie nicht …« Tauner schwieg und Ambach las seinen Gedanken.

»Überlegen Sie genau, was hätten Sie getan?«

»Ich werde eine Hausdurchsuchung bei Ihnen veranlassen!« Es war nur eine weitere sinnlose Drohung, Ambach würde keine belastenden Indizien im Haus haben.

Ambach seufzte und seine Miene verhärtete sich. »Tun Sie das«, sagte er und setzte sich in sein Auto. »Aber haben Sie nichts Besseres zu tun?«

»Sie waren bei der Stasi, hab ich recht?«, fragte Tauner und kam sich vor wie ein Halbwüchsiger, der immer das letzte Wort haben musste.

Ambach lächelte ein böses Lächeln. »Ich bin wie Sie«, sagte er und schloss die Tür.

Als Pia ihn anrief, war er gerade in Sebnitz angelangt. Sie hatten die Akten gesichtet und geordnet und es schienen Unterlagen zu fehlen. Entweder waren sie vernichtet worden oder sie lagerten irgendwo. Tauner wollte sich später darum kümmern, zuerst ging er zum Professor.

Als er das Krankenhaus betrat, rief die Staatsanwältin an. Tauner wollte den Anruf nicht annehmen, doch dies wäre ein erneuter Affront gewesen.

»Interessant, das alles. Doch wo ist der Zusammenhang zum Tod von Frau Weigelt?«, sagte die Staatsanwältin und sprach aus, was er dachte.

»Das werde ich noch herausfinden, kann jetzt nicht reden, ich melde mich wieder!«, erwiderte Tauner und legte auf.

Der Professor sah totenbleich und eingefallen aus. Seine geschlossenen Augenlider zuckten, als stellte er sich nur schlafend. Tauner setzte sich neben das Bett auf einen Stuhl und schaute sich das Spiel eine Weile an.

»Warum haben Sie das getan?«, fragte er schließlich. »Warum haben Sie das für die Weigelt getan?«, präzisierte er die Frage. Das schuf sogleich Fakten.

Der Professor versuchte nicht sich rauszureden. »Ich musste es tun«, sagte er, ohne die Augen zu öffnen.

»Was zwang Sie dazu?«

Der Greis drehte Tauner den Kopf zu und lächelte fast gehässig. »Sie werden es nicht erfahren!«

»Ich werde es erfahren«, flüsterte er.

»Von wem?« Der Alte röchelte.

Tauner war sich sicher, dass er nur simulierte und viel mehr vertrug. »Woher hatten Sie die Kinder? Jana und Sonja? Sie sind nicht von Frau Weigelt, wir haben es überprüft!« Letzteres war gelogen, aber das tat nichts zur Sache. »Wir werden auch so herausfinden, woher die Kinder kamen. Sie können die Sache beschleunigen.«

»Ich will nur meine Ruhe.«

»Und Ihre Reputation? Sie haben diese Menschen ins Unglück gestürzt!«

Der Professor fuhr auf. »Glauben Sie, ich weiß das nicht? Mit dieser Last lebe ich seit 30 Jahren! Aber glauben Sie, es wird besser? Glauben Sie, es könnte irgendetwas besser werden? Sie können deren Kindheit nicht zurückholen und die kleine teuflische Weigelt ist tot, sie hat ihren gerechten Lohn!«

»Wissen Sie, genau das hat Ambach auch gesagt!« Der Alte stöhnte leise, schloss die Augen und sank leblos zurück. »Sie mögen den Namen nicht«, stellte Tauner fest. »Ambach. Was hat der Vater von Frau Weigelt damit zu tun?«

»Wissen Sie, wie Herr Weigelt starb?«, fragte der Professor leise.

»Der Martina Weigelt und die ›falschen‹ Kinder verlassen hat?« Tauner horchte auf.

»Ein Stromschlag. Er war Elektriker, hat an irgendetwas gearbeitet, an einer Maschine im Steinbruch, und jemand schaltete den Strom ein. Trotz Warnschild. Sie haben nie herausgefunden, wer es war. Kam in mein Krankenhaus, völlig verbrannt.« Bei den letzten Worten ging dem Alten fast der Atem aus.

Tauner fiel dazu nur ein Name ein. »Ambach?«

Der Professor schloss die Augen.

Im strömenden Regen war die Villa das Professor nur mehr ein graues altes Gebäude, die Buchen troffen vor Nässe, ließen regenschwer die Äste hängen, alles vermittelte Resignation und Hoffnungslosigkeit. Tauner parkte dicht vor dem Haus, brach das Polizeisiegel und ging hinein.

Es roch nach kaltem Rauch und Tod. Sein Magen knurrte, doch das ignorierte er. Er stieg die Treppen zum Dachboden hinauf. Dieser war noch immer vollgestellt, obwohl mehrere Kisten beschlagnahmt worden waren. Vielleicht hatte jemand etwas übersehen, hoffte Tauner und begann, die Schubladen und Schranktüren der abgestellten Möbel zu öffnen und all die alten Sachen zu durchsuchen, die er darin fand.

Eine Stunde später riss ihn sein Handy aus der unbefriedigenden Arbeit. Tauner seufzte und warf einen Rundblick durch den Dachboden. Wenn er gründlich sein wollte, hatte er lange zu tun, besonders in den Tiefen der Dachschrägen stapelten sich die Kisten.

»Was ist?«, fragte er Uhlmann.

»Ich hatte gerade Wittstock hier. Er war sehr empört über die Idee, Flieger könnte die Affen gequält haben. Er meinte, wir hätten ihn nur einmal richtig dazu befragen sollen. Wenn die Tiere narkotisiert werden, verbinden sie den Schmerz der Injektion immer mit der betreffenden Aktion und deren Teilnehmern. Da die Tierpfleger und auch der Arzt es sich nicht leisten können, sich bei den Affen derart unbeliebt zu machen, setzen sie einen Buhmann ein, der die Tiere narkotisiert, in diesem Falle Flieger. Es kann also sein, dass er deshalb sehr unbeliebt bei den Orang-Utans war. Außerdem hat sich jemand gemeldet, der Bormann seit Langem kennt. Sie belegen seit Jahren dieselben Kabinen im Freibad nebeneinander. Er schwört, Bormann am betreffenden Tag gesehen zu haben. Im Freibad.«

»Warum kommt er erst jetzt damit?« Auch wenn er sich freuen sollte, setzte ihn das in diesem Moment nur noch mehr unter Druck.

»Weil er bisher nichts davon wusste, erst als er von anderen erfuhr, dass Bormann inhaftiert ist, ist er zu uns gekommen.« Uhlmann schwieg unheilvoll.

»Was weiter?«

»Es wird dir nicht gefallen, oder vielleicht doch.«

»Hans, mach es nicht unnötig lang. Ich hab zwei Kopfschmerzen.«

»Im Blüherpark hat die Stadtreinigung in einem Mülleimer eine zerbissene Saftpackung gefunden, eine gelbe Packung Orangensaft, der Marke Blühmchen. Ich sag's dir gleich, es deutet alles darauf hin, dass es Theos Bissspuren sind. Außerdem hat Martin bei genauerer Untersuchung des Mülleimers Haare gefunden. Haare von Theo.«

Tauner atmete durch. »Und all das ist während der paar Stunden passiert, die ich nicht da war?«

»All das! Der Rechtsanwalt von Bormann hat Haftprüfung beantragt und ich denke, heute Abend ist er raus. Du hast also deinen Affen als Hauptverdächtigen wieder.«

»Und lachte die Staatsanwältin laut darüber?«

»Hat gemeint, sie wird die Stadt wechseln.«

»Dieses Versprechen hält sie ja doch nicht.«

»Vor allem«, meinte Uhlmann lebenserfahren. »Wenn die eine weg ist, kommt die nächste.«

Hülferts Keller war eine ebensolche Enttäuschung wie der Dachboden. Hier fand er nur Gerümpel und Einweckgläser vor. Tauner ging wieder hinauf und setzte sich auf das Sofa im Wohnzimmer. Er war erschöpft und über seine sinnlose Sucherei war der halbe Tag vergangen. Zwar hatte er Bilder gefunden, auch alte Unterlagen, doch nichts, was aus dem Krankenhaus schien, und nichts, was auch den geringsten Anhaltspunkt geben konnte. Entweder hatte der Professor alle relevanten Akten vernichtet, oder sie befanden sich irgendwo versteckt. Tauner hatte keine Ahnung, ab wann solche Unterlagen vernichtet werden durften, und vor allem, ob sich jemand bei der Abwicklung der DDR und des Krankenhauses darum geschert hatte. Vielleicht lagen sie in irgendeinem Archiv und verrotteten.

Vielleicht hatte auch Ambach dafür gesorgt, dass sie verschwanden, vielleicht hat er seine alten Stasikontakte genutzt, Akten wurden damals genug vernichtet. Als die Menschen die Stasizentrale in Dresden stürmten, fanden sie tonnenweise geschreddertes Papier.

Tauner konnte den deprimierenden Anblick der triefenden Bäume im Garten und der Pfützen auf der Terrasse nicht mehr ertragen und folgte seinem Hungergefühl in die Küche. Er öffnete einige Schranktüren, bis er eine Packung Kekse fand. Dann setzte er sich auf einen Küchenstuhl und aß. Was für ein Leben, dachte er, während er die Einrichtung betrachtete, verschenkt und verkorkst. Das ganze Haus wie ein DDR-Museum, die geliebte Tochter gestorben. Nichts wurde verändert. Tauner ließ die Hand mit dem angebissenen Keks darin sinken. War das der Ansatz, dachte er sich, der Tod der Tochter? Aber was half das schon, alte Wunden aufzureißen? Es würde sein letzter Fall werden, dachte er weiter. Ein Affe als Mörder, ein ehemaliger Stasioffizier als Feind, ein verbrecherischer Professor als sterbender Zeuge, seine Kinder gingen ihm aus dem Weg, außer Tom, der verfolgte und provozierte ihn, die Staatsanwältin wollte ihm ein Dienstaufsichtsverfahren anhängen. Alles nur, weil er nach der Wahrheit forschte. Dann eben nicht mehr, dachte Tauner und zerbrach aus Versehen den Keks in seiner Hand. Warum auch, irgendwann war es für keinen mehr wichtig. Jack the Ripper war eine Attraktion geworden, vielleicht fuhren in 200 Jahren Touristenbusse am Sebnitzer Krankenhaus vorbei, weil dort ein irrer Arzt seine unfruchtbare Krankenschwester mit fremden Kindern versorgt hatte.

Tauner hob die Hand mit dem Keks und biss sich beinahe in den Finger, so sehr verblüffte ihn sein letzter Gedankengang. Er legte den halben Keks weg und holte sein Handy hervor. Wenigstens dieses Mal wollte er alles richtig machen. Er wählte die Nummer von Staatsanwalt Meyer und horchte. »Ja, Tauner hier«, sagte er. »Ich brauche dringend einen Durchsuchungsbefehl für Hülferts altes Krankenhaus. Äh, und ich brauche die Adresse von Hülferts altem Krankenhaus.«

Der Regen hatte ein wenig nachgelassen, doch die Wolken hingen tief und schwarz, als Tauner das Hospital erreichte. Er stieg aus und betrachtete das Gebäude. Es war nicht sehr groß für ein Krankenhaus, er war aus Dresden anderes gewohnt. Hier hatte sich alles unter einem Dach befunden, nur ein paar kleine Nebengebäude standen auf dem Gelände, hatte er bei seiner Anfahrt gesehen. Das Haus mochte hundert Jahre alt sein, hatte fünf Stockwerke und erstreckte sich über eine Länge von etwa 150 Metern. Immerhin war es groß genug, dass er sich sputen musste, wenn er heute jeden Raum sehen wollte.

Zuerst musste er sich einen Zugang verschaffen, und das schien nicht allzu leicht. Ringsum waren sämtliche Eingänge und Fenster zugemauert, die Fenster der oberen Stockwerke waren vernagelt. Das Gelände und den Hinterhof umschloss ein verrosteter Bauzaun, das Unkraut wuchs meterhoch, die Birken hatten armdicke Stämme. Vor dem Haupteingang verkündete ein verwittertes Schild einen Aus- und Umbau, der im Jahre 1994 vollendet sein sollte. Die Farben waren völlig verblichen, vor dem vom Regen dunkelgrauen Putz des Krankenhauses wirkte das Schild deprimierend wie ein letztes welkes Blatt an einem toten Baum.

Tauner holte sich seine Taschenlampe aus dem BMW und begann einen Rundgang auf dem Gelände. Mittlerweile regnete es wieder stärker. Auf der gegenüberliegenden Seite angekommen, war er völlig durchnässt, fand allerdings, was er suchte. Leer stehende Gebäude besaßen eine magische Anziehungskraft für Jugendliche, insbesondere in Kleinstädten wie Sebnitz. An der Stelle, wo sie sich Zugang verschafft hatten, war die Kette des Bauzauntores gesprengt. Er folgte einem Trampelpfad durch das wuchernde Unkraut und fand sich auf dem Hinterhof wieder. Die Nebengebäude ließ er vorerst unbeachtet, wandte sich direkt dem Hauptgebäude zu. Hier war der Zugang offensichtlicher, eine Blechtür über einer Verladerampe war aufgebrochen, blieb nur mithilfe eines großen Steines geschlossen. Tauner schob den Brocken beiseite und öffnete die Tür. Als er in die Finsternis trat, drang ihm feuchter Kellergeruch in die Nase. Er schaltete die Taschenlampe ein, stieß auf Überreste eines Lagerfeuers, alte Autositze und verrostete Bierdosen. Die Wände waren mit schlechten Grafitti besprüht. Tauner hielt sich nicht lange auf, trat durch eine große Durchgangstür und erreichte einen langen düsteren Gang. Einen Moment zögerte er.

»Also gut!«, flüsterte Tauner, leise, um niemanden aufzuschrecken, und begab sich auf die Suche. Solange er ein wenig Tageslicht hatte, wollte er die oberen Etagen absuchen, obwohl das, was er suchte, vielleicht eher in den Kellern zu finden war.

Eigentlich hatte er kaum mehr zu tun, als Türen zu öffnen, und in die Zimmer zu sehen. Die meisten Räume waren leer, aus den ausgetrockneten Toiletten stieg übler Geruch auf. Der vergilbte PVC löste sich auf, wellte sich und ließ Tauner mehrmals stolpern. Von den Decken hingen die alten DDR-Leuchtstofflampen, manche Röhren waren zerplatzt. In manchen Zimmern standen Schränke, die meisten waren leer oder enthielten völlig wertloses medizinisches Zeug. Ein Raum schien Tauner viel versprechend, weil er verschlossen war. Tauner trat die Tür ein und wurde enttäuscht. Ein uralter Computerserver nahm fast den gesamten Platz ein, in ihm hatten sich vor einiger Zeit Sperlinge eingenistet, die durch eine eingeworfene Scheibe eingedrungen waren.

Die Zimmer auf der Nordseite waren vom kaputten Dach in Mitleidenschaft gezogen, Regenwasser hatte alles vermodern lassen und den Putz von den Wänden gedrückt. Auch hier befand sich nichts, was Tauner irgendwie hätte weiterhelfen können.

So kämpfte Tauner sich Stockwerk für Stockwerk nach unten. Schließlich stand er vor dem Kellerabgang. Nur seine Taschenlampe spendete ihm Licht. Gerade als er seinen Fuß auf die erste Stufe setzte, glaubte er, ein Geräusch gehört zu haben. Er hielt inne und verfluchte sein klopfendes Herz, denn das laute Hämmern dröhnte in seinen Ohren. Was sollte schon sein, dachte Tauner nach einigen Sekunden, es tropfte überall im Gebäude, es war feucht und kühlte sich ab, es musste ganz zwangsläufig irgendwo knacken und ganz zwangsläufig musste irgendwo der Putz abfallen und Geräusche verursachen. Und außerdem, dachte Tauner und betastete dabei die Pistole unter seiner Jacke. Er zwang sich, sie dort zu lassen und die Stufen hinabzusteigen.

Der Keller war nicht leicht zu überblicken, vor allem nicht, weil das Licht der Taschenlampe lange Schatten warf. Es stank hier unten, nach Schimmel und verrottetem

Papier, nach Rattenkot und altem Öl. Mehrmals musste Tauner sich Spinnweben aus dem Gesicht wischen. Bald kam er zu dem Schluss, dass es keinen Sinn hatte, allein zu suchen, es mussten Leute her und mehr Licht. Wenigstens die offenen Räume konnte er durchsehen, dachte er. Tauner schreckte auf. Er hatte eindeutig ein Geräusch gehört. Als wäre jemand aus Versehen gegen ein Metallgeländer gestoßen. »Wer ist da?«, rief er lauter als nötig und erschrak über den Hall.

Der Lichtkegel der Taschenlampe zuckte hin und her. Tauner schwitzte, unruhig suchten seine Augen den Gang ab. Er ging weiter und lauschte, ob ihm jemand folgte. Als er das nächste große Treppenhaus erreichte, vernahm er ein Geräusch direkt hinter sich im Gang. Er fuhr herum, glaubte im Lichtschein eine Bewegung gesehen zu haben, konnte jedoch nichts erkennen. »Ich bin Polizeibeamter und bewaffnet. Wenn Sie nicht aus Versehen erschossen werden wollen, hören Sie auf mit dem Blödsinn!« Tauners Worte hallten durch das Treppenhaus und verklangen. »Verdammter Mist!«, flüsterte Tauner und entschied sich, wieder nach oben zu gehen.

Im Erdgeschoss war es mittlerweile genauso finster wie im Keller. Ein wenig panisch überlegte Tauner, in welche Richtung er gehen musste, um hinauszugelangen. Er lief einfach los und erstarrte, als er erneut ein Geräusch hörte. Ein leises Schlurfen, dann knackte es.

»Uh«, sagte jemand.

Tauner schluckte einen Klumpen Drahtwolle durch seine Kehle, zog die Waffe und entsicherte sie.

»Uh-uh«, ertönte es noch einmal gedämpft.

Hier verarschte ihn jemand, dachte Tauner. »Was soll denn der Blödsinn?«, rief er halblaut.

Es wurde völlig still. Tauner wartete eine Weile, begann sich langsam rückwärts zu bewegen. Ab und an sah er sich um, konnte aber nicht erkennen, wo er sich befand. War er schon an der Ausgangstür vorbeigelaufen? Langsam glaubte er, sich nur etwas eingebildet zu haben, da schlug jemand gegen eine Tür. Tauner fuhr herum, sah eine Bewegung und duckte sich im letzten Moment. Nur wenige Zentimeter an seinem Kopf flog ein Ziegelstein vorbei. »Uh, uh, uh«, hallte es durch das nächste Treppenhaus.

»Das gibt's doch nicht!«, flüsterte Tauner und der Schreck hatte ihm die Glieder steif werden lassen. Wildes Affengeschrei ertönte in der Etage über Tauner und entfernte sich. Tauner griff zu seinem Telefon, sah, dass es fast 22 Uhr war, und wollte Uhlmann anrufen, hielt aber inne. Was sollte er ihm sagen? Jemand musste nachprüfen, ob Theo in seinem Gehege war. Das würde dauern, eine halbe Stunde vielleicht oder länger. Und selbst wenn, wie lange brauchten die Leute vom Zoo, um hierherzukommen? Viel zu lang, wenn Theo in dem Gebäude war. Außerdem, war es nicht völlig unmöglich, dass ein Orang-Utan ihm bis nach Sebnitz gefolgt war? Er würde sich nur vollkommen lächerlich machen. Und wie, um das zu bestätigen, krachte es irgendwo im Haus und ein furchtbares Geschrei erhob sich. Er konnte einfach gehen, doch eine Flucht kam für ihn nicht infrage. Es konnte nicht sein, der Affe konnte ihm einfach nicht gefolgt sein. Hier war jemand, der es auf ihn abgesehen hatte. Es sei denn, kam ihm der Gedanke, jemand hatte Theo hierher gebracht, nur wer? Nun ertönte ein Kreischen aus einem völlig anderen Teil des Gebäudes. Holz splitterte. Tauner dachte an die zerfetzte Tür in

Fliegers Wohnung und an den Torso des Tierpflegers. Wenn es wirklich der Affe war, wurde er anscheinend immer wütender. Plötzlich hörte Tauner Geräusche in seiner Etage. Er öffnete eine Zimmertür, huschte in einen Raum auf der Hofseite, zog die Tür hinter sich zu und schaltete die Lampe ab. Sein Herz raste, er drückte sich gegen die Wand.

Nur langsam gewöhnten sich die Augen an die Dunkelheit. Jetzt polterte es im Erdgeschoss, ein seltsames Schnaufen ertönte. Er witterte ihn, er hatte es auf ihn abgesehen, dachte Tauner und Panik stieg in ihm auf. Er erinnerte sich, dass es vom Erdgeschoss in den tiefer liegenden gepflasterten Hof circa drei Meter maß. Wenn er aus dem Fenster spränge, dachte er, würde er sich ein Bein brechen und wäre Theo ausgeliefert. Ein harter Schlag ließ die Tür seines Zimmers erbeben. Tauner wirbelte herum, zielte mit der Waffe in den zitternden Händen auf die Tür. Dann krachte es im Zimmer gegenüber, im nächsten Augenblick wieder an seiner Tür. Er ist zu dumm, die Tür aufzuziehen, dachte Tauner, er drückt dagegen. Tauner wusste nicht, was er tun sollte. Er hatte es mit einem Tier zu tun, mit dem konnte er nicht reden, dem konnte man nicht drohen oder schmeicheln oder sich seiner aussichtslosen Lage bewusst werden lassen. Es würde erst aufgeben, wenn er oder es tot war. Ein harter Schlag ließ die Tür erneut erbeben, kurz darauf ein zweiter. Tauner zuckte zusammen, hatte sein Zittern nicht mehr unter Kontrolle. Die Klinke wurde nach unten gedrückt. Tauner drückte ab, einmal, zweimal, dreimal. Dann war Stille. Nach einer endlosen Minute wagte Tauner sich zu bewegen. Er bückte sich nach der Taschenlampe, fand sie, ohne den Blick von der Tür zu nehmen. Er schaltete sie ein, leuchtete die Tür an. Die Schüsse waren glatt durch das Holz gegangen. Tauner ließ den Lichtstrahl nach unten gleiten, sah wie eine Blutlache unter dem Türblatt ins Zimmer lief und immer größer wurde.

Tauner näherte sich der Tür mit vorgehaltener Pistole, drückte die Klinke mit dem linken Unterarm. Die Tür öffnete sich ein wenig, stieß gegen einen weichen Widerstand. Es blieb völlig still und Tauner nahm all seinen Mut zusammen. Wer so viel Blut verlor, konnte nicht mehr richtig kämpfen, egal wie stark er war. Er drückte die Tür mit aller Kraft auf, schob den Widerstand einen halben Meter weiter, trat in den Gang und leuchtete auf den Boden. Ein paar Sekunden stand er so, vergaß zu atmen. Wie in Trance steckte er seine Pistole weg, nahm sein Telefon hervor und wählte eine Nummer.

»Hans, schick die Polizei in die alte Poliklinik in Sebnitz. Und einen Rettungswagen und …« Tauner hielt inne.

»Alles klar, Falk? Bist du heil?«, fragte Uhlmann besorgt. »Falk, sag was! Was ist passiert?«

»Hans, ich hab den Ambach erschossen!«

20

Es war still im Büro. Die Stille war wie ein Betonblock, der den ganzen Raum ausfüllte. Tauner starrte seinen Schreibtisch an. Uhlmann sah ihn an. Die Diekmann-Wachte sah ihn an. Pia sah ihn an. Sie alle mochten an verschiedene Dinge denken, hegten verschiedene Gefühle für oder gegen ihn. Doch das allgemeine ›Warum‹ hing unausgesprochen in der Luft, bewegte sie alle gleichermaßen.

»Glotzt mich nicht so an!«, fuhr Tauner nach einer Weile auf und sackte sogleich in sich zusammen. Er war so schrecklich müde, hatte die wenigen Stunden, die ihm in der Nacht geblieben waren, nicht schlafen können. Die zweite Nacht hintereinander.

Es galt Protokolle zu schreiben, eigentlich hätte er das in der Nacht tun müssen. Was sollte er schreiben? Die Wahrheit? Er war in Panik geraten, Angst, hatte aus Angst einen alten Herrn erschossen.

»Er hat es darauf angelegt, versteht ihr?« Tauner schloss schnell den Mund, denn genau so hätte er nicht beginnen dürfen. Sachlich zu sein, hatte er sich vorgenommen. Aber so schien die Schuldfrage geklärt. »Was machte er da? Rennt nachts durch das leer stehende Krankenhaus, zerschlägt Möbel und Türen, brüllt wie ein Affe, ich dachte … ihr habt doch gesehen, was mit Flieger passiert ist!«

Niemand sagte etwas, und das war viel schlimmer als Vorwürfe, die Tauner sich in der Nacht ausgemalt hatte.

»Was machte er also da? Wollte er selbst nach Dokumenten suchen? Hat er mich verfolgt? Wollte er mir Angst einjagen, damit ich verschwinde? Ich hatte Angst, aber ich bin nicht abgehauen, weil ich nicht konnte, ich bin geblieben. Als die Türklinke nach unten ging, hab ich geschossen. Ich war schließlich allein!«

Die Staatsanwältin bewegte sich ein wenig. »Das ist eine der wesentlichen Fragen, die wir klären müssen. Warum waren Sie allein?«

Tauner hob kraftlos die Hände und wagte es nicht, aufzusehen. Er hatte schon einmal einen Menschen erschossen, doch das waren ganz andere Umstände gewesen, wenn es nicht seine Kugel gewesen wäre, die damals den Zuhälter getroffen hätte, dann die eines anderen Beamten. »Weil ich … es hat sich so ergeben. Eins kam zum anderen. Heute Morgen hat er mir wiederholt sehr deutlich gemacht, ich soll mich nicht einmischen. Da war etwas, dass er unbedingt verbergen wollte, er hatte Geheimnisse, irgendwelche Stasischweinereien.«

»Wie kommen Sie denn darauf?« Die Staatsanwältin war sensibler, als Tauner es ihr zugetraut hatte. Ihr herrisches, bestimmtes Auftreten war wohl nur für den beruflichen Alltag vorgesehen, jetzt, da sie erkannte, wie sehr Tauner am Boden war, nahm sie sich etwas zurück.

»Der ist doch ein Stasioffizier gewesen.« ›Ich bin wie Sie‹, hatte Ambach gesagt, das waren seine letzten Worte zu ihm gewesen, dachte Tauner und stützte den Kopf in seine Hände. »Er war es, der mich in der Wohnung der Weigelt niedergeschlagen hat.«

Die Diekmann-Wachte schüttelte den Kopf. »Das stimmt so nicht, Herr Tauner. Wir haben das überprüft, Ambach war zu der Zeit schon längst auf dem Heimweg, kurz darauf war er zu Hause. Jemand anders muss Sie niedergeschlagen haben. Herr Ambach war übrigens nicht bei der Stasi. Er war Hauptkommissar bei der Kripo. Bei der Mordkommission. Er ist vor 15 Jahren aus dem Dienst geschieden.«

Tauner sah auf, sah die Frau das erste Mal an diesem Morgen richtig an. Jetzt wurde ihm richtig schlecht. »Ein Polizist?« Ich bin wie Sie. »Aber, da war ich schon längst … ich hab niemals etwas von dem gehört. Ich hätte doch …«

Die Staatsanwältin schüttelte erneut den Kopf. »Die Zuständigkeitsbereiche waren damals anders. Ambach war nicht in Dresden. Bautzen, glaub ich, ich weiß es jetzt auch nicht genau, das war nicht meine Zeit. Tauner, Sie haben jetzt ein ernsthaftes Problem. Es wird Sie einige Mühe kosten, Ihre Vorgehensweise als Akt der Selbstverteidigung mit Indizien zu unterfüttern. Einiges spricht dagegen, vor allem, dass sie durch die geschlossene Tür geschossen haben. Immerhin hatte er sein Gewehr dabei. Möglicherweise wird Ihre Diensttauglichkeit infrage gestellt. Ich nehme an, Sie werden vorerst beurlaubt. Vielleicht sollten Sie Ihre Aussage überdenken, möglicherweise haben Sie vorher schon gesehen, dass Ambach bewaffnet war.« Diekmann-Wachte hielt einen Moment inne, als erwartete sie einen Widerspruch. Doch niemand sagte etwas dazu, so ergriff sie wieder das Wort. »Bis es aber so weit ist, müssen wir wohl anscheinend von vorn anfangen. Bormann mussten wir entlassen. Des Weiteren sind diese neuen Indizien aufgetaucht, die Theos Ausbruch aus eigener Kraft plausibler erscheinen lassen, auch wenn ich das nicht glauben wollte. Anscheinend muss ich mich damit abfinden und Ihnen in diesem Fall recht geben.«

Nun war es an Tauner den Kopf zu schütteln. Etwas klingelte leise in seinem Hirn.

»Was denn?«, fragte Pia, die bis jetzt still gehalten hatte. »Das war doch das, was du von Anfang an gesagt hast.«

Wieder richteten sich alle Blicke auf ihn. Tauner rieb sich die Schläfen und wünschte sich die Nacht zurück, wünschte sich den Moment zurück, in dem er abgedrückt hatte. Was hatte er nur getan? Das war Totschlag. »Es gibt einen Zusammenhang zwischen Hülfert, der Weigelt und Ambach.«

»Aber nicht zu ihrem Tod und dem Tod Fliegers«, brummte Uhlmann.

»So sehe ich das auch! Es ist nur ein Zufall, dass die Geschichten sich überschneiden«, bestimmte die Staatsanwältin.

Tauner wollte das nicht hören. »Wir müssen alle noch mal in die Mangel nehmen, jeden einzelnen. Den Bormann, Nora Stern und Kerstin Müller.«

»Falk, wir hatten alle schon da. Mehrmals. Es hat nichts gebracht.« Uhlmann drehte sich demonstrativ um und werkelte an seinem Computer.

Die Staatsanwältin erhob sich von ihrem Stuhl. »Ich glaube, Sie haben erst einmal genug damit zu tun, Ihre Haut zu retten. Herr Uhlmann, kommen Sie bitte kurz mit?«

Uhlmann erhob sich und folgte der Staatsanwältin aus dem Zimmer.

Eine Weile war es still. Tauner starrte wieder seinen Tisch an, und Pia verharrte auf ihrem Stammplatz in der Zwischentür.

»Was soll ich tun?«, fragte Pia schließlich leise.

»Willst du etwas tun?«

»Wenn Theo ein Täter sein soll, dann wenigstens aus dem Affekt heraus oder weil seine Instinkte es von ihm verlangten, und schon das fällt mir schwer zu glauben.«

»Und glaubst du, ich hätte nicht schießen dürfen?«, fragte Tauner und war sich bewusst, dass er von Pia immer eine ehrliche Antwort erwarten konnte.

Pia wusste das ebenso gut und wählte ihre Worte dementsprechend: »Ich war nicht dabei.«

Tauner nickte. Es war sein Fehler. Er hatte sich wie ein kleiner Junge an der Nase herumführen lassen. »Finde bitte alles über den Tod von Hülferts Tochter heraus.«

»Dazu muss ich wohl ins Archiv, das kann eine Weile dauern.«

»Ich will wissen, wer die ermittelnden Beamten waren! Ich schätze, Sebnitz gehörte damals zum Bautzner Revier.«

Pia runzelte erst die Stirn, dann erhellte sich ihr Gesicht. »Du denkst, es war …« Sie sprach nicht weiter, drehte sich um und eilte in ihr Büro.

Jetzt erhob sich Tauner. Es stimmte, er hatte eine Menge Probleme, doch die mussten hinten anstehen. »Ich geh zu Martin, ich muss mit ihm reden und noch einmal die Indizien ansehen. Wenn Hans wiederkommt, sag ihm, er soll versuchen, etwas über den Tod von Herrn Weigelt herauszufinden.«

»Das wird er nicht tun wollen«, meinte Pia.

»Ich weiß, richte es ihm trotzdem aus!«

»Und, meinst du nicht, du solltest zum Chef gehen? Hat er dich nicht zum Rapport bestellt um neun? Der wird dich nach Hause schicken.«

»Glaubst du, meine Lage kann sich verschlimmern?« Tauner lachte zynisch.

»Ich denke schon.«

Das hatte er nicht hören wollen. »Ich muss jetzt los. Heut passiert noch was, ich fühle es.«

»Ich befürchte es«, seufzte Pia.

Der Besuch bei Martin war anstrengend gewesen. Er hatte einiges an Überzeugungsarbeit leisten müssen. Martin war nicht wirklich böse mit ihm, doch glaubte er, Tauner zweifelte an seiner Kompetenz und hätte die Staatsanwältin auf ihn gehetzt, weil die einen Narren an Tauner gefressen hätte. Über diese Wendung im Gespräch war Tauner sehr überrascht und wusste einen Moment nichts zu sagen. »Die hasst mich doch«, hatte er daraufhin versucht, die Angelegenheit ins rechte Licht zu rücken.

»Was sich neckt, das liebt sich!«, hatte Martin Tauners gestrigen Gedanken ausgesprochen und dabei kein bisschen gelacht.

Schließlich waren sie versöhnt und als Freunde wieder auseinandergegangen.

Tauner war erleichtert, auch wenn er es nicht gewagt hatte, Martin nach dem Sweatshirt und dem Basecap zu fragen. Seine Erleichterung nahm noch zu, als Pia ihn anrief und ihm bestätigte, dass Ambach der ermittelnde Beamte gewesen war und ein paar Daten übermittelte, die er dringend benötigte. Außerdem war Uhlmann stinksauer, weil er sich ausgeschlossen fühlte und weil er absolut keine Lust hatte, zum Leiter der Mordkommission ernannt zu werden. Tauner überhörte diesen letzten Hinweis und fuhr ein weiteres Mal nach Sebnitz.

Kurz vor seinem Ziel rief ihn die Staatsanwältin noch mal an. »Wo sind Sie?«

»Kurz vor Sebnitz.«

Die Diekmann-Wachte stöhnte leise. »Was wollen Sie da? Sie haben den Termin mit dem Kripochef platzen lassen. Tauner, die sind kurz davor, Sie zu suspendieren. Was soll das?«

»Wie ich hörte, ist meine Nachfolge schon geklärt. Ich will nur diesen Fall zu Ende bringen!«

»Mensch, das können Sie doch auch so. Aber halten Sie sich an die Regeln!«

»Noch bin ich weder suspendiert oder beurlaubt, also lassen Sie mich meine Arbeit machen.«

»Tauner, verstehen Sie das nicht? Ich brauche Sie, nur dürfen Sie nicht als Einzelkämpfer durch die Gegend rennen. Wie soll ich Sie denn verteidigen, wenn Sie sich benehmen wie ein Elefant im Porzellanladen?«

Sie brauchte mich? Tauner traute seinen Ohren nicht.

»Tauner, der Professor ist tot, heute Nacht gestorben. Was auch immer Sie herausfinden wollen, es gibt keinen einzigen Zeugen mehr dafür! Kommen Sie bitte zurück nach Dresden. Bitte!«

Tauner hatte die linke Hand zur Faust geballt und schickte einen lautlosen Fluch in den Autohimmel. »Also gut«, sagte er. »Ich komme!«

»Frau Schindler?«, fragte Tauner in die Sprechanlage des Sebnitzer Wohnhauses. »Hauptkommissar Tauner von der Kripo Dresden.«

»Was wollen Sie?«, fragte eine leise Stimme zurück.

»Ich muss mit Ihnen reden.«

»Worüber denn?«

Tauner hielt einen Moment inne. Warum musste er denn ständig mit den Leuten diskutieren? ›Aufmachen,

Polizei!‹ sollte doch genügen. »Frau Schindler, ich denke Sie wissen, worum es geht. Lassen Sie mich bitte hinein.«

Tauner wartete fünf Sekunden, endlich summte der Türöffner.

Monika Schindler war eine kleine graue Frau um die 60 Jahre. Ihre Wohnung war ebenfalls klein und grau. Alles wirkte freudlos und steril. Es gab keine Bilder an den Wänden, nur ein paar Pflanzen, die ein trauriges Leben führten und durch dicke Gardinen gefiltertes Sonnenlicht aufsaugten. Frau Schindler deutete Tauner an, sich ins Wohnzimmer auf die Couch zu setzen, und folgte ihm lautlos. Sie setzte sich an den Esstisch auf der anderen Seite des Raumes, mehr Distanz konnte sie nicht zwischen sich und Tauner bringen, ohne das Zimmer zu verlassen.

Tauner holte einmal tief Luft, um zur Besinnung zu kommen und seine Gedanken zu ordnen. »Frau Schindler, ich weiß, es ist bestimmt nicht einfach für Sie, über den damaligen Tod Ihrer Schülerin zu sprechen, doch ich habe ein paar dringende Fragen an Sie.«

Frau Schindler starrte ihn regungslos an. Nur ihr Mund bewegte sich, als sie zu sprechen begann. »Wir hatten Wandertag, es war ein Ausflug in die Sächsische Schweiz, wir sind mit dem Bus ins Kirnitzschtal gefahren, wollten zum Kuhstall, diese Höhle, Sie kennen die bestimmt. Zuerst sollte der Vater eines Jungen mitkommen, doch der sagte kurzfristig ab und ich hab den Ausflug nur mit Frau Meix, einer Kollegin, durchgeführt. Das war wahrscheinlich ein Fehler. Auf dem Rückweg riss die Gruppe auseinander, die Disziplin ließ zwei Jahre nach der Wende zu wünschen übrig, wissen Sie. Als wir wieder im Tal waren, stellte ich fest, dass ein Mädchen fehlte.«

»Professor Hülferts Tochter«, sagte Tauner.

»Ja, ich ging den Weg zurück, fand sie nirgendwo und wir riefen nach etwa drei Stunden Sucherei die Polizei. Das war ein weiterer Fehler, ich hätte sie eher rufen sollen. Die Polizei fand die kleine Hülfert, sie war offensichtlich abgerutscht und in eine Schlucht gestürzt, wahrscheinlich hat sie noch eine Weile gelebt. Ich wurde wegen fahrlässiger Tötung und Verletzung der Aufsichtspflicht zu zwei Jahren Haft auf Bewährung verurteilt und verlor meinen Beruf als Lehrerin, seitdem schlage ich mich mit Gelegenheitsarbeiten durch, meist als Schreibkraft.«

Tauner nickte und gab der Frau ein wenig Zeit. Wahrscheinlich hatte sie nicht nur damit zu kämpfen, sondern auch mit den eigenen Vorwürfen und denjenigen, die ihr gemacht wurden. »Der ermittelnde Beamte war Hauptkommissar Ambach?«

Frau Schindler nickte müde.

»Ist Ihnen bei seiner Arbeit etwas aufgefallen, hatten Sie das Gefühl, dass er möglicherweise nicht ganz vorbehaltlos an die Arbeit ging?«

Frau Schindler sah auf und das erste Mal schien sie ein klein wenig zum Leben erweckt. »Wie meinen Sie das?«, fragte sie verwundert.

»Offenbar gibt es eine Verbindung zwischen Ambach und Professor Hülfert, eine Verbindung, die nicht unbedingt auf Freundschaft basiert. Ich muss wissen, ob sich das irgendwie auf die Ermittlungsarbeiten ausgewirkt haben könnte, oder ob diese Verbindung aufgrund der Ermittlungen erst entstanden ist.«

»Warum ist das denn wichtig?«, fragte die ehemalige Lehrerin.

Tauner durfte nicht die Geduld verlieren. Die Frau war gestraft genug, anscheinend hatte sie die letzten 20 Jahre damit verbracht, sich zu grämen. Eine weitere verkorkste Existenz, führte denn überhaupt niemand ein schönes Leben? »Ich kann und darf Ihnen das jetzt nicht erzählen. Es tut mir leid, ich hatte nur die Hoffnung, Sie wüssten etwas, oder Ihnen wäre damals etwas aufgefallen.«

Frau Schindler holte tief Luft. »Ich weiß nicht, ob Ihnen das irgendwie hilft, aber ich hatte damals das Gefühl, die Ermittlungen würden sehr einseitig geführt. Ambach schien nur darauf aus, meine Schuld nachzuweisen.«

»Hätte er denn weiteren Anhaltspunkten nachgehen können?« Tauner setzte sich gerade und versuchte den Kopfschmerz zu ignorieren, der ihn am Denken hinderte. Außerdem klingelte sein Handy, er schaltete es schnell stumm.

»Nun, er hätte wenigstens den Hinweisen nachgehen können, die er von den anderen Kindern bekam. Dass die Hülfert und die Berthold in Streit geraten seien. Sie waren offenbar noch hinter mir gewandert, Frau Meix war vorn.«

»Ja?« Tauner wusste damit nichts anzufangen.

»Nun ja, Sie müssen wissen, die beiden waren lange Jahre Freundinnen gewesen und über irgendwas gerieten sie wohl in Streit, der Zwist dauerte vor dem Wandertag schon einige Wochen an. Angeblich ist er auf dem Rückweg eskaliert, sie haben sich angeschrien und geweint. Dass die Hülfert austreten wollte, hat niemand wirklich mitbekommen, außerdem hätte es auf der anderen Seite des Weges genug Möglichkeiten gegeben. Sie hätte den Weg nicht zur Schlucht hin verlassen müssen.« Frau

Schindlers Hände zitterten und sie legte sie übereinander in ihren Schoß, als sie es bemerkte. »Niemand wollte das hören.«

»Niemand wollte glauben, dass eine Elfjährige eine andere in einen Abgrund stößt«, sagte Tauner und wusste, er hätte es auch nicht in Betracht gezogen.

»Natürlich nicht, alle sagten, Frau Meix und ich wollten uns nur herausreden.« Frau Schindler senkte den Kopf. »Schließlich hat Frau Meix den Teil ihrer Aussage mit dem Streit zwischen den Mädchen widerrufen und durfte weiterhin Lehrerin bleiben, weil ich es war, die zu dem Zeitpunkt für den hinteren Teil der Schulklasse verantwortlich war, da sie die Gruppe anführte. Ich glaube, Ambach hat ihr das angeboten. Und ich glaube, das war, was Professor Hülfert auch wollte.«

»Was hätte Ambach davon gehabt? Und warum hätte Hülfert damit zufrieden sein sollen?«

Frau Schindler hob hilflos die Schultern.

Tauner erhob sich. »Ich krieg es einfach nicht zusammen.« Wieder klingelte sein Telefon und diesmal ging er ran. Pia teilte ihm mit, wie wichtig es für ihn sei, endlich nach Dresden ins Präsidium zu kommen, und dass ihn jemand wegen fahrlässiger Tötung angezeigt habe. Der Kripochef sei stinksauer, und der Sebnitzer Bürgermeister habe eine Untersuchung wegen Ambachs Tod verlangt. Da er derselben Partei angehöre wie die Dresdner Bürgermeisterin, seien beide sich darin schnell einig geworden.

»Ich krieg das hin!«, sagte Tauner nur, legte auf und widmete sich wieder Frau Schindler. »Sie glauben also ernsthaft, die Berthold war wegen irgendetwas so wütend, dass sie Claudia Hülfert in die Schlucht stößt?«, fragte er und hoffte, seine Verzweiflung wäre ihm nicht anzusehen.

Frau Schindler schüttelte seltsamerweise den Kopf. »Nein, Sylvia hieß die.«

»Sylvia Berthold?«

Wieder schüttelte Frau Schindler heftig den Kopf. »Nein, Sylvia Hülfert. Die andere hieß Claudia Berthold!«

»Was?« Tauner ließ sich wieder auf die Couch fallen, die Kraft war ihm aus den Beinen entschwunden.

»Ich weiß es genau. Glauben Sie mir!«

»Ich verstehe nichts mehr.« Tauner griff sich an die Schläfen und massierte sie. Wieder begann sein Telefon zu klingeln. Er ignorierte das einfach. »Hülfert, der Professor, sprach mir gegenüber von ›Claudia‹. Da bin ich mir sicher. Wie kann er den Namen seiner Tochter verwechseln?« Tauner sah auf, sah die Frau an, die so gelitten hatte, jahrzehntelang. »Und sie waren Freundinnen und dann stritten sie sich und dann brachte die eine die andere um?«

Frau Schindler lächelte gequält, sie wusste nicht, ob sie dem Polizist gerade Freude oder Schmerzen bereitete. »Sie waren Freundinnen, jahrelang, seit sie in der ersten Klasse erfuhren, dass sie am selben Tag Geburtstag hatten.«

Wie von der Tarantel gestochen fuhr Tauner auf. »Am selben Tag?«

»Ja.« Ängstlich und hoffnungsvoll zugleich sah die Frau ihn an. »Glauben Sie denn, man könnte den Fall noch einmal aufnehmen? Glauben Sie, ich könnte …«

Tauner hörte gar nicht zu. »Ich muss zum …« Verdammt, das hatte er vergessen. Hülfert war gestorben. »Haben Sie Fotos?«

»Tut mir leid! Ich habe damals alles weggeworfen, wollte nichts mehr sehen. Ich wollte schon wegziehen in eine andere Stadt, aber meine Mutter wurde krank, so blieb ich hier.«

»Und die Berthold? Wo ist die?« Tauner stand wie auf glühenden Kohlen.

»Die ist weggezogen, soviel ich weiß. Keiner weiß, wohin. Ihre Eltern waren Alkoholiker, ihre Mutter starb vor 17 Jahren, ihr Vater ist ein Wrack.«

Tauner packte die arme Frau bei den Schultern. »Wo lebt der? Wissen Sie das? Wo?«

21

Er wusste, mit jedem Anruf, den er ignorierte oder wegdrückte, wuchs die Zahl derer, die ihn loswerden wollten, und seine Chancen stiegen, als Wachmann eines Kaufhauses zu enden. Sie konnten ihm ein Verfahren anhängen, ihn wegen fahrlässiger Tötung verurteilen, Dienstunfähigkeit bescheinigen und suspendieren, ihm die Pension streichen. Doch wenn er jetzt nachließe, verlöre er vielleicht alle Fäden und hätte nicht die Möglichkeit, den Fall zu klären und seinen Arsch zu retten.

Einen Anruf nahm er entgegen. Uhlmann war dran. »Sag nur etwas, wenn es mit dem Fall zu tun hat, alles andere kann ich mir denken«, sagte er, während er durch Sebnitz raste.

»Wir haben offenbar doch etwas gefunden«, brummte Uhlmann unwillig. »Zwei Anhaltspunkte. Jeweils an den Tagen, bevor die Weigelt ihre Töchter Jana und Sonja entband, hatte es eine Totgeburt gegeben. Todesursache war in beiden Fällen angeblich Strangulierung durch die Nabelschnur, in beiden Fällen war ein Kaiserschnitt nötig gewesen. Wir haben einige Daten, die uns wahrscheinlich zu den richtigen Eltern führen, und wollen DNA-Tests veranlassen.«

»Welcher Beamte hat beim Tod von Herrn Weigelt ermittelt?«

Uhlmann seufzte. »Du weißt es schon«, sagte er leise.

»Ambach!«, sagte Tauner.

»Genau. Zweitens: Martin rief mich an, weil er dich nicht erreichen konnte, und sagte, die Probe scheint von einem der Wege im Großen Garten zu stammen und das Haltbarkeitsdatum der Saftpackung wurde erst vor drei Tagen ausgegeben. Falk, was soll das bedeuten?«

»Ich denke darüber nach!« Tauner legte auf. Theo konnte die Saftpackung also bei seiner Flucht nicht zerbissen und in den Müll geworfen haben, jemand hatte das nachträglich getan, aber das hatte jetzt Zeit.

Zuerst sah es aus, als hätte die ehemalige Lehrerin ihm die falsche Adresse gegeben, denn das Haus, indem Herr Berthold wohnen sollte, war eine Ruine. Es war einmal ein recht kleines Einfamilienhaus gewesen. Jetzt war es zerfallen. Eine ganze Wand war aus dem Gebäude gebrochen, der Dachstuhl durchgesackt, die Hälfte der Dachziegel fehlte und lag als Schutt am Boden. Die Fenster waren mit schweren Decken zugehängt, die feucht und schimmelig waren. Tauner wollte schon abziehen, da sah er schwachen Rauch, der sich durch das Dachgebälk seinen Weg bahnte. Er betrat das völlig verwilderte Gelände, lief über Gehwegplatten, aus deren Fugen das Unkraut einen Meter hoch wuchs. Die Tür war mit Folie verhangen, das ursprüngliche Türblatt war ein von Schwamm zerfressener brauner Haufen. Überall lagen verrostete Bierbüchsen und leere Schnapsflaschen. Wie hier noch jemand wohnen sollte, war für Tauner kaum vorzustellen, und er machte sich auf das Schlimmste gefasst, als er die Folie beiseiteschob.

»Polizei. Jemand hier?«, fragte Tauner laut. »Herr Berthold?« Niemand antwortete und Tauner ging seiner Nase nach, immer tiefer rein in die stinkende Dunkelheit. Es roch nach Exkrementen, Moder und Verwesung. Er entdeckte eine Feuerstelle im nächsten Raum, hier drang diffuses Licht durch das kaputte Dach. Ein Mann lag auf einer schimmelschwarzen Matratze und schlief. Er war dürr, hatte lange graue Haare und einen verfilzten Bart.

Tauner trat näher und konnte sich nicht überwinden, den Mann mit seinen Händen zu berühren, er stieß ihn mit der Fußspitze an.

»Was'n?«, brüllte der Mann und schlug wild um sich. Tauner sprang zurück.

»Herr Berthold?«

»Was willst, raus ausm Haus, dassis mein Haus!«

Tauner trat einen Schritt zurück und betrachtete angewidert den ausgemergelten Menschen, der zwar eine Hose und einen Pullover anhatte, jedoch jegliche Menschlichkeit verloren zu haben schien. »Herr Berthold? Wissen Sie, wo Ihre Tochter ist?«

»Meine Tochter? Wasn midder?«

»Claudia. Wissen Sie, wo die ist?«

»Is wech, seit ewich. Habse ewich nich gesehn. Und nun verschwinne!«

»Herr Berthold, haben Sie irgendeine Ahnung, wo sie sein könnte?« Tauner glaubte nicht mehr daran.

Berthold quälte sich hoch, taumelte, stützte sich breitbeinig an der Wand ab, stürzte rückwärts. Hilflos wie eine Schildkröte auf dem Rücken sah er sich um, fuchtelte mit den Armen.

Tauner sah sich ebenfalls suchend um, fand eine umgekippte Flasche, in der etwas Flüssigkeit war. Er nahm sie und führte sie dem Mann zum Mund. Der schluckte gierig und sabberte, drehte den Kopf weg und grinste Tauner mit schwarzen Zähnen an. »Danke, Mann!«, nuschelte er und rülpste.

»Deine Tochter, Claudia!«

»Ist fort, seit fuffzn Jahrn!« Berthold versuchte erneut aufzustehen, schaffte es, sich an der Wand festzuhalten. »Meine Frau is gestorm, und swei Jahre später isse abgehaun.«

»Warum?«

»Warum, weilse ne Göre is, weilse nicht erzogn werden wollte. Angezeigt hatse mich, aber de Bulln ham ihr nich geglaubt und n halbes Jahr später warse fort.« Berthold winkte ab, verlor die Kontrolle über sich, taumelte auf Tauner zu, dem nichts anderes blieb, als den Mann aufzufangen. Angewidert wandte er sein Gesicht ab.

»Haben Sie sie geschlagen?«, fragte Tauner.

»Musst ich doch, wennse 's große Maul hatte, musste ich ihr eine reinhaun. Und der Mutter auch, hat auch 's große Maul gehabt.«

Tauner stieß den Mann von sich. Es war ihm egal, dass der wild rudernd über Steine und Holz stolperte und rücklings auf der Matratze landete. »Was war bei der Geburt von Claudia, können Sie sich daran erinnern? Waren Sie dabei?«

Berthold machte ihm keinen Vorwurf, tat seinen Sturz wohl als eigene Schwäche ab, versuchte sich wieder aufzurichten. »Nein, war ich nich. Ich war arbeiten, ich war im Betrieb, verstehste? Was soll ich da im Krankenhaus, neumodscher Dreck?«

Tauner fluchte und trat wütend gegen einen morschen Holzbalken. »Wissen Sie von dem Wandertag? Als Hülferts Tochter ums Leben kam?«

»Hülfert? Die kleine Dicke? Auch so ne freche Göre, Klugscheißerkind, sah aus wie meine Frau, hamse alle gesacht, das fette Balg! Gut dasse tot ist, alle solln tot sein. Obwohl ihr Alter manchma ’n paar Moneten dagelassen hat.«

Diese letzten unerwarteten Informationen ließen Tauner nach Luft schnappen. Berthold versuchte unterdessen weiter, sich zu erheben, stützte sich dabei mit seiner Rechten in die Glut seines fast erloschenen Feuers. Seine Nerven meldeten ihm den Schmerz erst nach langen Sekunden. Der Mann schrie wie ein kleines Kind. Tauner konnte nicht anders, er drehte sich um und rannte davon.

Draußen schüttelte er sich, genoss den stärker werdenden Regen wie eine reinigende Dusche. Er wusste nicht, wohin mit diesen Informationen, wusste nicht, wie er irgendetwas beweisen sollte, denn jeder, der etwas hätte sagen können, war tot. Nein, nicht jeder! Margot Ambach! Die Mutter von Martina Weigelt fiel ihm plötzlich ein. Deren Mann er gestern erschossen hatte, war sein nächster Gedanke. Aber er musste, er hatte etwas in der Hand, er musste weiter. Er konnte jetzt nicht mehr aufhören.

Vor dem Grundstück der Ambachs standen zwei Polizeiautos. Die Polizisten, vier an der Zahl, standen gelangweilt herum. Tauner bremste und bog in eine Seitenstraße ab. Was hatte das zu bedeuten, warteten die auf ihn? Sein Handy klingelte in diesem Moment. Es war Pia. Was sie zu sagen hatte, verursachte Freude und Wut zugleich.

»Ein Missverständnis? Nicht tot?« Tauner wusste nicht, wohin mit seinen Gefühlen. »Herr im Himmel!«, donnerte er, obwohl Pia nichts dafür konnte und warf sein Telefon auf den Beifahrersitz. Dann rammte er den Rückwärtsgang rein und fuhr zum Krankenhaus.

»Es tut uns wirklich leid!«, sagte ein junger Arzt und versuchte dabei mit Tauner Schritt zu halten. »Heute Nacht ist ein anderer Patient im Nachbarzimmer gestorben. Es war ebenfalls ein alter Mann. Die Beschriftung der Zimmer war falsch oder jemand hat die Krankenakten verwechselt und die Falschmeldung sogleich an die Polizei weitergegeben. Sie hatten doch gesagt, Sie wollten wissen, wenn irgendetwas mit Professor Hülfert ist.«

»Ist gut!«, sagte Tauner. »Lassen Sie mich jetzt allein.«

Der junge Doktor war noch nicht fertig. »Wir haben versucht, Sie auf Ihrem Handy anzurufen, als wir den Fehler bemerkten, aber Sie sind nicht rangegangen.«

»Ja, ich weiß! Denn ich war es ja, der nicht rangegangen ist. Mein Fehler!« Tauner hatte das Zimmer erreicht. »Gehen Sie jetzt, retten Sie Leben, was weiß ich!«

»Sylvia ist nicht Ihr Kind!«, sagte Tauner, nachdem er sich auf den Stuhl neben Hülferts Bett gesetzt hatte. »Sie haben die Kinder vertauscht. Ihr Kind gegen das der Bertholds. Die haben das nicht bemerken, die waren Alkoholiker. Aber die Weigelt hat es bemerkt, oder war eingeweiht. Die hat Sie erpresst, habe ich recht?« Schon wieder ging sein Handy los, der Nummer nach aus der Polizeidirektion. Da er sie jedoch nicht eingespeichert hatte, musste es jemand von ganz oben sein, was nichts Gutes verhieß. Tauner seufzte, drückte den roten Knopf und legte das Mobiltelefon auf den Beistelltisch. Der Professor hatte noch keine Regung gezeigt.

»Die Weigelt war unfruchtbar, das Attest haben Sie selbst erstellt, ein anderer Arzt hat es bestätigt. Die Weigelt wollte Kinder und hat Sie gezwungen, ihr welche zu verschaffen. Haben Sie sich die Leute vorher ausgesucht, oder war es Zufall? Hat die Weigelt sich ihre Opfer ausgesucht? So wird es gewesen sein. Sie hat eine Schwangerschaft vorgetäuscht und Sie haben ihr alle Unterlagen dazu geliefert, die Atteste, die Blutwerte, die Untersuchungen, alles das haben Sie gemacht. Dann haben Sie einen Kaiserschnitt eingeleitet, das Kind entbunden und haben den Eltern erzählt, es wäre eine Totgeburt gewesen. Zweimal haben Sie das getan. Sie logen diese armen Menschen an, weil es Sie den Job gekostet hätte. Und sogar jetzt, nach so vielen Jahren, sind Sie nicht bereit, die Wahrheit zuzugeben.«

Der Professor lag immer noch regungslos da.

»Was passierte dann? Ihre wirkliche Tochter bemerkte, dass Sylvia ihrer Mutter ähnlicher sah als sie selbst, vielleicht hat sie sich etwas zusammengereimt, vielleicht hatte sie noch andere Indizien. Sie geriet in Streit mit Sylvia, vielleicht wollte sie die Rollen tauschen, was damit endete, dass sie ihre Rivalin in den Tod stürzte. Kommissar Ambach kam und ihm haben Sie erzählt, was los war, und er konnte nichts anderes tun, als seine Tochter zu beschützen, indem er diese Tat als Unfall darstellte. Und als der Exmann von Frau Weigelt halb tot in Ihr Krankenhaus eingeliefert wurde, da schwiegen Sie noch immer, obwohl Sie wussten oder ahnten, wer ihn so zugerichtet hatte. Herr Weigelt erzählte allen, dass es nicht seine Kinder waren, Sie mussten fürchten, dass er mehr wusste. Sie oder Ambach, einer von Ihnen hat dafür gesorgt, dass er gar nichts mehr sagte. Professor Hülfert, waren Sie das? Sind Sie ein Mörder? Und als Sylvia tot war, haben Sie sich so sehr in Lügen verstrickt, Sie konnten Ihrer Frau nicht einmal sagen, dass Ihre wirkliche Tochter lebt. Was hat Ihre Frau veranlasst Selbstmord zu begehen? Was hat sie gesehen? War es die Weigelt in der Zeitung? Was war es?«

Tauner wartete. Er war der Lösung so nahe, nur diese eine Information fehlte. Doch der Professor schwieg. Tauner beugte sich zu ihm hinüber. »Wissen Sie, wie viele Leben Sie zerstört haben? Wissen Sie, welch schlechter Mensch Sie sind?«

»Es war so klein«, flüsterte der Professor, ohne seine Augen zu öffnen. »Wir hatten so lange Zeit auf ein Kind gewartet, so lange. Und nun war es so klein und dünn, es bewegte sich kaum. Es schien dem Tod näher als dem Leben. Es war gelb, weil die Leber nicht arbeiten wollte. Es schrie nicht, krächzte wie ein sterbendes Vöglein, krümmte sich und quälte sich. Die Augen waren so leblos. Sie hatte sich so sehr gefreut auf das Kind. Ich konnte ihr das nicht antun. Ich konnte ihr dieses kleine verkümmerte Ding nicht auf die Brust legen, wo es vielleicht wenige Stunden später gestorben wäre.« Eine Träne rann aus dem Augenwinkel des Professors. »Ich musste etwas tun, um meine Frau zu retten, sie wäre untröstlich gewesen, zu Tode betrübt. Und diese Frau, diese Trinkerin, diese Asoziale, die bringt ein kleines gesundes Mädchen zur Welt, kräftig und agil. Das war einfach nicht gerecht. Sie hätten sehen sollen, wie glücklich meine Frau war. Und die Trinkerin wollte ihr Balg gar nicht. Ihr gab ich unser kränkliches Kind.«

»Aber Ihr Kind starb nicht!«

»Nein, es starb nicht, es hielt alles aus, zu Hause bei diesen … Unmenschen. Mein Herz zerriss, ich konnte nicht zurück. Ich habe versucht, sie zu unterstützen, manchmal …«

»Und Sie ahnten, was geschehen war, als Sylvia starb. Doch Sie konnten nichts tun, denn Sie wussten, dass Claudia Ihre wirkliche Tochter war. Wo ist sie jetzt?«

Der Professor sah Tauner flehend an. »Bitte tun Sie ihr nichts. Sie ist alles, was ich noch habe!«

»Wo ist sie?«

»Das werde ich Ihnen nicht sagen! Niemals!« Seine Hand streckte sich nach Tauner aus, fiel kraftlos auf dessen feuchten Jackenärmel. »Bitte seien Sie gnädig«, flehte er.

Etwa zehn Minuten stand Tauner im strömenden Regen vor dem Krankenhaus. Er wusste nicht weiter. Er hatte alles beisammen, doch eine entscheidende Information fehlte: die Verbindung zum Tod von Frau Weigelt. Er weigerte sich anzuerkennen, dass dieser willkürlich und zufällig eingetreten war. Und wenn ihm nicht bald etwas einfiel, würden seine Kollegen bald nach ihm fahnden.

»Ich hatte gehofft, Sie hier zu finden! Ich habe angerufen und mich zu Ihrem Büro vermitteln lassen. Ihre Kollegin sagte, Sie wären vielleicht hier«, sagte jemand hinter ihm. Tauner drehte sich um. Frau Schindler, die ehemalige Lehrerin, lächelte unter ihrem Schirm hervor. »Ich habe noch einmal nachgesehen. Und offenbar habe ich doch nicht alles weggeworfen.« Sie holte ein großes Foto unter ihrem Mantel hervor, hielt es so unter dem Schirm, dass Tauner es sehen konnte. Es war ein Klassenfoto. »Das hier ist die kleine Hülfert und das …« Ihr Finger wechselte zu einem anderen Mädchen. »… die Berthold.«

Tauner schloss die Augen und senkte den Kopf. Mit einem Mal wurde ihm leicht ums Herz. Sämtliche Knoten in seinem Kopf lösten sich. Alles war so logisch, so klar. Nur ein bitterer Beigeschmack blieb. Warum war er nicht gleich darauf gekommen? Er holte das zerknitterte Zeitungsbild aus seiner Jackentasche und entfaltete es. »Frau Hülfert hat nicht die Weigelt gesehen auf dem Foto«, flüsterte er. »Sie hat sich selbst gesehen!«

22

»Das ist aber eine Überraschung!«, sagte Nora Stern.

Tauner betrat das Orang-Utan-Haus durch die Personaltür. »Wieso?« Er schüttelte den Regen ab und zog seine nasse Jacke aus. Nachdem er sie auf einen Haken gehängt hatte, setzte er sich in die Futterküche.

Nora nahm auf einem Stuhl an der Tür Platz. »Ich bin mehrmals angerufen worden, die wollten wissen, ob Sie hier wären. Offenbar suchen alle nach Ihnen. Ist es wahr? Haben Sie jemanden erschossen?«

Tauner suchte in den Augen der jungen Frau nach Neugier und Sensationslust, fand jedoch nur Besorgnis. Er seufzte und nickte, sie wusste es bereits. »Es war Notwehr, schwer wird es nur, das zu beweisen.«

»Hat Sie jemand angegriffen?«

Tauner winkte ab. »Lassen wir das Thema. Ist Bormann nicht da?«

»Er hat sich ein paar Tage freigenommen.«

»Und Kerstin Müller?« Tauner sah auf die Uhr.

»Die kommt heute später.«

»Wann?«

Nora Stern hob die Augenbrauen. »Um zwei erst, hat heut was zu erledigen. Vielleicht kommt sie auch gar nicht.«

»Verdammt«, sagte Tauner und erhob sich. »Wir sehen uns. Ich muss mal telefonieren.« Tauner griff nach der Türklinke. Er hörte ein leises Rascheln, sah im stumpfen Lack der Tür eine Reflexion, schaffte es noch seine Naivität zu verfluchen und duckte sich. Der Schlag mit dem Besenstiel traf ihn trotzdem so hart auf die rechte Schulter, dass er zu Boden stürzte. Einen zweiten konnte er mit dem linken Arm abwehren. Höllische Schmerzen schossen ihm bis in die Schulter. Tauner kam nicht weiter dazu, seine Dummheit zu bedauern. Der dritte Schlag traf seinen Kopf. Einen Moment lang wurde ihm schwarz vor Augen, er ging vollends zu Boden, schaffte es aber noch, sich zur Seite zu rollen, ehe der nächste Hieb ihn traf. Blindlings trat er mit seinen Füßen zu, traf die Stern in den Bauch. Sie taumelte rückwärts, während ihr die Luft wegblieb. Tauner wollte aufstehen, stützte sich dabei auf den verletzten Arm. Doch schon war die Stern wieder über ihm. Tauner warf sich zur Seite und der Stiel knallte neben ihm auf die Fliesen. Er drehte sich auf den Rücken, krabbelte wie ein Krebs rückwärts, tiefer in den langen Gang hinter den Gehegen. Die Orang-Utans grunzten und schnauften und drängten sich an die Gitter, um zu sehen, was vor sich ging.

Nora folgte ihm langsam mit erhobenem Besenstiel. Tauner kroch immer weiter, wobei sein Arm ihm höllische Schmerzen verursachte. Er überlegte wie er zu seiner Pistole im Schulterhalfter kam, wahrscheinlich müsste er sich dazu auf den Rücken legen und hoffen, dass er schnell genug war, die Waffe zu ziehen und zu schießen. Nora brauchte nur zuzuschlagen. Schließlich stieß er mit dem Hinterkopf an die Tür, die den Innenraum mit den Außengehegen verband. Eine Sackgasse. Hier war Martina Weigelt gestorben. Und er würde hier auch sterben, wenn nicht irgendetwas geschah.

»Du musst damit aufhören, Claudia!«, sagte Tauner und versuchte, mit dem Rücken an der Tür nach oben zu rutschen, indem er sich mit den Füßen in den rutschigen Boden stemmte.

»Ich bin nicht Claudia. Ich bin Sylvia! Sylvia Hülfert! Verstehen Sie das nicht!«, zischte Nora Stern.

»Ich verstehe das, aber es muss aufhören. Es ist schon zu viel Leid geschehen. Du machst es nur schlimmer!« Er rutschte ein Stück höher, griff sich mit der rechten an die schmerzende Schulter und war nun mit der Hand keine zehn Zentimeter mehr von seiner Pistole entfernt.

»Was mussten Sie sich auch einmischen? Warum mussten Sie hier reinkommen? Warum konnten Sie es nicht einfach sein lassen? Die Weigelt hat ihre gerechte Strafe bekommen und alles wäre gut gewesen. Dann kommen Sie und fangen mit Ihren dummen Ermittlungen an!«

»Nichts wird besser, Sylvia«, sagte Tauner und dachte an Ambachs Worte. »Und nichts wäre gut gewesen. Es ist Unrecht!«

Nora Stern schüttelte den Kopf, den Besen hielt sie noch immer schlagbereit. Die Orang-Utans pressten ihre Gesichter gegen die Gitter, Theo hatte seine Hände lässig auf eine Querstrebe gelegt. »Was ist Unrecht? Erzählen Sie mir nichts von Unrecht, Sie Besserwisser! Mein ganzes Leben ist dahin, mein ganzes Leben. Er hat mich vertauscht, weil ich ihm nicht schön genug war!« Nun konnte die Stern nicht mehr an sich halten, Tränen rollten über ihr hübsches Gesicht. »Er hat mich ausgetauscht und in diese Familie gesteckt. Diese ekelhaften Menschen, diese widerlichen Säufer. Nicht ein einziges Mal habe ich ein Geschenk bekommen, verprügelt hat er mich und sie sah zu und hat dabei gesoffen. Ich habe nichts zu essen bekommen und niemand wollte mir helfen. Alle haben mich weggeschickt, sogar zum Psychiater musste ich, schwer erziehbar wäre ich, haben sie gesagt. Und mein Vater, mein richtiger Vater, der hat es gewusst und hat zugesehen, wie ich leide. Und als ich erkannte, was geschehen war, bin ich zu ihm gegangen und er hat nur den Kopf geschüttelt und hat mir gedroht, mich in ein Heim zu schicken, weit weg von hier. Sie beklagen sich über Ihr Leben, alle machen sich deshalb lustig über Sie, doch es gibt so viele Menschen, die weit schlechter dran sind als Sie. Ich hab nie erfahren, was Liebe ist. Meine Mutter hat mich nie umarmt, niemals!« Nora bebte unter ihren Emotionen, ließ Tauner aber nicht aus den Augen.

»Du hast die kleine Sylvia Hülfert umgebracht!«, schniefte Tauner und schob seine Hand unter die Jacke.

»Hab ich nicht!«, kreischte Nora. »Ich bin eine Hülfert, ich hab nur getan, was getan werden musste. Ich hab dafür gesorgt, dass sie von meinem Platz verschwindet.«

»Hörst du. Sie kommen!«, log Tauner, zog die Waffe, versuchte sie zu entsichern und zu schießen.

Nora schlug augenblicklich zu. Der Stiel traf Tauners Handgelenk, die Waffe fiel ihm aus der Hand und nun war er völlig wehrlos. Nora presste wütend die Lippen zusammen und kickte die Pistole mit dem Fuß nach hinten.

»Aber er wollte dich trotzdem nicht!«, keuchte Tauner, nachdem der schlimmste Schmerz verflogen war.

»Nein, das wollte er nicht«, hauchte Nora Stern und sah auf. »Er hat gesagt, es ist besser so wie es ist, und dass ich krank bin. Und wenn ich nicht meinen Mund halte, würde er mich ins Gefängnis bringen«, zischte sie.

»Und deine Mutter? Warst du nicht bei ihr?«

Nora begann zu zittern. »Ich war ein Kind. Ich wusste mich kaum auszudrücken, glaubte selbst verrückt zu sein. Außerdem war sie nie allein, er oder die falsche Sylvia waren immer bei ihr. Nur einmal konnte ich sie sprechen. Am Tag der Beerdigung. Ich bin deine Tochter, habe ich gesagt, doch sie schüttelte den Kopf, meine Tochter liegt im Grab, hat sie erwidert. Und dann kam er und stieß mich weg und dieser Polizist war bei ihm, dieser kalte Mann.«

»Nora, es ist vorbei. Jetzt ist es vorbei. Dein Vater fleht um Gnade, er sagt, du wärst sein Ein und Alles.«

»Sie lügen, er ist tot! Ich weiß es!« Nora war unsicher.

»Nein, eine Verwechslung, ich habe mich vor einer Stunde mit ihm unterhalten.«

Nora schnappte nach Luft und schien zu überlegen. Tauner versuchte unterdessen sich aufzurichten. »Was willst du jetzt tun? Mich umbringen? Es wieder auf den Affen schieben? Das wird nicht noch einmal funktionieren. Diesmal kommst du damit nicht davon.«

Nora Stern lächelte böse. »Die wissen nichts, die wissen nicht einmal, wo Sie sind.«

»Sie wissen, dass du das Narkosemittel gestohlen hast und Theo mit deinem Fahrradanhänger aus dem Zoo geschafft hast. Sie wissen, dass du Martina Weigelt geschlagen hast, mit einem Schaufelstiel«, log Tauner weiter.

»Wissen Sie, warum ich das getan habe?« Frau Stern sah ihm plötzlich tief in die Augen und der Gram in ihren schien verflogen. Jetzt war sie wieder die junge hübsche Frau, die er vor ein paar Tagen kennengelernt hatte.

»Sagen Sie es mir und dann ergeben Sie sich!« Tauner hörte Theo schnaufen. Es hörte sich an, als sei der Orang-

Utan wütend, seine Hände waren verschwunden und den Geräuschen nach zu urteilen tobte er durch den Käfig.

»Ich wusste nicht, wer sie war. Als ich hier anfing, mochte ich sie am meisten von allen. Bormann war so verschlossen und die Müller war immerzu so lustig, es war kaum auszuhalten. Martina Weigelt hat mir nach und nach alles Mögliche über sich erzählt, schien erleichtert, jemanden zu haben, dem sie vertrauen konnte. Ich wusste, warum sie mit Bormann Schluss gemacht hat. Der sprach immerzu von seiner Exfrau. Mit dem Flieger war sie nur zusammen, um Bormann eins auszuwischen und um nicht allein zu sein. Und eines Tages erzählt sie mir, dass ihre Tochter ihr einen Brief geschrieben hat. In dem stand, was für eine schlechte Mutter sie war, dass sie alles in ihrem Leben falsch gemacht hat, dass sie sich wünschte, sie wäre tot. Dann beginnt sie zu weinen und erzählt mir alles, verstehen Sie das, Herr Hauptkommissar? Da sitzt die Frau neben mir, die mein Leben zerstört hat. Anstatt meinen Vater anzuzeigen, oder ihn zu zwingen, mich ins richtige Bettchen zurückzulegen, hat sie die Situation ausgenutzt und ihren Vorteil daraus geschlagen. Dieses egoistische Dreckstück. Was hat sie nur erhofft? Ich war wie vor den Kopf gestoßen. Ich glaubte, mit der Sache abgeschlossen zu haben. Ich hatte den Namen gewechselt, bin in eine andere Stadt gezogen und habe ein anderes Leben begonnen. Und da sitzt diese Frau und erzählt mir, welche Verbrechen sie an mir begangen hat. Da hab ich sie angeschrien, hab ihr erzählt, wer ich bin. Und dann hat sie um Verzeihung gefleht, aber ich kann nicht verzeihen, ich hab sie geschlagen, hab ihr in den Bauch getreten, und als sie sich zusammenkrümmte, hab ich den Besen genommen und zugeschlagen. Und dann hab ich sie erwürgt, hab sie so lange gewürgt, bis sie sich nicht mehr regte, und dann hab ich sie an das Gitter gezerrt, weil dort Theo saß und nachsehen würde, was mit ihr ist. Und er hat nach ihr gegriffen und hat sie geschüttelt und die Leute draußen haben es gesehen. Und alles wäre gut gewesen, es hätte ein Ende gefunden und ich hätte mein neues Leben gelebt. Doch dann kamen plötzlich Sie! Und Flieger, dieser Jammerlappen, läuft Ihnen nach und plappert dummes Zeug. Ich hatte Angst, dass die Weigelt ihm vielleicht auch alles erzählt hat, er es Ihnen weitergibt, dass daraufhin jemand den Brief bei ihr zu Hause findet, der Sache nachgeht und herausfindet, wer ich wirklich war. Ich musste Flieger beseitigen und den Brief finden. Ich wusste, dass Theo Flieger hasste, deshalb hab ich es auf diese Weise getan. Und Sie haben wirklich geglaubt, der Affe könne sich selbst befreien? Sie haben sogar den Fahrradanhänger gesehen. Sie sind genauso dumm wie alle anderen.« Nora spuckte aus.

»Nora, das kann man alles klären. Du hast im Affekt gehandelt, du hast immer im Affekt gehandelt«, log Tauner. »Und bei Sylvias Tod warst du nicht strafmündig.« Nicht gelogen.

»Nichts kann man klären, das sagen Sie nur, damit ich aufgebe. Ich will nichts klären, ich wollte Rache! Sie wissen nicht, wie schlecht die Menschen waren, bei denen ich aufgewachsen bin.«

»Doch ich weiß es, Nora. Ich hab es gesehen, Berthold haust in dieser Ruine. Du hast noch ein langes Leben vor dir, mach nicht noch mehr kaputt. Du willst keine Rache, du willst leben wie alle anderen. Du willst eine Familie und das ist deine letzte Chance dazu.«

»Und warum wollen Sie das nicht, eine Familie?«, fragte Nora. »Sie hatten all das und haben alles aufgegeben? Warum, ich verstehe das nicht!«

»Du musst das nicht verstehen, ich verstehe es selbst nicht! Nora, dein Leben ist noch lang. Wirf es nicht weg!«

Nora schüttelte den Kopf. »Es tut mir leid, Sie haben es so gewollt, ich fand Sie nett, aber Sie wollten keine Ruhe geben.« Stern trat zurück und holte etwas aus ihrer Tasche. Zuerst glaubte Tauner, sie hätte eine Waffe, doch es war ein Schlüssel. »Ich konnte nichts mehr tun«, sagte sie plötzlich und Tränen liefen aus ihren Augen. »Der Hauptkommissar kam herein gestürmt und stieß mich beiseite, er riss mir die Schlüssel aus der Hand, und dann ging er zum Gitter und ließ Theo raus. Theo griff ihn sofort an! Ich hab geschrien und wusste nicht, was ich machen sollte, es war genau wie bei Frau Weigelt.«

Jetzt verstand Tauner, was sie vorhatte, Angst machte sich in ihm breit. »Nora, bitte. Du kannst noch raus aus der Sache, es wird psychologische Gutachten geben, die deine Schuldunfähigkeit beweisen, du wirst das Haus erben. Mach es nicht noch schlimmer.«

Nora Stern schüttelte den Kopf. »Es gibt kein Zurück mehr«, sagte sie leise, dann steckte sie den Schlüssel in das Schloss an Theos Gittertür. Sie öffnete die Tür und entfernte sich. Am Ausgang blieb sie stehen und schloss die Tür von innen ab.

Zuerst herrschte Stille, selbst die anderen Affen gaben keinen Laut, als ahnten sie, was geschehen würde. Tauner stemmte sich hoch, versuchte auf die Beine zu kommen. Er hatte nicht viele Möglichkeiten. Er konnte um Hilfe schreien, oder er lief so schnell es ging am offenen Käfig vorbei. Doch es war zu spät, die Tür schwang auf und

Theo kam zum Vorschein. Mit unglaublicher Leichtigkeit ließ er sich zum Boden hinab, sah einmal nach links und einmal nach rechts, als ob er eine Straße überqueren wollte. Dann zog den Schlüssel aus dem Schloss, steckte ihn sich in den Mund und wandte sich Tauner zu.

»Guter Junge!«, flüsterte Tauner. Nun konnte er nur noch ruhig bleiben und hoffen. Der Gedanke, sich hinter die Zwischentür zu retten, kam ihm zu spät. Theo erhob sich, kam ein Stück auf ihn zu und bleckte die Zähne.

»Wir kennen uns doch, alter Junge, kennst du mich noch?«, flüsterte Tauner. Theo hatte mit ihm noch keine schlechten Erfahrungen gemacht, nicht so wie mit Flieger. Das war seine Chance. Theo war kein Killer. Tauner schob sich ein bisschen höher, was ihm nicht leicht fiel mit der verletzten Schulter und der geprellten Hand. Seine Pistole lag nicht sehr weit entfernt, ein paar Meter nur, auf dem halben Weg zwischen ihm und dem Affen, doch unmöglich für ihn sie zu erreichen, wenn Theo vorher angriff.

»Los doch, du dummer Affe!«, zischte Nora und schlug mit dem Besen gegen die Gitter. Das laute Geräusch verschreckte die Affen in den Gehegen, sie begannen zu schreien und Theos Fell richtete sich auf. Wieder schlug Nora gegen die Eisenstäbe. Die Orang-Utans in ihren Gehegen drehten fast durch. Sie schrien und hetzten wie wild durch ihre Käfige. Theo sah sich aufgeregt um, konnte sich offenbar zu nichts entscheiden. Da griff Nora nach dem Schlauch, drehte das Wasser auf und spritzte durch den Gang. Als Theo die ersten Tropfen trafen, sprang er auf der Stelle in die Luft, landete auf beiden Beinen, fuchtelte wild mit seinen langen Armen und rannte auf Tauner zu. Tauner duckte sich und hob schützend seine Arme, wohl wissend, dass das vollkommen sinnlos sein würde. Doch Theo kam nicht zu ihm. Als Tauner die Augen öffnete, saß Theo drei Meter vor ihm und hatte die Pistole in der Hand. Zuerst nahm er sie am Lauf, roch an der Mündung und schürzte die Lippen. Für einen Moment sah es so aus, als wolle er sich in den Mund schießen, dann richtete er Tauners Dienstpistole auf Nora.

»Er weiß, was das ist«, sagte Tauner. »Die Pistole ist nicht gesichert, er könnte dich treffen, ein Querschläger könnte dich treffen.«

»Er ist ein Affe!«, sagte Nora, das Wasser lief noch immer, doch sie hielt den Schlauch zu Boden, wagte es nicht, den Affen weiter zu bespritzen.

»Ich weiß!«, flüsterte Tauner. »Ein Menschenaffe, und die sind zu den erstaunlichsten Dingen fähig. Und vor allem sucht er sich die Menschen aus, die er mag!«

Nun wagte Tauner, sich zu bewegen, er ließ sich schwerfällig nach vorn kippen und rutschte auf Knien zu dem Orang-Utan. Nora ließ den Schlauch fallen, ging ein paar Schritte rückwärts und griff nach der Türklinke. Theo grunzte laut und die junge Frau erstarrte. Tauner war bei Theo angelangt, räusperte sich leise, damit der Affe nicht erschrak. »Guter Junge!«, sagte Tauner. »Guter Junge, gib mir das Ding!« Langsam streckte er seine Hand nach der Pistole aus sah, wie seine Hand zitterte. Er fasste die Pistole und Theo drehte ihm sein Gesicht zu. Seine scharfen Zähne waren direkt vor Tauners Gesicht.

»Du solltest lernen, dir die Zähne zu putzen«, murmelte Tauner und sah dem Affen nicht in die Augen, weil er wusste, dass er ihn damit provozieren würde. Stattdessen nahm er die Pistole an sich und zielte auf Nora.

»Beweg dich nicht!«, befahl er.

Nora lächelte und strich sich eine Strähne aus dem Gesicht. »Du wirst nicht auf mich schießen, du bist zu gut, zu weich!«

Tauner stemmte sich langsam nach oben, ohne Nora aus den Augen zu lassen. »Ich habe deinem Vater versprochen, gnädig zu sein. Aber ich werde schießen, aus Prinzip, weil ich Prinzipien habe, weil Prinzipien das Einzige sind, was ich noch habe, und weil du eine Mörderin bist, du hast Frau Weigelt und Herrn Flieger umgebracht und Sylvia Hülfert in den Abgrund gestoßen.«

Nora lächelte und Tränen traten ihr in die Augen. »Ich kann wieder verschwinden, niemand wird wissen, wer ich bin und woher ich komme. Ich kann mein Leben führen. Ich habe mir all das nicht ausgesucht, ich war ein Kind, ein Kind, das von seinen Eltern verstoßen wurde.«

Niemand wusste davon, dachte Tauner, niemand außer ihm. Unsicher schüttelte er den Kopf. Wen scherte es schon in 50 oder 100 Jahren?

Theo grunzte, machte klar, wer hier der Boss war, und dass es ihm zu lang dauerte, egal, was die Menschen unter sich auszumachen hatten. Er erhob sich, bewegte sich auf allen vieren zu Nora. Dann beschleunigte er, sprang hoch, hangelte sich ein paar Meter am Gitter entlang und überbrückte die letzten drei Meter zu Nora mit zwei Sprüngen. Nora drehte sich panisch um, versuchte aus der Tür zu kommen, vergaß in ihrer Angst wieder aufzuschließen. Theo packte sie am Handgelenk.

»Lass mich los!«, flehte sie, stemmte sich gegen Theos Kraft, versuchte sich an der Türklinke festzuhalten. Theo kehrte um und zog sie einfach hinter sich her. Nora stolperte, fiel beinahe, Theo kannte kein Erbarmen.

Tauner reagierte so schnell es seine verletzte Schulter zuließ, steckte die Waffe ein, holte seine Handschellen hervor und fesselte Nora Stern die Hände auf den Rücken.

Theo ließ die Frau los, setzte sich einen Moment, schob die Unterlippe vor und sah Tauner an. Schließlich spuckte er den Schlüssel zu seinem Käfig auf den Boden, zog sich am Gitter hoch, kletterte in sein Gehege und zog die Tür hinter sich zu.

23

»Und der Affe hat sie verhaftet?« Uhlmanns Tonfall schwankte zwischen Unglaube und Spott. »Hat sie erst mit der Pistole in Schach gehalten und dann festgenommen?«

Tauner gab keinen Ton von sich, egal, was er sagte, er würde sich zum Gespött machen. Er hatte sich seine linke Schulter einrenken lassen, was die schmerzhafteste Erfahrung war, die er je gemacht hatte. Seine rechte Hand schmerzte ebenso, doch die hatte er nicht behandeln lassen, aus Prinzip, und weil er nicht wie ein Schwerverletzter durch die Gegend laufen wollte.

»Warum hast du sie nicht gleich verhaftet?«, fragte Pia.

»Weil … ich weiß auch nicht.«

»Weil du in sie verknallt warst und es selbst nicht glauben wolltest«, schnaufte Uhlmann.

»Ich wollte mich nur vergewissern, ob sie da ist, ich wollte rausgehen, Verstärkung rufen und sie verhaften, ich ahnte nicht, wie aggressiv und kaltblütig sie ist. Ich wollte es nicht glauben, selbst nachdem ich das Foto gesehen habe.«

»Nach all dem, was du uns vorhin erzählt hast, musstest du damit rechnen.« Uhlmann tat wichtig, doch Tauner sah ihm an, dass er ein schlechtes Gewissen hatte. Es war nicht begründet, doch es war da und Tauner gefiel das.

Die Tür zu seinem Büro öffnete sich und Diekmann-Wachte platzte herein. »Na, jetzt bin ich aber gespannt«, sagte sie und setzte sich.

»Ich erzähle das jetzt nicht alles noch einmal«, knurrte Tauner sie an.

»Ach was, auf Sie kommt sowieso ein kilometerlanger Bericht zu. Ihr Chef lässt freundlich grüßen und fordert Sie auf, in einer halben Stunde in seinem Büro zu erscheinen. Und falls Sie diesen Termin wieder platzen lassen, werden Sie augenblicklich beurlaubt.«

»Ich weiß«, maulte Tauner.

»Und außerdem wird ein Dienstaufsichtsverfahren gegen Sie eingeleitet. Dafür kann ich aber nichts.« Frau Diekmann-Wachte war fröhlich, und nicht das erste Mal hatte Tauner das Gefühl, ausgenutzt worden zu sein. Es kam ihm vor, als hätte die Staatsanwältin ihn zu Höchstleistungen provoziert, und er war wieder darauf hereingefallen.

»Ich weiß!«

»Und außerdem wird man Sie fragen, warum Sie so eigenmächtig und entgegen jeglicher Dienstvorschrift gehandelt haben. Und die Sache mit Ambach ist längst nicht ausgestanden, Sie werden sich rechtfertigen müssen.«

»Ich weiß!«

»Ich meine, das wird kein Spaß für Sie, es soll sogar einen Untersuchungsausschuss geben. Meyer kriegt die Krise, weil er um seinen neuen Posten fürchtet, ich hoffe, Sie haben ihn zu nichts veranlasst, was er nun bereuen muss.«

»Ich weiß!«

»Und außerdem lässt Frau Doktor Rensing Ihnen schöne Grüße ausrichten.«

»Ich w… Danke.« Tauner verzog gequält das Gesicht. Hatten die Frauen sich über ihn unterhalten?

Die Staatsanwältin warf einen kurzen Blick auf Pia und hob fragend die Augenbrauen. Pia schüttelte den Kopf. »Aha, Tauner, dann wissen Sie es offenbar noch nicht. Der andere ältere Patient in Hülferts Zimmer ist allem Anschein nach keines natürlichen Todes gestorben, man hat ihn mit einem Kissen erstickt. Es besteht die Möglichkeit, dass Herr Ambach eine Stunde, bevor er selbst ums Leben kam, im Krankenhaus in Sebnitz war, um Hülfert als Zeugen zu beseitigen. Anscheinend ist er tragischerweise dem gleichen Irrtum zum Opfer gefallen wie die Krankenschwester, die den Toten fand und ihn für den Professor hielt. Ich möchte jetzt aber von Ihnen wissen, wie Nora Stern das mit dem Orang-Utan angestellt hat.«

Tauner richtete sich in seinem Stuhl auf. »Es ist wirklich ärgerlich. Wir hätten darauf kommen müssen. Als wir uns an dem Tag, als Theo verschwand, vormittags im Zoo aufhielten, kam die Stern mit diesem Fahrradanhänger zur Arbeit. Sie erfuhr von Fliegers Besuch bei uns im Präsidium. Da sie befürchtete, sie würde durch ihn verraten, wollte sie ihn beseitigen und uns gleichzeitig auf eine falsche Fährte locken, indem sie uns glauben machte, Theo hätte sich selbst befreit. Sie besorgte sich am selben Tag das Narkosemittel und injizierte es dem Affen kurz vor Feierabend, wobei sie offenbar seine Zutraulichkeit ihr gegenüber ausnutzte. Dann holte sie den Fahrradanhänger ins Haus, zerrte Theo hinein und fuhr durch den Lieferanteneingang hinaus. Mit dem Schlüssel von Frau Weigelt verschaffte sie sich Zugang zum Haus und zu der Wohnung, legte Theo im Schlafzimmer ab und fuhr nach Hause.«

»Aber sie konnte doch nicht wissen, ob ihr Plan funktioniert, bei Ihnen hat es ja offenbar nicht so hingehauen.« Die Diekmann-Wachte lächelte wie Heidi Klum, weil sie wusste, wie sehr Tauner deren aufgesetzte Freundlichkeit hasste.

»Bei Flieger aber schon. Sie wusste, wie schlecht Theo auf Flieger zu sprechen war, außerdem würde Theo in einer fremden Umgebung erwachen, ohne Nahrung, ohne Bezugsperson. Als Flieger sein Schlafzimmer betrat, ist Theo durchgedreht. Vielleicht hat Nora Stern auch abgewartet und hätte im Notfall nachgeholfen. Offenbar hat sie ein großes Talent, sich neuen Situationen schnell anzupassen.« Tauner hob entschuldigend die gesunde Schulter.

»Sie wirken so bedrückt?« Die Staatsanwältin sah ihn fast mitleidig an und wieder schien es Tauner, als ob sie nicht sagte, was sie wirklich dachte.

»Es gibt einige Hinweise, die ich hätte verstehen können. Zuerst das Foto in der Zeitung, ich war zu sehr auf die Weigelt fixiert. Dabei hätte mir auf dem halb verbrannten Foto von Frau Hülfert die Ähnlichkeit mit der Stern auffallen müssen. Als die Frau des Professors ihre Tochter erkannte, hat sie ihn wohl zur Rede gestellt, und nachdem er ihr alles erzählt hat, beging sie Selbstmord. Außerdem hätten wir nachforschen sollen, warum Kerstin Müller an diesem Tag schlecht wurde, offenbar hat Nora Stern ihr ein Brechmittel ins Essen gegeben. Das hat sie sich in der Pause besorgt.«

»Stellen Sie Ihr Licht nicht so unter den Scheffel. Anscheinend waren Sie der Einzige unter uns, der weiter gedacht hat als bis zur Tür vom Affenhaus.«

»Moment mal!«, brummte Uhlmann, doch Frau Diekmann-Wachte machte sich nichts daraus. Sie warf Tauner ein weiteres Heidi-Klum-Lächeln zu und rauschte aus dem Zimmer.

Uhlmann setzte sein Bierglas ab und wischte sich den Schaum vom Bart. Ächzend streckte er seine Beine unter dem Tisch aus. »Ist ja noch mal richtig schön geworden. War eine harte Woche, was?«

Tauner sagte nichts, ließ sich die warme Altweibersonne aufs Gesicht scheinen und vermied es, sich zu sehr mit seiner verletzten Schulter anzulehnen. Auch nach fünf Tagen schmerzte sie unheimlich. Der Biergarten war voll und laut, jeder wollte die vermeintlich letzten schönen Tage nutzen.

»Wie kam sie denn zu der neuen Identität?«, fragte Uhlmann.

»Das ist zu klären.« Tauner griff nach seinem Bier und war nun bereit für eine Bratwurst. »Höchstwahrscheinlich ist sie irgendwann ausgerissen und hat sich in einer anderen Stadt unter einem falschen Namen bei einem Jugendnotdienst gemeldet. Da niemand nach ihr suchte, blieb denen wohl irgendwann nichts anderes mehr, als diesen Namen zu akzeptieren. Dabei hat sie sich auch gleich ein bisschen älter gemacht.« Die Bratwurst würde nicht zu ihm kommen, fürchtete er, es sah aus, als erlitte das Servicepersonal bald einen kollektiven Kollaps.

Uhlmann schnaufte. »Wird eine harte Zeit werden für dich!«

»Warum sagt mir das jetzt jeder?« Tauner sah sich um, etwas in den Magen zu bekommen, war ihm gerade viel wichtiger. Außerdem war er zufrieden. Seine Instinkte hatten ihn nicht getrogen und die gemachten Ermittlungsfehler waren verzeihlich. Er hatte sie nur aufgezählt, um ein wenig tiefzustapeln. Außerdem hatte sich Annemarie Rensing gemeldet und gemeint, wenn er sie nicht nach einem Date fragen würde, müsse sie es eben tun. Und die

Rensing war ein wirklich gutes Trostpflaster, das er so aber niemandem sagen würde. Ambachs Tod war etwas, dass er noch verarbeiten musste. Doch vor ein paar Stunden hatte er festgestellt, wie egal ihm zurzeit alles war. Das mochte nicht die beste Eigenschaft für einen Staatsbeamten sein, doch ihm half es, die Untersuchungen rund um seine tödlichen Schüsse und die zu schreibenden Berichte zu ertragen. Die Presse stürzte sich nun auf Nora Stern.

»Sie haben Jana Weigelt und Sonja Dombusch nun die Unterlagen über ihre wahren Eltern ausgehändigt, es liegt an ihnen, sich bei denen zu melden.« Auch Uhlmann versuchte die Aufmerksamkeit einer Kellnerin zu erhaschen. Er schnipste sogar mit den Fingern.

Tauner nickte. Das wusste er schon längst. Jana Weigelt hatte ihn angerufen, sich bedankt und gesagt, sie wüsste nun erst recht nicht, was sie tun sollte. So viel Zeit war verstrichen, so viel Liebe verloren, so viele Erinnerungen, die ihr nicht gehören sollten. Tauner konnte ihr nicht helfen. Sonja Dombusch hatte ihn auch angerufen, hatte ihn verflucht und beschimpft, warum er ihr Leben zerstört hatte, bis ihr Mann ihr den Hörer aus der Hand riss und sie auf seine Art zum Schweigen brachte. Leider vergaß er dabei mehrere Sekunden lang, dass der Hörer nicht aufgelegt war. Und schließlich war es Nora Stern selbst bei der heutigen Vernehmung gewesen, die ihn traurig angelächelt und ihn gefragt hatte, ob er nun zufrieden sei.

»Ist das nicht verrückt, dass Ambach zufällig den Falschen umbringt? Das setzt dem Ganzen die Krone auf.« Uhlmann hatte Erfolg mit seiner Schnipserei. Ein Kellner steuerte auf sie zu. Uhlmann bestellte zwei Bratwürste. Tauner, der ihn gut genug kannte, bestellte sich noch eine dazu.

»Du kennst den Professor nicht«, sagte er, als der Kellner samt der Bestellung fort war.

»Du meinst, es war kein Zufall?« Uhlmann sah Tauner an, als hätte der behauptet, ein Affe könnte sich selbst aus dem Käfig befreien.

»Er kannte Ambach und musste damit rechnen, dass der bis zum Äußersten geht. Es passt zum Professor, er ist wirklich nicht dumm. Einfach die Beschriftung der Zimmer vertauschen, simpel und raffiniert. Zwei alte graue Männer. Im Dunkeln konnte Ambach nicht erkennen, wen er wirklich vor sich hatte. Er musste schnell sein, um zu verhindern, dass jemand ihn bemerkte.« Alles fügte sich. Sogar Frau Ambach hatte eine Art Geständnis abgelegt. Sie wusste von den falschen Kindern ihrer Tochter und sie wusste von Sylvia Hülferts Tod und welche Rolle ihr Mann bei den Ermittlungen gespielt hatte. Außerdem hatte ihr Mann sie am Abend seines Todestages mit den Worten verlassen, er wolle klar Schiff machen. Ambach hatte sein Gewehr nicht dabei gehabt, nur um damit zu drohen. Nur eines störte Tauner, eine unangenehme Nebensächlichkeit.

Uhlmann machte seinem Bier den Garaus. »Ich hab Pia übrigens nachforschen lassen. Wegen den Typen, die wie die Affen durch die Straßen springen und an Häusern entlangklettern. City-Parcours nennt sich das.«

»City-Parcours? Klingt irgendwie nicht richtig. Noch nie gehört.«

»Auch Freerunning genannt«, wusste Uhlmann sofort.

»Freerunning?«, wiederholte Tauner für sich und hob die Schultern. In seinem Augenwinkel hatte er eine Bewegung registriert. »Ich hätte da mal ein Anliegen an dich.«

Er machte einen Umweg, ehe er nach Hause ging. Die Nacht war mild, es war noch nicht allzu spät und morgen war Sonnabend. Nach über einer Woche harten Befragungen, Auswertung von Laboranalysen und Pressekonferenzen musste er den Kopf freibekommen. Eine Menge Bier schwappte in seinem Bauch, zwei Bratwürste schwammen ebenfalls darin herum, doch das Völlegefühl war ertragbar. Gelöst pfiff Tauner eine kleine Melodie und bog in die Wiener Straße ab, weg vom Zentrum, weg von seinem Heim, das nun bald nicht mehr seines sein würde, auch dafür hatte er Sorge getragen.

Interessant würde es werden, dachte er, weil er seine Gedanken doch nicht vom Fall lösen konnte. Interessant, was die Psychologen zu diesem Fall sagen würden, welche Tat der Stern als Affekthandlung eingeordnet wurde, welche als Mord oder Totschlag. Letztlich musste man sich sogar darüber Gedanken machen, wie ihre falsche Mutter gestorben war. Erstaunlich, wie eine Frau einerseits so nett und freundlich sein konnte und offenbar vorgehabt hatte, ein normales Leben zu führen, und andererseits so eiskalt über Leichen ging, weil sie sich in ihrem Recht verletzt fühlte.

Tauner hielt an einer Kreuzung und holte eine Schachtel Zigaretten hervor, die er sich gegönnt hatte. Er zündete sich eine an und rauchte sie genüsslich. Ein Zug rauschte durch die Dunkelheit rechts von ihm. Tauner sah die hell erleuchteten Fenster, die sich zu seinem schmalen Band vereinigten, weil er geistesabwesend in die Ferne starrte. Endlich hörte er ein Geräusch. Keine 20 Meter vor ihm stand im Licht einer Straßenlaterne der junge Sprayer, den er schon im Biergarten entdeckt hatte.

»Tom, bist du das?«, fragte Tauner laut. »Hör jetzt auf

mit dem Blödsinn!« Der Sprayer regte sich nicht und Tauner wagte es, langsam auf ihn zuzugehen. »Du kannst gern mit mir reden, lass nur deinen Frust an mir aus, sag, was los ist. Ich weiß, dass ich kein guter Vater war in den letzten Jahren. Aber das hier ist doch vollkommen sinnlos.« Zehn Meter hatte er geschafft, da sprintete er los. Der junge Mann brauchte eine halbe Sekunde, um seine Hände aus den Hosentaschen zu ziehen. Dann rannte auch er los.

Tauner fühlte sich heute gar nicht so schlecht, besser als bei den vorherigen Versuchen, den Kerl zu erwischen. Trotzdem schien es, als wäre er wieder chancenlos. Der Junge war einfach zu schnell. Tauners Knie wurde weich, doch er quälte sich noch ein wenig. Endlich tauchte vor ihm ein Polizeiwagen auf, kam aus einer Einfahrt, in der er gewartet hatte, fuhr dem Jungen mit Blaulicht entgegen. Der Junge schlug einen Haken, bog rechts in Richtung Bahndamm ab, hinein in eine Sackgasse, die rechts von einem dichten Gebüsch und links von einer hohen Mauer abgegrenzt war. Tauner bremste ab. Der Polizeiwagen hielt neben ihm, leuchtete das kurze Stück Straße mit seinen Scheinwerfern aus. Der Sprayer hielt an, sah sich um und schirmte schließlich seine Augen gegen das grelle Licht ab.

»Ist er das?«, fragte der uniformierte Polizist aus dem Auto.

Tauner nickte und versuchte, nicht so zu klingen, als wäre er völlig außer Atem. »Ja, aber lassen Sie mich erst mal machen!« Langsam ging er dem Sprayer entgegen. »Jetzt ist wirklich Schluss, meine Kollegen hier verstehen keinen Spaß mehr!« Tauner deutete auf das Auto hinter ihm.

Der junge Mann wich nach hinten zurück und Tauner folgte ihm. Schließlich war es, als seufzte der Sprayer, dann nahm er ein paar Schritte Anlauf und sprang auf die Mauer, die mindestens drei Meter hoch war. Oben blieb er sitzen. Tauner, der die beiden Polizisten hinter sich aus dem Auto springen hörte, hob beide Hände, um sie zurückzuhalten.

»Was denn nun?«, fragte einer der beiden leise und ein wenig ungehalten.

»Na los«, sagte Tauner und die Polizisten liefen los.

Der Sprayer ließ sich hinter die Mauer fallen und gab plötzlich ein Geräusch von sich, welches nicht direkt Schmerz, aber so etwas wie unangenehme Überraschung ausdrückte. Tauner grinste und wandte sich an die Polizisten, die ein wenig nutzlos vor der Mauer standen. »Könnten Sie mir mal Amtshilfe leisten?«, fragte Tauner.

»Inwiefern?«

»Mit einer Räuberleiter.«

Die beiden Polizisten warfen sich vielsagende Blicke zu, dann verhalfen sie Tauner zu einem schnellen Aufstieg. Eine Sekunde später landete er in der Dunkelheit hinter der Mauer und schaltete seine Taschenlampe ein.

»Ich glaub, ich hab mir die Hose zerrissen!«, knurrte Uhlmann. »Wie im Dschungel hier! Scheiß Brombeeren.«

»Hab dich nicht so!«, lachte Tauner und leuchtete dem Jungen ins Gesicht. »Jetzt guckste bissl dumm, oder?«, sagte er erleichtert. Es war nicht sein Sohn.

Uhlmann hielt den Burschen im Polizeigriff und war noch nicht fertig mit jammern. »Fast eine halbe Stunde musste ich hier warten.«

»Der Plan hat doch geklappt.« Tauner bückte sich und zerrte an einem Hosenbein des Jungen. »Was ist das denn?«, fragte er verblüfft. Knapp unter dem Knie fehlte dem Jungen das Bein, stattdessen glänzte Metall und Keramik.

»Sportprothesen«, sagte der Junge. Er war kaum älter als 17.

»Und damit kannst du so springen? Sind da Federn drinnen?« Tauner zog auch das zweite Hosenbein hoch.

Der Junge nickte. »So was in der Art«, murmelte er. »Funktioniert pneumatisch.«

»An beiden Beinen?«, fragte Tauner.

Wieder nickte der Junge.

Tauner schnaufte. »Wie alt bist du?«

»18.«

»Zeig mir deinen Ausweis!«

Uhlmann gab einen Arm frei und der Junge kramte in der Tasche. Erstaunlicherweise hatte der Junge den Ausweis dabei und reichte ihn Tauner. Der holte sein Handy hervor und fotografierte beide Seiten. Dann gab er ihn dem Jungen zurück.

»Alles klar da drüben?«, fragte ein Polizist von der anderen Seite.

Tauner überlegte und kam zu dem Schluss, dass er sich vorerst genug in fremde Leben eingemischt hatte. Er gab Uhlmann einen Wink, dem der Dicke widerstrebend folgte. Er ließ den Jungen los und machte eine Miene, als ob er Tauner nie wieder einen Gefallen tun würde.

»Alles klar, war aber leider der Falsche!«

ENDE

DANKSAGUNG

An dieser Stelle möchte ich auf die große Hilfsbereitschaft der Mitarbeiter des ZOO Dresden verweisen, die mir während meiner Recherchen zu diesem Roman widerfuhr und Basis für eine freundliche und fruchtbare Zusammenarbeit bildete.

Mein besonderer Dank gilt dem Geschäftsführer Karl-Heinz Ukena, dem Inspektor Helmar Pohle und dem Revierleiter Gerd Grätz.

Frank Goldammer

DIE NEUEN Lieblings-plätze

ISBN 978-3-8392-2628-5

ISBN 978-3-8392-2615-5

ISBN 978-3-8392-2620-9

ISBN 978-3-8392-2635-3

ISBN 978-3-8392-2618-6

ISBN 978-3-8392-2623-0

ISBN 978-3-8392-2630-8

ISBN 978-3-8392-2631-5

ISBN 978-3-8392-2632-2

ISBN 978-3-8392-2405-2

ISBN 978-3-8392-2622-3

ISBN 978-3-8392-2545-5

ISBN 978-3-8392-2629-2

ISBN 978-3-8392-2634-6